Österle

dtv

Als Martin Weaver seinen alten Freund Henry auf dem Flughafen von Venedig erblickt, trifft es ihn fast wie ein Schlag, denn eigentlich ist Henry tot. Noch bevor Martin ihn ansprechen kann, ist er auch schon wieder verschwunden, und alle Versuche, ihn aufzuspüren, verlaufen zunächst im Sande. Eine Wasserleiche in der Lagune von Venedig, die Martin seltsam bekannt vorkommt, veranlaßt ihn, Henrys Verschwinden noch einmal unter die Lupe zu nehmen. Er reist nach Moskau, denn da soll Henry in einem Hotel Selbstmord begangen haben ... Der Anfang einer Odyssee, die ihn über den ganzen Globus führen wird. Denn schon bald hat Martin einen schrecklichen Verdacht. Während er nach seinem Jugendfreund sucht, rekapituliert er die Geschichte ihrer scheinbar unerschütterlichen Männerfreundschaft. Und er erinnert sich an Sophie, die bezaubernde Schauspielerin, die er und Henry damals beide liebten ... »Einer der besten und überzeugendsten Thriller, die ich seit langem gelesen habe«, schrieb Martin Cruz Smith, und wer könnte das besser beurteilen als der Autor von ›Gorki Park‹?

Bryan Forbes, geboren 1926 in London, gelernter Schauspieler, erfolgreicher Regisseur und Drehbuchautor (für Columbia, MGM, Universal), ausgezeichnet u.a. mit dem British Academy Award, dem Goldenen Bären von Berlin und dem Edgar Award. ›Der Code‹ ist sein achter Roman. Bryan Forbes lebt mit seiner Familie in England.

Bryan Forbes

Der Code

Thriller

Deutsch von Charlotte Breuer

Deutscher Taschenbuch Verlag

Ungekürzte Ausgabe
August 1997
Deutscher Taschenbuch Verlag GmbH & Co. KG,
München

Titel der englischen Originalausgabe:
›The Twisted Playground‹
(William Heinemann Ltd., London 1993)

ISBN 3-203-51222-X
Umschlagkonzept: Balk & Brumshagen
Umschlagfoto: doMANSKI
Satz: Europa Verlag, München
Druck und Bindung: C.H. Beck'sche Buchdruckerei, Nördlingen
Gedruckt auf säurefreiem, chlorfrei gebleichtem Papier
Printed in Germany · ISBN 3-423-20022-7

Man müßte jeden Morgen eine Kröte schlucken, wenn man sichergehen wollte, bis zum Abend nichts Ekelhafterem zu begegnen.

Chamfort

Dieses Buch ist für
Gillian, *Bernard und Patric*
mit herzlicher Zuneigung

Man müßte jeden Morgen eine Kröte schlucken, wenn man sichergehen wollte, bis zum Abend nichts Ekelhafterem zu begegnen.

Chamfort

Dieses Buch ist für
Gillian, *Bernard und Patric*
mit herzlicher Zuneigung

I

Die Gegenwart – 1991

Es war ein Schock, als ich meinen alten Freund Henry am Flughafen in Venedig erblickte. Offiziell war er seit gut einem Jahr tot; man hatte ihn, kurz nachdem der kalte Krieg seine letzten Zuckungen getan hatte, erhängt in einem Wandschrank eines Moskauer Hotels gefunden.

Mein Flugzeug war früher als erwartet gelandet, und ich lungerte in der Ankunftshalle herum, wo ich mit meinem amerikanischen Verleger, Bill Borland, verabredet war, der aus New York eintreffen sollte. Wir wollten zu einer Konferenz, auf der über das Schicksal von Schriftstellern diskutiert werden sollte, die als politische Dissidenten inhaftiert waren. Es war eine jener gutgemeinten, jedoch meist unergiebigen Zusammenkünfte, die dazu dienen, das Gewissen des einzelnen zu beruhigen, während sie in Wirklichkeit wenig bewirken.

Henry (denn ich war mir sicher, daß er es war) hatte eine Frau bei sich; nicht seine Frau Sophie, aber aus der Entfernung sah sie ihr so ähnlich, sie hätte ihr Zwilling sein können. In sexuellen Dingen hatte Henry schon immer eine Vorliebe für das Vertraute gehabt. Einen Augenblick lang stand ich wie gebannt da und sah zu, wie sie sich küßten. Als Henry sich aus der Umarmung löste, trafen sich unsere Blicke. Es schien mir, als ob er mich ebenfalls wiedererkannte. Ich wollte gerade einen Arm heben, um ihm zuzuwinken. Bevor ich jedoch dazu kam, war er durch die Paßkontrolle geschlüpft. Innerhalb weniger Sekunden war alles vorbei.

Ich rannte auf die Absperrung zu, zu spät, um noch einen Blick auf ihn zu erhaschen, stand jedoch plötzlich der Frau gegenüber. Nun, da ich sie aus der Nähe betrachten konnte, war ich überrascht zu sehen, wie jung sie war. Ich schätzte sie kaum älter als siebzehn. Ihre vollen Lippen und hohen Wangenknochen unterstrichen ihre slawischen Züge. Ihr Haar war burschikos kurz geschnitten, und sie trug die übliche geschlechtsneutrale Mischung von Kleidungsstücken, die die Jugend heutzutage bevorzugt. Sie war attraktiv, jedoch nicht wirklich schön; es fehlte ihr die Feingliedrigkeit, die ich von Sophie in Erinnerung hatte.

»Dürfte ich Sie etwas fragen?« platzte ich heraus. Sie wich jedoch vor mir zurück, was ich ihr nicht verdenken konnte, denn der Schock hatte meiner Stimme einen aggressiven Unterton verliehen.

»Es tut mir leid, verzeihen Sie, ich wollte Sie nicht erschrecken. Ich wollte Sie nur fragen, ob das Henry Blagden war, von dem Sie sich soeben verabschiedet haben.«

Ihre Augen wichen mir aus, und ich versuchte es in einer anderen Sprache, indem ich die Frage in meinem gebrochenen Italienisch wiederholte.

Sie gab mir immer noch keine Antwort, und in diesem Augenblick trat ein älterer Mann zu uns, der sie beschützend beim Arm nahm. Er war ein Dandy und wirkte wie aus einer anderen Zeit, wie aus einer Geschichte von Henry James: er trug einen tadellos gebügelten cremefarbenen Leinenanzug, eine rote Krawatte, weiße Lackschuhe, das Ganze krönte ein Panamahut, den er nun zum Gruß lüpfte, was sein schütteres weißes Haar zum Vorschein brachte.

»Kann ich Ihnen behilflich sein?« Seine schmalen Lippen verzogen sich zu einer Art Lächeln, und sein Ton war von unterkühlter Höflichkeit. Er sprach Englisch, ich konnte jedoch einen leichten Akzent heraushören.

»Vielen Dank. Ich habe die junge Dame nach einem alten Freund gefragt, Henry Blagden. Ich dachte, ich hätte ihn vor ein paar Minuten mit ihr zusammen gesehen.«

Das dünne Lächeln blieb unverändert. »Nein. Sie müssen sich irren. Wir kennen keine Person dieses Namens. Ich bedaure, Ihnen nicht helfen zu können.« Er geleitete die junge Frau auf die Wassertaxis zu, die draußen warteten.

Die abrupte Art, mit der er mich abgefertigt hatte, bestärkte mich noch in der Überzeugung, daß es sehr wohl Henry Blagden war, den ich gesehen hatte. Immer noch aufgewühlt von der unerwarteten Begegnung, eilte ich an den Informationsschalter. Drei Flüge standen kurz vor dem Start – nach Wien, Leningrad und London – , und ich gab mir große Mühe herauszufinden, welchen Flug Henry gebucht haben könnte, begegnete jedoch lediglich der üblichen Undurchdringlichkeit, die Behörden in aller Welt eigen ist. (Wie kommt es bloß, daß gerade Flughäfen besondere Zentren der Desinformation zu sein scheinen?) Nachdem ich mit Höflichkeit mein Ziel nicht erreicht hatte, verlor ich die Geduld. »Das ist doch wohl kein verdammtes Staatsgeheimnis, oder? Ich verlange nichts als eine simple Auskunft. Ist es nicht Ihre Aufgabe, Passagieren zu helfen?« Der Mann starrte ungerührt an mir vorbei, dann wandte er sich ab, um ein Telefongespräch anzunehmen.

Die ganze Episode hatte eine Flut verschiedenster Emotionen in mir ausgelöst – Verblüffung, Angst, quälende Unsicherheit. Konnte es sein, daß ich mich einfach geirrt hatte – eine Täuschung, möglicherweise hervorgerufen durch das Licht, das einem für einen kurzen Augenblick Gesichtszüge vertraut erscheinen läßt? War ich in die Irre geführt worden durch den doppelten Zufall, daß ich ihn mit einer Frau zusammen gesehen hatte, die mich an Sophie erinnerte? Ich glaube nicht an Gespenster, aber Henrys Tod hatte mich niedergeschmettert – so vieles daran war unerklärlich gewesen, es war nicht die Tat eines Mannes, den ich einst als meinen besten Freund betrachtet und so gut wie keinen anderen zu kennen geglaubt hatte.

Ich war immer noch völlig aufgewühlt, als Bill schließlich eintraf, beschloß jedoch, ihn nicht mit meiner Geschichte zu langweilen; so wie die Träume anderer sind Anekdoten ohne Pointe selten wert, daß man sie erzählt.

Bill und mich verband eine Art Haßliebe. Er war ein anständiger Verleger und seit Jahren ein treuer Saufkumpan, wenn er auch für meinen Geschmack zu sehr von dem Glauben beseelt war, der geistige Erbe von Maxwell Perkins zu sein. Diese Überzeugung hatte in der Vergangenheit nicht selten zu Differenzen zwischen uns geführt, denn wir Autoren sind sensible Kreaturen, wenn es um unsere Werke geht. Er erschien angetan mit einem vollkommen zerknitterten Leinenanzug, der aussah, als ob er ihn wahllos aus einem Versandkatalog bestellt hätte, und begrüßte mich gereizt: »Du siehst viel zu ausgeruht und gesund aus. Ich bin völlig fertig. Ich habe acht Stunden neben einem Kind gesessen, das auf dem gesamten Weg über den Atlantik ununterbrochen gekotzt hat.«

Wir hatten beide Reservierungen im Gritti Palace, einem Hotel, in dem ich in der Vergangenheit oft gewohnt hatte, meistens in der Nebensaison, wenn Venedig kalt und menschenleer ist. In der Regel war ich vor dem Karneval abgereist, denn verordnete Fröhlichkeit entspricht nicht meinem Geschmack. Der Verfall, den der Tourismus verursacht, stößt mich ab, und ich habe noch nie Gefallen daran gefunden, mich unter die vornehme Gesellschaft am Lido zu mischen, die heutzutage unweigerlich an die Filme von Visconti erinnert. Es war mir inzwischen schon zur Routine geworden, im Gritti abzusteigen, mich immer in dasselbe Zimmer zurückzuziehen, um die letzte Fassung eines Romans zu überarbeiten. Ich muß gestehen, ich bin ein notorischer Gewohnheitsmensch.

Wir tauschten ein paar Nettigkeiten aus, während unser Wassertaxi mit hoher Geschwindigkeit durch die tiefen Kanäle der Lagune glitt. Wie immer saß auf jedem Markierungspfahl eine einsame Möwe, die sich von unserem Boot nicht stören ließ. Als die Umrisse der Stadt vor uns auftauchten, die mich stets an Turner-Gemälde erinnerten, mußte ich an die Reise denken, die ich vor Jahren mit Sophie hierher gemacht hatte, als unsere Beziehung gerade begonnen hatte. Damals schien es die obligate romantische Reise für Frischverliebte zu sein. Ich erinnerte mich auch an ihre Reaktion auf die Fischer, die mit hüfthohen Wasserstiefeln am Rande der Fahrrinne für die Taxis im Wasser standen. Wer zum erstenmal nach Venedig kommt, ist stets überrascht, wie seicht die Lagune ist.

»Glaubst du, so etwas könnte eine Erklärung sein für das Wunder, daß Jesus auf dem Wasser gewandelt ist?« hatte Sophie mich gefragt. Sie hatte mich oft mit derartigen Bemerkungen verblüfft.

»Schon möglich. Du könntest recht haben. Warum ist mir das noch nicht in den Sinn gekommen?«

Das einzige Wunder, an das ich damals denken konnte, war Sophie. Sie strahlte vor Glück, so wie es nur ganz jungen Menschen gegeben ist. Ich konnte es kaum erwarten, endlich in unserem Hotelzimmer anzukommen und mit ihr zu schlafen. Meine Erinnerungen an diese Reise waren mit einemmal wieder ganz deutlich, nun vermischt mit dem Rätsel von Henrys scheinbarer Wiederauferstehung. Wehmut übermannte mich wie ein jäher Schmerz.

Ich drängte Bill, sich in die Tür der Kajüte zu stellen. »Du darfst den ersten Blick auf Venedig nicht verpassen, denn das ist etwas, an das du dich dein ganzes Leben lang erinnern wirst«, erklärte ich großspurig – der weitgereiste Weltenbummler, der nicht widerstehen kann, gute Ratschläge zu geben.

Er befolgte meinen Rat, lehnte sich haltsuchend in den Türrahmen, während er ungeschickt mit seiner Kamera hantierte.

»Spar dir die Mühe«, sagte ich. »Im Hotel kannst du viel bessere Postkarten kaufen. Genieße einfach den Anblick.«

Wie erwartet, reagierte er mit großem Staunen auf den Anblick, der sich uns bot, während wir zwischen dem feucht schimmernden Gemäuer der Stadthäuser mit ihren verwitterten Fensterläden hindurchglitten. An vielen Stellen war der Putz mit der Zeit abgebröckelt, so daß das rötliche Mauerwerk zum Vorschein kam. Als wir von Osten her in den Canale Grande einbogen, tauchte die untergehende Sonne die Wellen in ein berauschendes Licht. Es lag jedoch nicht in Bills Natur, über irgend etwas in große Begeisterung zu geraten, und während unser Wassertaxi im Kielwasser größerer Boote zu schaukeln begann, kam er auf den eigentlichen Grund für unseren Besuch zu sprechen.

»Glaubst du, diese Konferenz wird irgendwas bewirken?«

»Wohl kaum«, sagte ich. »Wir werden ein paar feierliche Resolutionen verabschieden und auf einer Schlußsitzung eine wohlformulierte Erklärung verlesen, aber ich glaube nicht, daß unsere Debatten irgendwelche größeren Auswirkungen haben werden.« Die Affaire um Salman Rushdie stand noch immer an erster Stelle auf der Tagesordnung, dieser traurige, nicht enden wollende Alptraum, den keiner von uns mit noch so langen Reden lösen konnte.

»Na ja, was soll's. Es tut jedenfalls gut, mal aus New York rauszukommen«, sagte Bill. »Für meinen Geschmack hat es in letzter Zeit allzu viele Palastrevolutionen gegeben. Die Verlage gebärden sich neuerdings wie Footballteams.«

»Kommt es dir nicht merkwürdig vor, daß der Beruf des Verlegers früher einmal als Beruf für Gentlemen gegolten hat?«

»Die ›Gentlemen‹ gehören heutzutage dem organisierten Verbrechen an. Und wir anderen müssen uns mit Zahnschutz und kugelsicheren Westen ausrüsten. Am Anfang war das Wort, und am Ende war die Publicity. Apropos, wie läuft's denn mit deinem neuesten Werk?«

»Es läuft nicht. Ich werd's hinschmeißen.«

»Und warum, zum Teufel? Als wir uns das letztemal gesprochen haben, hast du noch gesagt, es würde ganz gut laufen.«

»Tja, ich hab's mir anders überlegt. Die Ereignisse der letzten Zeit haben es überholt. Das alte Rezept für Agententhriller ist tot. Wir müssen alle wieder anfangen nachzudenken.«

»Mann, das sind schlechte Neuigkeiten. Kannst du dir nicht ein paar neue Gauner ausdenken? Wir hatten in diesem Jahr fest mit einem neuen Roman von dir gerechnet.«

»Daran brauchst du mich nicht zu erinnern«, sagte ich. »Aber meine kleinen grauen Zellen haben noch nichts Neues ausgespuckt.« Um ihn vom Thema abzulenken, wies ich auf die Silhouette von Santa Maria della Salute. Diesmal war er sichtlich beeindruckt.

»Also, so eine Kirche könnte mich glatt dazu bringen, mich der Religion zuzuwenden«, sagte Bill.

Als wir anlegten, wurde mir klar, daß trotz aller Veränderungen, die in der Welt stattfanden, eins gleichgeblieben war: die Preise von Venedig. Unser Taxifahrer erleichterte jeden von uns um 40.000 Lire für die kurze Fahrt. Das nächste Ärgernis erwartete mich, als ich feststellen mußte, daß meine alte Portiersfrau nicht mehr zum Hotelpersonal gehörte und daß mein altes Zimmer bereits belegt war. Nach kurzen Verhandlungen an der Rezeption hatte ich mir jedoch ein Ersatzzimmer auf der zweiten Etage mit Blick auf die Lagune gesichert, allerdings mußte ich mich damit abfinden zu warten, bis die derzeitigen Gäste das Hotel abends verlassen würden. Ich stellte meine Koffer in Bills Zimmer ab, und wir gingen hinunter auf die Terrasse, um mit einigen der anderen Delegierten einen Drink zu uns zu nehmen.

Venedig strahlt eine beruhigende Wirkung aus, egal, in welcher Stimmung man sich befindet. Vielleicht liegt es daran, daß es hier keine Autos gibt, vielleicht auch an der Tatsache, daß man, wohin man auch blickt, mit der Vergangenheit konfrontiert wird. Dessen ungeachtet und trotz meinen drei Bellinis und dem angenehmen Small talk unter Kollegen mußte ich immer wieder an die Episode am Flughafen denken.

Ich zwang mich zu Aufmerksamkeit und bekam das Klagelied einer aufdringlichen Deutschen zu hören, die drei Jahre lang an einer Biographie von Bernard Shaw gearbeitet hatte, nur um am Ende festzustellen, daß Michael Holroyd ihr zuvorgekommen war. »Das Material würde auch für zwei reichen, meinen Sie nicht?« sagte sie immer wieder. Mich beschlich das ungute Gefühl – das später bestätigt wurde –, daß ihr Manuskript über kurz oder lang bei mir landen würde. »Vor allem, weil ich detailliert über Dinge schreibe, die andere übersehen haben. Dabei geht es natürlich um Shaws sexuelle Probleme.«

»Tatsächlich? Wie interessant.«

»Ich habe da meine eigenen Theorien, wie es dazu kam. Der Titel meines Buches lautet *Die professionelle Jungfrau*.«

»Dürfte sich gut verkaufen«, sagte ich. »Hört sich an, als ob Sie ganz neue Aspekte beleuchtet hätten.«

Da ich die deprimierende Gedenkstätte in Ayot St. Lawrence einmal besucht hatte, konnte ich mir lebhaft vorstellen, daß das Haus zu Shaws Lebzeiten nicht gerade ein Ort der Leidenschaft gewesen war, aber ich hatte keine Lust, mich weiter mit dem Thema zu befassen.

»Ich hoffe, daß wir Gelegenheit finden, noch einmal darüber zu diskutieren, bevor wir wieder abreisen«, sagte sie mit bedrohlicher Bestimmtheit.

Glücklicherweise tauchte einer der Hotelangestellten auf, um mir mitzuteilen, daß mein Zimmer nun zur Verfügung stehe, und bewahrte mich davor, mir weitere Enthüllungen anhören zu müssen. Ich verabschiedete mich und flüsterte Bill im Vorbeigehen zu, daß ich es vorziehen würde, der Menge zu entfliehen und mit ihm zusammen ruhig essen zu gehen.

Nachdem ich meine Koffer ausgepackt hatte, ging ich nicht zu den andern zurück, sondern setzte mich auf meinen Balkon, um den Ausblick auf das Treiben vor dem Hotel zu genießen. Während ich die vielen Gondeln betrachtete, die randvoll mit begeisterten japanischen Touristen über den Canale Grande glitten, sah ich plötzlich wieder den alten Dandy und die junge Frau. In einem privaten Schnellboot, das von einem jungen Mann in einem T-Shirt gelenkt wurde, fuhren sie direkt unter meinem Balkon vorbei auf das Ende des Canale Grande und die Lagune zu. Die Wiederbegegnung ließ mein Herz schneller schlagen. Der alte Mann trug noch immer die gleiche Kleidung, aber die junge Frau hatte sich umgezogen. Sie saßen nebeneinander und hielten einander an der Hand, wie Vater und Tochter. Aber irgendwie paßten sie nicht zusammen. Ich vermutete, daß sie zum Dinner auf eine der kleineren Inseln fuhren. Ich sah ihnen nach, bis sie außer Sichtweite waren.

Während des Abendessens war ich mit meinen Gedanken weit weg. Bill machte eine Bemerkung über mein wortkarges Verhalten. Ich redete mich heraus, indem ich behauptete, von meinem langen Flug Kopfschmerzen zu haben, und wir kehrten frühzeitig ins Hotel zurück. Ich schlief unruhig, von einem Angsttraum verfolgt, in dem Henry und ich endlos auf der Suche nach Sophie waren und sie nicht finden konnten.

Als ich aufwachte, hatte ich tatsächlich Kopfschmerzen. Während ich auf mein Frühstück wartete, blätterte ich in meinem Tagebuch, um nachzulesen, was ich am Tag der Nachricht von Henrys Tod eingetragen hatte. Merkwürdigerweise fand ich nur die knappe Bemerkung: *Henry tot in Moskau aufgefunden worden. Selbstmord.*, nichts weiter. Weiter unten auf der Seite hatte ich die dramatischen Ereignisse in Rußland mit dem ziemlich nüchternen Kommentar vermerkt, daß nun, da alle ehemaligen Kontrahenten von der Bühne abgetreten seien, zweifellos die neue Besetzung schon hinter den Kulissen bereitstand und nur darauf wartete, daß die Show weiterging, da kein Geschäft auf der Welt so gut geht wie das Geschäft mit dem Krieg, und so weiter.

In der Nacht, als ich die Nachricht erhielt, war ich allein in meiner immer vornehmer werdenden Wohnung in Islington gewesen. Ich saß vor meinem Computer und versuchte, eine Passage des Romans, an dem ich gerade schrieb, wiederzufinden. Der Mann, der mir die Software verkauft hatte, hatte diese als »benutzerfreundlich« beschrieben – wobei er sich eines Computer-Fachausdrucks bedient hatte, um meine Ängste vor allem Mechanischen zu zerstreuen. In jener Nacht war das Programm alles andere als freundlich gewesen; ein halbes Kapitel war spurlos verschwunden, etwas, was in meinen Augen nicht weniger schrecklich war als die Zerstörung einer ganzen Stadt. Ich hatte nämlich unter Zeitdruck gearbeitet, und ausnahmsweise schien alles wie am Schnürchen zu laufen. Aber dann, Bingo!, in der Eile und in meinem übermüdeten Zustand eine falsche Taste gedrückt, und alles hatte sich in Wohlgefallen aufgelöst. Was in meinem Fall eine besondere Katastrophe war, denn ich mache mir niemals Notizen noch hänge ich mir grafische Darstellungen eines Plots an die Wand, und mein Kopf war nun ebenso leer wie mein Bildschirm. Ich zog das Benutzerhandbuch zu Rate, aber gemessen an dem, was ich ihm entnehmen konnte, hätte es ebensogut in Sanskrit geschrieben sein können. Ich war versucht, mir eine Spitzhacke zu greifen und an diesem verdammten Elektronenhirn eine Lobotomie durchzuführen, irgend etwas, um die Absätze, über deren Formulierung ich Blut und Wasser geschwitzt hatte, wieder zum Vorschein zu bringen. Ich kenne einen zahmen Experten, den ich anrufe, wenn meine Kiste nicht funktioniert – einen von diesen besessenen Enthusiasten, die zwar keine Romane schreiben, aber jedem verbockten Computer seine Geheimnisse entlocken können –, ich zögerte jedoch, meine Dämlichkeit wieder mal unter Beweis stellen zu müssen. Ich goß mir einen Whisky ein und studierte das Kapitel mit der Überschrift *Fehlersuche und Fehlerbeseitigung* zum fünften Mal. *Booten*, stand da, *suchen Sie verlorene Dateien mit dem DOS-Befehl undelete* – Botschaften von einem fernen Planeten. Ich drückte die Tasten gemäß den Instruktionen wie ein Kind, das seine ersten Klavierübungen macht, aber mir wurde keine Erlösung zuteil. Als ich mich schließlich dazu durchgerungen hatte, meinen technischen Neurochirurgen doch zu wecken und ihn anzuflehen, eine Notoperation durchzuführen, klingelte das Telefon durchdringend. Ein Telefon, das nachts in einem ansonsten stillen Haus ertönt, hat etwas unerklärlich Bedrohliches.

Als ich den Hörer abnahm, wobei ich meinen Whisky verschüttete, redete mich eine selbstsichere männliche Stimme, die ich nicht sogleich einordnen konnte, bei meinem Vornamen an.

»Martin?«

Irgendein Instinkt riet mir, vorsichtig zu sein. »Wen wünschen Sie zu sprechen?«

»Martin Weaver, bitte.« Nachdem der erste Versuch fehlgeschlagen war, nahm die Stimme einen freundlicheren Ton an. »Spreche ich zufällig mit Mr. Weaver?«

»Wer möchte ihn sprechen?«

»Mein Name ist Anderson. Ich möchte nur kurz mit Mr. Weaver sprechen.«

»Worüber?«

»*Sind* Sie Mr. Weaver?«

»Moment, ich hole ihn.« Ich legte meine Hand über die

Sprechmuschel, um mir Zeit zu geben, mich an irgend jemanden dieses Namens zu erinnern, jemanden, der einen Grund haben könnte, mich mitten in der Nacht anzurufen. Der einzige, der mir einfiel, war ein Neuer bei meiner Agentur in New York. Amerikaner neigen dazu, mit völlig fremden Menschen auf vertrauliche Weise zu reden. Als ich mich wieder meldete, bemühte ich mich, mit einem anderen Akzent zu sprechen, was jedoch ziemlich kläglich ausfiel.

»Martin Weaver hier.«

»Ah! Tut mir leid, Sie zu so später Stunde zu stören, Martin«, er ging dazu über, mich bei meinem Vornamen zu nennen, dann fragte er mich in sachlichem Tonfall, ob ich bereit sei, die soeben eingetroffene Nachricht zu kommentieren.

»Um welche Nachricht handelt es sich?«

»Haben Sie heute abend keine Nachrichten gesehen?«

»Nein, ich habe gearbeitet, und ich habe für diese Woche genug ferngesehen. Was ist denn passiert, hat es einen zweiten Putschversuch gegeben? Wer sind Sie überhaupt?«

»Sorry, habe ich das nicht gesagt? Ich arbeite für die *Sun*.«

Ich habe im Laufe der Zeit festgestellt, daß man immer dann, wenn Presseleute aus heiterem Himmel anrufen, allen Grund hat zu bedauern, jemals zum Hörer gegriffen zu haben.

»Es tut mir leid, daß ich Ihnen schlechte Nachrichten überbringe, aber ein alter Freund von Ihnen, Henry Blagden, ist heute tot in einem Hotelzimmer in Moskau aufgefunden worden. Es heißt, er habe Selbstmord begangen ... Hallo? Sind Sie noch da?«

»Ja. Wie schrecklich ... Selbstmord, haben Sie gesagt?«

»Das sind die Informationen, die wir haben. Er hat sich erhängt. Tut mir leid, wenn ich Sie unvorbereitet angetroffen habe. Ich hatte angenommen, Sie hätten es in den Fernsehnachrichten gesehen. Gehe ich recht in der Annahme, daß Ihr Name früher einmal im Zusammenhang mit seiner Frau genannt wurde?«

»Zusammenhang« ist ein gefährliches Wort in der Boulevardpresse, es spielt stets auf sexuelle Verbindungen an.

»Vor langer Zeit, vielleicht … Ich war mit Henry und seiner Frau gleichermaßen befreundet.«

»Eng befreundet, wie ich höre.«

»Ja. Allerdings haben wir uns in den letzten Jahren mehr oder weniger aus den Augen verloren.«

»Die beiden führten jedoch eine glückliche Ehe?«

»Ich habe keinen Grund, das Gegenteil anzunehmen.«

»Es hat Gerüchte gegeben, daß es bei ihnen kriselte.«

»Ach ja? Ich habe nichts davon gehört.«

Gespräche mit Journalisten arten nicht selten in einer Form von unfreiwilliger Zusammenarbeit aus: Zwei Fremde, die nichts Gemeinsames verbindet, ringen um die Wahrheit.

»Sie haben also keine Ahnung, warum er sich plötzlich das Leben genommen hat?«

»Nein.«

»Absolut keine?«

»Nein.«

»Wann haben Sie ihn das letzte Mal gesehen?«

»Wann? … Äh, wir haben vor etwa einem Jahr in meinem Club gemeinsam zu Mittag gegessen, vielleicht ist es auch schon etwas länger her, ich erinnere mich nicht genau.«

»Wie ging es ihm denn damals?«

»Gut.«

»Er benahm sich völlig normal?«

»Ja. Hören Sie, worauf wollen Sie eigentlich hinaus mit Ihrer Fragerei? Sie erzählen mir einfach, ein Mann, ein Freund, habe Selbstmord verübt, wobei das möglicherweise ein Gerücht ist. Ich habe nicht die Absicht, darüber zu spekulieren, was ihn zu dieser Entscheidung veranlaßt hat.«

Aus irgendeinem Grund war es Sophie, Henrys Frau, die mich in erster Linie beschäftigte, während ich seine Fragen abwehrte. Anscheinend hatte eine Art Gedankenübertragung stattgefunden, denn als nächstes wollte er wissen: »Werden Sie mit Mrs. Blagden reden?«

»Ich habe keine Ahnung, wo ich sie erreichen könnte.«

»Oh, ich bin sicher, wir könnten ihre Adresse für Sie ausfindig machen.«

»Na ja, ich werde ihr zweifellos über kurz oder lang schreiben, aber ich kann mir kaum vorstellen, daß sie zum gegenwärtigen Zeitpunkt belästigt werden möchte.«

»Wollen Sie damit sagen, daß Sie sich heute nicht mehr besonders nahe stehen?«

»Was ist denn das für eine Frage?«

Der wachsende Unmut in meiner Stimme war ihm durchaus nicht entgangen, und er entschuldigte sich abermals für die Störung. »Es ist nur, weil wir die Geschichte morgen bringen, da versuchen wir, so viele Einzelheiten zusammenzutragen wie möglich.«

»Was für Einzelheiten? Über seinen Tod oder über meine Freundschaft mit ihm?«

»Tja, es ist naheliegend, daß Sie die erste Person sind, die wir ansprechen. Kommentare, die von jemandem wie Ihnen kommen, haben Gewicht. Schließlich war er eine Persönlichkeit, die in der Öffentlichkeit stand, und in Anbetracht all dessen, was im Moment im Kreml passiert, erhält seine Story eine gewisse Brisanz. Sie wissen wohl nicht zufällig, warum er sich gerade jetzt in Moskau aufhielt?«

»Nein. Ich habe Ihnen bereits gesagt, daß wir uns seit Monaten nicht gesprochen hatten.«

»Es gibt Vermutungen, daß er Kontakte mit dem Geheimdienst hatte.«

»Tatsächlich?«

»Ja. Es sieht so aus, als ob er da in verschiedene Dinge verwickelt war, und heutzutage ist natürlich alles heiß, was mit dem Geheimdienst zu tun hat. Sie können also dazu nichts sagen?«

»Nein.«

»Trotz Ihrer eigenen Kontakte?«

»Ich fürchte, meine Kontakte sind äußerst bescheiden.«

»Aber Sie schreiben doch über Geheimagenten. Sie gelten als eine Art Experte auf dem Gebiet.«

»Ich erfinde Geschichten«, sagte ich. »Man muß kein Mörder sein, um Kriminalromane zu schreiben.«

»Andererseits werden Sie häufig dafür gelobt, daß Sie so sorgfältig recherchieren.«

»Da geht es mir nicht anders als Ihnen mit Ihrer Zeitung. Ich lege großen Wert darauf, Tatsachen richtig darzustellen.« Ich hatte keine Ahnung, ob er die Ironie mitbekommen hatte, aber er änderte seine Taktik.

»Okay. Tja, fällt Ihnen vielleicht noch jemand anders ein, der uns irgendwelche Angaben machen kann?«

»Angaben?«

»Darüber, was er für ein Mensch war.«

»Ich hatte immer den Eindruck, daß er ein sehr gewissenhafter Abgeordneter war.«

»Gewissenhaft? Das ist ein interessanter Ausdruck. Sind Sie je der Meinung gewesen, er hätte es weiter bringen müssen?«

»Was meinen Sie mit ›weiter bringen‹?«

»Ich denke an die Tatsache, daß er trotz seiner Fähigkeiten stets übergangen wurde und nie einen Ministerposten erhalten hat.«

»Dazu kann ich nichts sagen. Ich bin kein sehr politischer Mensch.«

»Aber er war sehr ehrgeizig, nicht wahr?«

»Ich würde sagen, daß das die Voraussetzung ist, wenn man auch nur in Erwägung zieht, eine politische Karriere zu machen.«

»Hat er über diesen Aspekt seines Lebens jemals mit Ihnen gesprochen?«

»Ja. Es ist nur natürlich, daß Menschen über das sprechen wollen, was sie am meisten interessiert, und die meisten Politiker, die ich kenne, haben kaum Interessen außerhalb der Politik.«

»Können Sie sich beispielsweise erinnern, ob er je über sein Verhältnis zur Premierministerin gesprochen hat? Er gehörte doch nicht zum Kreis ihrer engsten Vertrauten, nicht wahr?«

»Ich lasse gewöhnlich kein Band mitlaufen, wenn ich mich mit Freunden unterhalte, Mr. Anderson. Ich bin sicher, er hatte die normale Einstellung, die jeder hat, der mit Politik zu tun hat …«

»Und die wäre?«

Er war schlau, blieb stets am Ball und wühlte nach Schmutz, aber ich hatte nicht vor, auf ihn hereinzufallen. »Er ist tot«, sagte ich, »der Rest ist also nichts als reine Spekulation. Ich weiß, daß Sie Ihren Job machen müssen, und ich bin sicher, Sie tun Ihr Bestes, auch wenn das nicht immer angenehm ist. Aber ich habe dem wirklich nichts mehr hinzuzufügen.«

»Nun, Sir, bevor Sie auflegen« – nachdem er mich zu Beginn unseres Gesprächs mit meinem Vornamen angeredet hatte, war er nun betont respektvoll – »nur noch eine letzte Frage: Wie würden Sie sich gern beschreiben?« Er trat aus meinem Leben so, wie er eingetreten war, mit falscher Aufrichtigkeit.

»Mit Wohlwollen«, sagte ich.

»Ha, ha, das möchten wir doch alle, nicht?« Sein unechtes Lachen blubberte in meinen Ohren wie auslaufendes Badewasser. »Sagen wir ›Autor‹?«

»Warum nicht? Das deckt eine Menge Sünden ab.«

In dem Augenblick, als die Leitung abbrach, dachte ich nicht mehr an mein unvollendetes, spurlos verschwundenes Werk. Es ist schwer zu begreifen, daß jemand, den man fast dreißig Jahre lang gekannt hat, einfach nicht mehr da ist. Ich erinnere mich, daß mir zahllose Augenblicke, die wir gemeinsam erlebt hatten, triviale, verzweifelte, glückliche, bittere und traurige Augenblicke, durch den Kopf gingen, während die Erkenntnis langsam einsank. Die Jahre, die wir gemeinsam verbracht hatten, erschienen in schneller Folge auf meinem geistigen Bildschirm wie Dias, die von einem automatischen Projektor an die Wand geworfen werden – einige scharf, manche verschwommen, denn die Erinnerung spielt einem Streiche. Ich konnte Sophie deutlicher erkennen als Henry. Vielleicht war das ein Versuch meines Unterbewußtseins, mich zu schützen; ich sträubte mich dagegen, mir sein Gesicht vorzustellen, wie er am Strick hing – die einzigen Vorbilder für meine Phantasie waren Nachrichtenfotos aus dem Zweiten Weltkrieg, die am Straßenrand aufgeknüpfte Partisanen zeigten. Sie hatten ausgesehen wie aufgedunsene Lumpenpuppen, die leblos am Galgen baumelten. Wenn ich bisher an Selbstmordopfer gedacht hatte, waren friedlichere Bilder in meiner Vorstellung aufgetaucht – auf Betten hingestreckte Körper, die leere Pillenflasche in Reichweite der ausgestreckten Hand. Erhängen war etwas anderes, das war schwer zu verkraften. Ein weiteres Glas Whisky trübte mir die Sinne ein wenig, aber nicht genug. Ich sah ein kahles Hotelzimmer in Moskau vor mir, mit Möbeln, an denen der Stillstand der Zeit abzulesen war, farblos wie ein alter Schwarzweißfilm. Was hatte Henry benutzt, um sich zu erhängen – Hosenträger, ein Stück Kabel, seine Krawatte? Hatte er in seinen letzten Sekunden einen alten Stuhl zur Seite getreten, hatte er die Schlinge richtig geknüpft, war sein Genick gebrochen oder war er langsam erstickt, während er letzte Worte der Reue hervorwürgte?

Ich ging in meinem Wohnzimmer auf und ab und dachte an die Ironie der Wahl von Ort und Zeitpunkt: gerade als Hoffnung sich wie eine Flutwelle über die öde Landschaft der Sowjetunion ergoß, hatte Henry beschlossen, seine Zukunft auszulöschen. Warum? Wäre er eine meiner fiktiven Romangestalten gewesen, hätte ich ihn niemals als einen potentiellen Selbstmörder charakterisiert. Ich erinnerte mich noch gut an die erste Zeit unserer Freundschaft, nachdem wir uns auf der Universität kennengelernt hatten. Schon damals war er ein Draufgänger gewesen, hatte sich nicht um Konventionen geschert, überzeugt, daß bessere Zeiten auf ihn warteten. Da ich selbst nicht ganz so optimistisch war, bewunderte und beneidete ich ihn, ja ich muß zugeben, daß ich ihn beinahe wie eine Art Helden verehrte.

Bereits zu Beginn unserer Freundschaft entdeckte ich, daß uns eine Vorliebe für jene unwiderstehlichen, wenn auch sich stets gleichenden Geschichten von Greyfriars School verband, die einst aus der Feder von Frank Richards geflossen waren und die unsere Jugend begleitet hatten. Wenn jemand eine Erklärung für unsere Freundschaft gesucht hätte (und ich möchte behaupten, daß es viele gab, die das taten), wäre die Antwort auf den Seiten von *Der Magnet* zu finden gewesen: Er war Vernon Smith, der

»Schurke« der Klasse und Gegenspieler von Harry Wharton, stets bereit, alle Regeln zu brechen, der Anstifter zu allen Eskapaden, die wir gemeinsam begingen. Er war ein paar Jahre älter als ich und strahlte eine Weltgewandtheit aus, die mich zu einem ergebenen Anhänger seiner energischen Persönlichkeit machte. In jenen Tagen war ich bereit, ihm alles zu glauben. Ich weiß noch, wie tief ich beeindruckt war, als er mir erzählte, sein Großvater mütterlicherseits sei ein Mitglied der *Souls* gewesen, wie diese engmaschige Vereinigung von spätviktorianischen Aristokraten im Volksmund genannt wurde. Er sprach oft davon und erweckte gern den Eindruck, er habe nicht wenige Eigenschaften jener unvergessenen, extrem klugen und lebhaften Gruppe geerbt. Da ich nichts über die *Souls* wußte, brachten seine Prahlereien mich dazu, in die Bibliothek zu rennen, um mich schlau zu machen, denn ich wollte mir keine Blöße geben. Nachdem ich mir das nötigste Wissen angelesen hatte, wagte ich es, ihn darauf hinzuweisen, daß die echten *Souls* fast ausnahmslos abgehobene Romantiker gewesen waren. Henry war weit entfernt davon, diesen Kommentar als unangebracht zu empfinden, er fand ihn im Gegenteil erfreulich.

»Ja«, sagte er, »aber sie handelten in der Überzeugung, daß ihnen alles, was auch immer sie taten, zum Erfolg gereichen würde.« Er hatte die Gabe, jede Kritik zu seinem Vorteil zu nutzen, was ihm im Debattierclub manchen schnellen Sieg eingebracht hatte. Es war eine Gabe, die schon früh seine politischen Ambitionen geweckt haben mußte.

Trotz dieser Versuche, seine soziale Stellung aufzuwerten, blieb er, wie ich, in einer mittelständischen Herkunft gefangen, und das wurmte ihn. Ich weiß, daß es ihn wurmte, denn er war stets bemüht, von seinem sozialen Hintergrund abzulenken. Sein Vater war Rechtsanwalt auf dem Land gewesen, und seine Mutter, die starb, als Henry noch kurze Hosen trug, die Tochter eines Pfarrers. Selbst diese Tatsache mußte in Henrys Erzählungen aufgewertet werden. »Ihr Vater, der Bischof«, pflegte er zu sagen, wobei er vergaß, daß er mir einmal sein Album mit den Familienfotos gezeigt hatte, auf denen nirgendwo auch nur die Spur einer roten Bischofsrobe zu sehen gewesen war.

Er hatte es sich zur Gewohnheit gemacht, wann immer die Rede auf die heikle Frage seiner Herkunft kam, vom Thema abzuweichen, obschon er in anderen Situationen große Hartnäckigkeit bewies, stets bereit, sich auf Themen zu stürzen, an die andere kaum zu rühren wagten. Ich glaube immer noch, daß er während seiner entscheidenden Jahre im Grunde ein Idealist geblieben und stets von der Sehnsucht erfüllt war, einer Frau zu begegnen, die einem kindlichen Traum von Keuschheit und Schönheit entsprach.

Rückblickend ist mir heute klar, daß sein Leben eine Fiktion war, von der er sich am Ende nicht befreien konnte. Die Geschichten, die er jedesmal erzählte, wenn er neue Zuhörer fand, wurden immer weiter ausgeschmückt, wie ein aus Legosteinen erbautes Denkmal der Eitelkeit, denn er war verzweifelt bemüht, Fremden eine beschönigende Darstellung seiner selbst aufzunötigen. Auf dem Höhepunkt unserer Freundschaft war ich nur zu sehr bereit gewesen, ihm diesen Hochmut zu verzeihen, denn er amüsierte mich, anstatt mich abzustoßen. Ich war es zufrieden, in seinem Schatten zu stehen, und auch wenn ich mir eingestehen mußte, daß manches nicht zusammenpaßte, behielt ich solche Gedanken für mich. Ich weiß, daß anderen unsere enge Beziehung merkwürdig vorkam; manche fühlten sich von Henrys Extravaganz abgestoßen und konnten nicht nachvollziehen, welche Anziehungskraft er auf mich ausübte. Aber wer kann schon erklären, warum sich Gegensätze anziehen wie beispielsweise zwei glücklich verheiratete Menschen, die äußerlich an Laurel und Hardy erinnern, sich jedoch gegenseitig wunderbar ergänzen? Rückblickend ist mir heute bewußt, daß das, was ich bei Henry fand, eine Art Pseudoruhm war, ein Ruhm aus zweiter Hand. Wenn ich auch seine Lebensphilosophie nicht teilte, so bewunderte ich doch einige ihrer Aspekte. Ich hätte ahnen können, daß vieles in seinem Leben nichts als Schönfärberei war, aber andererseits, wer könnte behaupten, davon völlig frei zu sein? Wir sind alle geneigt, Teile unserer selbst zu vernebeln, denn wenn wir stets alle unsere Fehler eingestehen würden, wäre das Leben unerträglich. Wenn es mir auch nicht gelang, Henry auf die Fakten über seine Vorfahren festzunageln, so muß ich doch gestehen, daß mein wachsender Sinn fürs Dramatische sie trotz allem ruhmreich erscheinen ließ. Mein Tagebuch aus jener Zeit enthält eine Eintragung, die ebensoviel über mich aussagt wie über Henry.

H mal wieder übertrieben bombastisch heute abend. Ich wünschte, er würde nicht dauernd versuchen, mich zu beeindrucken. Ich mag ihn genug, um seine Vorurteile zu tolerieren, ohne daß er sie mir immer wieder unter die Nase reiben muß. Ich weiß, daß die meisten Leute ihn als geschwätzig und irritierend empfinden, aber sie kennen seine andere Seite nicht. Ich glaube, daß er im Grunde genommen fürchtet, seine wahren Gefühle zu zeigen. Es gibt Zeiten, in denen unsere Freundschaft zu zerbrechen droht, aber dann ist er plötzlich wieder reumütig und wird auf fast erbärmliche Weise großzügig. Ich habe mich über C geärgert, als er behauptete, Henry sei ein Schwuler im Wolfspelz. Wir hätten beinahe einen heftigen Streit deswegen gehabt. Das Ärgerliche an C und Konsorten ist, daß sie ständig versuchen, andere für ihren Lebensstil zu gewinnen, sie können sich nicht vorstellen, daß eine Freundschaft, wie sie Henry und mich verbindet, harmlos ist. Ich würde es mit Sicherheit bemerken, wenn Henry eine solche Veranlagung hätte.

Wenn Henry sich zu irgend etwas besonders hingezogen fühlte, dann war es Reichtum. Er hatte es sich zur Aufgabe gemacht, die Geheimnisse derjenigen zu entschlüsseln, die ihn besaßen; ich bin fest davon überzeugt, daß er aus diesem Grunde zunächst eine Karriere bei einer Handelsbank angestrebt hat. In seinen Augen besaßen die ganz Reichen einen geheimnisvollen Nimbus, der ihn dazu veranlaßte, ihren häufig abstoßenden Mangel an gutem Geschmack zu übersehen. Sein eifriges Bemühen, in diesen Kreisen Fuß zu fassen, bewirkte schließlich ein Nachlassen unserer Freundschaft. Er lernte schießen und nahm sogar ein paarmal an

Treibjagden teil, was mir beides ein Greuel ist und was er zugegebenermaßen auch nur als Mittel zum Zweck betrieb. Vor ein paar Tagen bin ich zufällig in einer alten Ausgabe des *Tatler* auf ein Foto gestoßen, das den strahlenden Henry im Reitdreß inmitten einer Schar nichtssagender Gesichter zeigt – eine Gesellschaft in Brideshead, die er jedoch nie wieder aufsuchte. Als er seinerzeit ins Parlament zog, kursierte die Prognose, daß er früher oder später ein hohes Amt bekleiden würde. Aber irgendwie ist es dann nie dazu gekommen. Möglicherweise war er einfach zu intelligent. Die Torys sind Intellektuellen gegenüber stets zurückhaltend gewesen, und sie schmettern jeden nieder, der den Status quo bedroht. Ich denke, Henry hat damals zum erstenmal erkannt, daß sein Charme ihm nicht jede Tür öffnen würde. Andere, die ähnlich veranlagt waren wie er, müssen seine Ambitionen mit weniger Nachsicht durchschaut haben als ich. Ein Terrain, das er nicht erobern konnte, hat er immer auf schnellstem Wege abgegeben, denn mit Ablehnung konnte er nicht umgehen.

Er war ein vielschichtiger und verblüffender Mensch, und doch gab es Momente, in denen ich von ihm überwältigt war und eine Art Liebe empfand, die nichts mit Sexualität zu tun hat, die uns aber dennoch verzehrt. Er war einer jener besten Freunde, die wir alle brauchen, um sie von Zeit zu Zeit zu verraten oder um von ihnen verraten zu werden.

II

Die Gegenwart

Ich hatte mit einem leicht verkaterten Bill auf der Hotelterrasse meinen zweiten Espresso getrunken. Danach waren wir mit unserer Gruppe in einem Wasserbus in die Nähe von Ca'Sanudo gefahren, das als Tagungsort für unsere erste Sitzung ausgewählt worden war, weil es sich um den Heimatort des Tagebuchschreibers aus dem sechzehnten Jahrhundert handelte; die Organisatoren der Konferenz waren zumindest literarisch gebildet. Wir diskutierten über das Schicksal der Schriftsteller, die unter der Diktatur in Südafrika zu leiden hatten; der offizielle Gastredner war ein Vertreter von Amnesty International. Um sein Anliegen zu bekräftigen, zeigte er uns während seines stundenlangen Vortrages einige gräßliche Dias. Anschließend stand er ausgiebig für Fragen zur Verfügung. Ich konnte mich des Eindrucks nicht erwehren, daß der Situation eine unterschwellige Ironie innewohnte. Da saßen wir nun alle, eingehüllt in unsere behagliche Freiheit, und hörten uns Berichte über den Freiheitsentzug, über Folter und Tod von in der Ferne lebenden Kollegen an. Zweifellos war jeder davon überzeugt, seine moralische Pflicht erfüllt zu haben, als die Resolution für die Presse einstimmig verabschiedet wurde. Ich empfand jedoch lediglich Ekel vor mir selbst.

Meine Laune besserte sich auch nicht während des Essens, zu dem man uns auf die Insel Torcello geladen hatte. Später machten die meisten von uns einen Verdauungsspaziergang und besichtigten die alte Kirche. Vor der Kirche gab es einige Stände, an denen Tücher und Touristenkitsch feilgeboten wurden. Als Bill gerade dabei war, ein Geschenk für seine Frau auszusuchen, erblickte ich zu meiner Überraschung den alten Dandy, den ich am Flughafen gesehen hatte. Diesmal hatte er einen anderen Begleiter, einen erwachsenen Mann, der einen von diesen schwarzen italienischen Anzügen trug, die man aus Mafiafilmen kennt und die stets etwas Düsteres an sich haben. Die beiden waren ein höchst kontrastreiches Paar, denn der alte Dandy trug auch diesmal seinen cremefarbenen Anzug. Sie gingen ganz nah an mir vorbei, aber obwohl unsere Blicke sich trafen, ließ der Dandy sich nicht anmerken, ob er mich wiedererkannte. Mir schlug das Herz bis zum Hals, als ich ihn aus der Entfernung beobachtete. Offenbar stand mir meine Erregung ins Gesicht geschrieben, denn Bill erkundigte sich plötzlich: »Geht es dir gut?«

»Ja, danke.«

»Du siehst aus, als ob du gerade ein Gespenst gesehen hättest.«

»Zuviel Grappa«, sagte ich.

Auf unserem Weg zurück zum Boot sah ich den alten Dandy ein letztes Mal. Diesmal stand er vor dem reichverzierten Tor einer großen Villa und schien sich mit seinem Begleiter zu streiten. Ich war mir sicher, daß er mich wahrgenommen hatte, denn als ich näher auf die beiden zuging, wandte er mir den Rücken zu.

Auf unserer Fahrt zurück nach Venedig herrschte eine gewisse Urlaubsstimmung. Die meisten der Delegierten hatten ihre Kameras gezückt, einige hatten sogar Camcorder mitgebracht. Bill fuchtelte unaufhörlich mit seiner Nikon mit Teleobjektiv herum. Mir war aufgefallen, daß er während des Essens die Bedienungsanleitung studiert hatte. Er versuchte, die Möwen zu fotografieren, die einzeln auf den Markierungspfählen hockten, aber unser Boot bewegte sich zu schnell. »Verdammt«, sagte er immer wieder, »das verdammte Ding läßt sich nicht immer scharf stellen.«

»Versuch, die Kamera zu schwenken«, sagte ich, meinen Wissensvorsprung ausspielend, den ich mir bei Dreharbeiten angeeignet hatte. »Und stütz dich gut ab, sonst wird alles unscharf.«

In diesem Augenblick entdeckte ich etwas, das so merkwürdig aussah, daß ich ein zweites Mal hinschaute. Schräg vor uns schwärmten ein paar Möwen um einen leeren Pfahl. Es waren keine Fischerboote in der Nähe, und doch hatte zweifellos irgend etwas im Wasser die Aufmerksamkeit der Vögel erregt.

»Kannst du mir mal kurz deine Kamera leihen?«

Ich nahm die Kamera und richtete das Teleobjektiv auf den Pfahl, bis ich ihn scharf im Bild hatte. Ich konnte ein undefinierbares Etwas im Wasser erkennen, das von den Wellen, die unser sich näherndes Boot machte, immer wieder gegen den Pfahl gedrückt wurde. Aber das Licht der niedrigstehenden Sonne fiel genau in die Linse und machte es schwierig, genau auszumachen, worum es sich handelte. Ich benutzte den Zoom, um das Objekt noch näher heranzuholen, und was ich nun entdeckte, versetzte mir einen Schrecken.

»Jemand soll ihm sagen, er soll langsamer fahren«, rief ich. »Ich glaube, da liegt eine Leiche im Wasser.«

Einer in unserer Gruppe sprach fließend Italienisch, und der Fahrer stellte den Motor ab, so daß das Boot langsam auf die Stelle zuglitt. Ich hatte mich nicht getäuscht. Es war eine Leiche. Unser Fahrer brachte das Boot geschickt an den Pfahl heran, dann holte er einen Bootshaken hervor, und mit Hilfe mehrerer Männer hievte er die Leiche an Bord, wo eifrige Hände sie auf den Rücken drehten. Meine deutsche Freundin vom vorangegangenen Abend schrie laut auf und schlug sich die Hände vor die Augen. Als ich mich durch das Gedränge schob, erkannte ich mit Entsetzen, daß es sich um die junge Frau handelte, die Henry am Flughafen geküßt hatte. Ihr Kopf lag in einem unnatürlichen Winkel auf dem nassen Deck, denn man hatte ihr die Kehle durchgeschnitten. Das blutleere Fleisch klaffte wie ein ausgenommener Fisch.

Ich fühlte mich verpflichtet, bei der italienischen Polizei eine Aussage zu machen. Nicht, daß ich ihnen viel hätte sagen können, außer daß ich das Mädchen zweimal in Begleitung des alten Mannes im cremefarbenen Anzug gesehen hatte. Es erschien mir damals zu kompliziert und eigentlich auch sinnlos, ihnen zu erzählen, daß ich mir einbildete, Henry gesehen zu haben. Allerdings erwähnte ich den jungen Mann im T-Shirt, der das Motorboot gelenkt hatte, und er erweckte tatsächlich wesentlich mehr Interesse als alles andere. Man hatte an der Toten nichts gefunden, anhand dessen man sie hätte identifizieren können, noch war irgend jemand, auf den ihre Beschreibung paßte, als vermißt gemeldet worden. Ich möchte behaupten, daß sie sie als unbekannte Touristin, die einen tragischen Unfall erlitten hatte, zu den Akten gelegt hätten, wäre sie nicht unzweifelhaft das Opfer eines Mordes gewesen.

Das Ereignis versetzte mich in Unruhe, vielleicht auch deswegen, weil ich es unvermeidlich mit meiner ersten Verwechslung in Verbindung brachte. Am Flughafen hatte ich die junge Frau im ersten Moment für Sophie gehalten; nun vermischten sich Bilder aus der Gegenwart mit der Vergangenheit, und mich beschlichen böse Vorahnungen, deren ich mich nicht erwehren konnte. Mein untrüglicher Sinn für alles Dramatische hatte mir in meinem Beruf gute Dienste erwiesen. Im Vergleich zur Realität jedoch ist ein fiktiver Mord harmlos, man braucht nur die nächste Seite umzublättern, und schon nimmt die Lösung des Verbrechens ihren Lauf. In diesem Fall konnte ich überhaupt nichts lösen, denn nichts schien einen Sinn zu ergeben, und außerdem hatte ich keinerlei Einfluß auf das, was sich ergeben würde.

Aufgrund des Ereignisses waren alle in gedrückter Stimmung, als wir an jenem Abend beim Dinner zusammensaßen. Die direkte Konfrontation mit einem Todesfall hatte größere Auswirkungen als der Vortrag des Amnesty-Vertreters über Ereignisse, die in einem fernen Land stattfanden, und die Tatsache, daß ich am Rande in das Geschehen verwickelt war, verlieh mir in den Augen der anderen einen flüchtigen Ruhm, auf den ich gerne verzichtet hätte.

»Ich war völlig verblüfft, als du sagtest, daß du sie wiedererkannt hast«, sagte Bill. (Ich muß hinzufügen, daß er und verschiedene andere nicht widerstehen konnten, einen Schnappschuß von der Leiche zu machen.) »Woran hast du sie überhaupt erkannt?«

Da wir nicht allein waren, verlegte ich mich auf Ausflüchte.

»Macht der Gewohnheit, nehme ich an. Ich bin immer auf der Suche nach Charaktermerkmalen. Es war nicht so sehr die junge Frau, die mir im Gedächtnis haften geblieben war, sondern der alte Mann, mit dem ich sie zum erstenmal gesehen hatte.«

»Und wieso? Was war denn so besonders an ihm?«

»Er schien aus einer anderen Zeit zu stammen. So wie er gekleidet war, wirkte er irgendwie unwirklich. Das und der große Altersunterschied zwischen den beiden.«

»Tja, alle Achtung. Ich habe überhaupt kein Gedächtnis für Gesichter, was mich immer wieder in peinliche Situationen bringt.« Dann gewann sein berufliches Interesse die Oberhand. »Verdammt guter Ausgangspunkt für einen neuen Roman. Genau das, was du gesucht hast.«

»Schon möglich.«

Am nächsten Tag meldete die Polizei sich wieder bei mir. Sie zeigten mir eine ganze Reihe von Verbrecherfotos in der Hoffnung, ich könne den jungen Mann im T-Shirt identifizieren. Ich konnte jedoch kein bekanntes Gesicht entdecken. Der Beamte, der mich diesmal verhörte, hatte eine Statur wie Pavarotti und roch durchdringend nach Knoblauch. Er sprach hervorragendes Englisch und versuchte, noch mehr Einzelheiten aus mir herauszubekommen.

»Ich würde gerne wissen, Mr. Weaver, warum das Opfer, von dem Sie behaupten, daß es Ihnen völlig fremd war, einen solch bleibenden Eindruck bei Ihnen hinterlassen hat.«

»Wie ich schon erklärt habe, war es der Begleiter der armen Frau, dieser merkwürdige alte Mann, der mir im Gedächtnis geblieben war.«

Er nickte. Dann schien ihm ein anderer Gedanke zu kommen, bevor er seine nächste Frage formulierte. »Und zum erstenmal haben Sie sie am Flughafen gesehen?«

»Ja.«

»Und das zweitemal abends in dem Motorboot?«

»Ja.«

»Sie waren, wie Sie, gerade erst am Flughafen angekommen?«

»Ich habe keine Ahnung. Ich hatte den Eindruck, daß sie einen Freund verabschiedet haben.« Es war das erstemal, daß ich Henry erwähnte, und er sprang sofort darauf an.

»Oh, es gab also noch eine dritte Person?«

»Ja.«

»Mann oder Frau?«

»Ein Mann. Ich habe gesehen, wie sie sich voneinander verabschiedeten, bevor er in sein Flugzeug stieg.«

»Bitte, beschreiben Sie ihn mir.«

»Ich habe ihn nicht so genau gesehen.«

»Nun, beschreiben Sie ihn, so gut Sie können.«

»Ein Mann mittleren Alters, etwa einsachtzig groß, gepflegt gekleidet. Es tut mir leid, aber ich kann mich nicht erinnern, irgend etwas Außergewöhnliches an ihm entdeckt zu haben. Er war zu weit weg.«

»Und wie spät war es?«

»Etwa drei Uhr nachmittags. Ich war mit einem früheren Flug aus London gekommen und auf dem Flughafen geblieben, um auf einen Freund aus New York zu warten. Er kam etwa eine Stunde später mit dem Flug aus Frankfurt an.«

Er nickte. »Sonst noch etwas?«

»Ich glaube nicht.«

»Ich muß Sie das fragen: Sie waren mit dem Opfer vorher nicht bekannt und standen auch in keiner Beziehung zu ihm?«

»Nein. Ich war keinem der beiden jemals vorher begegnet. Wie ich Ihnen schon sagte, bin ich nur wegen der Tagung hergekommen. Aber bitte, sagen Sie mir eins – haben Sie den alten Mann identifizieren können?«

»Bisher noch nicht. Zu dieser Jahreszeit ändert sich die Bevölkerung von Venedig stündlich. Haben Sie ihn mit dem Opfer sprechen hören?«

»Nein, aber ich habe ihn auf Torcello wiedergesehen. Das war an dem Tag, als der Mord entdeckt wurde, und es war ein Mann in seiner Begleitung.«

»Derselbe Mann wie am Flughafen?«

»Nein. Aufgrund seiner Kleidung hielt ich ihn für einen Einheimischen.«

Er starrte mich an. Dann machte er sich mit seinem Bleistift eine Notiz. »Ein merkwürdiger Zufall, nicht wahr? Sie sind kaum in diesem Land angekommen, und trotzdem begegnen Sie diesem Mann innerhalb von vierundzwanzig Stunden dreimal hintereinander an verschiedenen Orten.«

»Eine merkwürdige Verkettung von Zufällen, das muß ich zugeben.«

»Vor allem, wenn man bedenkt, wie viele Menschen sich zu dieser Jahreszeit in Venedig aufhalten.«

»Ich kann nur wiederholen, daß es sich so zugetragen hat.«

»Dazu kommt noch, daß Sie sich zufällig in dem Boot befanden, als die Leiche gefunden wurde.«

»Ja, ich gebe zu, das hat mich erschüttert.«

»Spielen Sie in der Lotterie, Mr. Weaver?«

»Nein.«

»Sie sollten es tun. Sind Sie sicher, daß es nicht noch etwas gibt, was Sie mir erzählen möchten?«

»Ich glaube nicht. Ich habe alles, woran ich mich erinnere, in meiner Aussage zu Protokoll gegeben.«

»Ihrem Ausweis entnehme ich, daß Sie Schriftsteller sind.«

»Ja.«

»Was für Bücher schreiben Sie?«

»Hauptsächlich Kriminalromane.«

»Gibt es bei uns Übersetzungen von Ihren Büchern?«

»Einige.«

»Ich muß sie mir besorgen.«

»Erlauben Sie mir, Ihnen ein Exemplar zu schicken.«

»Das wäre nett. Kriminalromane, sagen Sie? Ich könnte mir vorstellen, daß Morde in Romanen leichter zu lösen sind als in Wirklichkeit.«

»Glauben Sie das nicht.«

»Ich denke, der Trick ist, Ihre Leser zu überraschen. Wie sagt man so schön – man muß falsche Fährten legen.« Er machte eine

Pause und blickte mir direkt in die Augen. »Vielleicht sollte ich Ihnen noch mitteilen, daß das Opfer außerdem sexuell mißbraucht wurde.«

»Die arme Frau«, sagte ich. »Wie scheußlich.«

»Ja. Aber sehen Sie, das ist die falsche Fährte. Manchmal ahmt das wirkliche Leben die Kunst nach.« Er ließ sich Zeit, bevor er fortfuhr. Dann kostete er jedes einzelne Wort aus, während seine Augen auf die kleinste Regung in meinem Gesicht lauerten. »Sie haben einen eigenen Beitrag zu diesem mysteriösen Fall geleistet, wissen Sie das?«

»Nein. Inwiefern?«

»Sie bezeichnen das Opfer stets als ›sie‹. Aber das Opfer war keine Frau, sondern ein junger Mann, ein Teenager. Ein hübscher Junge, zugegeben, was Ihren Irrtum vielleicht verständlich macht.« Er klappte sein Notizheft zu. »Es sieht also so aus, Mr. Weaver, als ob wir beide noch etwas zum Nachdenken hätten.«

Bevor ich die Polizeistation verließ, wurde ich darauf hingewiesen, daß man mich, da ich der einzige greifbare Zeuge war, zu einem späteren Zeitpunkt, wenn alle Beteiligten identifiziert wären, noch einmal vorladen würde, um eine Aussage zu machen.

Völlig verwirrt ging ich zum Gritti Palace zurück. Ich war mir durchaus bewußt, daß ich mehr als eine Gelegenheit gehabt hätte zu sagen, daß ich glaubte, Henry gesehen zu haben. Ich hatte es jedoch vorgezogen, mich darüber auszuschweigen, denn mir lag nichts daran, weiteren Verdacht auf mich zu ziehen, indem ich behauptete, daß ein Mann, der offiziell als tot galt, plötzlich aus dem Nichts auftauchen konnte, vor allem dann nicht, wenn dies möglicherweise im Zusammenhang mit einem Mordfall stand. Je mehr ich darüber nachdachte, desto mehr gelangte ich zu der Überzeugung, daß es sich um ein durch mein Unterbewußtsein hervorgerufenes Trugbild handeln mußte – die Assoziation mit Sophie und Venedig. Wenn es wirklich Henry gewesen war, welche Erklärung hätte es dafür gegeben, daß er mit dem ermordeten Jungen zusammengewesen war? Nichts ergab einen Sinn.

Den Rest der Tagung verfolgte ich ohne große Aufmerksamkeit, denn es gelang mir nicht, mich von den Bildern zu befreien, die mich verfolgten: Sophie, Henry, der alte Mann und der tote Junge waren mir deutlicher präsent als das Diskussionsthema. Wie ich Bill prophezeit hatte, wurden auf den Sitzungen schwülstige Resolutionen verabschiedet. Ich bezweifelte jedoch zynisch den Wert, den sie für jene haben würden, die mehr brauchten als große Worte. In der Schlußerklärung wurde unsere Solidarität zum Ausdruck gebracht und unter anderem an die iranische Regierung appelliert, das über Salman Rushdie verhängte Todesurteil aufzuheben. Zweifellos fuhren alle Beteiligten in dem Bewußtsein nach Hause, eine heilige Pflicht erfüllt zu haben. Die Deutsche und ich tauschten Adressen aus, und ich versprach ihr, mein möglichstes zu tun, um ihr bei der Suche nach einem Verleger für ihre Biographie behilflich zu sein.

Bill und ich flogen mit derselben Maschine nach London, und während des Flugs zog er einen Stapel Fotos aus seiner Tasche, die er über Nacht hatte entwickeln lassen.

»Einige davon sind gar nicht schlecht. Ich hab noch nicht ganz raus, wie das verdammte Ding funktioniert, aber ein paar davon sind doch ganz gut geworden, nicht wahr?« Er reichte mir die Fotos. Es handelte sich hauptsächlich um die üblichen dilettantischen Touristenfotos, an denen Kodak ein Vermögen verdient. Als ich jedoch seine Bilder höflich überflog, stieß ich plötzlich auf ein Foto von dem toten Jungen an Deck des Wassertaxis. Während ich noch einmal das blutleere Gesicht des armen Jungen betrachtete, der selbst im Tod Ähnlichkeit mit der jungen Sophie hatte, fühlte ich mich in die Vergangenheit zurückversetzt, und andere Bilder kamen mir in den Sinn, Bilder, die die Zeit nicht verwischt hatte.

III

Die Vergangenheit

Obwohl dem Ereignis damals keine großen Schlagzeilen zuteil wurden, hatten die meisten Tageszeitungen doch über Henrys angeblichen Selbstmord berichtet. Wie vorauszusehen, hatte die *Sun* meinen Namen mit Sophie in Verbindung gebracht. – *Martin Weaver, ein lebenslanger Freund, der in jungen Jahren ein Liebesverhältnis mit Blagdens späterer Frau Sophie hatte, zeigte sich schokkiert darüber, daß einer potentiell brillanten Karriere ein solch tragisches Ende bereitet wurde. Er beschreibt Blagden als tatkräftigen Politiker, der bedauerlicherweise im Parlament bei der Vergabe der Ministerposten übergangen worden war.*

Die *Mail* hatte ein Foto ausgegraben, das uns drei bei einem gemeinsamen Urlaub in Südfrankreich zeigte – Sophie im Bikini verführerisch jung und attraktiv, während Henry und ich wie zwei Perverse aussahen. Ich studierte jede Zeitung eingehend. Die meisten Berichte basierten auf CNN-Quellen und beschränkten sich darauf, die wichtigsten Tatsachen aufzulisten, unter anderem, daß Henry sich als politischer Beobachter in Moskau aufgehalten hatte. Es sollte eine Obduktion stattfinden, und laut *Times*-Bericht war zu einem späteren Zeitpunkt ein Gedenkgottesdienst geplant. Was jedoch schließlich meine Neugier weckte, war ein kurzer Artikel im *Telegraph*. Ihr Mann in Moskau hatte das Zimmermädchen interviewt, das die Leiche im Wandschrank gefunden hatte.

Was man auch von meinem Eifer halten mag, ich habe meinen Berufsstolz, und wenn ich einen Roman schreibe, nehme ich es mit den Fakten sehr genau (ich habe die Erfahrung gemacht, daß Leser sich mit penetranter Regelmäßigkeit auf jede noch so kleine Ungenauigkeit stürzen), und die Erwähnung des Wandschranks machte mich sogleich hellhörig. Henry war über einsachtzig groß, und als ich ihn das letztemal sah, muß er so um die achtzig Kilo gewogen haben. Selbstmord durch Erhängen ist eine schwierige Sache, und es wäre für einen Mann von seiner Größe und Statur nahezu unmöglich gewesen, sich in einem Schrank, der kaum höher war als er selbst, zu erhängen. Ich ging an einen meiner eigenen Schränke und führte ein Experiment durch. Ich wiege nur siebzig Kilo und bin kleiner als Henry, aber die Kleiderstange gab augenblicklich nach, als ich sie mit meinem Gewicht belastete. Auch gelang es mir nicht, meine Füße in die Luft zu bekommen. Ich kam zu dem Schluß, daß es nicht nur unwahrscheinlich, sondern geradezu unmöglich war, sich auf diese Weise zu erhängen.

Einer spontanen Eingebung folgend, suchte ich Henrys persönlichen Referenten auf, um ihn nach Sophies derzeitiger Telefonnummer zu fragen und vielleicht noch ein paar Einzelheiten aus ihm herauszubekommen. Er entpuppte sich als aalglatter Typ mit einem von diesen Schnurrbärten, die aussehen wie aufgemalt, und er war nicht sehr gesprächig. Ja, es war zweifellos Selbstmord gewesen (das kam ein bißchen zu prompt): Henry habe ein Stück Elektrokabel benutzt und sei nach dem vorläufigen Polizeibericht schon seit Stunden tot gewesen, als seine Leiche entdeckt wurde.

»Machte er den Eindruck, daß er deprimiert war, als er abreiste?«

»Nicht auf mich.«

»Und was ist mit Mrs. Blagden? Wie hat sie es aufgenommen?«

Es entstand eine Pause, bevor er meine Frage beantwortete.

»Ich habe bisher noch nicht mit ihr sprechen können«, sagte er beiläufig. »Sie ist außer Landes, in den Staaten, soviel ich weiß. Jedenfalls ist sie nicht in England, scheint sich nie lange an einem Ort aufzuhalten. Verdammt schwierige Zeiten, um eine Nachwahl durchzuführen«, sagte er und ging geschickt auf ein anderes Thema über. »Unter uns gesagt, die Leute vom Central Office finden es reichlich unpassend, ausgerechnet zu einem Zeitpunkt den Strick zu nehmen, zu dem wir in den Meinungsumfragen sieben Punkte im Rückstand liegen. Wir haben Anweisung, die Sache herunterzuspielen, obschon ich den Verlust natürlich als sehr schmerzlich empfinde.«

Ich ignorierte seine Krokodilstränen. »Tja, falls Sie seine Frau ausfindig machen sollten, würden Sie sie bitten, mich anzurufen? Ich würde ihr gern helfen, wenn ich kann.«

»Sie haben mir den ganzen Schlamassel angedreht. Ich soll nach Moskau fliegen und die Formalitäten erledigen«, fuhr er fort, so als ob ich nie etwas gesagt hätte. »Können Sie sich vorstellen, was da für ein Streß auf mich zukommt, jetzt, wo all die Ex-Kommis herumlaufen wie aufgescheuchte Hühner?«

»Da würde ich mir keine Sorgen machen. Die haben Übung im Umgang mit Leichen«, sagte ich. »Sie werden das mit Sophie nicht vergessen?«

»Wen vergessen?«

»Mrs. Blagden. Wenn Sie sie erreichen, bitte sagen Sie ihr, sie möchte mich anrufen.«

»Ach ja, das. Tja, ich werde mein Bestes tun, aber ich kann Ihnen nichts versprechen.«

Ich hatte absichtlich meine Zweifel an dem Bericht des Zimmermädchens nicht erwähnt. Immerhin hätte es genausogut sein können, daß ihre Aussage einfach falsch übersetzt worden war.

Für den nächsten Tag vereinbarte ich einen Gesprächstermin mit Henrys Anwalt, einem mir flüchtig bekannten, aufgeblasenen Kerl. Auf Henrys Drängen hatte er einmal den Kauf eines Hauses für mich getätigt, seine penetrante Überheblichkeit hatte mich jedoch dazu veranlaßt, ihn nicht noch ein zweites Mal zu Rate zu ziehen. Er hatte seine Kanzlei in einer jener prächtigen Stadtvillen am Rande des Westminster-Bezirks, die sich heutzutage nur noch Juristen leisten können.

»Diese ganze Sache ist mir unerklärlich«, begann ich, als ich ihm gegenüber an seinem Schreibtisch Platz genommen hatte. »Es will mir einfach nicht in den Kopf.«

»Man kann nie wissen, nicht wahr? Er ist nun schon der dritte in diesem Jahr, dessen Überreste ich zusammenklauben muß. Ein Zeichen dafür, daß die Wirtschaft darniederliegt. Ich hatte erst letzte Woche eine Unterredung mit dem Staatssekretär im Finanzministerium. Ich hab ihm gesagt, es wird Zeit, daß sie ein Programm auf die Beine stellen.« Er konnte den Ärger in seiner Stimme kaum verbergen.

»Henry hatte also finanzielle Probleme?«

Ich wußte, das würde sofort an sein Berufsethos rühren. »Ich glaube kaum, daß ich das zu diesem Zeitpunkt mit Ihnen erörtern kann. Wir müssen zunächst die Testamentseröffnung abwarten. Übrigens hatte ich vor, Sie früher oder später anzurufen.«

»Tatsächlich? Aus welchem Grund?«

»Als Henrys Anwalt habe ich natürlich sein Testament aufgesetzt, und obwohl ich Ihnen im Moment keine Angaben zu seinem Inhalt machen kann, halte ich es für angebracht, Ihnen mitzuteilen, daß Henry Sie zu seinem literarischen Nachlaßverwalter eingesetzt hat.«

»Sie überraschen mich. Er hat es mir gegenüber nie erwähnt.«

Ich war entsetzt bei dem Gedanken, möglicherweise Henrys gesammelte politische Reden redigieren und veröffentlichen zu müssen. Alle Reden waren von einem Ghostwriter verfaßt worden, ja ich selbst hatte bei einigen meine Hand im Spiel gehabt, und ich wußte sehr wohl, daß Henry keinerlei literarisches Talent besessen hatte.

»Sie sind Schriftsteller, nicht wahr?« Seine Frage hatte einen beleidigenden Unterton, so als stelle er meine Fähigkeiten in Zweifel. »Ich nehme an, er war der Meinung, daß Sie am besten befähigt wären, sich dieser Dinge anzunehmen. Sobald die Testamentseröffnung stattgefunden hat, werde ich dafür sorgen, daß Ihnen sämtliche privaten Schriftstücke zur Verfügung gestellt werden.«

»Ist das Material umfangreich?«

»Das kann ich Ihnen nicht sagen. Ich schlage vor, daß Sie sich mit dieser Frage am besten an seine Witwe wenden.«

»Wissen Sie zufällig, wo ich sie erreichen kann? Sein Referent schien davon auszugehen, daß sie sich zur Zeit auf einer Reise durch die Vereinigten Staaten befindet und nicht erreichbar ist.«

»Nein. Ich habe heute morgen mit ihr gesprochen.«

»Heute morgen?«

»Ja.«

»Sie ist also in England?«

»Ich glaube, sie wohnt irgendwo bei Freunden.«

»Tja, also, wenn Sie sie noch einmal sprechen, würden Sie so freundlich sein, sie zu bitten, mich anzurufen oder auch mir ihre Telefonnummer zu geben, falls das möglich ist.«

»Ich werde es ihr ausrichten. Ich möchte jedoch behaupten, wenn sie Sie sprechen will, wird sie das schon tun.« Seine Herablassung war mir zuwider.

»Vielen Dank. Sie werden also von sich hören lassen?«

»Ja. Wenn die Wogen sich geglättet haben. Diese Selbstmorde machen immer soviel Extraarbeit, auf die ich gut verzichten könnte.«

Und am Ende eine extradicke Rechnung, dachte ich.

Es war merkwürdig, daß Henry mir gegenüber zu Lebzeiten niemals etwas davon erwähnt hatte, daß er mich zu seinem literarischen Nachlaßverwalter einsetzen wollte. Dabei war er weiß Gott nie schüchtern gewesen, wenn es darum ging, mich um einen Gefallen zu bitten. Der Titel klingt so großartig, läßt er doch vermuten, daß der Verstorbene ein unbekanntes Meisterwerk hinterlassen hat. Meines Wissens jedoch hatte Henry kaum jemals etwas zu Papier gebracht, das wert gewesen wäre, es der Nachwelt zu erhalten. In einem aufrichtigen Moment hatte er mir einmal erzählt, daß er Sophie niemals Briefe geschrieben hatte, und selbst heute noch schnürt mir die Erinnerung daran das Herz zusammen, denn ich hatte ihr viele Liebesbriefe geschrieben. Hatte sie sie wohl nach ihrer Heirat aufbewahrt, mit einem rosa Band zusammengebunden, wie es in der viktorianischen Zeit Brauch war? Wahrscheinlich nicht; sie war nicht sentimental und hängte ihr Herz nicht an Orte und Dinge. Auch scherte sie sich nicht darum, wo oder wie sie lebte. In ihren Augen waren Häuser nichts als ummauerter Raum. Das Leben in Hotels, mit Zimmerservice und täglich frischen Handtüchern und frischgemachten Betten, entsprach Sophies Vorstellung von Glück. Wann immer wir auf Reisen waren, hatte sie eine kindliche Freude daran, die kostenlosen Seifenstückchen, Shampooflåschchen und Streichholzbriefchen zu sammeln; sie hatte ganze Schubladen voll von diesen Sachen. Ich bin da ganz anders; ich brauche ein sicheres Zuhause, wo alles seinen Platz hat – meine Bücher, meine Bilder, meine Lieblingsschallplatten –, einen festen Ort, an den ich immer zurückkehren kann. Längere Aufenthalte in Hotels, die von Zeit zu Zeit unvermeidlich sind, erfüllen mich auf die Dauer mit Angst. Jedesmal gerate ich unweigerlich in die Verlegenheit, mich in Restaurants mit Fremden auf Gespräche einzulassen, die ich augenblicklich bereue, und jeden Abend fährt man mit dem Aufzug hinauf in ein anonymes Zimmer. Sophie und Henry waren ständig unterwegs; oft beneidete ich sie um diese Sorglosigkeit, um ihre Weigerung, sich Konventionen zu unterwerfen. Sie besaßen ein Haus in Amersham, für das ich meinen rechten Arm gegeben hätte. Aber sie verließen es bereits nach einem Jahr und anscheinend ohne großes Bedauern.

Falls er jemals schrieb, beschränkte Henry sich auf Postkarten. Zu der Zeit, als wir drei noch unzertrennlich waren, schickte er mir die Sorte Postkarten, die damals der letzte Schrei in jedem Touristenladen waren – sie zeigten Frauen mit ungeheuren Titten und ausladenden Hinterteilen neben jammerlich mageren Männern in altmodischen Badeanzügen, darunter stets ein leicht obszöner Text. Ein paar Tage zuvor war mir eine von diesen Postkarten, die ich als Lesezeichen benutzt hatte, wieder in die Hände gefallen. Henry hatte darauf geschrieben: »Das hat mich an Dich erinnert«. Ich hatte jedoch stets bezweifelt, daß Henry je an mich dachte, es sei denn, er wollte etwas von mir. Er hatte immer einen Vorrat an solchen Karten, denn er liebte es, im großen einzukaufen – Hemden, Briefmarken, Bleistifte, Notizblöcke –, eigentlich alles, wenn ich es mir überlege, außer meinen Büchern. »Du kannst mir doch eins schenken, immerhin kriegst du sie umsonst, du gemeiner Hund«, pflegte er zu sagen. In dieser Hinsicht unterschied er sich nicht von den anderen in meinem Freundeskreis, die alle diese falsche Auffassung teilten. Ich wurde allerdings den Verdacht nicht los, daß die Exemplare, die ich ihm tatsächlich schenkte, schnurstracks ungelesen in sein Bücherregal wanderten. Zumindest hat er nie irgendwelche Kommentare zu meinen Büchern gemacht, sich höchstens danach erkundigt, wieviel Vorschuß ich erhalten hatte. Henry setzte Erfolg mit Geld gleich. Ich vermute, daß ihn das auch motiviert hat, in die Politik zu gehen. Er war gleichsam über Nacht bekehrt worden. War er bisher ein scharfer Kritiker der jeweiligen Regierung gewesen, so warf er sich nun der Tory-Partei in die Arme. Zu meinem großen Erstaunen bekam er schnell einen Sitz, ja er hatte bei seiner Wahl sogar eine große Mehrheit erzielt, denn er verstand es, sich im Wahlkampf gut zu verkaufen, und wußte die üblichen Platitüden, mit denen die Wählerschaft stets eingelullt wird, geschickt anzubringen. Wie ich schon früher erwähnte, war ich davon ausgegangen, daß er eine steile Karriere vor sich hatte. Seltsamerweise jedoch gab er sich kaum Mühe, sich in der Downing Street oder bei der Parteiführung einzuschmeicheln; es schien, als ob er nichts anderes hatte erreichen wollen als den Status eines Parlamentsmitglieds, ohne sich auf die Intrigen und Grabenkämpfe einlassen zu müssen, die für ein Vorwärtskommen notwendig sind. Dieser Status war für ihn nichts als ein Mittel zum Zweck. Er war, wie ich dem *Sun*-Reporter sagte, gewissenhaft in dem Sinne gewesen, als er immer bemüht war, seine Weste rein zu halten, und stets davon sprach, daß es nicht darauf ankomme, Macht zu besitzen, sondern unermüdlich bei jeder Gelegenheit seinen Mitmenschen zu dienen. Ich wurde allerdings das Gefühl nicht los, daß der Mensch, dem er in erster Linie unermüdlich diente, er selbst war.

Ich war seinem widerwärtigen Anwalt später in jener Woche erneut auf die Pelle gerückt, um ihn über Sophie auszuquetschen und zu erfahren, wann und wo das Begräbnis geplant war. Es wurde mir jedoch lediglich mitgeteilt, daß das Auswärtige Amt aufgrund der Krise in Rußland angeordnet hatte, Henry solle dort beigesetzt werden. Nach der Obduktion würde die Botschaft alle nötigen Vorkehrungen treffen. Er ließ durchblicken, daß Sophie mit dem Arrangement einverstanden war.

»Haben Sie ihr meine Bitte ausgerichtet?«

»Ja.«

Ich wartete auf eine nähere Erklärung. »Und?«

»Sie hat mich gebeten, Ihnen für Ihre Anteilnahme zu danken.«

»Sonst nichts?«

»Nicht daß ich wüßte.«

»Und Sie sind nicht befugt, mir mitzuteilen, wo ich sie persönlich erreichen kann?«

»Ich fürchte, nein.« Es ist typisch britisch, die Wendung »ich fürchte« zu benutzen, wenn der Sprecher alles andere tut als sich fürchten.

»Können Sie mir denn sagen, für wann Sie die Ergebnisse der Obduktion erwarten?«

»Nein, das kann ich nicht. Die Nachrichtenübermittlung von dort ist zur Zeit ein einziges Chaos«, erwiderte er. Sein Ton wirkte zunehmend desinteressiert, so als ob er an wichtigere Dinge zu denken habe, während er mit mir redete.

»Ziehen sie in einem solchen Fall einen Gerichtsmediziner zu Rate?«

»Ich nehme an, sie haben wohl irgendein System. Ich könnte mir allerdings vorstellen, daß es weniger effektiv ist als das unsrige.«

»Und wie lange wird es dauern, bis sie die Leiche freigeben?«

»Mr. Weaver, ich habe keine Kenntnis über das gerichtliche Prozedere in Rußland. Falls Sie sich über Einzelheiten informieren wollen, schlage ich Ihnen vor, sich ans Auswärtige Amt zu wenden.«

Im Auswärtigen Amt mußte ich drei verschiedene Abteilungen abklappern, bis man mich schließlich an einen Beamten verwies, der offenbar noch nicht lange im Dienst war.

»Sind Sie ein Verwandter?«

»Nein«, sagte ich, »nur ein alter Freund.«

»Normalerweise werden Informationen solcher Art nur an Familienangehörige weitergegeben.«

»Welche Art von Informationen?«

Er fummelte an seiner Krawatte herum und rückte seine Manschetten zurecht. »Persönliche Einzelheiten«, sagte er.

»Nun, danach habe ich nicht gefragt. Was mich interessiert, ist, ob die Obduktion bereits durchgeführt wurde und für welches Datum das Begräbnis vorgesehen ist. Über den Tod von Mr. Blagden wurde sowohl im Fernsehen als auch in der Presse berichtet, es handelt sich also sicherlich nicht um eine geheime Verschlußsache.«

»Tja, man kann sich nie auf die Medien verlassen, nicht wahr?«

»Stimmt. Darum bin ich hier.«

Obschon er ein Neuling war, war er in Ausweichmanövern gut geschult.

»Ich denke, es wäre das Beste, Sie reichten Ihr Gesuch offiziell und in schriftlicher Form ein. Dann werden wir es an die Botschaft in Moskau weiterleiten.«

»Könnten Sie es nicht rüberfaxen, um Zeit zu sparen? Ansonsten, fürchte ich, wird es erst eintreffen, wenn die Beerdigung längst stattgefunden hat. Ich nehme doch an, daß Sie Faxgeräte besitzen, oder arbeiten Sie hier immer noch mit Buschtrommeln?«

Er ging ungerührt über meinen Sarkasmus hinweg.

»Ja, das könnten wir für Sie tun, Sir, aber ob Sie in der derzeitigen Situation eine Antwort bekommen, kann ich Ihnen nicht garantieren. Ich bin sicher, Ihnen ist klar, daß sie da drüben wichtigere Dinge zu erledigen haben.«

»Wollen Sie damit sagen, daß der Selbstmord eines britischen Parlamentsabgeordneten im Ausland den stellvertretenden Premierminister Ihrer Majestät nicht interessiert? Ist das die Information, die Sie mir mit auf den Weg geben wollen?«

Das brachte ihn zum erstenmal aus dem Konzept, und seine glattrasierten Wangen wechselten die Farbe.

»Nein. Ich wollte lediglich andeuten, daß die Situation in Moskau sehr unsicher ist. Das Ganze ist eine Frage der Prioritäten.«

»Ja. Vielen Dank auch für Ihre große Hilfe«, warf ich ihm mit Nachdruck zum Abschied hin. Es ließ ihn jedoch völlig kalt.

Als ich das Gebäude verließ, fragte ich mich, ob mein Beharren ihn zu seinem ausweichenden Verhalten angestachelt hatte, oder ob er angewiesen worden war, peinliche Informationen zurückzuhalten. Ich beschloß, die Sache nicht auf sich beruhen zu lassen und mir jemanden aus der Parteizentrale der Torys vorzuknöpfen.

Für den Hauptsitz einer großen politischen Partei ist das Gebäude am Smith Square recht bescheiden. Die Eingangshalle erinnert an ein Hotel in der Provinz, das harte Zeiten erlebt hat. Heutzutage führen sie aus gutem Grund strenge Sicherheitskontrollen durch. Nachdem man mich nach Waffen durchsucht und ich den Grund meines Besuchs genannt hatte, wurde mir ein selbstklebendes Namensetikett ausgehändigt. Dann ließ man mich gut zwanzig Minuten lang warten. Ich betrachtete das große Farbfoto der Premierministerin, das den Warteraum beherrschte, dann überflog ich die diversen Broschüren, mit treuherzigen Beschreibungen eines Englands, das nur noch in der Phantasie jener parteitreuen Journalisten existierte, die sich diese heile Welt ausdachten.

Endlich erschien jemand, um mit mir zu reden – ein unglaublich großer Typ im obligaten Nadelstreifanzug und einem Hemd, das aussah, als ob seine Frau es für ihn gekauft hätte, nämlich eine Nummer zu klein. Es trug zweifellos dazu bei, daß seine Stimme halb erstickt klang; er redete so gepreßt, daß ich teilweise Mühe hatte, ihn zu verstehen. Er stellte sich lediglich mit seinem Nachnamen vor, was wahrscheinlich bedeutete, daß er einen Titel trug, den seine unartikulierte Aussprache wiederum verschluckt hatte.

»Sie sind Mr. Weaver? Ich höre, Sie wollen sich nach dem armen alten Blaggers erkundigen.«

»Ja. Ich war schockiert, von seinem Tod zu erfahren.«

»Trauriges Ende, ja. Schmerzlich vermißt. Sie sind ein Freund?«

»Ja, ich kannte ihn seit dreißig Jahren.«

»Muß das fragen. Man kann heutzutage nicht vorsichtig genug sein, bei den Methoden, die die Presse anwendet. Gut, das hätten wir geklärt. Sie sind nicht zufällig mit Cecil verwandt?«

»Cecil?«

»Lord Lanchberry. Er war ein Weaver, bevor er in den Adelsstand erhoben wurde.«

»Nein«, sagte ich. »Ich glaube nicht, daß unsere Familien etwas miteinander zu tun haben.«

»Nun, also, was können wir für Sie tun?«

»Es scheint, daß Henry mich zu seinem literarischen Nachlaßverwalter bestimmt hat, und ich wäre sehr daran interessiert, Kontakt mit seiner Witwe aufzunehmen. Mir ist jedoch ihre derzeitige Adresse nicht bekannt.«

»Literarischer Nachlaßverwalter, so, so«, sagte er und blickte an mir vorbei, als jemand die Eingangshalle betrat. »Entschuldigen Sie.« Er ging auf den Neuankömmling zu, um ihn zu begrüßen. »Sie werden im Studio erwartet, Herr Minister«, hörte ich ihn sagen. »Ich denke, Sie werden mit dem neuen Entwurf zufrieden sein. Ich habe ihn selbst überarbeitet.«

Als er wieder zu mir zurückkam, fuhr er fort, als ob nie eine Unterbrechung stattgefunden hätte: »Ich hoffe, das bedeutet nicht, daß wir eines Tages mit der Veröffentlichung seiner Tagebücher rechnen müssen. Jetzt, wo die königliche Familie in sämtliche Fettnäpfchen tritt und die Typen von der Opposition jeden Skandal mit Wonne ausschlachten, brauchen wir alle dringend eine Verschnaufpause, meinen Sie nicht?« Er stieß ein kurzes, bellendes Lachen aus. »Im großen und ganzen ist es wohl das Beste, wenn wir uns an ihnen kein Beispiel nehmen. Rettet die Regenwälder und all das.« Wieder ertönte dasselbe irritierende Lachen.

»Ich habe keine Ahnung, ob Henry überhaupt Tagebuch geführt hat. Seine Papiere sind noch nicht freigegeben worden.«

»Tja, vielleicht sollten Sie uns in alles, was das öffentliche Interesse berührt, Einsicht gewähren.« Seine nichtssagende Höflichkeit ließ seine Züge starr wirken.

Ich versuchte, ihn zu überrumpeln: »Haben Sie eine Ahnung, warum Henry sich das Leben genommen hat? Hat irgend jemand hier vermutet, daß er sich in einem solchen Gemütszustand befand?«

Sein Gesichtsausdruck veränderte sich nicht. »Habe ihn selbst nicht wirklich gekannt. Man kann nicht jeden hier kennen, obschon wir unser Bestes tun. Es heißt, er sei ein hochanständiger Kerl gewesen. Gutes Zugpferd in seinem Wahlkreis.«

»Soviel ich weiß, hat seine Frau ihn da sehr unterstützt«, sagte ich, um das Gespräch wieder auf Sophie zu bringen.

»Tatsächlich? Nun, schließlich kommt es darauf an, ein nettes kleines Frauchen an seiner Seite zu haben, das zu einem hält. Macht im Wahlkampf immer einen guten Eindruck.«

»Dürfte ich Sie fragen, ob Sie ihre Adresse in der Akte haben?«

»Ich möchte sagen, da müßte sich was finden lassen. Müssen schließlich ein Beileidsschreiben geschickt haben. Lassen Sie mich nach oben gehen und ein paar Erkundigungen einholen.«

Er blieb etwa zehn Minuten weg. Als er wiederkam, war er vollig verandert.

»Hören Sie, Weaver, das könnte ziemlich kompliziert werden. *Entre nous*, es sieht so aus, als ob er und seine Frau getrennt lebten. Wundert mich, daß Sie das nicht wußten. Unter den gegebenen Umständen sollten wir vielleicht keine Adressen preisgeben. Das verstehen Sie sicher. Nett, daß Sie vorbeigekommen sind, ich werde Cecil Ihre Grüße ausrichten, wenn ich ihn das nächstemal sehe«, sagte er zum Abschied, so als ob er nie mitbekommen hätte, daß ich den Mann gar nicht kannte.

Als ich Smith Square verließ, wurde ich das Gefühl nicht los, daß das sogenannte Establishment ein seltsamer Haufen ist. Das

MI5, die CIA und der KGB sind inzwischen alle durchschaut, unsere Bonzen jedoch haben die Kunst der Geheimhaltung perfektioniert. Ihre Eigenarten mögen als Material für erfolgreiche Fernsehkomödien dienen, aber im wirklichen Leben untergräbt ihre besessene Geheimniskrämerei unsere Gesellschaft. Wann immer ihre Position bedroht ist, blasen sie in eine unsichtbare Pfeife, deren Ton normale Sterbliche nicht hören können, der jedoch von den Eingeweihten augenblicklich vernommen wird. Wir sollten niemals die rachsüchtige Feindseligkeit unterschätzen, die im Establishment ausgelöst wird, wenn einer von ihnen aus der Reihe tanzt.

Nachdem man mich nun dreimal hintereinander abgewimmelt hatte, kam ich zu der Überzeugung, daß nach Henrys Tod irgendwo zwischen Moskau und Whitehall die Entscheidung gefallen war, alle Schotten dicht zu machen. Keiner derjenigen, mit denen ich gesprochen hatte, war bereit gewesen, mir in irgendeiner Weise entgegenzukommen. Und doch gelang es mir nicht, den Henry, den ich gekannt hatte, mit jemandem in Verbindung zu bringen, der sich in skandalträchtige Situationen verstrickt hätte. Ich fühlte mich in meinem Entschluß bestärkt herauszufinden, warum sein Fall unter den Teppich gekehrt wurde. Ich muß allerdings gestehen, daß ich noch ein weiteres, weniger altruistisches Motiv hatte: die Entdeckung, daß Henry und Sophie sich vor seinem Tod getrennt hatten, nährte in mir die Hoffnung, daß sie dankbar sein würde, wenn ich ihr eine vertraute Schulter zum Ausweinen darböte.

Vielleicht hatte ich Sophie nie verstanden. Jemanden zu lieben heißt noch lange nicht, ihn auch zu kennen, und ich fürchte, daß es mir in Herzensangelegenheiten immer an einem gewissen Einfühlungsvermögen gemangelt hat. Möglicherweise gibt es dafür einen verborgenen freudschen Grund, der noch zu klären wäre. Jedenfalls bin ich schon immer leicht zu täuschen gewesen und neige dazu, alles nach dem äußeren Schein zu beurteilen. Ich scheine unfähig zu sein, aus der Erfahrung zu lernen, klammere mich stets an das Vertrauen, bis es zu spät ist. Als ich Henry und

Sophie etwa ein Jahr nach ihrer Hochzeit wiederbegegnete, habe ich mich höchst ungeschickt verhalten. Mit der Frau, die ich einst geliebt hatte und die nun die Frau des Mannes war, den ich als meinen besten Freund betrachtet hatte, freundschaftlich umgehen und Small talk machen zu müssen war eine Situation, über die ich lieber geschrieben hätte, anstatt sie selbst zu erleben. Völlig irrational schrieb ich mir selbst die Hauptschuld dafür zu, daß sie mich verlassen hatte. Ich konnte mich der Überzeugung nicht erwehren, ich habe es meiner eigenen Blödheit zuzuschreiben, daß sie sich von mir ab- und Henry zugewandt hatte. Jeden Tag fielen mir neue Gründe ein – ich hatte unsere Beziehung zu selbstverständlich hingenommen, ich war ein nachlässiger Liebhaber geworden, ich hatte mich zu sehr meinem Beruf gewidmet.

In der ersten Zeit, nachdem Sophie mich verlassen hatte, war mein Tagesablauf völlig durcheinandergeraten. Wenn man zufrieden ist (das heißt in meinem Fall eher ›selbstzufrieden‹), hat man keinerlei Probleme, diszipliniert zu arbeiten. Über die Jahre hatte ich mir angewöhnt, täglich eine bestimmte Anzahl von Wörtern zu Papier zu bringen, komme, was wolle. Ich meine, mich daran zu erinnern, daß das etwas mit dem zu tun hatte, was ich einmal über Trollopes Fähigkeit gelesen hatte, gegen die Uhr zu arbeiten. Dies schien mir die Arbeitsweise eines echten Profis zu sein. Nachdem Sophie mich verlassen hatte, versiegte meine kreative Ader. Es war, als ob mit dem Ende der Liebe ein Hahn abgedreht worden wäre. Schriftstellern wird oft die Fähigkeit zugeschrieben, jede Gefühlsregung in Literatur verwandeln zu können, und in meinem verzweifelten Bedürfnis nach Rache begann ich einen Roman zu schreiben, in dem Henry als der Baron Samedi meines Unterbewußtseins auftrat. Aber im Schreiben fand ich keine Erlösung. Nach drei Kapiteln mußte ich feststellen, daß mein Schmerz ein Feuer war, das nicht lodern wollte.

Wenn die Ehe der beiden mein Leben durcheinandergebracht hatte, so hatte sie auch Sophie verändert. Ich konnte nicht umhin zu bemerken, daß sie nicht nur Henrys Art zu sprechen übernommen hatte, sondern auch seine Geisteshaltung. Nicht selten überschnitten sich ihre Gespräche, wobei einer die Worte des anderen nachbetete. Während Sophie früher nie gezögert hatte, ihre eigene Meinung darzulegen und geistreich zu verteidigen, stimmte sie nun bereitwillig Henrys reaktionären Ansichten zu. Das nahm ihr in meinen Augen viel von ihrem Glanz. Ich hatte damit gerechnet, daß sie vielleicht härter werden, aber nicht, daß sie sich zu einer gehorsamen Ehefrau entwickeln würde: sie war nicht länger das zerstreute, göttliche Wesen, mit dem ich mich in den Kissen getummelt hatte. Andererseits suchte ich vielleicht auch absichtlich nach Fehlern, weil ich sie verloren hatte.

Das ist heute alles vorbei. Ich habe mich bewegt, vorwärts und rückwärts, habe mit anderen Frauen geschlafen, ihnen die verschiedensten Lügen erzählt. Der Verlust ist wie ein leeres Zimmer in einem verlassenen Haus: man hat einst darin gewohnt, und nun erinnert man sich nicht mehr so genau, warum man ausgezogen ist.

IV

Die Gegenwart

Schließlich fand weder ein Gedenkgottesdienst für Henry statt, noch gelang es mir, Sophie auf die schnelle aufzuspüren. Etwa sechs Monate nach seinem Tod nahm sein Anwalt wegen der Papiere Kontakt mit mir auf, aber als ich sie bei ihm abholte, stellte sich heraus, daß sie von geringem Wert und ebenso geringem Interesse waren. Die Parteizentrale der Torys hatte keinen Grund zu befürchten, er habe etwa peinliches Material hinterlassen. Seine Tagebücher enthielten weiter nichts als die getreulichen Eintragungen aller seiner sozialen Aktivitäten – Wochenenden, die er als Gast auf irgendwelchen Landsitzen verbracht hatte, hier und da waren Namen mit Sternchen versehen, die ich für Eroberungen der einen oder anderen Art hielt, aber im großen und ganzen waren seine Aufzeichnungen recht dürftig und langweilig: Henry war kaum ein Memoirenschreiber von der Klasse eines Harold Nicolson. Ich erbte außerdem noch eine ganze Reihe Bücher, von denen einige noch aus Universitätstagen stammten, aber auch diese waren größtenteils wertlos. Ich packte sie zusammen in der Absicht, sie später an einen Secondhand-Buchladen zu verkaufen, wozu ich allerdings nie gekommen bin. In seiner Sammlung von Briefen und alten Rechnungen fand ich nichts, das irgendwie mit Sophie zu tun hatte; es war, als ob sie in seinem Leben nie existiert hätte. Es wäre schwierig gewesen, seine Biographie zu schreiben. Das Rätsel seines Lebens und die mysteriösen Umstände seines Todes blieben ungelöst.

Nach meiner Rückkehr aus Venedig fühlte ich mich ständig von den Ereignissen verfolgt, die sich dort zugetragen hatten. Die Erinnerung an das Gesicht des toten Jungen ging mir nicht mehr aus dem Kopf. Ich kam mit meinem neuen Roman nicht weiter und litt zum erstenmal seit Ewigkeiten an Schlaflosigkeit.

Es gibt Todesfälle, selbst die von guten Freunden, die in der Erinnerung verblassen, an die man sich nur erinnert, wenn man die Adressenliste für die Weihnachtsgrüße durchgeht oder alte Telefonnummern auffrischt. Aber von dem Rätsel um Henrys tatsächliches Schicksal war ich regelrecht besessen. Das änderte sich auch nicht, als ich mal wieder aus unruhigem Schlaf erwachte: Der junge Henry und der Henry, von dem ich mir sicher war, daß ich ihn in Venedig gesehen hatte, waren immer noch da. Ich sage, *ich war mir sicher*, aber vielleicht wäre es ehrlicher zu sagen, ich konnte nicht zugeben, daß ich mich geirrt hatte. Als ich eines Morgens in diesem Dämmerzustand zwischen Schlaf und Wachen im Bett lag, kam ich zu dem Schluß, daß ich irgendwie seinen Geist endgültig zur Ruhe kommen lassen mußte: Ich würde nach Moskau reisen. Die Tatsache, daß ich einen Entschluß gefaßt hatte, bescherte mir eine Ruhe, die mich frösteln ließ.

Der gesunde Menschenverstand sagte mir, daß ich nicht unvorbereitet reisen durfte. Ich beherrschte die russische Sprache nicht, und abgesehen von einem Brieffreund in Leningrad, dem ich noch nie begegnet war, hatte ich keine Kontakte in Rußland. Ich hatte Moskau schon oft in meinen Romanen beschrieben, doch hatte es mich nie gereizt, nach Rußland zu reisen, selbst dann nicht, als gewisse Einschränkungen für Ausländer aus dem Westen gelockert wurden. Wie so viele andere meiner Generation wußte ich gerade so viel über Rußland, wie man uns beigebracht hatte. Wir waren alle mit Horrorgeschichten über die Bedrohung durch Rußland und die Schrecken der Gulags indoktriniert worden, und trotz der Berichte, die neuerdings in den Nachrichten zu sehen waren, war dieses Land dem Durchschnittsbürger so fremd geblieben wie das Innenleben unserer eigenen Gefängnisse.

Am nächsten war ich Rußland 1968 gekommen, als ich auf Kosten einer Filmgesellschaft nach Berlin gereist war. Ich hatte die Vorlage für einen kurzen britischen Schwarzweißfilm geschrieben, der, zweifellos aufgrund seiner Obskurität, in die Berliner Filmfestspiele geraten war – der einzige ruhmvolle Augenblick, den er je erlebte, denn an allen anderen Orten vertrieb er die Leute aus den Kinos. Das war während der glücklichen Zeit, als Sophie mit mir zusammenlebte, und ich besorgte schnell ein zweites Flugticket und nahm sie mit.

Inzwischen hatte Honeckers NVA ihren Stacheldraht durch die Mauer ersetzt. Wir alle nahmen an der obligatorischen Besichtigung der nun höchst aufwendigen Befestigungen teil und standen wie gelähmt vor den ausgebleichten Kränzen, die die Stellen bezeichneten, wo die ersten Flüchtlinge erschossen worden waren. Ich weiß noch, daß Sophie weinte, und der Werbefachmann machte Fotos von uns allen – allerdings waren unsere zur Schau gestellten Gefühle unecht: wir waren nichts als Touristen, waren hier, um uns zu amüsieren. Die Mauer war eine Sensation für alle, die kommen und gehen konnten, wie es ihnen beliebte. Während dieser Zeit in Berlin zu sein gab einem das Gefühl, in einem Grenzbereich zu leben, im Übergangsbereich zu einer anderen Art von Dekadenz als jene des früheren Berlin, die man aus den Beschreibungen von Isherwood kannte. Es schien eine Härte vorzuherrschen, die von einer Art importiertem Charme überlagert war, so als ob die Alliierten mit ihrer Luftbrücke Berlin nicht nur mit Lebensmitteln und Medikamenten versorgt, sondern gleichzeitig in Hochspannung versetzt hätten.

Bei diesem ersten Besuch wurde ich mit einem Gauner von überaus einnehmendem Wesen bekannt gemacht, einem Herrn Otto Grubel, der kurz nach dem Krieg durch den Handel mit Schwarzmarktkohle reich geworden und anschließend zu der Überzeugung gelangt war, daß das Schicksal ihn zum Filmproduzenten bestimmt hatte. Deutsche Filme aus jenen Tagen waren Sammlerstücke von großer Unbeholfenheit. Die Handlung der Filme war grauenhaft, ohne erkennbare Pointe, und die Schauspieler unterste Kategorie. Ich wurde in Grubels protzige Villa im Grunewald eingeladen, wo alle Neureichen Deutschlands sich angesiedelt zu haben schienen, und er bat mich, ein Drehbuch zu überarbeiten, das er während des Festivals gekauft hatte. Das war der Beginn meiner etwas sporadischen Filmkarriere. Ich war gelegentlich als Drehbuchautor tätig, über die Jahre immer wieder im Auftrag irgendwelcher Grubels, die sich alle als Meister des Wortbruchs entpuppten.

Nachdem ich also beschlossen hatte, nach Moskau zu fliegen, rief ich als erstes einen alten Bekannten an, Rainer Mauritz, ehemaliger Produktionsleiter von Grubel. Wie viele, die diese Funktion in der Filmindustrie ausüben, wußte Rainer, wie man geschickt die üblichen Kanäle umgeht. Er war mir bereits zweimal behilflich gewesen, indem er mir geheime Informationen beschaffte, die ich als Hintergrundmaterial für meine Agententhriller brauchte, um sie möglichst authentisch wirken zu lassen.

»Rainer«, sagte ich, nachdem wir die üblichen Begrüßungsfloskeln ausgetauscht hatten, »du mußt mir einen Gefallen tun. Hast du irgendwelche Kontakte in Moskau?«

»Sag bloß, du willst nach Moskau. Warte lieber noch fünf Jahre, bis die kochen gelernt haben. Wenn du was erleben willst, komm nach Berlin. Hier spielt sich im Moment alles ab.«

»Ich will nicht nach Moskau, um etwas zu erleben, sondern um etwas herauszubekommen, und ich brauche jemanden, der sich dort auskennt.«

»Hat das was mit einem deiner Bücher zu tun?«

»Nein. Ist was Persönliches.«

»Willst du 'ne Freundin rausschmuggeln?«

»Kannst du nicht mal an was anderes denken? Ein Freund von mir ist dort gestorben. Die offizielle Version lautet, er habe Selbstmord begangen, aber ich glaube das nicht. Ich will die Wahrheit rausfinden, und ich brauche jemanden, der sich in Moskau auskennt.«

Es entstand eine Pause, bevor Rainer antwortete. »Dieser Freund – war er Russe?«

Aus irgendeinem Grund log ich. Ich bin nicht sicher, warum ich das tat, außer, daß ich angefangen hatte, an eine Verschwörung zu glauben. »Ja«, sagte ich.

Wieder entstand eine Pause. »Es ist vielleicht nicht der günstigste Moment, um solche Fragen zu stellen. Der Putsch ist vorbei, aber nach dem, was man so hört, sind alle noch immer ziemlich nervös.«

»Wirklich? In unseren Zeitungen steht, daß das die neue Freiheit ist.«

»Du bist nicht im Kino, mein Freund. Vierzig Jahre Angst verfliegen nicht über Nacht.«

»Du kennst also niemanden?«

»Das hab ich nicht gesagt. Ich wollte dir nur raten, auf der Hut zu sein. Ich kenne jemanden, der in der staatlichen Filmindustrie den gleichen Job hatte wie ich. Ich habe ihn vor ein paar Jahren kennengelernt, als wir an einer Koproduktion arbeiteten.«

»Würde er mir helfen?«

»Möglich. Ich kann's dir nicht versprechen, aber es ist schon möglich. Wenn man sein Leben lang in einem Polizeistaat lebt, tut man sich schwer mit Freundschaft.«

»Kannst du mir seinen Namen nennen?«

»Vasily Golitsin.«

»Würdest du das bitte buchstabieren?«

Ich schrieb den Namen sorgfältig auf. »Hat du auch seine Adresse und seine Telefonnummer?«

»Moment, da muß ich nachsehen.«

Ich wartete. Er brauchte ganze zwei Minuten. »Ich gebe dir die letzte Adresse, die ich habe«, sagte er, als er zurückkam. Ich schrieb sie auf und las sie ihm zum Vergleich noch einmal vor.

»Könnte natürlich schon wieder überholt sein.«

»Du bist in Ordnung. Ich werd's dir nicht vergessen.«

»Hör zu, wenn du mit deinen Nachforschungen fertig bist, mach einen Abstecher nach Berlin. Seit die Mauer gefallen ist, spielt sich hier eine Menge ab. Wenn du vorher gedacht hast, hier sei der Bär los, dann wirst du dein blaues Wunder erleben. Komm mich besuchen, du kannst bei mir wohnen, und ich verspreche dir, du wirst dich glänzend amüsieren.«

»Vielleicht mache ich das. Vielen Dank noch mal.«

»Viel Glück«, sagte er. »Sei vorsichtig, mein Freund.«

V

Die Gegenwart

Als ich die Aeroflotmaschine nach Moskau nahm, hatte ich das Gefühl, daß ich, ebenso wie Zeros sagenhafter Pfeil, mein Ziel niemals erreichen würde. Vom Beginn meiner Reise an plagten mich Anflüge von Verfolgungswahn – bildete ich mir das ein, oder wurde mein Paß gründlicher kontrolliert als üblicherweise? Als ich das Flugzeug bestieg, sah ich mir die anderen Passagiere genau an. Die meisten von ihnen waren zweifellos Geschäftsleute, die darauf aus waren, einen neuen Markt für westliche Güter und westliches Know-how zu erschließen, in meiner überspannten Verfassung jedoch fiel es mir nicht schwer, etwas Bedrohliches aus ihren Gesichtern zu lesen.

Ich hatte mir im Duty-free-Shop zwei Stangen Zigaretten gekauft, außerdem noch eine Flasche Whisky und etwas Parfüm, für den Fall, daß ich irgendwelche Leute bestechen mußte. Aber abgesehen von diesen Dingen hatte ich wenig mehr im Gepäck als einen Reiseführer und die Adresse, die Rainer mir gegeben hatte.

Auf mehr als eine Weise war ich der Gefangene meiner eigenen Romanwelt. Wie die meisten hatte ich während der Wochen, die dem fehlgeschlagenen Putsch gefolgt waren, Tag und Nacht vor der Mattscheibe geklebt und CNN gesehen. Ich hatte es kaum fassen können, daß die Pappkameraden, vor denen wir uns so lange gefürchtet hatten, so ungeschickt sein konnten. Daß sie in einer Sache, in der wir sie immer für besonders talentiert gehalten hatten, gescheitert waren, war vielleicht das Verblüffendste an allem, was wir in jenen Tagen zu sehen bekamen. Man hatte uns immer weisgemacht, daß das Politbüro zumindest in jeder Situation zu überleben wissen und daß der KGB die Hoffnung fest im Würgegriff behalten würde. Ich war nicht der einzige gewesen, der angenommen hatte, daß Reformen, sollten sie tatsächlich kommen, langsam erfolgen würden; daß die gleichen alten Apparatschiks, die von den hohen Mauern des Kreml aus die Paraden der atomaren Langstreckenwaffen und der stolz marschierenden Roten Armee abnahmen, zum festen Inventar gehörten, komme, was wolle, und sei es Glasnost. Und dann, wie im Jahr zuvor die Berliner Mauer, war das ganze Gefüge zusammengebrochen. Es war, als wäre man hinter die Kulissen geführt worden, nachdem man vorher von einem Logenplatz aus ein mitreißendes Drama gesehen hatte und nun feststellen mußte, daß die Schauspieler, die einen kurz zuvor noch in Angst und Schrecken versetzt hatten, normale Sterbliche waren, mit Maske und Schminke, und daß die bedrohlich wirkenden Kulissen eindimensional waren und aus nichts als Leinwand und Farbe bestanden. Diese und ähnliche Gedanken gingen mir durch den Kopf, während ich die dürftige Gastfreundschaft von Aeroflot zum erstenmal erlebte.

Die ersten Russen, denen ich nach meiner Ankunft begegnete, liefen immer noch herum wie Menschen, die gerade ein Erdbeben überlebt hatten. Sie wirkten erleichtert darüber, daß sie das Schlimmste überstanden hatten, schienen jedoch in dem Bewußtsein zu leben, daß ihre Existenz trotz allem ein unablässiger Kampf bleiben würde. Und sie wirkten alt. Es schien einen Überschuß an alten Frauen zu geben, die niedere Arbeiten verrichteten. Es kam mir vor, als ob sich alles wie in Zeitlupe abspielte, als ob die Uhren und die darniederliegende Wirtschaft angehalten worden wären. Die Beamten, die meinen Paß kontrollierten, benahmen sich, als ob sie in einem wichtigen Rennen als Zweite ins Ziel gelaufen wären und ihr Mißgeschick immer noch nicht glauben konnten. Der Zollbeamte allerdings nahm ohne mit der Wimper zu zucken eine Stange Zigaretten entgegen, wahrscheinlich, um sich daran zu erinnern, daß das alte Regime noch nicht völlig verschwunden war. Den Rest durfte ich behalten.

Da man mich im Reisebüro schon vorgewarnt hatte, war ich

nicht überrascht, als der Taxifahrer, der mich zu meinem Hotel brachte, sofort von mir wissen wollte, ob ich irgendeine ausländische Währung zum Schwarzmarktkurs tauschen wolle. Ich zeigte ihm ein paar Pfundnoten. Er blickte mich enttäuscht an.

»Keine Dollars?«

»Ich fürchte, nein. Keine Dollars.«

Er sprach leidlich Englisch und erzählte mir, daß er früher Medizin studiert habe, sich jedoch das Mißfallen eines Parteimitglieds zugezogen hatte. Dieses hatte ihn denunziert, und man hatte ihn vom Medizinstudium ausgeschlossen.

»Wird die Revolution Erfolg haben?«

»Solange es Brot gibt«, sagte er. »Aber nachdem wir unser ganzes Leben lang in Unfreiheit ertragen haben, können wir auch noch ein paar schlimme Monate aushalten.«

»Kein KGB mehr?« fragte ich, um ihn zu testen.

Er bekreuzigte sich. »Wer weiß? Vielleicht kommen sie unter einem anderen Namen zurück. In Rußland ändert sich nichts für immer.«

Ich hatte in jenem Hotel ein Zimmer gebucht, in dem Henry tot aufgefunden worden war. Es war von erlesener Scheußlichkeit, und ich hatte ein Gefühl von *déjà vu*; nachdem ich solche Gebäude in meinen Romanen immer wieder beschrieben hatte, schien mir alles auf merkwürdige Weise vertraut, als ich die Eingangshalle betrat. Das schmuddelige, in Marmor gehaltene Foyer war erfüllt vom Widerhall eines internationalen Stimmengewirrs, woraus ich schloß, daß sich hier die Vertreter der Medien versammelten. Ich entdeckte mehrere Gruppen, die offensichtlich Fernsehteams waren. Zusammen mit ein paar ernst dreinblickenden russischen Dolmetschern standen sie in der Hotelhalle und besprachen ihre Pläne für den nächsten Tag. Als ich an die Rezeption ging um einzuchecken, hörte ich eine englische Stimme sagen: »Laß dir nicht so'n Scheiß verkaufen. Sag ihnen, wir brauchen die Sendezeit auf Satellit heute nacht. Morgen früh ist zu spät.« Es dauerte gut zwanzig Minuten, bis alle Formulare ausgefüllt waren und mir mein Zimmer zugewiesen wurde. Aufgrund der aufwendigen Prozedur, die ich über mich ergehen lassen mußte, hätte man meinen können, ich hätte anstatt des bescheidenen Wunsches, ein paar Nächte in dem Hotel zu verbringen, einen Antrag auf eine Lebensversicherung gestellt.

Ein älterer Page in einer Phantasieuniform, die schon bessere Zeiten gesehen hatte, geleitete mich in den sechsten Stock. Als er die Zimmertür aufschloß, fiel mir auf, daß er zwei verschiedene Schuhe trug. Das Zimmer selbst war sauber, wenn auch spartanisch eingerichtet, die Möbel eine bunte Mischung aus Überresten einer vergangenen Zeit. Es war, als hätte ich eine vergessene Welt betreten, als wäre ein Technicolorfilm plötzlich schwarzweiß geworden.

Ich gab dem alten Knaben ein saftiges Trinkgeld. Der Anblick des Geldes erweckte ihn zu neuem Leben; er bedankte sich überschwenglich und wies mich anschließend in die Geheimnisse des uralten Badezimmers ein. Hätte ich das Bad in einem Roman beschrieben, hätte ich mich ausgiebig über den Muff ausgelassen, der mir entgegenschlug. Ein penetranter Modergeruch vermischte sich mit Essensdünsten, die mich an meine Kinderferien bei einer Tante erinnerten, die sich fast ausschließlich von Kohl ernährte. Ich fühlte mich so sehr in meine Romanwelt versetzt, daß ich mein Zimmer wie selbstverständlich nach Wanzen absuchte und das einzige Bild von der Wand nahm, um nachzusehen, ob sich dahinter eine verbarg. Mit besonderer Sorgfalt untersuchte ich den Schrank, denn mir fiel plötzlich wieder der eigentliche Grund für meinen Besuch ein. Einige Kleiderbügel aus Draht schepperten gegeneinander, als ich die Tür öffnete. Es war nicht zu übersehen, daß Selbstmord in einem so beengten Raum nahezu unmöglich war, trotzdem wiederholte ich das Experiment, das ich in London bereits durchgeführt hatte. Als ich in den Schrank stieg, um seine Ausmaße zu überprüfen, stieß ich augenblicklich mit dem Kopf an die mickrige hölzerne Kleiderstange, und es war unmöglich, mich auch nur einen Zentimeter vom Boden hochzuziehen.

Nachdem ich meine wenigen Habseligkeiten ausgepackt hatte,

steckte ich mir mehrere Schachteln Zigaretten in die Hosentaschen und versuchte, meine ersten Schritte zu planen. Rainer hatte gesagt, sein Freund sei zuverlässig, aber seine Meinung war schließlich nicht das Evangelium; ein Land, das fünf Jahrzehnte lang von der Angst regiert worden war, würde sich nicht so leicht verändern. Ich nahm meinen Sprachführer zur Hand und lernte meinen Eröffnungssatz auswendig. Dann nahm ich den Hörer des vorsintflutlichen Telefons ab und gab der Vermittlung Golitsins Nummer. Nach langem Warten wurde ich verbunden. Die Stimme einer jungen Frau meldete sich auf russisch.

»Kann ich Mr. Golitsin sprechen?« fragte ich in dem zweifellos kläglichen Versuch, den Satz korrekt auszusprechen.

»Wer möchte ihn sprechen?« deutete ich ihre Gegenfrage, die sie auf russisch gestellt hatte.

Ich versuchte es mit meiner Muttersprache. »Sprechen Sie Englisch?«

»Ja, ein wenig.« Ihre Aussprache war erstaunlich gut. Es ist immer wieder beschämend festzustellen, wie viele Ausländer unserer schwierigen Sprache mächtig sind, während wenige von uns sich die Mühe machen, ihre zu lernen.

»Mein Name ist Weaver. Ich bin Engländer und nur für ein paar Tage hier. Mr. Golitsin kennt mich nicht, aber wir haben einen gemeinsamen Freund in Berlin, Rainer Mauritz. Er hat mir seine Telefonnummer gegeben, damit wir uns treffen können, um über ein Filmprojekt zu diskutieren.« Die Vorsicht hatte mich instinktiv veranlaßt zu lügen.

»Mein Vater ist im Moment nicht zu Hause«, sagte die junge Frau. »Aber ich werde es ihm ausrichten, wenn er zurückkommt. Sind Sie ein Filmproduzent?«

»Nicht direkt, ich bin Schriftsteller. Ich habe aber nichts mit der Presse zu tun«, fügte ich hinzu, für den Fall, daß sie das nervös machte.

»Wo kann man Sie erreichen?«

Ich nannte ihr den Namen meines Hotels und gab ihr meine Telefonnummer.

»Wir werden uns bestimmt heute abend bei Ihnen melden«, sagte sie.

Den restlichen Nachmittag verbrachte ich damit, spazierenzugehen und mir die Gegend anzusehen. Das erste, was mir ins Auge fiel, waren die Läden, die mit den Überresten eines Flohmarkts vollgestopft zu sein schienen. Vor allen »Gastronomes«, die Orwellsche Bezeichnung für die leeren Lebensmittelläden, standen endlose Schlangen. Zum erstenmal wurde mir mit aller Deutlichkeit bewußt, welch surrealen Alptraum der tägliche Überlebenskampf für den Durchschnittsrussen bedeutet. Ich entdeckte keine fröhlichen Gesichter in den Warteschlangen, nur Mißmut lag in den Augen der Leute. Mir wurde mit einemmal klar, daß man mir eine regelrechte Hirnwäsche verpaßt hatte mit den frühen Propagandafilmen, in denen glückliche Traktorfahrer zu sehen waren, die die nun nicht mehr existente Ernte einbrachten. Und es war ein seltsames Erlebnis, durch die Straßen zu schlendern, die ich so oft in meinen Romanen beschrieben hatte. Ich mischte mich unter die Leute, die sich vor dem KGB-Hauptquartier versammelt hatten; jemand rief unverständliche Bekanntmachungen in ein Megaphon. Ein Mann vor mir mußte sich plötzlich übergeben. Dann war ich unversehens von einem halben Dutzend junger Mädchen umringt – Roma –, die kleine Kinder auf den Armen hielten und ihre freien Hände ausstreckten, um Almosen zu erbitten. Ich verteilte ein paar englische Pfunde und flüchtete.

Am späten Nachmittag ging ich auf demselben Weg, den ich vorher genommen hatte, zum Hotel zurück, um mich nach einer Nachricht für mich zu erkundigen. Meine Frage wurde verneint, schien jedoch Verdacht ausgelöst zu haben. Ich überlegte kurz, Golitsin noch einmal anzurufen, ließ es jedoch bleiben. Ich fürchtete, daß meine Ungeduld ihn verunsichern könnte. Ich hatte keine Ahnung, was für ein Mensch er war, ob die Ereignisse ihn beglückt oder geängstigt hatten. Rainer hatte behauptet, er sei zuverlässig, aber selbst Rainer hatte keine wirkliche Vorstellung davon, wie das Leben in Rußland aussah. Rainer hatte sein ganzes

Leben in Westberlin verbracht, er war nicht weniger ein Zuschauer als ich. Wie sollten wir, die wir die Freiheit als selbstverständlich hinnahmen, begreifen, wie es den Menschen hier erging?

Als ich die Hotelhalle zum Ausgang hin durchquerte, trat ein Mann mittleren Alters auf mich zu. Er war mit einer einigermaßen gut geschnittenen Sportjacke bekleidet, und über dem Arm trug er einen Mantel. Er blieb vor mir stehen, und wir starrten einander an.

»Mr. Weaver?«

»Ja.«

»Ich bin Golitsin.«

Er reichte mir die Hand. »Schön, daß Sie gekommen sind«, sagte ich. »Ich hoffe, ich bereite Ihnen keine Unannehmlichkeiten?«

»Nein. Es tut mir leid, daß ich nicht früher kommen konnte.« Wie Rainer sprach er mit leichtem amerikanischem Akzent, aber sein Englisch war fließend.

»Können wir irgendwo hingehen und einen Drink zu uns nehmen?«

»Ja, aber nicht hier. Die Preise hier sind für Ausländer.«

»Das macht nichts. Ich bin Ausländer, und ich lade Sie ein.«

»Nein, danke. Ich glaube wirklich, es ist besser, wenn wir zu mir nach Hause gehen.«

»Wenn Sie mich angerufen hätten, wäre ich gleich zu Ihnen gekommen, dann hätten Sie sich den Weg sparen können.«

»Die Telefone in Hotels waren immer angezapft, vielleicht sind sie es noch.« Er ging mit mir nach draußen.

»Ist das nun nicht alles vorbei?«

»Zumindest wird das behauptet.«

»Sie glauben es nicht?«

Er beantwortete meine Frage nicht gleich. Wir bogen in eine Seitenstraße ein, wo er sein kleines Auto aufschloß. Es war ein Wagen aus heimischer Produktion, ein Schiguli, ein Fiatnachbau aus den sechziger Jahren. Er erinnerte mich an die Witze, die früher die Runde machten, wie zum Beispiel der, wo ein Russe prahlt: »Ich hab mein erstes Auto bekommen. In zehn Jahren krieg ich auch vier Reifen.«

»Ob ich es glaube?« sagte er, nachdem er geräuschvoll den ersten Gang eingelegt hatte. »Ich möchte es gern glauben, aber ich möchte auch sicher sein, daß ich mich auf Dauer darauf verlassen kann. In den Zeitungen steht auch, daß es demnächst wieder Gemüse geben wird. Wir werden sehen, wir werden sehen. Wie lange kennen Sie unseren Freund Rainer schon?«

»Oh, wir kennen uns schon seit vielen Jahren, aber ich habe ihn schon lange nicht mehr gesehen. Er hat mir gesagt, daß Sie auch in der Filmindustrie arbeiten.«

»Ich habe den gleichen Job wie er, ja. Aber in Rußland Filme zu drehen ist oder, besser gesagt, war anders als in Hollywood oder Berlin. Hier mußte man jedesmal ein Dutzend Formulare ausfüllen, wenn man ein besonderes Teil für seine Ausrüstung brauchte. Sie haben unsere Zeitpläne nicht in Wochen, sondern in Jahren ausgelegt. Ich beschwere mich nicht, verstehen Sie mich nicht falsch, ich gehörte zu den Privilegierten. Meine Tochter und ich haben eine eigene Wohnung, und wie Sie sehen, habe ich ein Auto. Aber die Arbeit ist mit der alten Ordnung dahin. Vielleicht wird sie wiederkehren, vielleicht auch nicht.«

»Sie sind nicht verheiratet?«

»Meine Frau ist tot«, erwiderte er beiläufig, dann wechselte er das Thema. »Die Jacke, die ich trage, hat Rainer mir geschenkt. George Segal hat sie in dem Film *The Quiller Memorandum* getragen. Ich habe gehört, das soll ein guter Film gewesen sein.«

»Sie haben ihn nicht gesehen? Ach, natürlich haben Sie ihn nicht gesehen. Zu dumm von mir.«

Er erzählte mir von den Filmen, an denen er gearbeitet hatte, bis wir schließlich vor einer der halbverfallenen Villen hielten, die für Moskau typisch zu sein schienen. Ich stellte mir vor, daß sie einst elegante Stadtvillen von wohlhabenden Familien gewesen waren, ähnlich den Londoner Villen der Forsyte-Ära. Nun waren sie jedoch, ebenso wie jene, in winzige Apartments aufgeteilt, in denen Familien wie die Ölsardinen untergebracht waren. Das schwach beleuchtete Treppenhaus von Golitsins Haus war von ähnlichen Küchendünsten durchdrungen wie mein Hotel. Irgendwo in einem der oberen Stockwerke war ein Lied von den Beatles zu hören.

Golitsin ging mir voraus in den ersten Stock. Im Gegensatz zu meinem Hotelzimmer strahlte seine Wohnung eine freundliche Behaglichkeit aus. Er führte mich in ein vollgestopftes Zimmer, das gleichzeitig Küche und Wohnraum war. Golitsins Tochter, eine junge Frau, die ich auf Mitte zwanzig schätzte, saß an einem Tisch, auf dem eine gemusterte Plastikdecke lag, wie meine Großmutter sie immer benutzt hatte. Auf der Fensterbank versuchte eine rotgetigerte Katze, eine Fliege zu fangen.

»Das ist Luibava, meine Tochter.«

Seine Tochter erhob sich, als wir vorgestellt wurden, und räumte einen Stapel Papiere zur Seite, an denen sie offenbar gearbeitet hatte. Sie erinnerte mich an eine jener unvergeßlichen Heldinnen, die H. E. Bates so oft beschrieben hat: dichtes, zerzaustes Haar, wasserblaue Augen, frischer Teint, ohne jedes Make-up, ein Gesicht, das einem das Herz höher schlagen läßt.

»Guten Tag. Wir haben am Telefon miteinander gesprochen.«

Luibava trug Jeans und ein enganliegendes Sweatshirt mit der Aufschrift BANANENREPUBLIK, von dem ich annahm, das es ebenfalls ein Geschenk von Rainer war.

»Darf ich Ihnen einen Drink anbieten?« fragte Golitsin. »Mögen Sie Lemon Wodka, Mr. Weaver?«

»Ich habe ihn noch nicht probiert.«

»Vielleicht möchte Mr. Weaver lieber einen Kaffee trinken?«

»Nein, der Wodka klingt verlockend. Und bitte, nennen Sie mich Martin.«

Der Wodka wurde eingeschenkt, und wir prosteten einander zu. Luibava trank nicht mit uns. Obschon ich begierig war, das Gespräch auf den eigentlichen Grund meines Besuchs zu lenken, erkundigte ich mich der Höflichkeit halber nach ihrer Arbeit.

»Ich arbeite für meinen Vater. Ich bin seine Assistentin.«

»Wenn ich arbeite«, warf Golitsin ein. »Sie ist als Designerin ausgebildet. Zeig ihm ein paar von deinen Entwürfen.«

»Bring mich nicht in Verlegenheit, Vater. Sie sind nicht gut genug.«

»Das Problem bei uns, Martin, ist, man muß jemanden kennen, der jemanden kennt, der wiederum jemanden weiter oben kennt, der die nötigen Fäden ziehen kann, um dir dahin zu verhelfen, wohin du willst – *blat*, wie es bei uns heißt. Wie sagt man das in Ihrer Sprache?«

»Ich würde auf ›Einfluß‹ tippen.«

»Mehr als das. Einfluß, begleitet von Bestechung. Das hat sich nicht geändert.«

Ich glaubte ein leichtes Zögern zu bemerken, als er das sagte, und er warf einen kurzen Blick in Richtung Tür, als erwarte er, daß jemand hereinstürzte, um ihn zu denunzieren. »Vielleicht wird sich das nun auch ändern. Meine Kleine ist zu talentiert, um ihr Leben als meine Assistentin zu vergeuden. Zu talentiert und zu bescheiden.«

Kaum hatte ich mir das erste Glas Wodka einverleibt, goß er mir ein neues ein. »So«, sagte er, »weswegen sind Sie also hier? Wollen Sie einen Film drehen?«

»Nein, eigentlich nicht.«

Ich sah die beiden nacheinander an, während ich versuchte, die richtigen Worte zu finden, die ich meinem Ansinnen vorausschicken konnte. »Ich hoffe, Sie vergeben mir, daß ich nicht ganz offen zu Ihnen war, als ich Sie angerufen habe. Ich kenne mich mit den hiesigen Schlichen nicht aus, und ich wollte um Ihretwillen vorsichtig sein.«

Golitsin stellte sein Glas auf dem Tisch ab.

»Weswegen müssen Sie vorsichtig sein?«

In kurzen Worten beschrieb ich ihm meine lange Freundschaft mit Henry, dann erzählte ich ihm von meinem Verdacht und von meinem Interesse an den Umständen seines Todes. Es überraschte mich nicht, daß sie von dem Vorfall nichts gehört hatten, denn der Selbstmord eines unbedeutenden britischen Parlamentsabgeordneten war wohl kaum in der Moskauer Presse erwähnt worden. Als ich meinen stockenden Bericht beendet hatte, sahen Golitsin und seine Tochter mich nur schweigend an.

»Sie sind die einzigen, zu denen ich Kontakt habe, ich kenne sonst niemanden hier. Ich spreche Ihre Sprache nicht, und ich habe keine Ahnung, wie ich vorgehen soll. Ich befinde mich also gänzlich in Ihren Händen. Wenn Sie glauben, daß Sie mir nicht helfen können, habe ich vollstes Verständnis dafür.«

»Auf welche Weise könnten wir Ihnen helfen?«

Ich zeigte ihnen den Ausschnitt aus dem *Telegraph*, in dem der Name des Zimmermädchens erwähnt wurde, das Henrys Leiche gefunden hatte.

»Diese Frau. Sehen Sie irgendeine Möglichkeit, für mich ein Treffen mit ihr zu arrangieren?«

Er warf seiner Tochter einen Blick zu. »Warum wollen Sie sie treffen?«

Ich erklärte ihnen, warum ich es für höchst unwahrscheinlich hielt, daß ein Mann von Henrys Größe und Gewicht sich in einem engen Kleiderschrank aufhängen könne, erwähnte jedoch nicht, daß ich ihn auf dem Flughafen in Venedig gesehen hatte. Und plötzlich spürte ich, wie sie sich zurückzogen.

»Wollen Sie damit sagen, daß Ihr Freund auf eine andere Art und Weise zu Tode gekommen sein könnte?«

»Ich glaube, daß einiges nicht zusammenpaßt.«

»Wenn das der Fall ist, wäre dann nicht Ihre Botschaft die Adresse, an die Sie sich wenden sollten?«

»Nun ja, das wäre wahrscheinlich der korrekte Weg. Aus dem, was man mir auf meine Anfragen hin in London mitgeteilt hat, scheint jedoch hervorzugehen, daß die Behörden die offizielle Version akzeptiert haben, daß es sich nämlich um Selbstmord handelt. Sie wollen offenbar nichts weiter mit der Sache zu tun haben. Ich kann mir kaum vorstellen, daß sie begeistert wären, wenn jemand wie ich aufkreuzt und aufgrund einer fixen Idee darauf bestünde, den Fall wieder aufzunehmen.«

»Aus welchem Grund wollen Sie also dieses Zimmermädchen sprechen?«

»Ich habe ein Foto von Henry mitgebracht. Ich möchte mir lediglich von ihr bestätigen lassen, daß er der Mann ist, den sie gefunden hat. Einfach, damit ich aufhören kann, mir darüber den Kopf zu zerbrechen. Und um das zu tun, brauche ich jemanden wie Sie, der sie ausfindig macht und für mich dolmetscht.«

Golitsin starrte mich an, dann blickte er zu seiner Tochter hinüber, bevor er mir antwortete. »Das ist alles?«

»Ja. Wenn sie bestätigt, daß es Henry war, ist der Fall damit für mich erledigt.«

»Was ist, wenn sie nicht mehr in dem Hotel arbeitet?«

»Dann werde ich Ihnen die viele Mühe umsonst gemacht haben.«

»Und was ist«, sagte er, »wenn sie da ist und sagt, daß es nicht Ihr Freund war?«

»Darüber habe ich eigentlich noch nicht nachgedacht«, gab ich zu.

»Das sollten Sie vielleicht tun«, sagte er, und ich spürte erneut, daß ich ihn verlor. Es war Luibava, die mir zu Hilfe kam. Sie redete auf russisch auf ihren Vater ein, und sie schienen sich zu streiten. Schließlich wandte sie sich an mich.

»Ich habe ihm gesagt, daß ich nichts dabei finde, wenn Sie versuchen, diese Frau zu finden und ihr eine solche Frage stellen. Aber ich glaube, daß sie eher mit mir reden würde als mit meinem Vater. Die Sache könnte ihr zu bedeutsam erscheinen und sie ängstigen.«

»Ja, das sehe ich ein. Aber wären Sie bereit, das für mich zu tun?«

»Warum nicht? Ich zeige ihr einfach das Bild und sage, die Familie Ihres Freundes wolle sich bei ihr bedanken und schicke ihr etwas Geld.«

»Glauben Sie nicht, es würde sie mißtrauisch machen, wenn Sie ihr Geld geben?«

»Nein, es würde sie sehr freuen, da bin ich sicher. Vor allem ausländisches Geld. Darüber freuen sich die meisten Leute in Moskau.«

Ich sah Golitsin an. »Wie stehen Sie dazu?«

»Ich habe es seit langem aufgegeben, mich mit meiner Tochter zu streiten«, sagte er. »Sie geht in den meisten Dingen ihren eigenen Weg.«

Nach einer weiteren Diskussion auf russisch war er damit einverstanden, Luibava gehen zu lassen. Wir kamen überein, daß zwanzig Pfund eine angemessene Summe war, die wir dem Mädchen anbieten könnten.

»Das ist ziemlich viel«, sagte Golitsin.

»Werden Sie mich im Hotel anrufen, wenn Sie irgendwelche Neuigkeiten haben?« fragte ich.

Sie diskutierten wieder auf russisch, bevor sie antwortete. »Mein Vater meint, Sie sollten am besten wieder herkommen. Man kann nie wissen, auch wenn sich alles zum Besseren gewandelt hat. In Rußland sterben alte Gewohnheiten nur schwer aus.«

»Wie haben Sie das all die Jahre ausgehalten?« fragte ich.

Sie zuckte die Achseln. »Glauben Sie, wir hätten eine Wahl gehabt? Wir hatten keine Wahl.«

»Und jetzt?«

»Jetzt müssen wir wieder von neuem lernen zu leben. Daß Sie hier sind und uns um einen Gefallen bitten, ist ein Teil davon. Ein neugewonnener Luxus.«

Als Dank für ihre Freundlichkeit gab ich ihr die Flasche Parfüm und die Zigaretten für ihren Vater.

»Kein *blat*«, sagte ich. »Nur um mich für Ihre Freundlichkeit und Gastfreundschaft zu bedanken.«

Sie schienen überwältigt von diesen bescheidenen Geschenken.

VI

Die Gegenwart

»Ich fahre Sie zurück in Ihr Hotel«, sagte Golitsin.

»Ich bitte Sie«, sagte ich. »Sie wollen sich doch sicher nicht noch einmal auf den Weg machen. Ich werde mir ein Taxi nehmen.«

»Sie sind hier nicht in London, mein Freund. Hier gibt es nur wenige Taxis, und die sind schwer zu bekommen. Außerdem, auch wenn es mich beschämt, das sagen zu müssen, sind unsere Straßen nicht mehr sicher.«

»Nun, ich muß gestehen, London ist auch nicht besonders sicher.«

Obwohl er die Entscheidung seiner Tochter akzeptiert hatte, erschien er mir während der Fahrt immer noch unruhig. Während sein Schiguli durch die nassen, verlassenen Straßen hoppelte, versuchte ich, ihn auf andere Gedanken zu bringen. »Was sind die größten Unterschiede?«

»Unterschiede?«

»Ja, was hat sich am meisten verändert seit der Perestroika?«

Er lachte. »Perestroika ist nur ein neues Wort für das alte Chaos. Vorher hatten wir Brot und Angst. Jetzt haben wir immer noch Angst, aber kein Brot. Vor hundert Jahren hat Lermontow, einer unserer großen Schriftsteller, geschrieben: ›Leb wohl, ungewaschenes Rußland, Land der Sklaven und Land der Herren.‹ Heute sagen wir: ›Willkommen, ungewaschenes Rußland, Land der Armut und Land des Verbrechens.‹«

»Aber es muß doch besser sein als vorher? Keine Geheimpolizei mehr. Jedenfalls bin ich hier, und wir können uns darüber unterhalten.«

Bevor er mir antwortete, warf er einen Blick in seinen Rückspiegel. »Ich habe einmal eine Sendung im Fernsehen gesehen über eine Käferart, die sich von Dung ernährt. Sie überleben den Winter unter der Erde, bis die Zeit reif ist, um wieder hervorzukommen und einen neuen Zyklus zu beginnen. Wir haben immer schon eine Geheimpolizei gehabt. Glauben Sie wirklich, sie wird nie wieder hervorkommen? Ja, wir unterhalten uns, aber wir sind allein in einem Auto.«

Ich sagte nichts dazu, als er mich ohne Kommentar in einer Seitenstraße in der Nähe meines Hotels aussteigen ließ; etwas von seiner Unruhe hatte auf mich abgefärbt. Als ich meinen Schlüssel abholte, stellte ich fest, daß man mich in ein anderes Zimmer verlegt hatte. Das war merkwürdig, jedoch nicht unerwartet. Einmal habe ich ein paar Tage in Prag verbracht, wo ich im Hotel angewiesen wurde, meine Koffer stets gepackt zu haben, »für den Fall, daß wir Sie in Ihrer Abwesenheit in ein anderes Zimmer verlegen müssen«. Als ich an jenem Abend meinen Koffer überprüfte, stellte ich fest, daß zwei Schachteln Zigaretten geklaut worden waren. Meine Hemden und Socken waren jedoch nicht angerührt worden.

Am folgenden Tag schlug ich die Zeit tot, indem ich mir die Gegend ein bißchen näher ansah. Zweimal hatte ich den Eindruck, daß ich beschattet wurde, was jedoch ebensogut ein unbegründeter Verdacht und lediglich Ausdruck meiner inneren Anspannung gewesen sein mag, denn ich war in großer Sorge um den Erfolg von Luibavas Auftrag. Als ich bis zum Abend immer noch keine Nachricht von ihr erhalten hatte, begann ich, meine ursprüngliche Motivation anzuzweifeln. Henry war tot, es würde ihn nicht wieder lebendig machen, wenn ich die Wahrheit herausfand. Und vielleicht hatte das Establishment für die Vertuschung der Umstände keinen anderen Grund als den Wunsch, in einer ohnehin schwierigen Situation nicht noch mehr Staub aufzuwirbeln. Der Himmel wußte, wie sein Privatleben sich in den Jahren, in denen wir uns auseinandergelebt hatten, entwickelt hatte. Es gibt zahllose Gründe, warum Menschen Selbstmord verüben, und viele fänden nicht statt, wenn nur ein Freund in der Nähe wäre. Wenn ich es mir genau überlegte, war mein neues

Hotelzimmer mit Sicherheit ein Ort, wo man depressiv werden konnte.

Ich präsentierte meinen Gästeausweis und begab mich ins Hotelrestaurant. Das Essen, das mir nach langem Warten serviert wurde, war von der Sorte, die man am liebsten gleich vergißt, bescherte mir jedoch einen unruhigen Schlaf. Ich wachte mitten in der Nacht plötzlich auf, in dem Glauben, durch Schüsse geweckt worden zu sein. Als ich jedoch ans Fenster stolperte und es öffnete, sah ich am nächtlichen Himmel Raketen bersten. Irgendwo feierten die Moskowiter das Ende einer Epoche. Das Schauspiel dauerte eine halbe Stunde. Ich stand immer noch am Fenster, als plötzlich mein Telefon läutete. Ich wußte, daß in russischen Hotels durchaus zu unmöglichen Zeiten in den Zimmern angerufen wurde, um zu überprüfen, ob der Gast anwesend war. Ich nahm jedoch den Hörer ab in der Hoffnung, es sei Luibava.

Statt dessen hörte ich eine männliche Stimme.

»Weaver?«

Die Stimme war unverkennbar britisch.

»Ja?«

»Verlassen Sie Moskau auf schnellstem Wege.«

»Mit wem spreche ich?«

»Tun Sie, was ich Ihnen gesagt habe. Verlassen Sie Moskau.«

Dann war die Leitung plötzlich tot. Aus irgendeinem Grund hatte ich den Eindruck, daß der Anruf aus dem Hotel und nicht von außerhalb gekommen war. Die Stimme hatte nah geklungen, und es hatte keines der üblichen Störgeräusche gegeben, die so typisch für das russische System zu sein schienen.

Erschüttert und entnervt setzte ich mich auf die Bettkante und genehmigte mir einen ordentlichen Schluck Whisky. In Ermangelung eines Glases trank ich direkt aus der Flasche. Nur Rainer und die Golitsins kannten den wahren Grund meines Besuchs in Moskau, und ich konnte mir nicht vorstellen, daß einer von ihnen mich absichtlich verraten haben könnte. Ich versuchte mich zu erinnern, was ich getan und was ich zu ihnen gesagt hatte. Was Rainer anging, hatte ich ihm lediglich die groben Details geschildert und Henrys Namen niemals erwähnt. Konnte ich ihm vertrauen? Ja, es gab keinen Grund, der dagegen sprach. Was konnte der Selbstmord eines unbekannten Engländers ihm bedeuten? Die Mauer war gefallen, der kalte Krieg beendet, es gab nichts, was man durch den Verrat einer Privatperson gewinnen konnte. Zweifellos war er es gewesen, der mich zu den Golitsins geführt hatte, aber was die beiden anging, vertraute ich meinem Instinkt: zwei arglose Menschen, der Vater sehr zurückhaltend in seiner Bereitschaft, mich bei meinem Vorhaben zu unterstützen, die Tochter, begierig, ihre neue Freiheit zu testen, weniger. Natürlich konnte es ein Fehler gewesen sein, das Zimmermädchen anzusprechen. Vielleicht hatte mein Bestechungsversuch sie eingeschüchtert – die Summe, die ich ihr angeboten hatte, war für ihre Begriffe immerhin sehr groß gewesen. Hatte sie sich sofort an die Behörden gewandt? Aber das erklärte nicht die britische Stimme am Telefon. Ich verfluchte mich selbst dafür, daß ich auf so unbesonnene Weise in dieses unbekannte Land gestolpert, das dumme Opfer meiner eigenen blühenden Phantasie geworden war. Es gab nur eine Konstante in der ganzen Geschichte: eine Menge Leute schienen fest entschlossen zu sein, mich daran zu hindern, die Wahrheit über Henrys Tod herauszufinden.

Dann, als der Whisky meinen leeren Magen erreichte, wurde ich von einem Gefühl erfaßt, das ich selten so übermächtig erlebt hatte: ich war empört. Wenn sie wollten, daß ich abreiste, okay, dann würde ich ihnen den Eindruck vermitteln, sie hätten mich in die Flucht geschlagen. Aber nachdem ich nun so weit gekommen war, würde ich auf keinen Fall abreisen, ohne Luibava noch einmal gesehen zu haben. Sie waren nicht die einzigen, die dieses Spiel beherrschten. Ich rief die Rezeption an und erkundigte mich eingehend nach den Abflugzeiten der nächsten Maschinen nach London – sollten sie mein Telefon angezapft haben, würden sie annehmen, ich hätte sofort auf die Warnung reagiert. Man teilte mir mit, die gewünschten Informationen stünden erst am nächsten Vormittag zur Verfügung. Ich beschloß, die Golitsins zu bitten, bis zu meiner Abreise bei ihnen wohnen zu dürfen.

Als ich am nächsten Morgen auscheckte, bat ich laut und vernehmlich um einen Flugplan der British Airways, bevor ich meine Rechnung bezahlte. Obschon ich nach Anzeichen dafür Ausschau hielt, ob meine Abreise beobachtet wurde, konnte ich nichts Verdächtiges entdecken. Wie üblich wimmelte es in der Eingangshalle von Journalisten und Fernsehleuten, die über die Ereignisse der Woche diskutierten. Als ich das Gesicht eines mir bekannten ITN-Korrespondenten entdeckte, ging ich auf ihn zu und fragte ihn nach den neuesten Entwicklungen. »Nichts von großer Bedeutung«, sagte er und blickte an mir vorbei, da er mit wichtigeren Dingen beschäftigt war. Nachrichtenkorrespondenten sind heutzutage die wirklichen Stars.

»Haben Sie das Feuerwerk heute nacht gesehen? Ich hatte es zunächst für Gewehrschüsse gehalten.«

»Tatsächlich? Sie müssen neu hier sein«, erwiderte er in abfälligem Ton. »Hören Sie, ich muß mein Team finden und machen, daß ich zum Flughafen komme. Entschuldigen Sie mich.«

»Sie könnten mich wohl nicht mitnehmen?« fragte ich, einer plötzlichen Eingebung folgend. Es schien mir die perfekte Gelegenheit, meinen möglichen Verfolgern zu entkommen. »Ich muß auch dringend zum Flughafen.«

Er sah mich zum erstenmal an. »Ich fürchte, nein.«

»Es ist nur, weil ich es so eilig habe.«

»Sie sind doch nicht von der BBC?«

»Nein, ich bin überhaupt nicht von der Presse. Seien Sie ein Kumpel.«

»Na ja, okay«, sagte er zögernd. »Fragen Sie mein Team. Wenn sie einverstanden sind, können Sie mit ihnen im Kamerawagen fahren. Aber wir fahren sofort ab.«

»Ist mir recht.«

Wir erreichten den Flughafen ohne Zwischenfall, und ich war davon überzeugt, meinen Verfolgern entwischt zu sein. Ich half den Kameraleuten, ihre Gerätschaften in die Abflughalle zu schleppen. Dann verkündete ich laut und deutlich, daß ich wieder zu ihnen stoßen würde, sobald ich eingecheckt hatte. Anstatt zum British-Airways-Schalter zu gehen, schlüpfte ich unbemerkt nach draußen, und, wie das Glück es so wollte, fand ich ein wartendes Taxi vor. Ich gab dem Fahrer die Adresse der Golitsins, denn ich hatte das Gefühl, sie nach allem, was geschehen war, warnen zu müssen.

Als wir vor ihrem Haus ankamen, bezahlte ich den Fahrer mit harter Währung und versprach ihm die gleiche Summe noch einmal, falls er bereit wäre, auf mich zu warten, eine Vereinbarung, die ganz nach seinem Geschmack war.

Ich begegnete niemandem im Treppenhaus, und abgesehen von dem gedämpften Geräusch eines Radios oder eines Fernsehers war das Haus völlig still. Die Tür zu ihrer Wohnung war angelehnt. Ich klopfte, wartete und klopfte noch einmal. Nichts. Ich drückte vorsichtig die Tür auf, betrat die Wohnung und rief leise ihre Namen. Niemand antwortete. Zuerst sah ich im Wohnzimmer nach. Es schien genauso auszusehen, wie ich es am Abend zuvor verlassen hatte. Die Wodkagläser und Luibavas Papiere waren noch immer auf dem Tisch. Bevor ich die Schlafzimmer betrat, rief ich noch einmal ihre Namen. Dann hörte ich ein dumpfes Geräusch, so als ob in einem der Schlafzimmer etwas zu Boden gefallen wäre, und einen Augenblick später kam die Katze auf mich zu und rieb ihren Rücken an meinen Beinen. Ich beugte mich hinab, um sie zu streicheln. In diesem Augenblick entdeckte ich auf dem abgetretenen Linoleum die roten Abdrücke ihrer Pfoten. Ich beugte mich noch tiefer hinab und berührte einen mit meiner Fingerspitze. Er war naß, und ich wußte sofort, was das bedeutete. Die Abdrücke führten mich in das erste Schlafzimmer. Luibava lag gleich hinter der Tür. Sie trug ein Nachthemd, das einmal weiß gewesen sein mußte. Nun war es blutdurchtränkt. Ihr Gesicht war halb weggeschossen, und ihr loses Haar war verklebt wie Seetang, der bei Ebbe auf den Felsen klebt.

Vor Angst kam mir die Galle hoch, und der Anblick brachte mich zum Würgen, aber irgendwie brachte ich den Mut auf, im zweiten Schlafzimmer nachzusehen. Der Schuß, der Golitsin getötet hatte, mußte aus kürzester Entfernung abgegeben worden sein, möglicherweise als er schlief, denn er lag immer noch im Bett. Er lag gekrümmt vor dem Kopfteil aus Messing, und die Wand dahinter war mit Blut und Hirn bespritzt. Das Bettzeug war blutdurchtränkt, und die Tagesdecke war übersät mit Spuren, die die Katze hinterlassen hatte.

Ich wich zurück, ließ alles unberührt. Das Schnurren der Katze wirkte in der Stille dieses Leichenhauses unnatürlich laut. Vielleicht, weil ich solche Szenen schon so oft beschrieben hatte, nahm ich ein Geschirrtuch und wischte die Türklinken ab, um die Fingerabdrücke zu entfernen, die ich möglicherweise hinterlassen hatte. Ich ließ es auf den Treppenabsatz fallen, nachdem ich die Wohnungstür verschlossen hatte. Einen Moment lang blieb ich stehen und lauschte nach Geräuschen von den Nachbarn. Als ich begann, die Treppe hinabzusteigen, gaben meine Beine plötzlich nach, und ich stolperte. Eiskalter Schrecken packte mich. Nie wieder werde ich eine meiner Romanfiguren in aller Ruhe weggehen lassen, nachdem sie in eine solche Situation geraten ist. Irgendwie gelang es mir, die Kontrolle über meine Gliedmaßen wiederzugewinnen, und ich schaffte es bis zur Haustür. Als ich sicher war, daß ich wieder normal gehen konnte, ging ich nach draußen auf das wartende Taxi zu.

»Zum Flughafen zurück«, sagte ich mit einer Stimme, die ich kaum wiedererkannte. »Meine Freunde waren nicht zu Hause.«

Diesmal ging ich sofort zum British-Airways-Schalter, nur um zu erfahren, daß alle Flüge ausgebucht waren. Vor mir standen dreißig Leute auf der Warteliste.

»Sie könnten es mit Aeroflot oder Lufthansa versuchen, aber ich fürchte, da wird es Ihnen nicht anders ergehen«, sagte die junge Frau wie ein Papagei. Offenbar hatte sie es satt, immer wieder die gleiche Auskunft zu erteilen. »Möglicherweise gibt es morgen einen Sonderflug nach London, aber das ist noch nicht sicher. Ich werde Ihren Namen auf die Warteliste setzen. Man kann nie wissen, vielleicht haben Sie Glück.«

Ich hasse verkehrsreiche Flughäfen. Sie scheinen jedem, der sie benutzen muß, ein Gefühl von Hilflosigkeit einzuflößen. Sobald man dort eintrifft, ist man erbarmungslos den Elementen ausgeliefert, den Einweisern und der undurchschaubaren Technologie, die das Flugzeug in die Luft bringt, falls das verdammte Ding tatsächlich pünktlich startet. Heutzutage kommen noch die Sicherheitskontrollen hinzu sowie die bewaffneten Sicherheitskräfte, die in keiner Weise dazu beitragen, die ohnehin schon aufgeregten Passagiere zu beruhigen, und die die Werbeslogans, die die Romantik des Fliegens anpreisen, Lügen strafen.

Ich stand eine halbe Stunde lang Schlange für eine Brühe, die sie als Kaffee verkauften, und zerbrach mir den Kopf darüber, was ich als nächstes tun sollte, während ich gleichzeitig jeden Moment damit rechnete, daß mir jemand an die Schulter tippte. Ausgerechnet vor der Herrentoilette hing ein Fernsehmonitor, vor dem sich eine Traube von Reisenden und Moskowitern versammelt hatte, die begierig die Berichte über das sich ständig ändernde Szenario verfolgte. Ich mischte mich unter die Leute, da ich mich in der Menge am sichersten fühlte. Während ich zu den schwarzweißen Bildern aufsah, hörte ich plötzlich jemanden meinen Namen rufen.

Ich fuhr herum und sah mich einem gutgekleideten jungen Mann mit glattrasiertem, freundlichen Gesicht dicht gegenüber. Aus nächster Nähe verströmte er einen starken Duft von Eau de Cologne, was mir inmitten der uns umgebenden Menschenmassen nicht unwillkommen war.

»Mr. Weaver, wenn ich nicht irre?« fragte er lächelnd. An seinem Englisch erkannte ich sofort den britischen Regierungsbeamten.

Ich nickte.

»Ich stand zufällig hinter Ihnen am BA-Schalter und hörte, wie Sie versuchten, ein Ticket zu bekommen. Ich fürchte, zur Zeit werden Tickets wie Goldstaub gehandelt, sie sind ungefähr so schwer zu bekommen wie eine Eintrittskarte für *Das Phantom der Oper*.« Wieder erschien das Lächeln. »Zufällig habe ich ein Ticket nach Kopenhagen übrig, das ich Ihnen gerne zur Verfügung stelle.«

»Ich versuche, nach London zurückzukommen«, sagte ich.

»Wollen wir das nicht alle? Ich wünschte, diese Typen könnten sich einigen, wen sie regieren lassen wollen, dann könnten wir alle wieder unser normales Leben aufnehmen. Es dürfte kein Problem für Sie sein, in Kopenhagen einen Anschlußflug nach London zu bekommen.«

Sein Ton hatte eine gewisse Eindringlichkeit angenommen, obwohl er immer noch freundlich lächelte. Er wirkte wie jemand, der eine unentschlossene Debütantin zum Tanz auffordert.

»Das ist sehr großzügig von Ihnen, aber ich denke, ich werde mein Glück noch einmal versuchen und sehen, ob ich noch einen Direktflug erwische.«

Sein Ton wurde deutlich bestimmter. »Es ist durchaus möglich, Mr. Weaver, daß Sie Ihr Glück bereits verspielt haben.«

»Wer hat Sie geschickt?« fragte ich.

»Mich geschickt? Niemand. Ich versuche lediglich, einem Landsmann zu helfen. Bitte, nehmen Sie das Ticket. Sie haben nicht mehr viel Zeit, die Passagiere gehen bereits an Bord.«

Ich blickte mich um. Nicht weit entfernt standen zwei Männer, die in unsere Richtung starrten.

»Ich versuche nur, Ihnen einen guten Rat zu geben«, sagte mein Gesprächspartner. »Die Dinge ändern sich so schnell hierzulande. Es wäre ein Schande, wenn Sie für längere Zeit aufgehalten würden. Vor allem für jemanden wie Sie, der eine ausgezeichnete Karriere vor sich hat.«

Er packte meinen Oberarm mit festem Griff und führte mich durch die Menge auf die Abflughalle zu. Ich warf einen Blick zurück und gewahrte, daß die beiden Männer sich ebenfalls in Bewegung gesetzt hatten.

»Ich habe Ihre Bücher mit Vergnügen gelesen, Mr. Weaver. Ich glaube, ich habe sie alle gelesen. Wirklich sehr nach meinem Geschmack.«

Wir waren inzwischen an der Tür zur Abflughalle angelangt, und er drückte mir das Ticket in die Hand. »Ich habe Ihre Buchung bereits bestätigen lassen, da ich mir sicher war, daß Sie mein Angebot annehmen würden. Sie werden also keine Probleme haben. Ich wünsche Ihnen einen angenehmen Flug.«

»Wieviel bin ich Ihnen schuldig?« fragte ich, um die Sache aufzuhalten.

»Das geht auf das Haus«, sagte er. »Unser bescheidener Beitrag zu Ihrem Wohlergehen.«

»Ich wüßte gerne, bei wem ich mich bedanken kann.«

»Bedanken Sie sich bei Ihrem Glücksstern«, erwiderte er ungerührt.

Das Ticket war in Ordnung, wie er gesagt hatte, und ich wurde durchgewinkt. Bei der Paßkontrolle wandte ich mich noch einmal um und blickte zurück. Alle drei Männer standen hinter der Absperrung. In diesem Augenblick wußte ich, daß sie mich im Visier hatten, egal, was sonst noch passieren würde.

VII

Die Gegenwart

Der Flug mit der SAS verlief ruhig. Allerdings war ich erst in der Lage, einen vernünftigen Gedanken zu fassen, nachdem wir die Wolkendecke durchstoßen hatten und durch klaren Himmel flogen. Ich konnte kaum glauben, daß mein Wohltäter Angehöriger der britischen Botschaft war, und doch roch alles an ihm nach Foreign Office; er besaß eine Dreistigkeit, die typisch ist für jene, die an Privilegien gewöhnt sind. Die anderen beiden gehörten wahrscheinlich zum MI6, die man für alle Fälle abgestellt hatte. Offenbar waren die beiden Ansehnlichsten für die Operation ausgewählt worden.

Er hatte zweifellos seine Informationen. Er wußte, wer ich war, was wiederum darauf schließen ließ, daß er den Grund für meinen Besuch in Moskau kannte. Ich dachte an alle, die ich vor meiner Abreise gesprochen hatte – Henrys persönlichen Referenten, seinen Anwalt, den Reporter von der *Sun*, den aufgeblasenen Typen in der Parteizentrale der Torys und natürlich das Foreign Office. Falls meine Beharrlichkeit irgend jemanden aufgescheucht hatte, kamen weiß Gott eine ganze Reihe von Leuten dafür in Frage. Während ich meinen kostenlosen Drink aus einem Plastikbecher schlürfte, kam ich zu dem Schluß, daß es nur das Foreign Office sein konnte. Die Botschaft würde die richtige Sorte *blat* haben, um auf die schnelle ein Flugticket zu beschaffen. Und mit dieser Erkenntnis taten sich Abgründe auf, die direkt zu dem grauenvollen Mord an Golitsin und Lubava führten, für den ich unmittelbar verantwortlich war. Ich konnte mir vorstellen, daß jemand aus der Botschaft beauftragt worden war, mich aus Moskau wegzuschaffen (von wem beauftragt?), aber daß man auch den Mord an den Golitsins angeordnet haben sollte? Nein, das erschien mir allzu unwahrscheinlich.

Ich war nicht so naiv zu glauben, daß unsere Seite keine Abteilung für schmutzige Tricks unterhielt; bei meinen Recherchen in der Vergangenheit hatte ich zu viele dunkle Seiten entdeckt, zu viele »Sparmaßnahmen« mit der Wahrheit, um mich in dem Glauben zu lassen, wir seien immer die Guten mit einer blütenreinen Weste. Irgend jemand hatte sehr schnell reagiert und versucht, mich abzuschrecken, und damit den Wunsch angedeutet, Henrys Geheimnis mit ihm sterben zu lassen. Einzig mein geringfügiger Ruhm hatte mich diesmal gerettet: noch ein Tod in Moskau wäre eine Peinlichkeit gewesen, man hatte die Vollstreckung meiner Exekution noch einmal aufgeschoben, vorausgesetzt, ich ließ künftig die Finger von der Sache. Dieser aalglatte Typ am Flughafen hatte es mir in amtlicher Doppeldeutigkeit klipp und klar gesagt: Fahr nach Hause, vergiß die Sache, sie geht dich nichts an. Die Golitsins waren entbehrlich, lediglich zwei weitere Leichen in einem Land, das sich im Umbruch befand.

Mir wurde klar, daß ich mich in die falsche Richtung umgesehen hatte. Ich hatte mit Gefahr von links gerechnet, hatte angenommen, mich vor einer russischen Splittergruppe fürchten zu müssen, während die Gefahr in Wirklichkeit viel näher gewesen war. Offenbar hatte man seit meiner Ankunft jeden meiner Schritte verfolgt. Die Spur hatte sie zu den Golitsins geführt und schließlich zu dem Zimmermädchen. War es Luibava gelungen, mit dem Zimmermädchen zu sprechen, bevor sie ermordet wurde, und wenn ja, was hatte sie herausgefunden? Oder war das Zimmermädchen bereits davor zum Schweigen gebracht worden?

Während des Landeanflugs starrte ich aus dem Fenster; wie das Plexiglas, das mich vom Abgrund trennte, hatte das Rätsel zu viele Schichten, um mir meinen Seelenfrieden zu lassen. Ich hatte den Boden unter den Füßen verloren.

Nachdem das Flugzeug gelandet war, kam ich zu dem Schluß, daß es ratsam war, den Flughafen erst zu verlassen, nachdem ich mir meine nächsten Schritte überlegt hatte. Für den Augenblick schien Kopenhagen ein geeigneter Zufluchtsort zu sein. Ich verzehrte einen Imbiß, der mir nicht schmeckte, und kippte zwei oder drei Schnäpse, die ich dringend nötig hatte, während ich gleichzeitig darauf achtete, ob jemand in meine Richtung blickte. Aber die meisten anderen Gäste in dem Flughafenrestaurant waren wie ich Transitreisende, die die Zeit totschlugen. Ich nahm ein Zimmer in einem der Flughafenhotels, dankbar für die glatte, moderne Anonymität der Einrichtung. Das ordentlich gemachte Bett, das desinfizierte Klosett und die kostenlosen Fläschchen mit Shampoo und Schaumbad hatten etwas Tröstliches.

Ich genehmigte mir einen kräftigen Schlummertrunk, in der Hoffnung, bis zum Morgen einen Weg gefunden zu haben, der aus dem Labyrinth herausführte. Aber als ich aufwachte, hatte ich immer noch keine Antworten gefunden. Während des Frühstücks konnte ich an nichts anderes denken als an die Ironie meiner Situation. Auf dem Papier, in meinen eigenen Büchern, auf dem Fernsehbildschirm hat der gewaltsame Tod stets eine andere Dimension; man kann das Lesezeichen im Buch und die Spannung bis zum nächsten Tag anhalten lassen; wenn die Szene zu Ende ist, stehen die Schauspieler wieder auf, waschen sich das falsche Blut ab und gehen nach Hause zu ihren Familien. Aber die Spuren der Katze waren echt gewesen.

Ich hatte also Angst. Ich besaß keine Spur der inneren Stärke, mit der ich meine Romanhelden ausstatte, noch gelang es mir, meine sonst so nützliche Sachkenntnis einzusetzen, um mir auszurechnen, was mir bevorstand. Alle meine Gedanken endeten in jenen mit Blut bespritzten Schlafzimmern, in denen Golitsin und Luibava ermordet worden waren. Die Panik schlug mir auf den Magen, und erst als ich auf dem Klo saß, formte sich ein Aktionsplan in meinem Kopf. Auf dem Klo habe ich schon oft die besten Ideen gehabt. In der Vergangenheit hatte ich mehrmals den Rat eines Bekannten eingeholt, einem Mitglied der Antiterror-Einheit bei Scotland Yard, Superintendent Albert Clempson, der mir geholfen hatte, die gröbsten Irrtümer in meinen Krimis zu korrigieren. Er hatte bei der Polizei eine steile Karriere gemacht, hatte als Verkehrspolizist angefangen und sich zielstrebig bis zu seiner jetzigen Position hochgearbeitet. Er betrachtete die Welt, in der er sich bewegte, mit einer Art positivem Zynismus, er war geradlinig, unkompliziert und machte sich keine Illusionen über den Kampf, der nicht zu gewinnen war. Er schien mir meine größte Chance zu sein, ich mußte das Risiko eingehen.

Ich rief ihn gleich nach dem Frühstück an, und das Glück, das mich in letzter Zeit eher im Stich gelassen hatte, wollte es, daß er tatsächlich in seinem Büro war.

»Hallo Albert«, sagte ich, »hier spricht Martin Weaver. Erinnerst du dich noch an mich?«

»Ja, natürlich. Wie geht es dir? Arbeitest du an einem neuen Buch?«

»Eigentlich nicht, aber ich brauche deine Hilfe. Ich stecke in Schwierigkeiten.«

Er war es gewohnt, solche direkten Eröffnungen gelassen hinzunehmen. Zweifellos kündigten die meisten der Anrufe, die er entgegennahm, irgendeine Art von Krise an.

»Was für Schwierigkeiten – persönliche?«

»Ja.«

Es entstand eine kleine Pause. »Und du glaubst, ich kann dir helfen?«

»Ja. Ich bin nicht mit dem Gesetz in Konflikt geraten oder sonst was. Ich brauche lediglich deinen Rat.«

»Kannst du reden? Wo bist du?«

»Kopenhagen.«

»Kopenhagen?«

»Ja. Ich erklär's dir, wenn wir uns sehen. Ich weiß, es klingt weit hergeholt, aber ich glaube, ich brauche irgendwie Schutz.«

»Vor wem? Oder sollte ich fragen, wovor?«

»Ich weiß es nicht. Ich wünschte, ich könnte es dir sagen.«

»Wann kommst du zurück?«

»Heute, wenn du Zeit für mich hast. Wie sieht's denn bei dir aus?«

»Ja, im Moment herrscht hier Ruhe, obwohl man nie weiß, was diese irischen Bastarde uns als nächstes bescheren.«

»Ich nehme den nächsten Flug nach London und rufe dich an, sobald ich eingetroffen bin.«

»In Ordnung. Bist du sicher, daß das alles ist, was du mir im Moment sagen willst?«

»Ja. Ich spar's mir besser auf.«

»Okay. Ich werde hier sein, und wenn nicht, werde ich hinterlassen, wo du mich erreichen kannst.«

Gleich nachdem ich aufgelegt hatte, buchte ich einen Flug nach London. Am späten Nachmittag landete ich in Heathrow, und sobald ich die Paßkontrolle passiert hatte, rief ich ihn an. Er nahm nach dem zweiten Läuten ab.

»Ich habe während des Fluges nachgedacht«, sagte ich. »Können wir uns irgendwo treffen, bevor ich nach Hause fahre? Möglicherweise ist meine Wohnung während meiner Abreise durchsucht worden.«

»Sicher. Wir treffen uns in der Bar gegenüber dem Zeitungsstand in der Victoria Station. Ich werde in einer Stunde da sein. Und mach dir keine Sorgen, wenn du nicht pünktlich bist. Ich werde warten.«

Ich zog es vor, mit der U-Bahn zu fahren, statt ein Taxi zu nehmen – ich hatte mich bereits daran gewöhnt, mich in größeren Menschenmengen sicherer zu fühlen –, aber ich hatte erneut Pech. Die Victoria Station war geschlossen, von der Polizei abgesperrt: Es hatte mal wieder einen Bombenalarm gegeben. Die IRA hatte sich neuerdings darauf verlegt, alle Schaltstellen der Polizei mit Falschmeldungen zu überschwemmen, um dann die echte Bombe hochgehen zu lassen, wenn sie die Sicherheitskräfte völlig lahmgelegt hatte. Gewöhnlich suchten sie sich die Stoßzeiten aus, um so das größtmögliche Chaos auszulösen. An jenem Tag schlugen sie zweifach zu, indem sie Victoria Station und Waterloo Station gleichzeitig für zwei Stunden blockierten.

Als mein Zug endlich anhielt und man uns gestattete auszusteigen, war ich meilenweit von dort entfernt, wo ich hin wollte. Ich rief in Alberts Büro an, aber er war natürlich wegen des Bombenalarms im Einsatz. Ich war immer noch unschlüssig, ob ich in meine Wohnung gehen sollte, beschloß jedoch schließlich, es zu riskieren. Bevor ich meine Wohnungstür aufschloß, klingelte ich bei meiner Nachbarin. Sie war eine alleinstehende Frau mittleren Alters, eine gute Seele, die nach einer Art von Zuwendung dürstete, die ich ihr nicht geben konnte, und mit einer Neigung, mir ihr Herz auszuschütten. Sie lebte in der irrigen Annahme, daß ein Autor das ist, was er schreibt. Normalerweise war ich bemüht, unser Verhältnis auf höflicher Distanz zu halten.

»Oh, Mr. Weaver, Sie sind wieder da. Bitte, treten Sie ein.«

»Danke, Ethel, ich habe keine Zeit. Ich bin gerade erst angekommen und muß mich erst einmal frisch machen. Ich wollte mich nur erkundigen, ob es Ihnen gutgeht.«

»Es geht mir ausgezeichnet. Na ja, letzte Woche hatte ich eine leichte Grippe, aber ich glaube, sie ist nicht mehr ansteckend. Wie fürsorglich Sie sind. Wohin hat Ihr aufregendes Leben Sie diesmal verschlagen?«

Sie roch leicht nach Wick Vaporub. Auf ihrer Oberlippe zeigten sich winzige Schweißperlen; sie glühte stets, wenn sie aufgeregt war.

»Oh, es war nichts Aufregendes. Ich war nur in Südfrankreich.«

»Nur in Südfrankreich, sagt er! Für manche Leute ist das wohl selbstverständlich! Wollen Sie wirklich nicht hereinkommen?«

»Lieber nicht, aber nochmals vielen Dank. Nur noch eins. Ich erwarte ein wichtiges Paket. Sie haben es nicht vielleicht angenommen?«

»Nein. Bei mir hat niemand geklingelt. Und ich hätte es bestimmt bemerkt, denn ich bin die ganze Woche nicht vor der Tür gewesen, wegen meiner Grippe.«

»Dann wird es wohl noch kommen. Es war schön, Sie wiederzusehen.«

»Schön, daß Sie wieder da sind.«

Abgesehen von dem üblichen Berg belangloser Post, der sich in meiner Abwesenheit angesammelt hatte, sah meine Wohnung auf den ersten Blick genauso aus, wie ich sie verlassen hatte.

Nachdem ich alle Zimmer überprüft hatte, rief ich noch einmal bei Albert an. Diesmal war er wieder in seinem Büro.

»Da hab ich mir wohl genau den richtigen Treffpunkt ausgesucht, was?« sagte er.

»War es eine Bombe?«

»An den beiden Bahnhöfen nicht, aber in der Nähe des British Museums haben wir eine gefunden. Glücklicherweise konnten wir sie entschärfen. Also ein Punkt für uns ... Aber was dein Problem betrifft, ich schaff's leider nicht heute abend.«

»In Ordnung, ich verstehe.«

Die Enttäuschung in meiner Stimme war ihm nicht entgangen.

»Mein Sohn hat heute Geburtstag, und ich habe versprochen, mir mit ihm den *Starlight Express* anzusehen. Wie steht's mit morgen?«

»Was immer dir recht ist.«

»Moment, ich sehe eben nach.«

Er legte den Hörer für einen Moment ab. »Um neun hab ich eine Besprechung. Wie wär's mit elf Uhr?«

»In Ordnung. Was schlägst du diesmal als Treffpunkt vor?«

»Bahnhöfe sollten wir besser vermeiden. Kennst du Neal's Yard in Chelsea? Das ist in der Sydney Street im Gartenzentrum. Dort befindet sich ein Café, wo man einen anständigen Kaffee und guten Kuchen bekommt.«

»Ein anständiger Kaffee ist genau das richtige«, sagte ich mit gespielter Lässigkeit. »Ich werde da sein. Vielen Dank, Albert. Viel Spaß heute abend.«

»Er geht schon zum viertenmal hin«, sagte er. »Wenn er Rollschuhlaufen könnte, könnte er die Show übernehmen.«

Zum erstenmal seit meiner Rückkehr aus Moskau und im Schutz meiner eigenen vier Wände begann ich, mich zu entspannen. Ich beförderte die Wurfsendungen ins Altpapier (wie viele Wälder werden im Namen von *Reader's Digest* geopfert?), nahm eine Dusche, öffnete eine Flasche Rotwein, schob eine Tiefkühlpizza in die Mikrowelle und schaltete meinen Computer an, um die Arbeit an meinem Text wieder aufzunehmen. Arbeit ist für mich schon immer ein Allheilmittel gewesen, und ich hoffte, über schöpferischer Tätigkeit die Schrecken der letzten Tage zu vergessen.

In dieser Gemütsverfassung lud ich mein Programm. Statt des gewohnten Bildes jedoch erschien eine Botschaft auf dem Bildschirm.

Wenn du vernünftig bist, wirst du nun einsehen, daß die Ereignisse in Moskau dich nichts angehen. Du hast gesehen, was mit denen geschieht, die sich einmischen, also sei auf der Hut. Dein Freund existiert nicht mehr.

Während ich auf den Bildschirm starrte, wurde ich von einem erneuten Anfall von Panik so geschüttelt, daß das Glas Rotwein in meiner Hand zitterte. Trotz meines begrenzten technischen Sachverstandes wußte ich, daß jeder Computer das Opfer feindlicher Viren werden kann. Aber hier konnte es sich nicht um eine zufällige Virusattacke handeln, das war zu persönlich. Ich hatte damit gerechnet, meine Wohnung durchwühlt vorzufinden, aber das war ein Einbruch, der keine Spuren hinterließ, ein gewaltsames Eindringen mit den Mitteln modernster Technik. Ich besaß die Geistesgegenwart, die Botschaft auszudrucken, bevor ich sie löschte. Dann überprüfte ich meine Dateien, um festzustellen, ob irgend etwas Wichtiges verschwunden war. Alle meine Dateien waren intakt.

Neue Ängste beschlichen mich, und ich ließ die Pizza unberührt auf dem Teller liegen.

VIII

Die Gegenwart

Auf dem Weg zu meinem verspäteten Treffen mit Albert drängte sich mir der Eindruck auf, daß London dabei war, sich zu einer Stadt der leeren Bürotürme zu entwickeln, eine Art Betonkulisse eines nie gedrehten Films. Einige Monate waren vergangen, seit ich nach Chelsea gezogen war, und während ich mich langsam durch den in dieser Stadt mittlerweile ganztägigen Verkehrsstau bewegte, suchte ich vergeblich nach Orientierungspunkten und verfuhr mich mehrmals, weil viele mir einst vertraute Straßen ihren Charakter verloren hatten. Ich fuhr im Schrittempo die Strand entlang auf den Trafalgar Square zu. Auf den Gehwegen machten Passanten einen Bogen um Obdachlose und anderes menschliches Strandgut, das die Nacht in Zeitungspapier gewickelt in Geschäftseingängen verbracht hatte. Erst die gleichmäßige rote Fassade der Mall vermittelte mir wieder einen Eindruck von Beständigkeit, und der Park, der sie umgab, schien Welten entfernt zu sein von den müllübersäten Hauptverkehrsstraßen, die hinter mir lagen. Schließlich fuhr ich durch einige Seitenstraßen bis zur King's Road, wo die meisten Läden amerikanische Importe zum Fünffachen des Originalpreises verhökern.

Ich erwischte eine winzige Parklücke in der Nähe eines neuen Krankenhauses, das ausschließlich Heerscharen von deprimiert aussehenden Arabern zu behandeln schien, und machte mich auf den Weg zu dem vereinbarten Treffpunkt in Neal's Yard. Es war ein kalter, windiger Tag. Dennoch gab es einige Unerschrockene, die der Witterung die Stirn boten, mit Kaffee und Möhrentorte auf dem Gehweg saßen und wild entschlossen einer Art französischer Café-Kultur frönten. Was immer man über die Briten sagen mag, sie wissen, wie man sich selbst kasteit.

Albert war vor mir eingetroffen und hatte sich vernünftigerweise nicht an einem Tisch im Freien niedergelassen. Ich hatte den Eindruck, er sei geschrumpft, seit ich ihn das letztemal gesehen hatte. Jedenfalls hätte ihm nicht einmal ein Hellseher angesehen, welchen Beruf er ausübte. Wenn überhaupt, sah er in seinem gutsitzenden Anzug und seinem weißen Hemd wie ein Bankdirektor aus. Es war schwer sich vorzustellen, wie er auf ein verdächtiges Fahrzeug zuging, das jeden Augenblick vor seiner Nase in die Luft fliegen konnte.

»Ich war schneller. Gefällt dir der Laden?«

»Wunderbar.«

Ich blickte mich um. An zwei oder drei anderen Tischen saßen ältere Frauen mit Einkaufstüten von Peter Jones, die sich angeregt über die neuesten Vorstadtskandälchen unterhielten.

»Ich hol dir einen Kaffee. Willst du irgendwas essen?«

»Danke, nur Kaffee«, sagte ich.

»Was ist also dein Problem?« fragte Albert, als wir unseren Kaffee hatten.

Während ich mit einem Auge die Nachbartische beobachtete, erzählte ich ihm alles, was geschehen war, angefangen damit, daß ich glaubte, Henry auf dem Flughafen in Venedig gesehen zu haben. Ich berichtete von meiner unfreiwilligen Abreise aus Moskau und schließlich von der Nachricht auf meinem Computer. Er hörte sich meinen Bericht schweigend an.

»Klingt, als ob du in eine deiner eigenen Geschichten geraten wärst. Erzähl mir noch ein bißchen von deinem Freund Henry. Ich bin ihm übrigens mal während einer unserer IRA-Aktionen begegnet, als ich kurz nach dem Mordanschlag auf Airey Neave vor Parlamentsabgeordneten einen Vortrag über Verhaltensmaßregeln gehalten habe. Ich erinnere mich noch, daß er wissen wollte, woran er erkennen könne, ob sein Telefon abgehört würde.«

»Was willst du über ihn wissen?«

»Na ja, nehmen wir einmal an, du hast recht, und er war tatsächlich am Flughafen. Es kommt vor, daß Menschen einen Selbstmord nur vortäuschen – sie haben sich an der Kasse vergriffen, oder sie haben ihre Frau satt und wollen mit irgendeinem jungen Ding durchbrennen. Falls er sich in einer solchen Situation befunden hat, könnte es sein, daß er auf die Idee gekommen ist, einen ›Stonehouse‹ abzuziehen.« Das war eine Anspielung auf einen politischen Skandal aus früheren Tagen.

»Steckte er in Schwierigkeiten?«

»Keine Ahnung. Ich hab ihn seit einer Ewigkeit nicht gesehen. Möglich ist alles. Ich hatte immer den Eindruck, daß er über seine Verhältnisse lebte.«

»Ich werd mich mal für dich umsehen, mal sehen, was zum Vorschein kommt. Ich will dir sagen, was mir merkwürdig vorgekommen ist. Der ermordete Junge in Venedig, den du für eine Frau gehalten hast. Du sagst, du hast gesehen, wie sie sich geküßt haben – du hast doch gesagt, es war Blagden, der die Frau geküßt hat, stimmt's?«

Ich nickte.

»War er schwul?«

»Mein Gott, ich glaube nicht. Er hatte ziemlich merkwürdige Ansichten, was Sex anging. Er war in manchen Dingen irgendwie puritanisch. Ich weiß noch, als wir Sophie das erste Mal begegnet sind, war er schockiert, weil sie nackt Modell gestanden hatte. Hat ihn aber nicht davon abgehalten, sie zu heiraten.«

»Er mag ja früher mal dein bester Freund gewesen sein, aber eigentlich hast du ihn nicht gemocht, stimmt's?«

Das machte mich stutzig. »Wie kommst du darauf?«

»Irgendwas in deinem Ton.«

»Wir waren einmal sehr eng befreundet«, sagte ich langsam, »aber Menschen verändern sich, nicht wahr?«

Albert schüttelte den Kopf. »Nicht wirklich. Sie mögen manches sublimieren, aber wenn einer schwul ist, ist er schwul, und früher oder später kommt's raus, glaub mir. Aber darüber können wir später noch reden. Nehmen wir an, du hast dich nicht geirrt, nehmen wir an, er hat seinen Tod vorgetäuscht, und durch einen verrückten Zufall hast du ihn entdeckt. Jetzt versuchen die, die in die Sache verwickelt sind, dich von seiner Fährte wegzulocken.«

»Das ist wohl ziemlich offensichtlich, oder?«

»Nichts ist offensichtlich, andernfalls wäre ich längst tot. Die Frage ist: Wer ist in die Sache verwickelt und warum? Du bist der Meinung, unser Freund am Flughafen, der dir das Ticket nach Kopenhagen aufs Auge gedrückt hat, war vom Foreign Office?«

»Genau.«

»Das würde dazu passen, daß sie die Obduktion und die anschließende Verbrennung seiner Leiche veranlaßt haben. Ich kann diese verkniffenen Typen genausowenig ausstehen wie du.«

»Laufen Selbstmorde nach deiner Erfahrung nach einem bestimmten Muster ab?«

»Die Rücksichtsvollen machen sich die Mühe, anderen keine allzu große Schweinerei zu hinterlassen. Die anderen jagen sich im Kinderzimmer eine Kugel in den Kopf.« Er sah mir direkt in die Augen. »Versuch nicht, das Thema zu wechseln. Was verschweigst du mir? Ich kann dir nicht helfen, wenn du mir nicht alles sagst. Du bist jemandem auf die Füße getreten, und sie haben drei Morde begangen, um dich von der Sache fernzuhalten. Was hindert sie daran, einen vierten zu begehen? Sie haben dich gewarnt. Wenn du recht hast, wenn dein Freund noch lebt, hat er vielleicht dafür gesorgt, daß man dich bisher verschont hat. Es wäre ihnen ein leichtes gewesen, sich deiner in Moskau zu entledigen; wie ich höre, ist das im Moment der ideale Ort, um jemanden verschwinden zu lassen.«

»Das ist eine lange Geschichte«, sagte ich schließlich.

»Okay. Ich will nur eben im Büro anrufen, dann höre ich dir zu. Deswegen bin ich schließlich hergekommen, nicht wahr?«

Er benutzte sein Funktelefon, während ich uns noch zwei Kaffee und Sandwiches bestellte und mich fragte, wo ich anfangen sollte.

»Eine seltene Wohltat – alles ruhig an der Front«, sagte Albert.

Die Geschichte, die ich ihm erzählte, enthielt wenig Wohltuendes, und doch empfand ich es als eine Art Erleichterung, in Gedanken an den Anfang zurückzukehren.

IX

Die Vergangenheit

Einer der vielen merkwürdigen Aspekte dieser Geschichte ist, daß Henry und ich Sophie gemeinsam kennenlernten.

Das war im Sommer 1967. Wir waren an einem Sonntagabend in Henley auf einer Party gewesen und fuhren nun über Seitenstraßen nach Hause, um dichten Verkehr zu vermeiden. Die Party war in ziemlicher Mißstimmung zu Ende gegangen, da unser Gastgeber bei einem Spiel, das er »ein nettes Pokerspiel unter Freunden« nannte, hoch verloren hatte. Henry saß am Steuer seines roten MG. Der Wagen, der allerdings schon bessere Zeiten erlebt hatte, war sein ganzer Stolz, und er pflegte ihn wie eine Schoßhündin (er sagte tatsächlich »sie«, wenn er von dem Auto redete, oder »das alte Mädchen«, was mich auf die Idee gebracht hatte, mir ein Kürzel auszudenken – KP, wie Kotzpause, wann immer er dazu ansetzte, das Ungetüm wortreich zu verteidigen). Irgendwann, nachdem er sich geweigert hatte, ein in seinen Augen beleidigendes Tauschangebot eines Händlers anzunehmen, war er gezwungen, sich von ihm – ihr – zu trennen. Er brachte die Kiste auf den Schrottplatz, und an dem Tag hatte er tatsächlich Tränen in den Augen. Noch Jahre später trauerte er um den Verlust. »Es ist absolut typisch für England, daß das einzige Auto, das wir je gebaut haben und das jeder haben wollte, nicht mehr gebaut wird. Jetzt sind sie Sammlerstücke, und die Leute bezahlen ein Vermögen für jedes Exemplar, das auf den Markt kommt. Ich hätte mich nie von ihr trennen sollen.«

»Aber die Kiste lief nicht mehr«, sagte ich. »Sie ließ sich nur noch mit Hilfe eines Startkabels anlassen.«

»Aber sie hatte Charakter. Dieses Auto hatte Charakter. Das war was anderes als die deutsche Schrottbeule, die du fährst.«

An jenem besagten Sonntag benahm der MG sich mal wieder typisch, und ich mußte zweimal aussteigen und schieben, bis »sie« sich endlich »räusperte«, wie Henry das nannte, und sich in Bewegung setzte. Wir waren gerade durch das Dorf Datchet gefahren und überquerten die Albert Bridge, die zum Windsor Castle gehört, als wir eine junge Frau entdeckten, die am Straßenrand trampte.

»Mein Gott«, sagte Henry, »hast du die gesehen?«

»Allerdings! Halt an!«

Der MG hatte nicht nur Startschwierigkeiten, er blieb auch nicht auf Befehl stehen. Wir rutschten noch etwa zwanzig Meter weiter, bevor wir zum Stehen kamen.

Inzwischen rannte die Frau auf uns zu. Es fällt mir immer schwer, die Heldinnen in meinen Romanen zu beschreiben; gib mir einen Schurken, und ich kann ihn gewöhnlich mit ein paar Sätzen lebhaft darstellen, aber für die Beschreibung einer atemberaubenden Schönheit fehlen mir meistens die Worte. Sophie – denn sie war die junge Frau am Straßenrand – konnte nicht älter als siebzehn sein, als wir sie das erste Mal sahen. Sie hatte diese unglaubliche Frische, die man nur bei jungen Engländerinnen findet, die nie in der Sonne braten, sondern im Regen spazierengehen. Zu jener Zeit waren die meisten ihrer Zeitgenossinnen eifrig bemüht, den Mary Quant/Jean Shrimpton-Stil zu imitieren, aber Sophie war ein Original, sie paßte nicht in das Schema. Im Gegensatz zur damals vorherrschenden Mode war an Sophie nichts Magersüchtiges; sie trug ein hautenges, blütenweißes Kleid, als ob sie geradewegs von einem Tennisplatz käme. Allerdings fand ich später heraus, daß sie unfähig war, auch nur einen Ball über das Netz zu bringen. Bei allen verblüffenden Eigenschaften, die sie sonst noch besaß – sportliches Geschick gehörte nicht dazu.

Als sie unseren Wagen erreichte, setzte sie ein strahlendes Lächeln auf. »Oh, danke. Ihr habt mein Leben gerettet. Ihr fahrt nicht zufällig nach London?«

Selbst aus nächster Nähe wirkte sie makellos: ebenmäßige Zähne, glänzendes Haar, einen Hauch von blondem Flaum auf ihrer Oberlippe. Henrys und mein Liebesleben war damals von Mißerfolg gekennzeichnet und basierte eher auf Phantasie als auf Tatsachen. Sophie war die fleischgewordene Phantasie.

»Ja, da fahren wir hin«, stotterte ich. Hätte sie Land's End gesagt, wäre Henry zweifellos die ganze Nacht durchgefahren.

»Wo genau willst du denn hin?«

»Irgendwohin, wo ich ein Taxi bekomme. Ihr braucht meinetwegen keinen Umweg zu machen.«

Henry hatte bis jetzt noch kein Wort gesagt. Er schmollte, wie immer, wenn ich die Initiative ergriff.

»Ich bin rausgeflogen«, sagte Sophie.

»Rausgeflogen?«

»Yeah, ich war das ganze Wochenende über auf einem Hausboot, und die Typen, mit denen ich zusammen war, haben sich alle volllaufen lassen, also bin ich abgehauen – hatte keine Lust, mich auf der Heimfahrt mitten in der Nacht zu Tode zu ängstigen.«

»Nein, wer will das schon?« pflichtete ich ihr bei.

»Du hattest ganz recht«, sagte Henry, der sich schließlich doch an der Unterhaltung beteiligte. Ich bemerkte, daß sein Hals rot war.

Ihre körperlichen Vorzüge brachten mein Blut in Wallung. Ich stieg aus dem Wagen und bot ihr meinen Platz an. »Ich zwäng mich auf den Rücksitz.«

»Nein, das ist nicht fair. Ich kann genausogut hinten sitzen.«

»Kommt überhaupt nicht in Frage«, sagte Henry. »Du fährst in Begleitung von zwei Gentlemen.«

»Ich heiße Sophie«, sagte sie, als sie neben ihm Platz nahm.

»Ich bin Henry, und das ist Martin.«

»Nochmals vielen Dank. Eben hat schon jemand angehalten, aber die Augen von dem Typen standen zu nah beieinander.«

Henry und ich merkten uns dieses Beispiel weiblicher Charakteranalyse für zukünftige Gelegenheiten. Nach einigen Hustenanfällen des verrußten Auspuffs fuhren wir los, und Henry trat aufs Gas.

»Tolles Auto. Ein MG, nicht wahr?«

Sie hätte keine passendere Bemerkung machen können, um Henrys Zuneigung zu gewinnen. Ich beobachtete voller Neid, wie seine linke Hand beim Schalten ihren Schenkel streifte.

»Du warst also auf einem Hausboot?« sagte Henry. Er wandte seinen Blick so oft von der Straße ab, daß es mich nervös machte. »Machst du das öfter?«

»Nein, ich bin vorher noch nie auf einem Hausboot gewesen. Ich hab nur zufällig letzte Woche diesen Typen bei einer Session kennengelernt, und er hat mich eingeladen. Aber er hat sich als echtes Arschloch entpuppt.«

»Hört sich an, als ob du rechtzeitig die Kurve gekriegt hättest. Du hast von einer ›Session‹ gesprochen, was für eine Art Session war das denn?«

»Ich stehe Modell. Aber das ist nicht mein wirklicher Beruf. Eigentlich bin ich Tänzerin, aber wenn ich gerade nicht auftrete, was meistens der Fall ist, muß ich schließlich trotzdem die Stromrechnung bezahlen.«

»Tja, das müssen wir wohl alle. Bist du Ballettänzerin?«

»Modernes, kein klassisches Ballett. Ich hab auch mal klassisches Ballett getanzt, aber ich war nicht gut genug. Die Konkurrenz ist knallhart. Und was macht ihr beide?«

Ich war schneller. »Ich bin Schriftsteller, und Henry arbeitet in der City.«

»Ich hab vergessen zu fragen, wo du aussteigen willst«, sagte Henry, aber seine Stimme wurde übertönt, als eine 707 mit ausgefahrenem Fahrwerk und Landeklappen über uns hinwegdröhnte. Sophie drehte sich um, um den Landeanflug zu verfolgen.

»Wow! Letztes Jahr war ich mit meiner Freundin, die, mit der ich zusammenwohne, auf Mallorca. Aber mit so einer Maschine sind wir nicht geflogen. Das war so eine billige, zweimotorige Chartermaschine, jedenfalls nehme ich an, daß sie nur zwei Motoren hatte, aber sie hörte sich an, als ob sie jeden Augenblick auseinanderfallen würde.«

»Trotzdem die sicherste Art zu reisen«, sagte ich, während Henry einen Porsche rechts überholte. »Du wohnst also mit einer Freundin zusammen?«

»Ja, in Bayswater.«

»Bayswater? Das ist eine nette Gegend.«

»Nicht da, wo wir wohnen. Wir wohnen unter einem chinesischen Chiropraktiker, und nebenan ist eine Kebab-Imbißbude. Also, jedenfalls behauptet der Typ, er sei Chiropraktiker, aber wir nehmen an, daß er einen Massagesalon betreibt, und zwar einen von der Sorte, wo man Französisch lernen kann.«

»Ist deine Freundin auch Tänzerin?« fragte Henry und zwinkerte mir im Rückspiegel zu.

»Nein, sie arbeitet in einem Restaurant, sie ist Schauspielerin.«

Henrys falsche Vermutung machte sie in meinen Augen verwundbarer.

»Werden wir das Vergnügen haben, sie kennenzulernen, wenn wir dich nach Hause bringen?« Ich wußte, was in Henrys Kopf vorging. Er würde die köstliche Sophie umgarnen, während ich mich mit ihrer Freundin zufriedengeben mußte, die zweifellos nicht mit Sophie zu vergleichen war.

»Sie ist übers Wochenende nach Hause gefahren.«

»Na ja, vielleicht können wir euch beide nächste Woche zum Essen ausführen?«

»Das wäre schön.« Zum erstenmal nahm ihre Stimme einen vorsichtigen Ton an. Henry war einfach immer zu aufdringlich.

»Sollen wir gleich einen Termin festlegen?«

»Ich muß Melanie erst fragen. Sie muß Schicht arbeiten.«

»Wir können uns ja auch zum Mittagessen treffen. Wir sind sehr flexibel, stimmt's Martin?«

»Ja, stimmt.« Wie freimütig wir damals unsere Gunst verteilten. Keine Hemmungen, keine Vorahnungen von Desaster oder Ablehnung.

»Ich esse nie zu Mittag«, sagte Sophie. »Und ich habe jeden Tag Unterricht.«

»Sollen wir dich anrufen, wenn du mit Melanie gesprochen hast?«

Als wir vor ihrer Haustür ankamen, bedankte sie sich fürs Mitnehmen, gab uns jedoch nicht ihre Telefonnummer. Henry reichte ihr seine Visitenkarte. »Ruf mich an. Martin und ich haben jeden Abend Zeit.«

Wir sahen ihr nach, wie sie die Stufen zum Souterrain hinunterging. Sie bewegte sich wie eine Tänzerin. Nachdem sie im Haus verschwunden war, tauchte ein Mann auf, der sich erst verstohlen nach allen Seiten hin umsah und dann bei dem Chiropraktiker klingelte. Er sah nicht so aus, als ob er eine herkömmliche Behandlung nötig hätte. Die undefinierbaren Fleischlappen, die sich langsam über dem Kebabgrill drehten, rochen wie verbrannte Autoreifen.

Henry konnte sich kaum beherrschen. »Womit haben wir soviel Glück verdient?«

»Unglaublich«, sagte ich. »Aber freu dich nicht zu früh, ein Mädchen wie sie muß irgendwo einen athletisch gebauten Freund haben.«

»Nicht unbedingt. Ich wette, sie begegnet nur diesen magersüchtigen Tänzern, die sich ihre Unterhosen mit Watte ausstopfen.«

»Mein Freund, der Ballettexperte«, sagte ich. »Ich glaube, du hast es sowieso vermasselt, mit deiner Aufdringlichkeit.«

»Hab ich nicht.«

»Du warst sehr plump. Vielleicht ist dir aufgefallen, daß sie uns noch nicht mal ihre Telefonnummer gegeben hat.«

»Dafür hab ich ihr meine gegeben.«

»Das Komische ist, daß ich das Gefühl habe, sie schon mal gesehen zu haben.«

»Klar!«

»Ja, ich bin ziemlich sicher. Ich hab ihr Foto schon mal in dem Magazin gesehen, für das sie arbeitet. Es kam mir in den Sinn, in dem Augenblick, als sie ins Auto stieg.«

»Blödsinn!«

»Wart's ab.«

»Was?«

»Wart's einfach ab.«

Ich hatte damals eine Bude in der Nähe der Fulham Road, in einem von mehreren halb verfallenen viktorianischen Ateliers, die sich in einem Hinterhof befanden, der bisher der Aufmerksamkeit der Immobilienspekulanten entgangen war. Es gehörte einem Maler, mit dem ich befreundet war. Da er in England von seiner Kunst nicht leben konnte, war er nach Tanger gegangen, wo er die Villa eines reichen Arabers mit Wandmalereien ausschmückte. Als Gegenleistung dafür, daß ich seine Russian-Blue-Rassekatze versorgte, hatte er mir das Atelier kostenlos überlassen. Es genügte meinen bescheidenen Ansprüchen. Ich hatte soeben meinen ersten Roman veröffentlicht, der nicht gerade die Seiten des *Times Literary Supplement* mit Kritiken gefüllt hatte, und nun laborierte ich an meinem zweiten. Das war noch zu einer Zeit, als man noch keine Unsummen an Vorschuß bezahlte – ich meine mich zu erinnern, daß ich vierhundert Pfund bekommen hatte, die erste Hälfte bei Vertragsabschluß, die zweite bei Erscheinen des Buches. Aber das war 1967, und da ich keine Miete bezahlen mußte, konnte ich damit überleben, wenn ich nebenbei ein paar Rezensionen und ab und zu einen Zeitungsartikel schrieb. Henry war der Reiche von uns beiden. Er war dabei, sich einen Namen bei einer Handelsbank zu machen, deren Vorstandsmitglieder übrigens später auf der Anklagebank im Old Bailey landeten.

Sobald wir in meiner Wohnung angekommen waren, durchsuchte ich meine Sammlung alter Zeitschriften.

»Was suchst du?«

»Wenn ich recht habe, wirst du's gleich sehen.«

Schließlich hielt ich ihm triumphierend eins der Magazine unter die Nase. »Wie wär's mit diesem hier als Beweis für mein absolutes Gedächtnis?«

»Das ist ein Herrenmagazin«, sagte Henry.

»Falsch. Das ist ein anständiges Fotomagazin. Da sind seitenweise Veröffentlichungen von Bailey und Norman Parkinson drin.«

Ich reichte ihm die Zeitschrift, die ich an der Stelle aufgeschlagen hatte, wo eine Aktstudie von Sophie abgebildet war. Es war eine »künstlerische« Aufnahme, die Schamhaargegend lag im Schatten, denn das war noch das Zeitalter der Unschuld. Was immer wir in unserer fieberhaften Phantasie unter Sophies weißem Kleid vermutet hatten, das Foto übertraf alle unsere Vorstellungen. Henry starrte das Bild verdattert an. Es war mir tatsächlich gelungen, ihn zu beeindrucken.

»Na?« sagte ich schließlich. »Hatte ich recht? In dem Augenblick, als ich sie gesehen hab, hat irgendwas klick gemacht.«

»Unglaublich. Einfach unglaublich.«

»Bleib auf dem Teppich. Wie kann man die frei herumlaufen lassen? Kein Wunder, daß sie es nicht in den Covent Garden geschafft hat. Bei Ballettänzerinnen sind solche Titten nicht erwünscht.«

Henry studierte das Foto wie ein Diamantenhändler, der einen Stein taxiert.

»Mein Gott, da hab ich ja wieder mal Pech gehabt«, sagte er schließlich mit echtem Bedauern in der Stimme.

»Was?«

»Es gibt immer einen Haken.«

»Wovon redest du überhaupt?«

»Ich hab gedacht, ich bin zufällig über die vollkommene Frau gestolpert, und jetzt ist alles ruiniert.«

»*Wir* sind ›über sie gestolpert‹, wie du es formulierst, und was hast du nun daran auszusetzen?«

»Das. Sie wohnt in Bayswater, einem bekannten Rotlichtbezirk, posiert für Aktfotos, es paßt alles zusammen.«

»Was paßt zusammen?«

»Schon wieder ein schöner Traum zerplatzt«, sagte Henry.

»Was paßt zusammen?«

»Das liegt doch auf der Hand. Der Beweis spricht für sich selbst. Jede Frau, die so was macht, muß eine Nutte sein.«

»Ach, du lieber Himmel«, sagte ich und riß ihm das Magazin aus der Hand.

»Hör zu, wenn du den Naiven spielen willst, tu, was du nicht lassen kannst. Aber ich hab dich gewarnt.«

»Wenn ich naiv bin, bist du ein sexueller Faschist. Wieso macht ein einziges Foto sie automatisch zur Nutte?«

»Das ist wahrscheinlich nur die Spitze des Eisbergs. Ich wette, sie hat mehr als einmal Modell gestanden. Ich weiß zufällig, daß sie immer zwei Serien schießen. Eine für solche Zeitschriften und eine für Pornohefte.«

»Der Fotograf ist Walter Bird, kannst du nicht lesen? So was macht der nicht. Und woher willst du überhaupt wissen, daß sie immer zwei Serien schießen?«

»Ich weiß es eben.«

»Du bist nicht ganz richtig im Kopf. Du weißt ja wohl noch, was mit deiner letzten Eroberung passiert ist – wie hieß sie noch, Maggie?«

»Was ist mit Maggie?«

»Du warst ganz verrückt nach ihr, aber nachdem sie mit dir ins Bett gegangen ist, hast du sie fallenlassen.«

»Ich bevorzuge unberührte Frauen.«

»Wie sollen sie denn unberührt sein, wenn du es nicht abwarten kannst, sie ins Bett zu kriegen?«

Darauf wußte er keine Antwort.

»Aber okay«, sagte ich. »Wenn dich das abstößt, meinetwegen. Ich hatte sowieso den Eindruck, daß sie mehr auf mich stand.«

»Das sehe ich anders. Sie war von meinem Auto sehr beeindruckt.«

»Wir werden es drauf ankommen lassen. Wenn du es nicht über dich bringst, dich mit ihr zu verabreden, dann werde ich es eben tun.«

Wir stritten uns noch zwanzig Minuten lang, bis wir beide das Maß unserer Vorurteile erschöpft hatten. Ich möchte behaupten, wir beide gaben bei solchen Gelegenheiten ein irgendwie seltsames Paar ab, lächerlich und derb zugleich. Schließlich ließ Henry sich auf einen Kompromiß ein.

»Okay, ich mache dir folgenden Vorschlag: Wir werden uns einmal mit ihr verabreden, um herauszufinden, wie ihr wahrer Charakter ist.«

Im Gegensatz zu allem, was über die sexuelle Freizügigkeit der sechziger Jahre geschrieben wurde, hatten Henry und ich seltsamerweise diese allgemeine Entwicklung nicht mitgemacht. In meinem Fall lag das daran, daß mir einfach die nötigen Mittel fehlten, während Henry zu wählerisch war, um sich in den Trubel zu stürzen, ohne ständig seine Motive zu analysieren. Gegen Promiskuität hatte er nichts einzuwenden, aber er wollte sie inklusive Lebensversicherung haben: Casanova mit ewig zugeknöpftem Hosenstall. Und ich? Ich war hoffnungslos romantisch veranlagt. Ich habe nie wirklich begriffen, womit Henry seine emotionalen Batterien auflud. Ich mußte mich verlieben, bevor ich zur Tat schritt.

X

Die Vergangenheit

»Erinnerungen«, sagte ich zu Albert. »Findest du nicht, sie sind wie Filme, die keine Kontinuität besitzen? Sie tauchen nie in der richtigen Reihenfolge auf.«

Ich versuchte, die ersten Monate mit Sophie in die Zeit einzuordnen. Die Sechziger waren die Jahre, in denen Martin Luther King und Robert Kennedy erschossen wurden und ein tschechischer Student sich in Prag aus Protest gegen die russische Okkupation öffentlich verbrannte, als das My-Lai-Massaker verübt und die Jungs aus Vietnam zu Hunderten in Leichensäcken nach Hause verfrachtet wurden, als Walt Disney, Oppenheimer, Ike, Waugh, Jack Ruby und Oscar Wildes Sohn starben; als vor unserer Haustür Frankreich mit der Revolution flirtete, britische Truppen nach Belfast einmarschierten, der Schah von Persien sich à la Napoleon krönte und unser zukünftiger König in einem Pseudo-Camelot zum Prinzen von Wales gemacht wurde; als Tynan im Fernsehen das Wort F- aussprach, als ein Ort namens Chappaquiddick in die Geschichtsbücher einging, *M.A.S.H.* über unsere Mattscheiben flimmerte, *Rosemary's Baby* uns das Fürchten lehrte, als Fassbinder uns erklärte, *Liebe ist kälter als der Tod*, als die erste Herzverpflanzung gelang und wir alle *Hey Jude* sangen, während die Intellektuellen uns zuredeten, wir sollten Gewalt tolerieren und die gesellschaftliche Neustrukrurierung der linken Diktaturen akzeptieren.

Und das war auch die Zeit, zu der Sophie und ich entgegen alle Aussicht auf Erfolg eine gemeinsame Wohnung bezogen. Es gab noch mehr Leute, die in diesem Sommer in mein Leben traten, denn nach der Veröffentlichung meines zweiten Romans hatte ich eine gewisse Berühmtheit erlangt. Ich kann mich jedoch heute weder an ihre Gesichter erinnern noch daran, welchen Einfluß sie vorübergehend auf mein Leben ausübten. Das einzige Gesicht, das nicht verblaßt ist, ist das von Sophie. Bailey fotografierte mich damals für *Vogue*, und ich wurde beschrieben als einer, der viel herumkommt. Allerdings hatte ich keinen Wegweiser, und ich hoffte, daß ich nicht an jenen Orten landen würde, wo all die gelangweilten VIPs sich trafen, die die übrigen Seiten der Ausgabe zierten.

Wir führten weitgehend ein Leben, das von den Ereignissen der Welt unberührt blieb, gefangen in der unbegründeten Euphorie, die ganz England während dieser Zeit erfaßt hatte. Sophie war sich wohl niemals bewußt, daß sie zur Vorhut der neuen Ordnung gehörte. Sie lebte in den Tag hinein und nahm das Leben, wie es kam.

Der erste Tag, den wir alle gemeinsam verbrachten, begann zögerlich. Wir gingen mit Sophie und Melanie ins San Lorenzo in Beauchamp Place, damals ein bescheidenes, sehr populäres Restaurant. Gewöhnlich achten so hübsche Mädchen wie Sophie darauf, eine Zimmergenossin zu wählen, die keine Konkurrenz darstellt, aber Melanie war auf ihre Weise auch sehr attraktiv, und sie hatte das gelangweilteste Lächeln, das ich je gesehen habe. Henry taute sichtlich auf, als sie ihm vorgestellt wurde, und zu meiner großen Überraschung fanden Sophie und ich als Paar zusammen. In jenen Tagen war das San Lorenzo ein kleines Lokal und stets überfüllt. Man speiste Wange an Wange, und ich spürte jedesmal Sophies Körperwärme, wenn unsere Schenkel sich unter dem Tisch berührten. Blind vor Begierde in dieser lauten, verqualmten Atmosphäre, machte ich den Fehler, zu viel zu reden, und lenkte das Gespräch sofort auf das einzige Thema, über das ich selbstbewußt reden konnte – meine eigene Arbeit.

»Liest du viel?« war meine ziemlich eindeutige Eröffnung.

»Etwas.«

»Was für Bücher liest du denn?«

»Er hofft, daß du sein Buch gelesen hast«, fiel Henry ein. »Er hofft inständig, endlich jemandem zu begegnen, der sein Meisterwerk tatsächlich gekauft hat.«

»Vielen Dank, Henry.« Ich wandte mich wieder Sophie zu. »Wenn du willst, schenke ich dir ein Exemplar.«

»Wovon handelt es?« erkundigte sich Melanie höflich.

»Es ist eine schlecht verhüllte Autobiographie«, sagte Henry. »Ziemlich geschwollenes Zeugs.«

»Der hat sowieso keine Ahnung«, sagte ich. »Henrys Lektüre beschränkt sich auf Bilanzen.«

»Ich würde es gerne lesen«, sagte Melanie. »Wie heißt das Buch?«

»*Prayers and Promises*.« Zum erstenmal kam mir der Titel auf groteske Weise linkisch vor.

»Ich werde es mir kaufen«, erklärte Melanie. »Sobald ich meinen Lohn bekomme.« In jenen Tagen kostete der durchschnittliche Roman ein Pfund und zehn Shilling, alte Währung, wobei ich von den wenigen verkauften Exemplaren jeweils drei Shilling an Tantiemen erhielt. Ich hatte keine Ahnung, wieviel Melanie als Kellnerin verdiente, außer, daß es nicht besonders viel sein konnte, und Bücher waren ein Luxus, den sie sich wahrscheinlich kaum leisten konnte. Sie wurde mir immer sympathischer.

»Ich werde euch beiden ein Exemplar schenken«, sagte ich großspurig.

»Ich kann mir nicht vorstellen, wie jemand ein ganzes Buch schreiben kann«, sagte Sophie. »Ich brauche ewig, um auch nur eine Postkarte zu schreiben.«

Während ich sie ansah, mußte ich ständig an das Foto in der Zeitschrift denken. Ich hatte schon andere Frauen ausgezogen, aber bisher war es mir noch nie in den Sinn gekommen, daß ich einmal mit einer Frau zusammen sein könnte, die sich vor der Kamera entkleidete. Es verlieh Sophie etwas besonders Geheimnisvolles, und im Gegensatz zu Henry konnte ich nicht behaupten, daß das sie in meinen Augen abwertete. Im Gegenteil, es machte sie unendlich viel begehrenswerter, es war wie das Überschreiten einer Grenze in ein unbekanntes Land, das nichts als Gefahr versprach. Die überwältigende Perfektion ihrer Brüste so nah vor meinen Augen machte mich nervös.

Wir verließen das Restaurant in ausgelassener Stimmung und quetschten uns in Henrys MG, kamen jedoch nur bis Knightsbridge, wo plötzlich ominöse Dampfwolken aus der Kühlerhaube quollen. Henry ignorierte das Verkehrschaos hinter uns und sprang aus dem Wagen. Er löste die Kühlerhaube, und als sie aufging, explodierte der Kühler, der Deckel flog durch die Luft, und ein zischender Strahl rostigen Wassers schoß heraus. Wir kletterten alle aus dem Auto auf die Straße und fürchteten, der ganze Wagen würde in die Luft gehen.

»Ich fasse es nicht«, sagte Henry, den Tränen nahe. »Ich werde die verdammte Werkstatt verklagen, das ist kriminelle Nachlässigkeit. Seht sie euch an, sie ist ruiniert!« Ich konnte seinen Schmerz kaum mitansehen. »Wir müssen sie abschleppen lassen. Mein Gott, welch ein Alptraum. Hat irgend jemand Kleingeld zum Telefonieren?«

Ich fischte ein paar Münzen aus der Hosentasche, und er eilte die Straße hinunter.

»Er tut mir so leid«, sagte Melanie.

»Männer hängen doch wirklich an ihren Autos«, meinte Sophie.

Wir machten Small talk, bis Henry keuchend zurückkehrte. »Gott sei Dank gibt es den Automobilclub. Sie haben gesagt, in einer Stunde ist jemand hier. Offenbar sind all ihre Pannenhilfewagen im Moment unterwegs. Auf der Chiswick Road hat es eine Karambolage mit zehn Autos gegeben.«

Ich ergriff die Gelegenheit beim Schopf. »Hör zu, wenn das noch eine Stunde dauert, bringe ich Sophie am besten nach Hause, sie hat morgen früh Unterricht.« Bevor Henry protestieren konnte, hatte ich schon ein vorbeifahrendes Taxi angehalten. In einem Anflug von Masochismus verkniff ich mir den Vorschlag, bei mir einen Schlummertrunk einzunehmen, und gab dem Taxifahrer Sophies Adresse.

»Möchtest du hereinkommen?« fragte sie, als wir vor ihrer Tür standen.

»Eine schnelle Tasse Kaffee würde ich nicht ablehnen, aber ich will dich nicht vom Schlafen abhalten, wenn du morgen arbeiten mußt.«

»Mußt du nicht auch arbeiten?«

»Vormittags bin ich nicht besonders produktiv. Ich arbeite gewöhnlich abends.«

Durch die Fenster ihrer Souterrainwohnung fiel nicht viel Tageslicht, also ließen sie und Melanie den ganzen Tag die Lampen brennen. An den Wänden hingen Poster von James Dean und den Stones, überall waren Sitzpolster verstreut, und auf dem Boden stapelten sich Frauenzeitschriften mit diesen tiefsinnigen Artikeln zu weltbewegenden Fragen wie zum Beispiel *Kannst du mit den Augen eine Unterhaltung führen?*

»Das ist nicht gerade *Schöner Wohnen*, nicht wahr? Die meisten Möbel haben wir beim Trödler gekauft, das gibt der Wohnung eine Art eklektische Gemütlichkeit, findest du nicht?«

»Gute Beschreibung. Gefällt mir.«

Es stellte sich heraus, daß »eklektisch« in jenem Jahr einer ihrer Lieblingsausdrücke war.

»Wie trinkst du deinen Kaffee?«

»Schwarz, ohne Zucker.«

»Das trifft sich gut, denn wir haben keine Milch mehr.«

»Darf ich mal deine Toilette benutzen?«

»Fühl dich wie zu Hause.«

Ich tauchte unter einer vollbehängten Wäscheleine hindurch, die quer durch das Bad gespannt war.

»Das war ein netter Abend«, rief sie.

»Freut mich, daß es dir gefallen hat.«

Die Badezimmer anderer Leute faszinieren mich. Das Bad der beiden Frauen sah aus wie das Hinterzimmer einer Drogerie – ich hatte noch niemals so viele Shampooflaschen, Make-up Döschen, Eau de Colognes und Deos gesehen. Es war eine eindrucksvolle Sammlung. Ich benutzte eins der diversen Kölnisch Wasser. Das war ein Fehler. Es hatte einen durchdringend süßlichen Geruch. Als ich mir die Hände waschen wollte, stellte ich fest, daß ein einsamer Goldfisch im Waschbecken schwamm.

»Wußtest du, daß ein Goldfisch in deinem Waschbecken schwimmt?« fragte ich, als ich aus dem Bad kam.

»O Gott! Melanie sollte heute das Wasser im Aquarium wechseln.«

Sie ging in die Küche und holte eine Glasschüssel, die einen einzigen Korallenzweig enthielt.

»Der arme alte Fred. Er ist bestimmt ganz durcheinander.«

»Ein Goldfisch namens Fred?«

»Yeah. Ziemlich ungewöhnlich, was? Wir haben ihn auf dem Rummelplatz gewonnen.«

Sie kam mit dem frischgefüllten Goldfischglas aus dem Bad, plazierte es auf einem wackligen Regal und streute etwas Fischfutter hinein. Fred kam sofort an die Wasseroberfläche und saugte ein paar Flöckchen ein. Plötzlich drehte Sophie sich zu mir um. »Wonach riechst du?«

»Ich war so dreist, eins von deinen Colognes zu benutzen.«

»Das hab ich mal gratis bekommen, als ich in einem Werbespot aufgetreten bin. Kein Wunder, daß sie es verschenkt haben. Ich meine, wer würde sich so was kaufen«, sagte sie ohne Vorwurf. »Tut mir leid, daß die Tassen nicht zu den Untertassen passen. In letzter Zeit haben wir einiges an Porzellan zerbrochen. Das ist übrigens Tee«, fügte sie übergangslos hinzu, »wir haben nämlich auch keinen Kaffee mehr, du brauchst ihn also nicht zu trinken, falls die Tasse nicht sauber ist. Ist Hausarbeit nicht schrecklich lästig?«

Sie räkelte sich in einem Sessel, nachdem sie zunächst einen offenbar beinamputierten Teddybär entfernt hatte. Sie hielt ihn im Arm, während wir uns unterhielten.

»Willst du mir wirklich ein Exemplar deines Romans schenken?«

»Klar.«

»Ich verspreche, daß ich ihn lesen werde.«

»Mehr kann ich nicht verlangen«, sagte ich. Ich mußte mich schwer beherrschen. Sie streckte sich auf eine Weise in ihrem Sessel aus, die die Tänzerin erkennen ließ – Beine ausgestreckt,

Füße nach außen. Ich veränderte meine Haltung, um die verräterische Beule in meiner Hose zu verbergen. Es war nicht nur meine Begierde, die mich nervös machte, sondern auch die Angst, daß mein Glück nicht von Dauer sein könnte.

»Probt ihr zur Zeit irgend etwas? Ist es das, was ihr im Unterricht macht? Ich kenne mich in diesen Dingen überhaupt nicht aus.«

»Nein, im Unterricht wird eigentlich nicht geprobt. Wir machen hauptsächlich Gymnastik und üben für Vorstellungstermine. Ich mache überhaupt nichts anderes als immer wieder vortanzen.«

»Wie kommt das? Ich bin sicher, daß du gut bist.«

»Ich bin nicht schlecht. Aber es gibt zu viele Tänzerinnen und nicht genug Jobs. Viele Mädchen gehen ins Ausland, hauptsächlich in den Nahen Osten, aber ich habe keine Lust, in irgendeinem Nachtclub in Beirut oben ohne aufzutreten. Wenn ich Glück habe, habe ich nächste Woche einen Auftritt – einen Werbespot für Shampoo.«

Als sie etwas von »oben ohne« sagte, fiel mir das Foto wieder ein.

»Sind deine Eltern beim Theater?«

»Sie sind beide tot. Nein, sie hatten mit dem Theater nichts zu tun. Mein Daddy war Bankangestellter.«

»Keine Geschwister?«

»Nee.«

Die Unterhaltung hatte jenen toten Punkt erreicht, an den man gelangt, wenn der unausgesprochene Gedanke übermächtig wird und die eigentliche Diskussion in den Hintergrund drängt. Ich hatte keine Ahnung, ob es eine Hausordnung gab oder ob Sophie und Melanie für derlei Eventualitäten irgendwelche Verhaltensregeln verabredet hatten. Wie ich Henry kannte, würde der Kummer über seinen geliebten MG jeden Gedanken an eine schnelle Nummer aus seinem Kopf vertrieben haben. Wahrscheinlich würde er, nachdem die verdammte Kiste erst einmal abgeschleppt war, Melanie in einem Taxi nach Hause bringen und seinen Abend als beendet betrachten. Nachdem ich schon so weit gekommen war, wollte ich es mir nicht durch eine plumpe Anmache mit Sophie verderben. Selbst wenn sie mich nicht zurückwies, würde ich so kaum zum Ziel gelangen.

Ich blieb noch eine Viertelstunde und versuchte, noch ein paar Informationen über sie herauszubekommen, die ich zu einem späteren Zeitpunkt zu meinem Vorteil würde nutzen können: was sie am liebsten aß, an welchem Tag sie keinen Unterricht hatte, welche Popmusik sie bevorzugte und ähnliches. Mit dieser Selbstgefälligkeit, die einen so leicht beschleicht, betrachtete ich es als selbstverständlich, daß mein beispielhaftes Verhalten sich später auszahlen würde. Ein Mädchen wie Sophie mußte in ihrem Leben schon von Legionen geifernder Lüstlinge belagert worden sein, also beschloß ich, die löbliche Ausnahme zu sein.

»Hör zu, ich darf dir nicht deinen kostbaren Schlaf rauben«, sagte ich. »Nimmst du den Teddy mit ins Bett?«

»Immer.«

»Wie kommt es, daß Frauen so auf Teddybären abfahren? Ich meine, in der Natur sind sie nicht gerade freundliche Kreaturen.«

»Ich weiß nicht«, sagte Sophie. »Hast du eine Theorie?«

»Nein, ich habe keine Theorie, aber ich beneide ihn.«

Das war die einzige kleine Anzüglichkeit, die ich mir gestattete. Ich küßte sie nicht, ja, ich versuchte nicht einmal, sie zu küssen. Wenn ich auch hochgradig erregt war, so wollte ich doch nichts riskieren, indem ich voreilig handelte.

Viel später rief Henry bei mir an.

»Schläfst du schon?«

»Ja.« Das stimmte nicht, aber ich wollte ihm ein schlechtes Gewissen machen.

»Oh, tut mir leid. Bist du allein?«

»Ja«, sagte ich. »Wie ist es dir ergangen?«

»Na ja, ich denke, sie ist okay. Es ist gerade noch einmal gutgegangen, es sieht nicht schlecht aus.«

»Sprichst du eigentlich von Melanie oder von deinem verdammten Auto?«

»Von meinem Auto natürlich. Sie nehmen nicht an, daß es etwas Schlimmes ist.«

»Hervorragend. Und was ist mit Melanie? Hast du sie zu dir nach Hause abgeschleppt?«

»Sehr witzig.«

»Wie fandest du sie?«

»Sie ist okay.«

»Was heißt das?«

»Sie ist okay.«

»Sonst nichts? Wirst du sie wiedersehen?«

»Wahrscheinlich.«

»Das klingt ja nicht gerade begeistert. Ich fand sie sehr attraktiv. Und intelligent ist sie auch.«

»Yeah.«

»Aber?«

»Glaubst du, sie ist Jüdin?«

»Nein. Aber was ist, wenn sie es doch ist?«

»Jüdische Frauen sind immer sehr problematisch. Das ist eine bekannte Tatsache.«

»Ach ja? Inwiefern?«

»Sie wollen immer gleich heiraten.«

»Na ja, nicht unbedingt einen guten Christen wie dich.«

»Du weißt schon, was ich meine. Wenn du ihnen nicht die Ehe versprichst, halten sie ihre Beine zusammen.«

»Woher hast du bloß all diesen Scheiß?«

»Ich hab eine Menge jüdische Freunde, und die erzählen genau das.«

»Sie versuchen bloß, ihre Mädchen für sich allein zu behalten.«

»Wir werden sehen«, sagte Henry tiefsinnig.

»Was ist mit Sophie? Wie denkst du nun über sie?«

»Hast du gesehen, was sie anhatte? Man konnte ihre Nippel durch ihre Bluse erkennen.«

»Na und?«

»Das ist der Beweis für meine Theorie. Es paßt alles zu dem Foto.«

»Kommen wir lieber auf dich zurück. Angenommen, es stellt sich heraus, daß Melanie eine erstklassige, keimfreie Christin ist und ihre Beine breit genug macht, um deinem vielgerühmten Schwanz Einlaß zu gewähren, willst du behaupten, daß du dich weigern würdest, sie zu bumsen, weil sie so schamlos ist, sich auszuziehen?«

»Was soll das denn heißen?«

»Ich rede über den Unterschied zwischen einer echten, lebendigen Puppe in deinem Bett und einem verdammten Foto in einer Zeitschrift.«

»Das ist ein Riesenunterschied«, sagte Henry. »Das Foto muß man mit anderen Leuten teilen. Ich könnte nie mit einer gehen, wenn ich wüßte, daß der Rest der Welt sich auf sie einen runterholt.«

»Du hast doch nur Scheiße im Kopf, weißt du das eigentlich?«

»Tja, wir sind uns einig, daß wir uns uneinig sind«, sagte Henry. »Ich ruf dich wieder an, wenn du etwas bessere Laune hast.«

»Ich hatte die beste Laune, bis du mich geweckt hast und ich mir deine rassistischen sexuellen Phobien anhören mußte. Ich hoffe, dein Auto überlebt die Operation. Liegt sie auf der Privatstation?«

»Gute Nacht«, sagte Henry.

Es dauerte zwei Monate, bis ich mit Sophie ins Bett ging, zwei Monate verzweifelter Unsicherheit, in denen ich meine Arbeit vernachlässigte und mich in einem Zustand befand, als ob ich mich auf einen Kampf um einen Titel vorbereitete, den ich vielleicht nie gewinnen würde. Es stellte sich heraus, daß sie noch Jungfrau war, was Henrys Theorie vernichtend widerlegte. Er weigerte sich, es zu glauben.

XI

Die Vergangenheit

Zu Beginn einer Beziehung hat man gewöhnlich ein großes Bedürfnis, so viel wie möglich über den anderen herauszufinden. Später dann wird man wachsamer, denn dann wird das Wissen als Waffe benutzt.

Bei Sophie und mir verhielt es sich genauso. Während unsere Beziehung wuchs, beschäftigten wir uns eingehend mit den Trivialitäten unserer jeweiligen Vergangenheit. Sie brachte mich dazu, Schnappschüsse aus meiner Kindheit hervorzuholen, schauderhafte Erinnerungsstücke an lange zurückliegende Ferien an der See: ein kleiner Junge mit Sträflingshaarschnitt und spitzem Gesicht, Eimer und Plastikspaten in der Hand und wild entschlossen, sich vom eiskalten Wasser des Ärmelkanals nicht abschrecken zu lassen; dann der Heranwachsende im Cricketdreß, mit halbfertigen Gesichtszügen unter einem immer noch scheußlichen Haarschnitt. Sophie betrachtete sie eingehend und behielt einige der besonders gräßlichen, um sie in ihrer Handtasche aufzubewahren. Ich für meinen Teil ließ mir ausführlich von ihr schildern, wie und wo sie aufgewachsen war, welche Schulen sie besucht hatte. Es stellte sich heraus, daß sie eine Klosterschülerin war, was sie in meinen Augen noch geheimnisvoller erscheinen ließ, denn der Mythos, daß Mädchen, wenn sie erst einmal in die Klauen von Nonnen gerieten, sich in einem permanenten Zustand sexueller Erregung befanden, hatte sich schon in meiner Schulzeit hartnäckig gehalten, ohne daß wir ihn je auf seinen Wahrheitsgehalt überprüft hätten.

»Zeig mir deine Kinderfotos«, sagte ich, »sonst ist es kein fairer Tausch.«

»Meine sind grauenvoll, ich würde dir hinterher nicht mehr gefallen.«

»Laß es doch mal drauf ankommen.«

»Ich hatte eine Zahnspange, und wir mußten eine scheußliche Schuluniform tragen.«

Als sie sie endlich zögernd ans Tageslicht beförderte, fand ich sie ganz bezaubernd. »Wie alt warst du, als dieses Foto gemacht wurde?«

»Vierzehn.«

»Eine frühreife Vierzehnjährige.«

»Ach so, sicher. Die hab ich immer schon gehabt. Die Nonnen haben mich immer gezwungen, sie abzubinden. In St. Teresa sind Titten unerwünscht.«

»Das ist ja barbarisch. Waren deine Eltern katholisch?«

»Nein. Nachdem sie gestorben waren, lebte ich bei einem entfernten Vetter und seiner Frau. Sie hatten keine eigenen Kinder und konnten nichts mit mir anfangen, also haben sie mich ins Kloster abgeschoben.«

»Und heute? Gehst du in die Messe?«

»Nein, nie.«

»Das trifft sich gut«, sagte ich, »denn du befindest dich im Hause des großen Ungläubigen.«

Inzwischen war sie bei mir eingezogen und hatte ihre gesamte Habe mitgebracht: mehrere Koffer voller Kleider, ihren Plattenspieler und eine Kiste mit Pop-Singles, den Teddybär natürlich, ein paar Poster, eine kleine, selbstbemalte Kommode und ihren ungeheuren Vorrat an Kosmetika. Mein winziges Badezimmer war im Nu völlig verwandelt, wie überhaupt mein ganzes Leben.

Ich fragte mich, wie Melanie zurechtkam, nun, da sie keine Zimmergenossin mehr hatte, mit der sie sich die Miete teilen konnte.

»Oh, das ist kein Problem, sie wird eine andere finden.« Wie den meisten Verliebten waren auch Sophie die Belange anderer ziemlich gleichgültig. Ich wußte, daß Henry und Melanie sich ab und zu trafen, aber bisher sah es nicht so aus, als ob er vorhätte, meinem neuen häuslichen Glück nachzueifern. Er war im Gegenteil geradezu entsetzt gewesen. »Du mußt verrückt sein. Was passiert, wenn du sie über hast? Wie willst du sie dann wieder loswerden?«

»Meine Güte, sie ist doch gerade erst eingezogen.«

»Hat sie einen eigenen Schlüssel?«

»Ja.«

»So fängt's an, Alter. Na ja, ich denke, du kannst immer noch die Schlösser auswechseln lassen. Ist sie ordentlich?«

»Was hat das damit zu tun?«

»Wenn sie schlampig ist, kannst du nicht arbeiten. Du wirst nicht schreiben können, Punkt, aus. Du wirst nur noch damit beschäftigt sein, dir das Hirn weichzuvögeln.«

»Also sprach Zarathustra.«

»Laß es dir eine Warnung sein. Denk immer dran, wo du sie zuerst gehört hast.«

Zunächst behielt er jedenfalls unrecht. Da Sophie fast jeden Morgen Tanzunterricht hatte, mußte ich meine alten, schludrigen Gewohnheiten gezwungenermaßen aufgeben. Ich setzte mich nun stets an meinen Schreibtisch, sobald sie das Haus verlassen hatte. Sie war schlampig. Nicht selten sah das Schlafzimmer aus wie eine Müllhalde, was ich in meinem verliebten Zustand jedoch übersah. Ein Papierkorb ist der beste Freund des Schriftstellers, und mein Arbeitsplatz sah meistens nicht besser aus als das Schlafzimmer. Das Zusammenleben mit ihr war außerordentlich unkompliziert, und jeden Morgen aufzuwachen und ihre geschmeidige Wärme zu spüren, wenn sie sich an mich schmiegte, bereitete mir ein unvergleichliches Glücksgefühl.

Obgleich es ihr verwehrt blieb, das Ziel ihrer Träume zu erreichen, blieb das klassische Ballett ihre Leidenschaft. Wann immer sie mich zu einer Vorstellung im Covent Garden mitnahm, gab ich mich zum Schein interessiert, denn obschon ich die formalisierte Schönheit dieser Kunst zu schätzen weiß, ist das Ballett für meinen Geschmack zuwenig emotional. Nicht, daß ich das Sophie jemals spüren ließ. Allein ihre Freude zu sehen – die sicherlich nicht ganz ohne Wehmut war – war rührend.

Ich hatte ihr gegenüber nie erwähnt, daß ich das Aktfoto gesehen hatte. Vielleicht fürchtete ich, Sophie könnte ein solches Bekenntnis falsch verstehen und zu dem Schluß kommen, ich hätte mich von Anfang an von niederen Motiven leiten lassen. Ich versteckte die Zeitschrift in einem Sammelordner, aber ab und zu, wenn sie nicht zu Hause war, holte ich sie hervor und betrachtete das Foto. Auch wenn das anderen lächerlich vorkommen mag, so wurde dieses Bild mit der Zeit für mich wirklicher als der Körper, neben dem ich jede Nacht schlief.

Einmal gingen wir zusammen ins Kino auf dem Green, um uns eine Neuverfilmung von *The Life and Death of Colonel Blimp* anzusehen. Auf dem Rückweg summten wir gemeinsam die beschwingte Polonaise aus *Mignon*. Alles Traurige und Romantische hat mich schon immer zu Tränen gerührt. Diesen Film in Begleitung einer Frau anzusehen, die so begehrenswert war wie Sophie, die jene tödliche Mischung aus Unschuld und Sinnlichkeit besaß, war ein fast traumatisches Erlebnis. In jener Nacht liebten wir uns wie zwei Verzweifelte, die sich für immer trennen müssen. Ich glaube, es gibt eine Theorie, die besagt, daß Töne niemals verschwinden, sondern für immer und ewig im All weiterschweben wie der Schrott von unbrauchbar gewordenen Satelliten. Wenn das stimmt, dann müssen diese herzzerreißenden Schreie, die sie ausstieß, wenn der Augenblick für sie gekommen war, immer noch irgendwo weiterklingen, müssen mehr sein als die Traumfetzen, die jetzt wiederkehren und mir den Schlaf rauben.

Manchmal brachte sie nach den Proben ein paar Leute mit. Sie kamen aus einer Welt, die mir stets fremd bleiben würde – drahtige, ernsthafte junge Frauen mit den ausgeprägten Wadenmuskeln von Tänzerinnen, alle mit mehreren Wollpullovern und Wadenwärmern bekleidet, die sie in meinen Augen fast geschlechtslos wirken ließen, denn sie waren kaum noch zu unterscheiden von den jungen Männern, die sie begleiteten. Sie schwatzten wie die Spatzen in der Abenddämmerung, beschwerten sich über die Ballettmeisterin, über die Tatsache, daß es nie genug Jobs für alle gab, daß Soundso, der es nicht fertigbrachte, einen Fuß vor den anderen zu setzen, es geschafft hatte, einen Job im West End zu ergattern. Ich weiß nicht, was sie von mir hielten. Ich war ein »Zivilist«, wie sie das in ihrem Theaterjargon nannten, Sophies Freund, derjenige, der alle mit Instantkaffee und Keksen versorgte, nach ihren Kriterien alt und unfähig, mir auf ihr Gehabe einen Reim zu machen. Ich hielt mich im Hintergrund, wurde von ihnen ignoriert und war es zufrieden, denn es machte mir Spaß, sie zu beobachten – ein Schriftsteller ist immer darauf aus, Material zu sammeln –, und ich war stolz darauf, daß die hinreißendste Frau unter ihnen, diejenige, deren Schönheit sich nicht durch dicke Wollpullover verbergen ließ, nur mir allein gehörte. Sie tranken keinen Alkohol und nahmen keine Drogen, jedenfalls nicht unter meinem Dach – das einzige, was sie beschäftigte, waren die Grillen und kleinen Intrigen ihres auserwählten, unfairen Berufs.

»Hast du dich sehr gelangweilt?« fragte Sophie, wenn sie gegangen waren.

»Nein, ich finde sie alle faszinierend. Vor allem Freddie.«

»Ist er nicht unglaublich? Unverschämt, der Kerl. Er sagt, was ihm in den Sinn kommt. Trotzdem ist er ein begnadeter Tänzer.«

»Wen meinte er, als er dauernd von Mother Lloyd gesprochen hat? Ist das eure Ballettmeisterin? Er schien von ihr nicht gerade begeistert zu sein.«

»Von ihm. ›Mother Lloyd‹ ist ein Er. Ich glaube, er hat bei Freddie einmal einen Annäherungsversuch gemacht, und der hat ihm auf die Finger gehauen. Er ist nicht Freddies Typ.«

»Und wer ist Freddies Typ?«

»Er steht auf rauhere Kerle. Du würdest es mir doch sagen, wenn sie dir auf die Nerven gingen?«

»Würde ich dir sagen«, erwiderte ich.

»Ich meine, ich würde sie nicht mehr mitbringen, wenn all das Gequatsche dich stört.«

»Du bist hier zu Hause, und sie sind deine Freunde. Du kannst mitbringen, wen du willst.«

»Aber du siehst deine Freunde überhaupt nicht mehr.«

»Klar sehe ich meine Freunde. Ich sehe Henry. Erst diese Woche habe ich ihn gesehen.«

»Ach, Henry«, sagte sie. »Henry meinte ich nicht, Henry spricht nicht deine Sprache, ich meinte deine anderen Freunde, deine Schriftstellerkollegen. Leute, mit denen du zu tun gehabt haben mußt, bevor wir uns kannten.«

»Schriftsteller jagen nicht im Rudel, und sie treffen sich auch nicht sonderlich häufig. Sie sind zu eifersüchtig aufeinander. Was meinst du damit, daß Henry nicht meine Sprache spricht?«

»Na ja, es ist einfach so. Henry ist nur an Geld interessiert.«

»Magst du Henry nicht?«

»Er ist in Ordnung. Aber du solltest ihm nicht trauen.«

»Henry? Er ist mein ältester Freund, und er ist ziemlich harmlos, er ist nur ehrgeizig, das ist alles.«

»Melanie hat mir ein paar Dinge erzählt, die er gesagt hat.«

»Zum Beispiel?«

»Er glaubt, ich bin nicht gut für dich. Daß ich dein Leben ruiniere.«

»Was weiß er denn schon? Gehen sie miteinander ins Bett?«

»Nicht oft. Er hat ihr gesagt, daß alle Schauspielerinnen im Grunde genommen Huren sind, und dann hat er sich beschwert, weil sie sich nicht wie eine aufgeführt hat. Melanie sagt, sie hat die Nase voll.«

Da ich vorher noch nie über längere Zeit mit einer Frau zusammengelebt hatte, hatte ich keine Ahnung, wie kompliziert sie sein konnten, oder um fair zu sein, wie kompliziert das Leben für sie war. Eines Nachmittags kam ich vom Einkaufen zurück und fand sie auf dem Boden liegend vor, die Beine auf die Sofalehne hochgelegt.

»Machst du Gymnastik?«

»Nein, ich blute sehr stark«, sagte sie.

»Um Gottes willen! Soll ich einen Arzt rufen?«

»Nein, ich blute einfach nur. Jeden zweiten Monat ist es schlimm. Jetzt ist gerade der zweite.«

»Also, was kann ich für dich tun?«

»Nichts. Du könntest mir eine Tasse Tee machen.«

Plötzlich fielen mir ihre geschundenen Füße auf.

»Was ist mit deinen Füßen passiert?«

»Das hast du doch schon öfter gesehen.«

»Aber nicht so schlimm wie diesmal.«

»Alle Tänzerinnen ruinieren sich ihre Füße.«

»Ich werde sie dir baden«, sagte ich.

»Es geht mir gut, mach nicht so ein Theater.«

»Laß mich doch, es wird dir bestimmt guttun. Und mit dem anderen Dings geht's dir dann auch besser. Es wird dich entspannen.«

»Ich sterbe ja nicht. Ich habe nur meine Periode.«

Trotz ihrer Proteste bestand ich darauf, ihr die Füße zu baden. Kaum hatte ich jedoch begonnen, zog sie plötzlich ihre Füße aus der Schüssel.

»Laß! Das gruselt mich.«

»Es gruselt dich? Du meinst, es kitzelt?«

»Nein, es erinnert mich an das Kloster.«

»Ich erinnere dich an das Kloster?«

»Nicht du. Aber das ist es, was sie uns immer eingebleut haben. Gewaschen im Blut des Lammes. Maria hat Jesus die Füße gewaschen. Lauter solches Zeugs. Sie hatten's immer mit Blut. Überall, wo man hinsah, hing Er am Kreuz, und das angemalte Blut quoll aus Seiner Seite, es gab blutende Herzen und ein Stück von einem Finger der heiligen Teresa unter Glas. Außerdem sollten wir glauben, wir tränken Sein Blut und äßen Sein Fleisch vor dem Frühstück. Ich weiß noch, daß der Kelch immer ganz kalt war und nach Metallpflegemittel schmeckte. Sie redeten immer von Blut, aber wir sollten nicht wissen, was mit uns passierte. Das war etwas Schmutziges, darüber wurde nicht gesprochen. Sie haben uns nichts von dem Fluch erzählt. Als es mir das erste Mal passierte, hab ich tatsächlich geglaubt, Gott hätte mich ausgeguckt, um mich zu bestrafen. Ich dachte, ich würde verbluten.«

»So wie du das erzählst, klingt das wie tiefstes Mittelalter. Du meinst, niemand hat dir vorher was gesagt?«

»Anständige Mädchen durften über so was nicht reden.«

»Willst du mich auf den Arm nehmen?«

Sie schüttelte heftig den Kopf. »Das war so verlogen, das kannst du dir nicht vorstellen.«

»Und wie lange ist das her? Das kann doch nicht länger her sein als was? – sechs Jahre?«

Sie nickte.

»Was hast du denn gemacht? Du mußt dich doch zu Tode erschrocken haben.«

»Ich bin einfach ewig lange auf dem Klo sitzengeblieben, bis eine von den Nonnen mich gefunden hat, weil ich nicht zum Unterricht gekommen war.«

»Und die hat's dir erklärt?«

»Oh, klar. Sie hat mir jede Menge Scheiß von wegen Erbsünde erzählt, und eine Woche später ist sie zu mir ins Zimmer gekommen und hat versucht, mich anzumachen. Ich bin aufgewacht, und sie hatte ihre Hand da unten.«

»Sind solche Sachen oft passiert?«

»Ich weiß nicht, das war das einzige Mal, daß es mir passiert ist, und kurz danach hat sie den Orden verlassen. Viele von den Mädchen haben sich verknallt.«

»Du auch?«

»Nein, ich hatte nicht viele Freundinnen.«

»Hört sich an wie die Hölle«, sagte ich.

»Hast du auch so was Ähnliches durchgemacht?«

»Nein, ich hatte die langweiligste Kindheit, die du dir vorstellen kannst – ich habe sie unbefleckt überlebt, kein einziger Pfadfinderführer hat mich jemals angerührt. Du armes Ding.«

Sophie hatte zwar ihre Tiefpunkte, aber im allgemeinen war sie optimistisch: der große Durchbruch war immer zum Greifen nah, die nächste Vorstellung würde die entscheidende sein, es gab immer die Möglichkeit, daß die Freundin einer Freundin sie in ein TV Special schleusen würde. Sie machte sich Sorgen darum, daß sie nicht genügend zu unserem gemeinsamen Unterhalt beitrug, denn die wenigen Engagements, die sich ihr boten – hier und da ein Tag für einen Werbespot – brachten ihr kaum genug Geld ein, um ihre Grundbedürfnisse zu decken.

Einmal, nachdem wir uns gerade geliebt hatten, fragte sie: »Angenommen, ich bekäme ein Angebot für eine Show wie zum Beispiel *Oh, Calcutta* … würde dir das etwas ausmachen?«

Ich zögerte um den Bruchteil einer Sekunde zu lange.

»Nein, das ist dein Leben, das, wofür du arbeitest. Wenn es deiner Karriere nützlich ist, solltest du so ein Angebot annehmen.«

Ich war nahe daran, das Foto zu erwähnen. »Ist dir ein solches Angebot gemacht worden?«

»Ich habe mich vorgestellt, und sie haben mich wieder angerufen.«

»Das ist ja wunderbar.«

»Eigentlich gefällt dir die Vorstellung nicht, stimmt's?«

»Darling, du mußt das tun, was das Beste für dich ist. Solltest du dir nicht besser einen Agenten nehmen?«

»Agenten sind nicht interessiert, wenn du nur eine Tänzerin bist. Die wollen doch nur Leute, die das große Geld verdienen.«

»Es ist das Geld, nicht wahr? Das ist es, was dir wirklich Sorgen macht.«

»Na ja, ich kann nicht von dir erwarten, daß du alles bezahlst.«

»Was ist alles? Ich würde auch ohne dich hier wohnen, die Miete bleibt also gleich. Du ißt nicht viel, weil du ständig auf Diät bist. Was kostest du mich denn sonst noch? Nichts. Wie bist du denn zurechtgekommen, als du mit Melanie zusammengewohnt hast?«

»Zwischen zwei Frauen ist das etwas anderes.«

»Inwiefern?«

»Es ist einfach anders.«

»Hör zu, an dem Tag, an dem ich anfange, mir darüber den Kopf zu zerbrechen, kannst du auch anfangen, dir Gedanken zu machen. Sehe ich aus, als ob ich mir Sorgen machte?«

Ich hatte gut Theater gespielt, aber ich erinnere mich, daß ich trotz meines Lächelns mit schrecklicher Gewißheit den Tag kommen sah, an dem ich sie verlieren würde.

XII

Die Gegenwart

»Und du hast sie an deinen guten Freund Henry verloren«, sagte Albert.

»Ja.«

»Wie lange warst du mit ihr zusammen?«

»Lange genug, um daran zu zerbrechen, als sie mich verließ.«

Albert starrte in seine leere Tasse. »Ich frage mich oft, ob ich was verpaßt habe.«

»Was denn zum Beispiel?«

»Die große Leidenschaft. Versteh mich nicht falsch, ich bin mit meiner Ehe zufrieden, es geht mir besser, als ich es verdient habe, denn meistens ist mein Job eine große Belastung für Liz. Sie hat den größten Teil ihres Lebens damit verbracht, darauf zu warten, daß das Telefon klingelt und man ihr mitteilt, daß ich im Leichenschauhaus liege.«

»Keine Affairen?« fragte ich.

»Ein paar. Aber keine Affairen wie deine. Das ist schon sehr lange her, das war damals, während meiner Sturm-und-Drang-Zeit. Das ist so lange her, daß ich ihre Gesichter vergessen habe. Ist es nicht schrecklich, sich das eingestehen zu müssen? Damals war die Polizei noch nicht grundsätzlich der Feind. Wenn du nachts auf Streife gingst, wurdest du nicht selten auf eine Tasse Tee eingeladen, und wenn du Glück hattest, auch auf ein bißchen mehr. Ein bißchen von mehr, das sagt doch alles, nicht wahr? Nicht die Liebe meines Lebens, nicht einmal die Liebe ihres Lebens.« Er sah mir direkt in die Augen. »Sag mir, lohnt es all den Schmerz? Das würde ich gerne wissen.«

»Ja«, log ich.

»Aber du hast gesagt, du bist daran zerbrochen.«

»Schriftsteller neigen zur Übertreibung.«

»Als Sophie dich verlassen hat, war Henry damals schon Parlamentsmitglied?«

»Nein. Aber das Bankgeschäft langweilte ihn inzwischen, und er dachte daran, sich zu verändern. Es wäre bequem, sich ihn als Monster vorzustellen, aber das war er nicht. Jedenfalls damals nicht. Getrieben, ja. Er war ehrgeizig, brauchte immer mehr Geld, und er war nicht besonders wählerisch in seinen Methoden, es zu bekommen. All das. Und trotzdem hatte er etwas, das vielleicht nur ich sehen durfte.«

»Du bist sehr edelmütig«, sagte Albert. »Ich glaube kaum, daß ich an deiner Stelle ähnlich denken würde.«

»Freunde müssen nicht perfekt sein«, sagte ich. »Er ist nie in einen Trott geraten, so wie ich. Und wenn es dich interessiert, ich glaube nicht, daß er mir Sophie ausgespannt hat, ich glaube, sie ist zu ihm gegangen. Ich war nachlässig. Ich meinte, Sophie häusliches Glück zu bieten, während ich ihr in Wirklichkeit nichts als häusliche Langeweile geboten habe. Sie hat sich von Henry mehr Aufregung versprochen als von mir. Und wenn ich mich nicht täusche, hat sie sich natürlich zum richtigen Zeitpunkt für ihn entschieden. Die Auswahlkomitees der Torys bevorzugen verheiratete Männer.«

»Hast du sie nach der Heirat noch oft gesehen?«

»Lange Zeit nicht. Henry hat als erster seine Fühler ausgestreckt. Und ich hatte es mehr oder weniger überwunden ... Mehr oder weniger, nicht ganz. Ich hatte inzwischen eine andere Freundin, eine nette Frau, ganz anders als Sophie. Aber irgendwas hat gefehlt. Ich habe sie nur fünf-, sechsmal zusammen erlebt, und das meistens zufällig, weil wir auf die gleiche Party eingeladen worden waren, obwohl ich eigentlich nicht in denselben Kreisen verkehrte wie Henry. Nachdem er seine Wahl gewonnen hatte, hat sich sein ganzer Lebensstil verändert. Sie verbrachten ihre Wochenenden auf dem Land und all das. Du hast mich eben verblüfft, als du gesagt hast, ich mochte ihn nicht. Das stimmt nicht. Bis zu dem Bruch waren wir unzertrennlich, auch wenn wir so verschieden waren wie Tag und Nacht. Das ist nicht selten bei guten Freunden. Er hatte Qualitäten, die ich nicht hatte – eine Unbefangenheit mit Fremden –, und er war lustig, auch wenn sein Humor oft sarkastisch war.«

»Haben sie Kinder?«

»Nein.«

In diesem Augenblick klingelte sein Funktelefon. Er hörte einen Moment zu, dann sagte er: »Okay. Sie haben ihn also geschnappt. War er bewaffnet? … Junge, Junge, da werden Köpfe rollen. Ist die Presse informiert? Okay, sagen Sie allen, kein Wort an die Presse. Ich werde in einer halben Stunde da sein.«

Er grinste mich verlegen an. »Tut mir leid, ich muß los. Irgend so ein Irrer ist über die Mauer vom Buckingham-Palast geklettert. Ich hätte es lieber mit einer Bombe zu tun. Solche Sachen sind immer der reinste Sprengstoff.«

Ich stand auf und bezahlte die Rechnung.

»Geh nicht mit mir zusammen hier raus«, sagte er. »Du solltest ab jetzt vorsichtig sein.«

»Glaubst du, ich bin immer noch in Gefahr?«

»Du bist da in eine Sache hineingeraten, aber bisher hat man dich verschont. Ich glaube, du hast tatsächlich deinen Freund in Venedig gesehen, und ich glaube, das ist ein Grund, warum du noch am Leben bist. Du könntest also recht haben, Freundschaft scheint doch zu zählen.«

»Was soll ich tun?«

»Unternimm nichts, bis ich mich umgesehen habe. In dieser Szene kenne ich mich nicht gut aus.« Er lächelte, um mich zu beruhigen. »Aber … ich habe meine Kontakte. Ich werde mich wieder bei dir melden. Benimm dich normal, sei möglichst unauffällig. Mußt du in London bleiben?«

»Eigentlich nicht.«

»Hast du einen Freund, bei dem du ein paar Tage verbringen könntest?«

»Ja, wahrscheinlich.«

»Nun, dann solltest du das tun. Laß mich nur wissen, wo du bist.«

»Ich kann dir gar nicht sagen, wie dankbar ich dir bin.«

»Hat mir Spaß gemacht, dir zuzuhören. Hat mich an die alten Zeiten erinnert, als ich noch ganz normale Verbrecher gejagt habe.«

Damit verließ er das Restaurant. Ich wartete noch eine Weile, kaufte etwas biologisch angebautes Gemüse und Brot, dann ging ich zu meinem Auto. Ein Strafzettel klemmte hinter meinem Scheibenwischer. Zum erstenmal machte mich das nicht sauer.

Ich nahm Alberts Rat ernst, und während ich mir noch Gedanken darüber machte, wo ich hingehen könnte, fiel mir plötzlich Roger Marwood ein, mein alter Englischtutor aus Universitätstagen. Er stammte aus Cornwall, und als er in den Ruhestand ging, hatte er beschlossen, in seine Heimat zurückzukehren. Er hatte sich so weit wie möglich von den Sümpfen des akademischen Lebens entfernen wollen und sich von seinen Ersparnissen eine kleines Landhaus mit Blick auf den Hafen von Porthleven gekauft. Er hatte den Kontakt stets aufrechterhalten, hatte jedesmal geschrieben, wenn ich einen neuen Roman veröffentlichte – wobei er sich durchaus nicht immer bewundernd äußerte, wie ich gestehen muß. Seine langen, handgeschriebenen Briefe zeugten nicht selten von einer tiefen Einsamkeit. Ich hatte seinetwegen Gewissensbisse, denn ich verdankte ihm viel. Er war der erste gewesen, dem mein Talent aufgefallen war und der mir den entscheidenden Ansporn gegeben hatte. Roger war es gewesen, der mein erstes Manuskript an einen ihm bekannten Verleger geschickt hatte, und das Begleitschreiben mit einer glühenden Empfehlung hatte seine Wirkung nicht verfehlt. Obschon ich seine Briefe stets beantwortete und ihm zu Weihnachten eine Flasche von seinem Lieblingswhisky schickte, hatte ich niemals den Versuch unternommen, ihm die Art von Freundschaft zu bieten, nach der er sich wirklich sehnte. Er war schwul; allerdings war diese umgangssprachliche Bezeichnung eine von vielen, die, angewendet auf Roger, fehl am Platze waren. Kaum jemand hätte je diese Neigung bei ihm vermutet, denn seine Erscheinung hatte etwas Eulenhaftes. Er beäugte das Leben und seine geliebten

Bücher stets durch seine runden Brillengläser, kurz, er war alles andere als tuntenhaft. »Kauzig« wäre treffender gewesen. Seine Kommentare zur Szene hatten immer etwas Sauertöpfisches.

»Wenn meine Rente etwas üppiger gewesen wäre, hätte ich Griechenland bevorzugt«, gestand er mir einmal, »aber immerhin habe ich einen Ausblick auf die See. Sie ist zwar nicht so blau wie die Adria, aber besser als nichts.«

Obschon er mich wiederholt eingeladen hatte, hatte ich ihn seit seiner Pensionierung noch nie besucht. Er hatte meine fadenscheinigen Ausreden jedoch stets ohne Groll hingenommen, obwohl ich mir sicher bin, daß er wußte, daß sie erfunden waren.

Je mehr ich nun darüber nachdachte, um so mehr war ich davon überzeugt, daß sein Landhaus die perfekte Lösung für mich war. Noch in derselben Nacht rief ich ihn an.

»Roger, ich weiß, daß das für dich aus heiterem Himmel kommt, aber könnte ich dich für eine Woche oder so in deinem Haus besuchen? Ich kann verstehen, wenn es gerade nicht paßt, aber ich dachte mir, die Zeit vergeht, und wir haben uns in den letzten Jahren viel zu wenig gesehen.«

Es war mir fast peinlich, ihm auf diese Art zu kommen, vor allem, weil seine Reaktion so spontan und aufrichtig war.

»Welch angenehme Überraschung, von dir zu hören, mein lieber Junge. Ja, natürlich, du kannst jederzeit kommen, und du kannst bleiben, so lange du willst.«

»Wirklich? Bist du sicher, daß das nicht nur deine übliche Höflichkeit ist?«

»Ich bin nicht höflich«, sagte er. »Das war ich nie. Wenn ich es nicht so meinte, würde ich es nicht sagen. Aber erwarte nichts Großartiges.« Dann war sein alter Scharfsinn wieder da, und er fügte hinzu: »Irgendwelche Probleme?«

»Nein.«

»Gut. Das sind gute Nachrichten, mein Lieber. Wann darf ich dich erwarten?«

»Ich nehme den ersten Zug morgen früh.«

»Du mußt in Helston aussteigen. Komm mit dem Taxi hierher. Ich kann dich nicht abholen, denn ich stand vor der Wahl, entweder Trinken oder Autofahren, und da habe ich nicht lange gebraucht, um mich zu entscheiden – ich liebe mein Mahagoni zu sehr.«

Das war sein Spitzname für den Scotch, den er täglich trank, unverdünnt und ohne Eis.

Am nächsten Morgen machte ich mich mit meinem neuen Laptop und meinem Manuskript auf der Festplatte auf den Weg zur Waterloo Station.

Bevor die Eisenbahn verstaatlicht wurde, war der *Cornish Riviera* einer der Luxuszüge auf der Great Western Line gewesen. Jetzt war er nur noch einer von vielen Zügen im Inter-City-Schienennetzwerk, und in den schmuddeligen Waggons erinnerte nichts mehr an die glorreiche Zeit, als der Zug noch in braunweißer Livree dahinrollte. Ich saß bereits im Zug und entdeckte viel zu spät, daß es keinen Speisewagen gab; man erklärte mir, das liege am Personalmangel, was mir angesichts der drei Millionen Arbeitslosen in diesem Land wenig überzeugend vorkam. Statt dessen erwartete man von den Passagieren, daß sie den gefahrvollen Weg an die Snackbar auf sich nahmen, wo den Tollkühnen kaum genießbare Plastikkost angeboten wurde. Ich hatte mich mehr oder weniger mit einer langen, hungrigen Reise abgefunden, als kurz nach dem Halt in Reading ein vergnügter Pakistani die Tür meines Abteils öffnete und mir einen Koffer voll frischer, köstlicher Sandwiches präsentierte. Er vertraute mir an, daß er jedesmal ausverkauft sei, wenn er in Exeter den Zug verließ, und er war für mich ein willkommenes, wenn auch seltenes Beispiel eines vom Thatcherismus begünstigten erfolgreichen Privatunternehmers in einer ansonsten trostlosen Wirtschaftssituation.

Auf diese Weise gut gestärkt, machte ich es mir mit meinem Laptop bequem und verbrachte die restlichen Stunden meiner Reise mit dem Versuch, einige Teile meines verschwundenen Manuskripts wiederzufinden.

Wenn man die Grenze von Devon nach Cornwall überschreitet, hat man stets den Eindruck, ein fremdes Land zu betreten. Das ist Britannien ohne Cuisine; die Häuser haben kahle Steinfassaden, die Bäume, die seit Jahrhunderten heftigen Winden ausgesetzt sind, sind zu bizarren Formen verwachsen. Nur die Teile der Küste, die bisher noch nicht durch Campingplätze verunstaltet sind, erinnern noch an die grandiose und geheimnisumwitterte Zeit der großen Schmuggler. Helston, wo ich den Zug verließ, ist berühmt für den Maytime Floral Dance, bei dem mit Blumen geschmückte Mädchen und junge Burschen durch die Straßen tanzen – ein geheimnisvolles Ritual ähnlich dem Moriskentanz, das mich immer an einen Sketch aus der Monty-Python-Show erinnert.

Bei meiner Ankunft regnete es, und ich mußte etwa zwanzig Minuten lang auf ein Taxi warten, das mich nach Porthleven brachte. Rogers Haus, das sich von außen kaum von den Nachbarhäusern unterschied, lag auf halber Höhe im Hang über dem Hafen. Es gab keinen Garten, und von der Haustür trat man gleich in das gemütliche Wohnzimmer. Ich nahm an, daß er einige Verbesserungen an dem Haus vorgenommen hatte, als er es nach seinen Bedürfnissen umgestaltete, wie zum Beispiel den Einbau einer Zentralheizung, denn eine angenehme Wärme umfing mich, als Roger mich mit einem Glas Whisky begrüßte.

»Wie schön, dich zu sehen, mein lieber Junge«, sagte Roger. »Wir haben uns eine Ewigkeit nicht gesehen – wie lange ist das her?«

»Viel zu lange. Aber das ist allein mein Verschulden.«

Er wirkte gebeugter, als ich ihn in Erinnerung hatte, obwohl er mir als Student schon alt vorgekommen war. Er hatte strähniges, graues Haar, das er pomadisierte, wie ich bemerkte. Wenn er lächelte, entblößte er schlechte Zähne, sein Hemdkragen war zerschlissen, die Collegekrawatte lose gebunden, seine weite Strickjacke zeigte deutliche Verschleißspuren. Er war sehr um mich bemüht, führte mich in mein Zimmer und entschuldigte sich für die Unzulänglichkeiten.

»Ich fürchte, es gibt nur ein Badezimmer, aber meine Zugehfrau war heute morgen hier und hat dein Bett gelüftet. Falls dir nachts nicht warm genug ist, ich glaube, ich habe irgendwo noch eine Heizdecke, die meine Schwester mir mal zu Weihnachten geschenkt hat. Ich kann das Ding nicht ausstehen, ich benutze es nicht.«

»Das wird schon in Ordnung sein. Sieht sehr gemütlich aus.«

»Es ist sicher nicht das, was du gewohnt bist. Heute abend mußt du mit meiner Kochkunst vorliebnehmen. Na ja, kochen kann man das kaum nennen. Frischer kalter Hummer und Salat.«

»Klingt vorzüglich.«

»Ich sorge meistens für mich selbst, aber solange du hier bist, werden wir ab und zu essen gehen.«

Ich erzählte ihm von meinen Erfahrungen im Zug.

»Gott sei Dank reise ich schon lange nicht mehr«, sagte er. »Ich weiß, das hier ist tiefste Provinz, aber immerhin gibt es hier nicht so viel Umweltverschmutzung, außer während der Feriensaison.« Er preßte die Lippen aufeinander, und ich erinnerte mich an diesen Blick aus meiner Studentenzeit. Er setzte ihn jedesmal auf, wenn ich etwas abgeliefert hatte, das er als unter meinem Niveau erachtete. »Aber ich möchte etwas über dich hören. Arbeitest du an einem neuen Roman?«

»Ja und nein.«

»Was bedeutet das?« Wieder entdeckte ich an ihm typische Züge aus früheren Tagen – »drück dich präzise aus« war einer seiner Lieblingssätze im College gewesen.

»Ich habe etwas angefangen, aber dann habe ich die Lust verloren. Jetzt versuche ich, einen neuen Einstieg zu finden. Daher dieses Ding« – ich deutete auf meinen Laptop –, »das ich mitgebracht habe für den Fall, daß ich plötzlich eine Eingebung habe.«

»Du kannst so ein Ding benutzen?«

»Ja, ich könnte heutzutage nicht mehr ohne arbeiten.«

»Furchterregend. Dein Leben hat sich natürlich verändert, und darüber möchte ich etwas hören.«

Während des Abendessens, das im Gegensatz zu seinen erneuten Entschuldigungen vorzüglich war, riefen wir uns vergangene Zeiten ins Gedächtnis zurück. Wir erinnerten uns gegenseitig an alte Bekannte, aber erst als wir bei Kaffee und Brandy angelangt waren, erwähnte ich Henry.

»Henry?«

»Henry Blagden«, sagte ich, »er war derselbe Jahrgang wie ich, aber ich glaube nicht, daß du ihn unterrichtet hast.«

»Ach ja, ich erinnere mich. Ein gutaussehender junger Mann, wenn auch etwas düster. Er ist Parlamentsabgeordneter für die Torys geworden, oder verwechsle ich ihn mit Meldrum?«

»Nein, du meinst schon den Richtigen.«

Irgend etwas an der Art, in der er sich spontan so genau an Henry erinnerte, überraschte mich.

»Bist du mit ihm in Kontakt geblieben?«

»In gewisser Weise«, sagte ich. »Wir waren jahrelang sehr eng befreundet, aber dann haben sich unsere Wege aus irgendwelchen Gründen getrennt.«

»Das überrascht mich nicht. Er ist der letzte, von dem ich angenommen hätte, daß er in die Politik gehen würde.«

»Du weißt, daß er tot ist, nicht wahr?«

»Nein.«

»Doch. Es heißt, er habe Selbstmord begangen.«

Er starrte mich an. »Guter Gott! Was war der Grund, eine Frau? Geld?«

»Niemand weiß etwas Genaues«, sagte ich. »Das Ganze ist eine ziemlich rätselhafte Geschichte, in die ich irgendwie hineingeraten bin.«

Er bot mir noch einen Brandy an, den ich jedoch ablehnte, da ich einen klaren Kopf behalten wollte. Rogers Trinkfestigkeit war schon zu Collegezeiten legendär gewesen.

»Was meinst du mit rätselhaft?«

Ich hatte nicht vorgehabt, mich gleich am ersten Abend zu erleichtern, aber die Ereignisse der letzten Tage hatten mich so verwirrt und verunsichert, daß ich die Gelegenheit beim Schopf ergriff und mich nicht darum scherte, daß Roger den wahren Grund meines Besuchs erkennen könnte. Wie schon vorher Albert, erzählte ich ihm die ganze Geschichte, angefangen mit der Begegnung am Flughafen in Venedig.

»Welch eine außergewöhnliche Folge von Ereignissen«, sagte er, als ich geendet hatte. »Klingt eher wie einer deiner eigenen Romane als etwas aus dem wirklichen Leben. Die Sache in Moskau ist wohl das düsterste Kapitel. Ziemlich furchterregend.«

»Sehr.«

»Kein Wunder, daß du aus London wegwolltest. Erinnert mich an den Roman von Buchan.«

»Buchan?«

»Ja, *Die neununddreißig Stufen*.«

»Oder auch *Der Mann, der zuviel wußte*, außer, daß ich so gut wie nichts weiß.«

»Was für eine merkwürdige Geschichte«, sinnierte Roger, während er in das halb erloschene Feuer starrte. »Ich kann mir sehr gut vorstellen, warum du wegwolltest. Trotzdem, Vorteil für mich.« Er richtete seinen Blick wieder auf mich.

»Das war nicht der einzige Grund«, erwiderte ich etwas zu schnell.

»Und diese Botschaft, die auf deinem Bildschirm aufgetaucht ist, das begreife ich nicht. Wie ist das möglich?«

»Ich begreife es auch nicht. Aber offensichtlich können Computer genau wie der menschliche Organismus von Viren befallen werden. Ich habe erst vor kurzem von einem Fall gelesen, wo ein junger Bursche völliges Chaos ausgelöst und Hunderte von Zentralrechnern lahmgelegt hat. Solche Leute werden ›Hacker‹ genannt. Es scheint eigentlich ganz simpel zu sein, wenn man sich nur auskennt.«

»Eine Art elektronisches HIV«, sagte Roger.

»Ja, so kann man es sehen. Eine verseuchte Nadel, die aus weiter Ferne eindringt.«

»Was willst du also unternehmen?«

»Was kann ich denn tun?«

»Du sagst, es ist dir nicht gelungen, Kontakt zu seiner Frau aufzunehmen?«

»Bisher nicht. Allerdings bezweifle ich, daß sie mir viel sagen kann. Ich habe gehört, sie hatten sich getrennt.«

»Vielleicht solltest du am besten gar nichts tun. Warte ab, bis die Sache im Sande verläuft.«

»Wenn man mich läßt«, sagte ich.

An jenem ersten Abend diskutierten wir nicht weiter über das Thema. Es war bereits nach Mitternacht, als wir schließlich ins Bett gingen. Während ich mir in Rogers ungemütlichem Badezimmer die Zähne putzte, mußte ich daran denken, wie sehr unsere Leben sich verändert hatten. An der Universität war er eine Persönlichkeit gewesen, die von uns allen respektiert und nicht selten sogar gefürchtet wurde, denn der Sarkasmus, mit dem er unsere Fähigkeiten beurteilte, traf uns alle bis ins Mark. Als ich nun jedoch die Medikamentensammlung betrachtete, die an sein Alter gemahnte, die abgenutzte Zahnbürste, die rissige hölzerne Schale mit Rasierseife und den Gebißreiniger, sah ich plötzlich in ihm einen Mann, der auf seinen Tod wartete.

Ich war gerührt, als er mir am nächsten Morgen das Frühstück ans Bett brachte. Zum erstenmal seit Venedig hatte ich meinen Frieden wiedergefunden. Es hatte aufgehört zu regnen, und fahles Sonnenlicht lag über der ruhigen See. Nachdem wir uns angezogen hatten, schlug Roger einen Spaziergang vor. Die Luft war kalt und schneidend, und im Gegensatz zu London war kein Lärm zu hören. Wir schlenderten am Hafen entlang, kauften uns die Morgenzeitung und gingen dann an den gewundenen Kiesstrand hinunter. Es war Ebbe, und der Strand war übersät mit dem unvermeidlichen, von Menschen hinterlassenen Müll. Die Pfützen zwischen den Felsen waren von Ölresten geschwärzt, und gierige Möwen liefen herum und stritten sich um die verwesenden Überreste eines ertrunkenen Hundes. Ihr Gekreisch weckte erneut mein Unbehagen.

Wir verbrachten mehrere angenehme Tage nach dem gleichen Muster. Jeden Morgen machten wir einen Spaziergang zum

Fischmarkt, wo wir für das Abendessen einkauften; am Nachmittag arbeitete ich an meinem Roman, während Roger seinen Mittagsschlaf hielt. Ich begann, mich wieder wie ein Mensch zu fühlen, entspannt und von der Seeluft und der heiteren Gesellschaft belebt. Wir sprachen nicht mehr über Henry, bis Roger am Abend des vierten Tages plötzlich in meinem Schlafzimmer erschien. Er trug einen ausgebleichten roten Morgenrock mit Paisleymuster, der aufsprang und seinen schwammigen Bauch teilweise entblößte, als er sich auf die Bettkante setzte.

»Ich bin dir gegenüber nicht ganz ehrlich gewesen«, begann er zögernd. Ich legte das Buch weg, in dem ich gerade las.

»Ach, in welcher Weise?«

»Dein Freund Henry …« Im Schatten des dämmrigen Lichts meiner Nachttischlampe war sein Gesichtsausdruck kaum auszumachen. »Ich habe ihn besser gekannt, als ich zugegeben habe. Du weißt natürlich über mich Bescheid oder hast es zumindest vermutet. Vor Studenten läßt sich nicht viel geheimhalten.«

Ich erwiderte nichts.

»Ihr seid mir beide aufgefallen, als ihr ans College kamt, aber ich spürte gleich, daß du ein aussichtsloser Fall warst, frag mich nicht, warum … Leute wie ich wissen das einfach … und ich war es zufrieden, dich zu einem meiner Lieblingsstudenten zu machen, nachdem ich dein Talent erkannt hatte. In deinem Fall begnügte ich mich mit Freundschaft, einer Freundschaft, die ich immer geschätzt habe, was ich hoffentlich zur Genüge gezeigt habe – eine Liebe aus der Ferne.« Er hielt inne, wie wenn das Geständnis ihn große Überwindung gekostet hätte. »Das mit Henry war etwas anderes … Ich weiß, es wird dich schockieren, aber er und ich waren ein Liebespaar. Nein, das stimmt nicht ganz. Ich sollte besser sagen, ich war der Liebhaber, und Henry war der duldende Partner. Ich habe ihn verführt, und später hat er mich lediglich benutzt … Ich fand mich damit ab, sogar, als er mich später erpreßte.«

»Er hat dich erpreßt?«

»Emotional. Ich habe mich dazu hinreißen lassen, ihm bessere

Noten zu geben, als er verdiente. Du hast dir deine Noten erarbeitet, während Henry sich seine im Bett verdient hat. Bist du schockiert?«

»Nein. Nicht direkt schockiert. Vielleicht verwundert. Du erzählst mir da etwas, das ich niemals vermutet hätte.«

»Er hat meine … Zuneigung nicht erwidert … er empfand keine Begierde, für ihn war ich nur eine nützliche alte Schwuchtel, die ihm alle Türen öffnete. Ich machte mir keine Illusionen, ich war einfach in ihn vernarrt. Das ist mir in meinem ganzen Leben nur dreimal passiert, und jedesmal mit katastrophalen Folgen, möchte ich hinzufügen. Es hat mir nie gelegen, mich auf die Suche nach schnellen sexuellen Abenteuern zu begeben, die Welt der Stricher hat mich nie fasziniert, im Gegensatz zu manchen … Es war mein Schicksal, immer an die große Liebe zu glauben, was natürlich zur Folge hatte, daß ich immer an die falschen Typen geriet … und mich gewissen Enttäuschungen aussetzte.«

Plötzlich wurde ihm bewußt, daß er mit vor emotionaler Erregung belegter Stimme sprach. Er faßte sich wieder und lachte kurz auf. »Ich weiß nicht, warum ich dir das alles erzähle. Ich hatte einfach das Gefühl, es tun zu müssen. Ich habe so lange mit der Lüge gelebt, ich dachte, daß ich dir das schuldig bin. Die Zeiten ändern sich, und wenn man älter wird, verlieren die Dinge immer mehr an Bedeutung.«

»Hat … hat euer Verhältnis weiterbestanden, nachdem Henry das College verlassen hat?«

»Wir haben uns seltener gesehen und immer nur auf mein Drängen hin. Ich habe ihm Geld gegeben, weißt du – eigentlich konnte ich mir das nicht leisten, aber ich war gezwungen, das zu tun –, und schließlich lief es darauf hinaus, daß ich mir seine Zuwendung erkaufte. Ist es nicht beschämend, so etwas zugeben zu müssen?«

»Nein«, sagte ich. »Ich denke, auf irgendeine Weise tun wir das alle.« Wir schwiegen beide eine Weile, dann sagte ich: »Ich nehme an, du weißt, was geschehen ist, nachdem Sophie mich verlassen hat?«

»O ja. Er hat mich immer auf dem laufenden gehalten, es machte ihm Spaß, mir Einzelheiten aufzutischen. Er benutzte sie als Waffen, als sehr effektvolle Waffen. Auch wenn ich mich zu ihm hingezogen fühlte, habe ich ihn immer als verschlagen empfunden, selbst gemein wäre nicht übertrieben. Henry war immer auf seinen eigenen Vorteil bedacht. In dem Augenblick, in dem er Parlamentsabgeordneter wurde, war zwischen uns alles vorbei. Ich war auf ihrer Hochzeit«, fügte er hinzu und lachte verächtlich. »Ich habe sogar das Hochzeitsfest bezahlt, eine letzte noble Geste meinerseits, da die Braut keinen Vater hatte. Ich glaube, er hat die Ironie genossen, die darin lag. Eure Wege hatten sich damals schon getrennt, stimmt's?«

»Ja.«

»Verständlicherweise.«

»Was hast du von Sophie gehalten?«

Er formulierte seine Antwort sehr sorgfältig. »Sie war zweifellos sehr attraktiv«, erwiderte er, »aber ich bin der letzte, der seine Meinung zu solchen Dingen äußert. Es hat mir damals so leid getan für dich. Na ja, eigentlich für uns beide.«

»Darf ich dich etwas fragen?« unterbrach ich ihn.

»Natürlich, mein Junge.«

»Hast du noch nie mit einer Frau geschlafen?«

»Doch, einmal. Sie war die Freundin meiner Mutter, älter als ich, das klassische Syndrom. Ich habe die Bewegungen ausgeführt, ich habe getan, was von mir erwartet wurde, aber ich kann nicht behaupten, daß es mir Spaß gemacht hat, und ich habe es nie wieder versucht.«

Er rückte seinen Morgenrock zurecht und lächelte mich an. »So, nun weißt du alles. Für uns beide das Ende eines Kapitels.«

»Du glaubst nicht, daß er noch lebt?«

»Oh, im Gegenteil, ich halte es für sehr wahrscheinlich, daß du dich nicht geirrt hast. Ich habe Henry nie für einen Selbstmordkandidaten gehalten. Er könnte andere dahin treiben, aber nicht sich selbst.«

Ich zog meinen Fuß zur Seite, als er seine Position änderte.

»Warum, glaubst du, hatte er eine solche Macht über andere – über dich, mich und Sophie wahrscheinlich auch?«

»Die meisten Menschen treffen nicht gerade weise Entscheidungen, wenn es um Herzensangelegenheiten geht, nicht wahr? Sex ist eine so komplizierte Sache. Es heißt, daß sogar zum Tode Verurteilte in ihren letzten Stunden daran denken.« Er stand abrupt auf. »Ich sollte dich schlafen lassen. Ich hoffe, ich habe dich nicht zu sehr schockiert. Wir sehen uns morgen früh.«

Als er sich von mir abwandte und das Zimmer verließ, fiel das Licht auf sein Gesicht, und ich sah, daß er weinte.

XIII

Die Gegenwart

Am nächsten Morgen war ich lange vor Roger auf. Ich war gerade dabei, das Frühstück vorzubereiten, als er in die Küche schlurfte. Normalerweise war er der Frühaufsteher, der mich frischgewaschen und rasiert begrüßte, aber an jenem Morgen hatte er noch nicht einmal seine Zahnprothese im Mund und wirkte genauso alt, wie er war. Es war, als ob das Geständnis des vorigen Abends ihn alle Kraft gekostet hätte, denn sein Gesicht wirkte so grau wie ein unterbelichtetes Negativ. Es war mir peinlich, ihn überrascht zu haben, und ich erwähnte nichts von dem, was sich am Abend ereignet hatte. Als er sah, daß ich bereits Kaffee und Toast gemacht hatte, ging er ins Bad, um sein Gebiß zu holen. Erst dann gab er sich Mühe, wieder als der alte zu erscheinen.

»Darf ich nach dem Frühstück dein Telefon benutzen?«

»Natürlich, mein Junge. Du wirst feststellen, daß es genauso eigensinnig ist wie sein Besitzer.«

Ich wartete, bis er in der Badewanne saß, dann rief ich Albert an.

»Ich hab mich schon gefragt, wann du dich endlich meldest. Hab langsam angefangen, mir Sorgen zu machen. Wo bist du?« fragte Albert.

»Cornwall. Schreib dir mal die Nummer auf.«

»Ist das ein Hotel?«

»Nein, ein privates Haus. Ich wohne bei einem alten Freund.«

»Okay, ich rufe dich gleich zurück. Unsere Leitungen hier sind etwas sicherer. Kann nicht schaden, wenn man besonders vorsichtig ist.«

Während ich wartete, kam mir die Situation plötzlich etwas melodramatisch vor. Dann nahm ich den Hörer wieder auf.

»Bist du allein?« fragte Albert.

»Ja. Hast du irgendwelche Fortschritte gemacht?«

»Keine großen. Wie du schon sagtest, scheint niemand darauf erpicht zu sein, irgendwelche Informationen preiszugeben. Aber ich habe etwas über seine Frau herausgefunden. Hast du gewußt, daß sie schon zweimal wegen Drogen verhaftet wurde? Einmal wegen Kokain und das zweite Mal wegen Heroin? Wegen der letzten Sache hat sie zwei Jahre auf Bewährung bekommen.«

»Nein, das ist mir neu.«

»So etwas hast du nie bei ihr erlebt, als du mit ihr zusammen warst?«

»Einmal. Aber ich hatte angenommen, daß sie sich während eines Urlaubs, den wir mit ein paar merkwürdigen Leuten verbrachten, hatte überreden lassen.«

»Tja, ich bleib weiter dran. Aber der Sumpf könnte tiefer sein, als du zunächst angenommen hast.«

»Inwiefern?«

»Einfach so ein Gefühl. Möglicherweise hängen die Jungs vom Century House da mit drin, bisher habe ich jedoch noch nicht herausgefunden, warum.«

Die Anspielung auf das Century House verblüffte mich. Das war das Präsidium des MI6, und bis vor kurzem war von offizieller Stelle geleugnet worden, daß es überhaupt existierte; ein lächerliches Täuschungsmanöver, aber es war dieselbe Strategie, die man angesichts der Skandale im Königshaus anwendete: Wie die Strauße war das Establishment davon überzeugt, daß der ganze Körper unsichtbar wird, wenn man den Kopf in den Sand steckt.

»Wie kommst du darauf?«

»Nenn es Erfahrung. Wenn ich bei sämtlichen normalen Quellen Nieten ziehe, dann ist das meistens ein Hinweis in diese Richtung. Der Ort, an dem er angeblich vor seinen Schöpfer getreten ist, ist ebenfalls ein sicherer Anhaltspunkt. Überlaß das mir, ich werde der Sache weiterhin nachgehen. Wie lange hast du vor zu bleiben, wo du bist?«

»Mindestens noch eine Woche.«

»Bis dahin müßte ich mehr wissen. Gib mir Bescheid, wenn du woanders hingehst. Ansonsten rufe ich dich an.«

In diesem Augenblick kam Roger ins Zimmer zurück, und ich beendete das Gespräch mit ein paar unverfänglichen Nettigkeiten.

»Mein Verleger«, sagte ich zu Roger. »Er macht sich Sorgen wegen meines Abgabetermins. Sie haben mir für dieses Manuskript einen dicken Vorschuß gezahlt. Hast du jemals daran gedacht, ein Buch zu schreiben?«

»Ich habe jahrelang an einem gearbeitet, aber irgendwie kann ich mich nicht aufraffen, es zu Ende zu bringen.«

»Wovon handelt es?«

»Rousseau und der Geniekult in den Jahren zwischen 1770 und 1780. Kaum ein Thema, das einen Buchklub interessieren wird.«

»Darf ich es lesen?«

»Wenn du masochistisch genug bist. Ich werd's mir überlegen.«

Erst als wir unseren morgendlichen Spaziergang zur Hälfte hinter uns hatten, kam Roger auf das Thema Henry zurück. Bemüht, meinem Blick auszuweichen, starrte er auf das Meer hinaus und sagte: »Ich habe über dein Problem nachgedacht und ich denke, daß ein Bekannter von mir möglicherweise etwas Licht in das Dunkel bringen könnte.«

»Wirklich? Wer ist es?«

»Du kennst ihn nicht. Ein ehemaliger Polizist. Na ja, ich nehme an, du würdest ihn einen Polizisten nennen – er gehörte früher dem Drogendezernat an, und er hat mir einmal einen großen Gefallen getan.« Auch jetzt sah er mich nicht an, während er redete.

»Und warum glaubst du, daß er mir helfen würde?«

»Leute vom gleichen Schlag finden sich immer zusammen«, sagte Roger langsam. »Er war früher auch einmal mit Henry befreundet.«

»Könnte Henry ihn mir gegenüber mal erwähnt haben?«

»Das bezweifle ich. Das Merkwürdigste ist, und ich habe die halbe Nacht wachgelegen und darüber nachgedacht – die Wahrheit ist, daß du, obschon du glaubtest, Henry besser als irgend jemand anders zu kennen, wahrscheinlich weniger gewußt hast als ich. Du hast Henrys beste Seite erlebt, ich die schlechteste, und eigentlich sind es die schlechten Seiten, an denen man einen Charakter erkennt. Er hat ein Doppelleben geführt, wie dir inzwischen klar sein wird. Ein Leben, das eine einzige Lüge war, wie es bei so vielen von uns der Fall ist.«

Wir gingen schweigend ein Stück weiter. Dann sagte er: »Ich werde diesen Mann anrufen und sehen, ob er bereit ist, sich mit dir zu treffen. Das heißt, natürlich nur, wenn du die Sache weiter verfolgen willst.«

»Nachdem ich nun schon so weit gegangen bin«, sagte ich.

Er erwähnte den Mann erst wieder, als ich abreiste. Ich war zu dem Schluß gekommen, daß ich seine Gastfreundschaft nach zwei Wochen reichlich ausgeschöpft hatte. Auch wenn er viel zu höflich war, um es zu erwähnen, hatte Roger, genau wie die meisten Menschen, die allein leben, seine ganz speziellen Gewohnheiten, und ich spürte, daß ihn gewisse Dinge an seinem Hausgast zu irritieren begannen. Ein einziges Badezimmer für alle Hausbewohner muß bei vielen häuslichen Auseinandersetzungen eine Schlüsselrolle spielen. Als ich meine Abreise ankündigte, protestierte er wortreich dagegen, aber ich entdeckte hinter seinen Worten auch Erleichterung. Albert hatte noch einmal angerufen, hatte jedoch keine weiteren Fortschritte erzielt, und in Rogers Anwesenheit war es schwierig, ihn zu bedrängen. Die vierzehn Tage, die ich fern von London in friedlicher Umgebung verbracht hatte, hatten meine ursprüngliche Panik besänftigt, und außerdem hatte ich das Bedürfnis, meinen Roman in einer vertrauten Umgebung zu beenden. Zum Abschied und zum Dank für seine Gastfreundschaft schenkte ich Roger ein halbes Dutzend Flaschen Malt-Whisky. Erst beim letzten gemeinsamen Frühstück schob er einen Zettel über den Tisch.

»Das ist der Name und die Adresse des Mannes, von dem ich dir erzählt habe. Er sagt, er wäre gerne bereit, mit dir zu reden, wenn du die Sache weiter verfolgen willst.«

Als mein Taxi vorfuhr, tat er etwas, das er vorher noch nie getan hatte. Er nahm mich unbeholfen in die Arme und küßte mich auf die Wange. Wir waren beide peinlich berührt. Es war das erste Mal, daß ich ihn als sentimental empfand.

»Paß auf dich auf und warte nächstes Mal nicht so lange mit einem Besuch. Es hat mich gefreut, daß du hier warst, ich kann dir gar nicht sagen, was es mir bedeutet hat. Über alte Zeiten plaudern. Na ja, daß einfach jemand da war, mit dem ich reden konnte. Auch wenn die Einheimischen sehr freundlich sind, kann ich nicht behaupten, daß sie mich in irgendeiner Weise stimulieren.«

»Es war schön, daß du mich so lange ertragen hast, ich habe mich wirklich sehr gut erholt. Paß du auch auf dich auf. Schreib dein Buch zu Ende. Es hört sich faszinierend an.«

»Eigentlich nicht. Es ist zweifellos genauso langweilig und pedantisch wie ich.«

Ich las seinen Zettel erst, als ich im Zug saß. Der Name lautete George Pearson, und die Adresse war irgendwo in Wembley. Ich faltete den Zettel sorgfältig zusammen und legte ihn in meine Brieftasche. Ich hätte es dabei belassen sollen. Ich wünsche von ganzem Herzen, ich hätte es dabei belassen, hätte auf die Warnungen gehört, mich damit zufriedengegeben, das Unerklärliche, das Undenkbare ungestört ruhen zu lassen und mein altes, ruhiges Leben wieder aufzunehmen. Ich hätte mir und anderen eine Menge Schmerz erspart.

Glücklicherweise gab es diesmal einen Speisewagen. Ich ließ mir Zeit mit meinem Essen und dachte noch einmal über alles nach, was Roger mir eröffnet hatte. Ich konnte kaum glauben, daß der Henry, den ich gekannt hatte, jemand war, der Roger sexuelle Gefälligkeiten erwies. Nachdem unser Trio zerbrochen war, hatte ich mich damit abfinden müssen, daß Sophie mich verlassen hatte und nun mit Henry schlief. Aber es fiel mir schwer, mir Henry und Roger zusammen im Bett vorzustellen. Die körperliche Seite männlicher Homosexualität habe ich immer aus meiner Vorstellung ausgeklammert. Das ist vielleicht ein typisches Verhalten heterosexueller Menschen, oder auch etwas Persönliches, ich weiß es nicht. Während meiner Reise versuchte ich mich zu erinnern, ob es noch andere Vorkommnisse gegeben hatte, an denen ich Henrys wahren Charakter hätte erkennen können. Im nachhinein wurde mir klar, wie naiv ich gewesen sein mußte. Ich hatte schon immer vermutet, daß Henry ein gewiefter Lügner war. Er blieb dabei stets kühl und selbstsicher, so als ob er alles, was er in seinem Leben unternahm, aus purer Rache tat. Alberts Eröffnung, daß Sophie in die Drogenszene verwickelt war, machte mir klar, daß ich mich in ihr ebenfalls getäuscht hatte.

Je mehr ich mich London näherte, um so deutlicher traten meine alten Sorgen wieder zutage. Mir fiel wieder ein, daß die Polizei in Venedig mich jeden Moment als Zeugen zurückbeordern konnte, ein Gedanke, der mir nicht gefiel. Zu Hause angekommen, war ich froh zu sehen, daß nichts angerührt worden war, und stellte mit Erleichterung fest, daß ich keine weiteren Nachrichten auf meinem Computer vorfand. Ich atmete auf, denn die Gefahr schien vorüber zu sein.

Während der folgenden Woche dachte ich mehrmals an den Freund, dessen Adresse Roger mir gegeben hatte, und fragte mich, ob ich ihn anrufen sollte oder nicht. Oberflächlich betrachtet schien es mir ziemlich ungefährlich, Kontakt zu ihm aufzunehmen; da es auf Empfehlung von Roger geschehen würde, dem ich vertraute, war es recht unwahrscheinlich, daß dieser Pearson irgendeine Verbindung zu dem hatte, was mir widerfahren war. Aus Rogers Andeutungen schloß ich, daß auch er eine Leiche aus dem Keller von Henrys Vergangenheit war. Immerhin bestand die Möglichkeit, daß er mir einen Hinweis darauf geben konnte, warum Henry sich entschlossen hatte, von der Bildfläche zu verschwinden, und ich beschloß, meine Chancen zu nutzen.

Bevor ich Pearson anrief, brachte mich irgend etwas auf den Gedanken, Henrys Papiere noch einmal durchzugehen, in der Hoffnung auf einen Hinweis, den ich bisher vielleicht übersehen hatte. Das einzig Neue, das ich ans Licht beförderte, war ein merkwürdiger Verweis auf *Walter*, *My Secret Life*, dieser trübselige Bericht des anonymen, offenbar unermüdlichen viktorianischen Lüstlings über sein monotones, freudloses Sexualleben. Henry notierte: *Fand eine Ausgabe in New York, wo es nun frei zu kaufen ist. Sehr spannende Lektüre, muß sie S. zu lesen geben.*

Stand das »S« für Sophie, fragte ich mich, oder für jemand anderen mit den gleichen Initialen? In der Öffentlichkeit war Henry stets darauf bedacht gewesen, eine hochmoralische Haltung einzunehmen, aber sein Tagebucheintrag deutete darauf hin, daß er auf schäbige Weise von der sexuellen Unterwelt fasziniert war, was zu dem paßte, was Roger mir eröffnet hatte.

Ich erinnerte mich, daß wir, nachdem er widerwillig akzeptiert hatte, daß mein Verhältnis mit Sophie nicht nur eine vorübergehende Laune war, unsere alten Gewohnheiten wieder aufnahmen. Häufig gingen wir zu viert aus. Henry kreuzte jedesmal mit einer von diesen knochigen Frauen auf, die mich immer an die Schaufensterpuppen bei Harrod's erinnern: langbeinige, flachbrüstige, unglaublich gelangweilte Frauen. Die meisten waren reich und vertrieben sich die Zeit vor der Ehe mit Teilzeitjobs in Maklerbüros oder als Verkäuferinnen in einer von diesen plüschigen kleinen Boutiquen, die überall in Belgravia teuren Edelkitsch verkaufen wie Furzkissen, auf denen ach so witzige Sprüche aufgestickt sind, singende Klopapierrollen und anderes Spielzeug für Geschmacklose. Sie fuhren Mercedes SLs oder aufgemotzte Minis mit ihren Initialen auf dem Nummernschild und protzten mit Louis-Vuitton-Handtaschen, verzweifelt bemüht, ihr ödes Leben zu kaschieren, bis sie, ausreichend mit teurem Make-up bemalt, endlich Mr. Right an Land zogen, indem sie ihm schnell unter dem Tisch einen runterholten.

Henrys Reaktion, wenn ich seine Wahl kritisierte, war stets: »Du siehst nur das Offensichtliche«, worauf ich versetzte, daß ich keine Ambitionen hätte, mit tiefgekühlten Jungfrauen ins Bett zu gehen.

Während der ganzen Zeit kletterte er wild entschlossen auf der sozialen Leiter empor. Seine nächste Eroberung war eine junge Chilenin, die einen Teil des Jahres in London bei ihrer Mutter und ihrem Zwillingsbruder verbrachte.

»Das sind reiche Leute«, sagte Henry. »Sie haben ein Privatflugzeug und eine Suite im Claridges. Das ist wahrer Reichtum.«

Er wollte mich unbedingt den Zwillingen vorstellen und arrangierte ein gemeinsames Abendessen. »Du brauchst nichts zu bezahlen, das geht auf mich.«

»Mein Gott!« sagte ich. »Das muß wahre Liebe sein. Wie heißen sie?«

»Eva und Victor.«

Er reservierte das Séparée im Les Ambassadeurs, das damals der Lieblingsfreßpalast der Schickeria war und den elegantesten Spielsalon in ganz London besaß.

Manchmal denke ich, daß Gott die Reichen erschaffen hat, um uns einfachen Sterblichen das Vergnügen zu bereiten, sie zu verabscheuen. Von jenem ersten Abend an hatte ich das Gefühl, daß Eva und Victor zwei Giftschlangen waren. Sie erinnerten mich an die Geschwister aus der Kurzgeschichte *Wälsungenblut* von Thomas Mann, denn sie hatten die gleiche blutleere, verwöhnte Gespreiztheit von Kindern, die nie jung gewesen sind, obwohl sie, als ich ihnen das erste Mal begegnete, erst achtzehn Jahre alt waren. Eva trug viel zuviel teuren Schmuck für ein Mädchen von so zartem Alter, und während Sophie in meinen Augen elegant und umwerfend aussah, wirkte Eva eher wie ein Kind, das sich mit den geborgten Klamotten einer Erwachsenen für eine vornehme Party zurechtgemacht hatte. Ihr Bruder trug stets eine perfekte Sonnenbräune zur Schau, die man nur erreicht, wenn man die entsprechenden Sommer- und Winterdomizile hat. Beide zeigten ein Gebiß, das aussah, als ob sie eine Zahnbehandlung für eine Million Dollar hinter sich hätten: ich hatte noch nie so perfekte Zähne gesehen. Henry war offensichtlich von ihrem

Lebensstil fasziniert. Fairerweise muß ich hinzufügen, daß sie tadellose Manieren hatten, allerdings war ihr Lächeln immer ein wenig distanziert, und sie reagierten stets mit einer gewissen Herablassung auf alles, was Sophie sagte. Es war schwierig, mit ihnen ein Gespräch zu führen.

»Was tust du eigentlich, Eva?« fragte Sophie eines Abends. »Bist du an der Universität?«

»Nein. Ich konnte die Schule nie ausstehen und war froh, als sie vorbei war. Ich mache Einkaufsbummel und spiele Tennis. Wir gehen einfach immer dahin, wo unsere Mutter hingeht.«

»Und wo geht sie hin?« fragte ich.

»Überall dahin, wo wir Häuser besitzen. Madrid, Tanger, die Bermudas. Und Chile natürlich.«

Es gab nichts Angemessenes darauf zu erwidern, also versuchte ich mein Glück mit Victor. »Spielst du auch Tennis?«

»Er trainiert bei Arthur Ashe«, fiel Henry ein, und damit war das Thema beendet.

Beide sprachen exzellent Englisch, allerdings war Victors Akzent eine Spur ausgeprägter. Ich bemerkte, wie Henry ganz unruhig wurde, weil beide nichts aßen. Sie stocherten mit ihren Gabeln in dem vorzüglichen Essen herum, aber nur wenig davon erreichte ihre Lippen. Als Vorspeise hatte Henry die Spezialität des Hauses bestellt, Kaviar und Blinis, aber er mußte noch lernen, daß man die Reichen nicht mit etwas beeindrucken kann, das sie gewöhnt sind. Das Exotische langweilt sie schon lange, das Mondäne interessiert sie kaum noch. Erst wenn man sie mit gänzlich primitiven Situationen konfrontiert, kann man ihnen ein leises Interesse entlocken.

Mir fiel auf, daß Victor mehrmals während des Essens die Hand seiner Schwester streichelte, und zwar auf eine Weise, die eher einem Liebhaber als einem Bruder angestanden hätte. Soweit ich mich erinnerte, endete Thomas Manns Geschichte im Inzest.

Ich war stolz auf Sophie, denn obwohl sie verunsichert war, schlug sie sich tapfer. Der Abend wurde etwas lebhafter, als Victor ausnahmsweise das Wort ergriff und zu Sophie sagte: »Ich beobachte dich schon die ganze Zeit. Ich finde absolut, du solltest zum Film gehen. Du hast genau das Gesicht, das sie immer haben wollen. Bist du schon einmal in einem Theaterstück aufgetreten?«

»Eigentlich nicht. Ich bin Tänzerin.«

»Ballett?«

»Nein, hauptsächlich moderne Tänze.«

»Keine Filme?«

»Nein. Ich arbeite manchmal als Model.«

»Als Aktmodel«, sagte Henry.

Ich hatte damals angenommen, er habe das gesagt, ohne nachzudenken, aber nun ist mir klar, daß es Absicht gewesen sein muß.

»Wirklich?« meinte Victor. »Wie interessant.« Er warf seiner Schwester einen kurzen Blick zu, und für einen Augenblick wich der Ausdruck der Langeweile aus ihren Gesichtern. »Du meinst, du stehst Modell für Künstler?«

»Nein, nur für Fotos.«

»Ist dir das nicht peinlich?« fragte Eva.

»Es ist mir viel peinlicher, wenn ich die Miete nicht bezahlen kann. Unglücklicherweise habe ich nämlich keine Mutter, die alles für mich bezahlt«, sagte Sophie liebenswürdig.

Nach diesem kurzen Intermezzo geriet die Unterhaltung erneut ins Stocken, bis Henry vorschlug, daß wir uns im Glücksspiel versuchten. Die Mienen der Zwillinge hellten sich sichtlich auf.

»Wie geht das denn?« fragte Sophie, als wir die Wendeltreppe zum Spielsalon hinaufstiegen. Einen Moment lang befürchtete ich, man würde uns nicht einlassen, weil die beiden noch so jung waren. Aber ich hatte vergessen, daß Geld alle Türen öffnet.

»Tja, das hängt davon ab, was du spielst«, erwiderte Victor, nahm seine Brieftasche und reichte seiner Schwester einen Packen Geldscheine. »Ich fange gewöhnlich mit Roulette an, und wenn ich da verloren habe, mache ich mit Chemmie weiter in der Hoffnung, damit mehr Glück zu haben. Das wichtigste beim

Glücksspiel ist, daß man sich nichts daraus macht, ob man gewinnt oder verliert, denn das verdirbt den Spaß.«

Alle Tische waren leer, als wir eintraten, denn für die Araber hatte der Abend noch nicht begonnen. Ich hatte nur zwanzig Pfund bei mir. Ich gab sie Sophie und bugsierte sie auf den Roulette-Tisch zu, wo die niedrigsten Einsätze gemacht wurden.

»Und jetzt?« flüsterte sie.

»Setz auf deine Lieblingszahlen.«

»Du meinst Geburtstage und so was?«

»Klar, warum nicht?« Ich hatte mich innerlich bereits von meinem Geld verabschiedet.

Eva und Henry gingen an den Tisch, wo Chemmie gespielt wurde, während Victor sich einen Stapel Fünzigpfund-Chips kaufte und sich neben Sophie setzte. »Spiel die Zahlen *en plein*«, sagte er. »Alles andere ist zu langweilig.«

Sophie tat zunächst überhaupt nichts, sondern beobachtete lediglich fasziniert, was Victor machte. Die Neunzehn gewann, und er hatte nicht darauf gesetzt.

»Oh, beinahe«, sagte sie. »Du hattest die Achtzehn.« Ich stupste sie an. Beim nächstenmal schob sie einen Chip auf die Vier.

»Wenn du auf niedrige Zahlen setzt, setze ich auf die hohen«, meinte Victor. Er setzte einen Stapel Chips auf die letzten sechs Ziffern. Die Kugel rollte sauber auf Sophies Vier, und vor Begeisterung warf sie fast den Tisch um. Als sie ihren Gewinn erhielt, bot sie mir die Hälfte an.

»Behalte sie«, sagte ich. »Die Chips bringen dir Glück.«

Sie brachten ihr natürlich kein Glück, und nach einigen weiteren Spielen hatte sie die meisten wieder verloren. Victor hatte sich inzwischen zu den anderen gesellt, die Chemmie spielten. Seine Schwester hielt die Bank.

»Hör auf, solange du noch nicht alles verloren hast«, sagte ich zu Sophie. »Dann kannst du immer behaupten, daß du beim erstenmal als Gewinnerin nach Hause gegangen bist.«

»Das hat vielleicht Spaß gemacht! Ich könnte glatt süchtig werden.«

Sie ließ sich ausbezahlen, steckte sechs Pfund ein und gab mir meinen Einsatz zurück. Wir sahen den anderen noch eine Weile zu, doch als der Raum sich zu füllen begann, beschlossen wir, nach Hause zu gehen. Henry und die Zwillinge sahen kaum von ihrem Spiel auf, als wir uns verabschiedeten. Er schwitzte, und ich dachte bei mir, daß sein sozialer Aufstieg ihn teuer zu stehen kam.

Als wir an jenem Abend endlich im Bett lagen, sagte Sophie: »Hast du es gewußt?«

»Was?«

»Daß ich als Model arbeite?«

»Nein«, log ich.

»Warst du schockiert?`«

»Warum sollte ich schockiert sein?«

»Ich weiß, daß es Henry mißfällt. Darum hat er es erwähnt.«

»Henry sagt manches, um Eindruck zu machen.«

»Du warst ein bißchen schockiert, nicht wahr? Sei ehrlich.«

»Nein. Sei nicht albern. Zeig sie mir.«

»Wirklich?«

»Wirklich.«

Sie schlüpfte aus dem Bett und holte ihren Koffer vom Schrank. Sie nahm einen Umschlag heraus, gab ihn mir und verschwand im Badezimmer. Es waren sechs Fotos, unter denen sich auch das befand, das ich in der Zeitschrift entdeckt hatte. Auf jedem Foto war die Schamhaargegend geschickt retuschiert worden.

»Sie sind großartig«, sagte ich.

Sie stand nackt in der Badezimmertür. »Sagst du das nur so?«

»Nein, ich hab's auch so gemeint.«

»Also, Männer sind vielleicht komisch. Ich hab gesehen, wie dieser Victor seine Schwester angesehen hat. Ich glaube, er war regelrecht angewidert.«

»Natürlich war er nicht angewidert. Außerdem bin ich nicht Victor und auch nicht Henry. Nichts, was du tust, widert mich an, und schon gar nicht diese Fotos.«

»Wenn du sie gesehen hättest, bevor wir uns kannten«, beharrte sie, »hätte das etwas an deiner Einstellung zu mir geändert? Männer sind von schmutzigen Fotos begeistert, stimmt's?«

Das war der Augenblick, als ich mein Geständnis hätte machen können, aber ich habe gekniffen.

»Das sind keine schmutzigen Fotos. Weißt du, was das einzige ist, das ich bedaure?«

»Was?«

»Daß ich sie nicht gemacht habe.«

Sie nahm eines der Fotos und starrte es an. »Über die kann ich mich später mal freuen, wenn ich alt und fett bin.«

»Kann ich eins behalten für die Zeit, wenn ich alt und fett bin?«

»Du kannst sie alle behalten. Jetzt, wo du's weißt, ist es mir egal.«

Ich glaubte schließlich, sie überzeugt zu haben, daß sich zwischen uns nichts geändert hatte, aber als wir in der Nacht miteinander schliefen, war es auf seltsame Weise anders als sonst. Es war, als ob plötzlich eine Linie zwischen uns gezogen worden wäre, die Wirklichkeit und Phantasie trennte.

Am nächsten Morgen wurden wir durch einen Anruf von Henry geweckt.

»Was hältst du von ihnen?« fragte er ohne Umschweife. Bevor ich ihm eine Antwort geben konnte, fuhr er fort: »Du kannst dir nicht vorstellen, wieviel Eva gewonnen hat. Würdest du mir glauben, wenn ich sagte elftausend? Stell dir das mal vor!«

»Die Reichen sind anders als wir, die gewinnen beim Chemmie«, sagte ich. »Das ist ein Hommage-an-Hemingway-Witz.«

»Oh, sehr geistreich. Sie sehen beide umwerfend aus, findest du nicht?«

»Und sie pissen elegant. Aber bitte, was immer dich antörnt.«

»Ich werde mich nicht weiter mit dir unterhalten, wenn du schlechte Laune hast.«

»Ich bin eben erst aufgewacht.«

»Also, ich fand sie super, und es war ein toller Abend.«

»Du hast bezahlt, es ist dein gutes Recht, begeistert zu sein.«

Ich mißgönnte ihm seinen Secondhand-Snobismus nicht, was ihn erboste, denn er versuchte immer wieder, mir vor Augen zu führen, was ich im Leben alles verpaßte.

Als ich nun seine Papiere noch einmal durchsah, rechnete ich fast damit, auf etwas zu stoßen, das mit dieser Phase seines Lebens in Zusammenhang stand. Aber das einzige Erinnerungsstück, das er aufbewahrt hatte, war eine Eintrittskarte zu einem Stierkampf in Madrid, den er sich angesehen hatte, als er Eva und Victor auf einem Urlaub begleitete.

Ich wandte mich seiner buntgemischten Büchersammlung zu; es handelte sich hauptsächlich um Buchklubausgaben damaliger Bestseller, dazwischen diverse schwülstige Memoiren längst vergessener Politiker. Das einzige Werk, das ich mir näher ansah, war eine abgegriffene Ausgabe von Kraft-Ebbing, ein Buch über abweichendes Sexualverhalten. Ich wollte es gerade in die Kiste zurückwerfen, als ein Zettel herausfiel. Er enthielt eine maschinengeschriebene Liste von etwa zwanzig Nachnamen, einige waren abgehakt, zwei oder drei durchgestrichen. Keiner der Namen kam mir zunächst bekannt vor, aber am unteren Rand des Zettels befand sich eine handschriftliche Notiz: *Zugang zu SIGOP und CUG mit Hilfe von PBBW*.

Ich konnte mir in diesem Augenblick keinen Reim darauf machen, legte mir aber eine Akte über Henry an und bewahrte den Zettel darin auf. Denn während ich mich wieder in meinen Roman eingearbeitet hatte, war mir aufgefallen, daß ich mehr und mehr von Henrys Eigenschaften für eine meiner Hauptfiguren benutzte.

In dieser Nacht hatte ich einen unruhigen Traum, in dem ich ein nackte und unerreichbare Sophie verfolgte.

XIV

Die Gegenwart

Als ich Pearson schließlich anrief, war er extrem zurückhaltend. Er legte offenbar großen Wert darauf, seinen leichten Cockneyakzent nicht durchklingen lassen, und drückte sich ziemlich gekünstelt aus.

»Unser gemeinsamer Freund Roger Marwood hat mir Ihre Nummer gegeben.«

»Ach, ja, der gute alte Roger. Wie geht's ihm denn so? Ich nehme an, er wird auch langsam alt.«

»Als ich ihn vor etwa einer Woche gesehen habe, war er recht fit.«

Ich wartete darauf, daß er etwas sagte, er hüllte sich jedoch in Schweigen.

»Hat Roger Ihnen gesagt, warum ich Sie sprechen wollte?«

»Ja, er hat sich allerdings etwas umständlich ausgedrückt. Soweit ich ihn verstanden habe, handelt es sich um etwas Persönliches.«

»Ja. Allerdings würde ich nicht gern am Telefon darüber reden.«

Er lachte kurz auf. »Heutzutage geschehen merkwürdige Dinge mit Telefongesprächen, nicht wahr? Vor allem, wenn man der königlichen Familie angehört.«

»Lieber Himmel, ja. Ist das nicht alles unglaublich?«

»Der große Bruder«, sagte er.

Wieder entstand an seinem Ende der Leitung eine Pause, und ich hatte den Eindruck, daß er nicht allein war. »Könnten wir uns vielleicht zu einem Gespräch treffen?«

»Im Moment ist es ein bißchen schwierig.«

»Nun, ich richte mich da ganz nach Ihnen. Darf ich Sie vielleicht zu mir zum Abendessen einladen?«

»Ich müßte zunächst meinen guten alten Terminkalender konsultieren, dann rufe ich Sie zurück. Bin im Moment ziemlich ausgebucht.«

»Ich verstehe. Ich werde Ihnen meine Adresse und Telefonnummer geben, und wenn Sie Zeit haben, melden Sie sich. Ich arbeite zu Hause, bin also meistens zu erreichen.«

Er notierte sich meine Angaben. »Ich würde mich freuen, von Ihnen zu hören.«

»Wir werden unser Bestes tun«, sagte er und legte auf.

Zehn Tage später rief er mich spätabends an.

»Pearson hier«, sagte er knapp.

»Ah, ja, Mr. Pearson«, sagte ich. »Wie nett, daß Sie sich melden.«

»Ich hätte morgen Zeit.«

»Wunderbar. Das paßt mir gut.«

»Sagen wir, gegen acht?«

»Hervorragend.«

»Dann also bis morgen.«

Er legte auf. Ich hatte den Eindruck, daß er von einer Telefonzelle aus angerufen hatte, denn im Hintergrund waren Verkehrsgeräusche zu hören gewesen.

Am nächsten Tag ging ich bei Marks & Spencer einkaufen. Das Mädchen, das meine Korrespondenz erledigte, hatte mich in die Freuden der dort angebotenen Fertiggerichte eingeweiht. »Ich koche überhaupt nicht mehr«, hatte sie gesagt. »Es ist die Mühe nicht wert. Wenn ich Leute zum Essen einlade, tue ich so, als ob ich den ganzen Tag in der Küche gestanden hätte. Da fällt jeder drauf rein.«

Da ich die hohe Kunst des Kochens noch nie beherrscht habe, folge ich seitdem stets ihrem Rat und habe nicht selten von nichtsahnenden Gästen oder auch von solchen, die auf die gleiche Weise mogeln, Komplimente erhalten.

Pearson traf pünktlich ein. Er sah völlig anders aus, als ich ihn mir vorgestellt hatte – er war groß und stämmig und hatte sich gut gehalten, denn obwohl er Mitte fünfzig sein mußte, wirkte er jünger. Sein gepflegtes Haar war bereits stark ergraut. Ich vermutete, daß er einmal rothaarig gewesen war, denn seine Haut hatte jene merkwürdige, für Menschen mit dieser Haarfarbe typische Blässe, die mich immer an tote Schweine erinnert. Irgend etwas an seinem Gesicht kam mir seltsam vor, wenn ich auch nicht hätte sagen können, was es war.

Als ich ihm ein Glas Wein anbot, bat er um ein Bier.

»Wein hat mir zuviel Säure«, sagte er. Er wirkte nervös, und anstatt Platz zu nehmen, ging er in meinem Wohnzimmer auf und ab und betrachtete die Bilder an den Wänden und die Bücher in den Regalen.

»Ich muß leider gestehen, daß ich keins Ihrer Bücher gelesen habe. Ich lese nicht viel. Roger hat mir erzählt, daß Sie bereits mehrere Romane veröffentlicht haben. Wie ich höre, haben Sie ihn an der Universität kennengelernt.«

»Ja, er war mein Tutor, und zu einem großen Teil habe ich es ihm zu verdanken, daß ich Schriftsteller geworden bin.«

Während des Essens unterhielten wir uns über die üblichen belanglosen Themen: wie England sich langsam zu einer Nation ehemaliger Ladenbesitzer entwickelte, den Verfall der Umgangsformen, den Anstieg von Gewaltverbrechen. Er aß mit gesundem Appetit und ohne Kommentar alles, was ich ihm vorsetzte. Wir erzählten uns gegenseitig Anekdoten über Roger, und es kam mir vor, als ob er sich alle Mühe gebe, das Gespräch vom wahren Grund seines Besuches fernzuhalten. Ich machte einen ersten Versuch.

»Roger hat mir erzählt, daß Sie ihm einmal sehr geholfen haben.«

Er sah mich an, und in diesem Augenblick entdeckte ich, was das Merkwürdige an seinem Gesicht war. Sein linkes Auge war viel blasser als das rechte, und ich hatte den Eindruck, daß es erblindet war.

»Er hat mir von den alten Zeiten erzählt, als Sie noch bei der Polizei waren.« Er sagte nichts. Ich reichte ihm den Stilton. »Ich hatte gehofft, daß Sie auch mir weiterhelfen könnten.«

»Es geht um Blagden?« fragte er mit der Schroffheit, die ich von unserem ersten Telefongespräch in Erinnerung hatte.

»Ja. Soweit ich weiß, haben Sie ihn auch gekannt.«

»Ich bin ihm begegnet, ja.«

»Beruflich?«

»Ja.«

»Wir weichen uns gegenseitig aus, nicht wahr?« sagte ich. Ich wollte die Sache auf den Punkt bringen.

Mit einem seidenen Taschentuch wischte er sich das blinde Auge, das zu tränen begonnen hatte.

»Das würde ich nicht sagen. Mir scheint, wir sind beide vorsichtig. Nach dem, was Roger mir erzählt hat, haben vor allem Sie Grund, vorsichtig zu sein.«

»Wieviel hat Roger Ihnen erzählt?«

»So viel, wie nötig war, um mich ins Bild zu setzen. Sehen Sie, Martin – darf ich Sie Martin nennen?«

»Aber bitte.«

»Wie ich gehört habe, sind Sie in irgendein Fettnäpfchen getreten, wenn auch unwillentlich und aufgrund eines unglücklichen Zufalls. Ich könnte Ihnen möglicherweise helfen. Andererseits sollten Sie sich fragen, ob ich Ihnen damit einen Gefallen täte.«

»Ja, da haben Sie recht.«

»Offiziell ist Henry tot und begraben. Es wäre vielleicht vernünftiger, es dabei zu belassen.«

Er strich sich etwas von dem Stilton auf einen Cracker und beobachtete mich, während er hineinbiß.

»Es gibt viele Arten von Mord, aber in den meisten Fällen haben wir es lediglich mit einer von zwei Arten zu tun. Da haben wir einmal den Mord innerhalb der Familie – die häufigste Variante, würde ich sagen –, und dann gibt es noch den Mord aus Profit- oder Habgier. Manchmal besteht der Profit darin, zu überleben. Aus Gründen, die uns bisher unbekannt sind, hat Ihr Freund Henry allem Anschein nach den ausgeprägten Wunsch zu überleben, meinen Sie nicht?«

Ich nickte. Er drückte sich gestelzt aus, was durch den antrainierten Akzent noch unterstrichen wurde.

»Aufgrund der Erfahrungen, die ich in meinem früheren Beruf gesammelt habe, habe ich, was das Motiv dafür betrifft, meine Vermutungen. Nennen wir sie vorerst Indizienbeweise. Aber wenn ich recht habe, würde es sich für ihn lohnen, einen Selbstmord vorzutäuschen. Wenn wir also davon ausgehen, daß er einen triftigen Grund hatte, das zu tun, was er getan hat, welches ist Ihr Motiv?«

»Um ehrlich zu sein, ich weiß es nicht«, sagte ich. »Bis zu dem ersten Mord in Venedig war ich einfach nur verwirrt – der Schock, plötzlich einem alten Freund zu begegnen, den ich für tot gehalten hatte. Als meine Nachfragen überall abgewimmelt wurden, bin ich wütend geworden und habe die Sache selbst in die Hand genommen und bin, zweifellos aus Dummheit, nach Moskau gefahren. Das war ein tragischer Fehler. Inzwischen wußte ich schon gar nicht mehr, was meine anfängliche Motivation gewesen war. Möglicherweise – und das ist mir erst jetzt klar geworden – hatte es ursprünglich weniger mit Henry zu tun als mit seiner Frau. Ich habe sie einmal geliebt, und ich wollte sie wiederfinden. Ich wußte, daß sie kurz nach seinem angeblichen Tod nach England zurückgekehrt war. Nicht, daß ich mir irgendwelche Illusionen über das Ergebnis gemacht hätte, falls wir uns tatsächlich wiederbegegnet wären – ich glaube nicht an Happy-Ends, wie die meisten meiner Romane deutlich machen –, aber ich war plötzlich von dem Wunsch besessen, sie noch einmal zu sehen. Vielleicht bin ich es noch. Sehen Sie, ich habe nie wieder eine Frau wie sie kennengelernt.«

»Sie wollen also, daß ich sie finde, ist es das?« fragte er, nachdem er mich angehört hatte.

»Ja. Ja, das möchte ich.«

»Auch wenn Sie sich dadurch erneut Gefahren aussetzen? Haben Sie sich das auch gut überlegt?«

»Sie hatten sich getrennt, bevor das alles passiert ist. Ich kann mir nicht vorstellen, daß Sophie in die Sache verwickelt ist.«

»Können Sie das nicht, oder wollen Sie nicht?«

»Ich will es nicht, ja, so könnte man das sagen«, erwiderte ich. Dann war es an mir, Pearson eine Frage zu stellen. »Sie haben gesagt, Sie hätten in der Vergangenheit mit Henry zu tun gehabt. Inwiefern hatten Sie mit ihm zu tun?«

»Ich hatte beruflich mit ihm zu tun. Hat Roger Ihnen erzählt, wie unser Kontakt zustande kam?«

»Er hat mir keine Einzelheiten erzählt.«

»Ich war früher beim Drogendezernat. Wir führten gerade eine unserer routinemäßigen Säuberungsaktionen durch, die allerdings hauptsächlich zur Beruhigung der Öffentlichkeit stattfanden. Auf einer öffentlichen Toilette habe ich Roger in flagranti mit einem Strichjungen erwischt.« Er machte eine Pause und wischte sich ein paar Krümel von den Lippen. »Roger schwor Stein und Bein, daß er der Versuchung zum erstenmal erlegen sei. Ich hab ihm das nicht geglaubt, denn das sagen sie alle, aber der alte Knabe tat mir leid, und ich habe ihn mit einer Verwarnung davonkommen lassen. Im Gegenzug hat er mir einige brauchbare Namen und Adressen genannt. Das ist schon eine merkwürdige Sache: die meisten Menschen, die ungewöhnliche sexuelle Praktiken ausüben, haben die Angewohnheit, Listen mit den Namen ihrer Sexualpartner zu führen. Ist das nicht kurios? Unter den Namen in seinem kleinen schwarzen Buch jedenfalls befand sich der Ihres Freundes Henry.«

»War Henry damals schon Parlamentsabgeordneter?«

»Ja. Ich überprüfte alle Personen, die auf der Liste standen, einschließlich Henry. Ich muß sagen, er ließ sich in keiner Weise einschüchtern, als ich ihn kurze Zeit später anrief. Er behauptete, es gebe einen absolut einleuchtenden Grund dafür, daß sein Name im Adreßbuch seines ehemaligen Tutors auftauche. Er wirkte sehr überzeugend.«

»Sie haben das Adreßbuch nicht zufällig noch?«

»Nein. Warum?«

Ich stand auf und holte meine Akte. »Vor ein paar Tagen habe ich das zwischen Henrys Papieren gefunden. Er hat mich in seinem Testament zu seinem literarischen Nachlaßverwalter bestimmt.« Ich reichte Pearson die Liste mit den Namen. »Glauben Sie, daß das irgendwie von Bedeutung sein könnte?«

Pearson betrachtete den Zettel.

»Sagt Ihnen das irgend etwas?«

»Auf den ersten Blick jedenfalls nicht«, sagte er. »Aber man kann nie wissen. Darf ich es für eine Weile behalten?«

»Gern. Sagen Sie, haben Sie immer noch Kontakt zu Ihren ehemaligen Kollegen?«

»Nein, nein, das ist lange vorbei. Ich bin zu vielen Leuten auf die Zehen getreten«, erwiderte er und ließ durchblicken, daß er nicht weiter auf das Thema eingehen wollte. Er warf einen Blick auf seine Uhr. »Tja, wenn Sie also wirklich Henrys Frau finden wollen, werde ich tun, was ich kann, um Ihnen zu helfen. Wollen Sie das?«

»Ich würde dieses Kapitel meines Lebens gern beenden, ja.«

»Okay.«

Er stand auf. »Vielen Dank für das vorzügliche Essen.«

»Ich werde Sie natürlich für Ihren Zeitaufwand entschädigen und Ihre Auslagen übernehmen. Sagen Sie mir einfach, was ich Ihnen schuldig bin.«

»Lassen wir das, bis ich Ihnen etwas sagen kann. Sollte ich in dieselben Sackgassen geraten wie Sie, wird Sie das keinen Penny kosten.«

Sein blindes Auge tränte wieder, als er sich verabschiedete.

XV

Die Gegenwart

Eine Woche später stand Pearson plötzlich am frühen Abend unangemeldet vor meiner Tür.

»Nun, wir sind ein ganzes Stück weitergekommen«, sagte er, nachdem wir es uns mit einem Drink bequem gemacht hatten. »Und zwar mit Hilfe von Plastikgeld.«

Ich sah ihn verständnislos an.

»Sie hatten mir doch erzählt, Henrys Frau sei nach seinem Tod nach England zurückgekehrt. Ich habe also einen Hacker, der sich zu allen möglichen Rechnern Zugang verschaffen kann, gebeten, alle größeren Autovermieter zu überprüfen – Rechnungen, die mit Kreditkarten bezahlt werden, sind alle auf Computerbasis erfaßt. Solche Listen kann man kaufen, wissen Sie, darum hat man ewig den Briefkasten voller Werbeprospekte. Ihre Sophie hat einen Mercedes 300SL gemietet und mit einer Kreditkarte von American Express bezahlt. Sie benutzt noch immer ihren Ehenamen, Blagden. Als Adresse hat sie ein Haus namens ›Inglewood‹ in Penn, einem Ort in Buckinghamshire, angegeben. Sagt Ihnen das etwas?«

Penn ist eine Kleinstadt, die sich bei sozialen Aufsteigern der Oberschicht großer Beliebtheit erfreut. Ich war einmal von einem etwas großspurigen Filmproduzenten dorthin bestellt worden – seine Großspurigkeit führte ihn wenig später in den Bankrott –, ich hatte jedoch keine Ahnung, ob dieses ›Inglewood‹ eins der vielen Häuser war, in denen Henry und Sophie gewohnt hatten. Als ich das letztemal von ihnen hörte, lebten sie in Oxfordshire.

»Das Haus steht unter Denkmalschutz, hat einen beachtlichen Park. Es wurde von Lutyens erbaut, der ursprüngliche Garten wurde von Miss Jekyll entworfen – ziemlich illustre Namen.«

»Nein, ich habe in Zusammenhang mit den beiden noch nie von dem Haus gehört.«

»Als nächstes habe ich die Auskunft angerufen. Das Telefon läuft unter dem Namen Seymour.«

»Auch das sagt mir nichts, aber ich könnte mal einen Blick ins *Who's Who* werfen.« Ich nahm den Band aus meinem Regal und überprüfte, um sicherzugehen, alle Seymours, aber auf keinen paßten die Angaben.

»Schade«, sagte Pearson und betupfte sein tränendes Auge. »Tja, das wär's dann vorerst. Aber vielleicht lohnt es sich, dem nachzugehen.«

»Wie stellen Sie sich das vor?«

»Fahren Sie hin, und sehen Sie sich die Gegend an. Das ist ein kleiner Ort, vielleicht laufen Sie ihr sogar über den Weg. Sie würden sich wundern, wie oft einem das so geht, wenn man nach jemandem sucht. – Sie wirken skeptisch.«

»Jetzt, da ich damit konfrontiert werde, bekomme ich kalte Füße.«

»Wie Sie wollen.«

»Ich denke, ich habe nichts zu verlieren. Bisher ist nichts weiter passiert, keine Drohungen auf meinem Computer oder nächtliche Anrufe. Da fällt mir ein, haben Sie mit dem Zettel, den ich Ihnen mitgegeben habe, etwas anfangen können?«

»Ich arbeite dran.«

»Tja, also, dann sollten wir die Sache anpacken. Wann sollen wir uns auf den Weg machen?«

»Wann immer Sie wollen. Meinetwegen morgen früh. Je eher, desto besser, würde ich sagen.«

»Okay, also morgen.«

»Ich hole Sie dann so gegen zehn ab? Bis dahin hat sich der Berufsverkehr vielleicht schon aufgelöst.«

»Ich erwarte Sie«, sagte ich.

Erst nachdem er gegangen war, wurde mir die Tragweite dessen bewußt, was ich da vorhatte. Ich hatte mir so lange gewünscht, Sophie noch einmal zu sehen. Die Aussicht, möglicherweise alte Wunden aufzureißen, ängstigte mich nun mehr, als ich erwartet hatte. Auch während der Fahrt am nächsten Morgen wurde ich von gemischten Gefühlen begleitet.

Wir fanden das Haus ohne große Schwierigkeiten. Es lag etwa einen Kilometer außerhalb des Ortes, umgeben von einem parkähnlichen Garten. In einer der gemauerten Säulen, die das schmiedeeiserne Tor hielten, befand sich eine Gegensprechanlage. Nach dem, was ich von dem Haus erkennen konnte, war es ein typischer Lutyensbau, rote Klinker und Giebel, die Fassade von Klettergewächsen überwuchert. Nichts regte sich.

Von Pearsons Autotelefon aus wählte ich die Nummer, die Pearson dem Telefonbuch entnommen hatte.

»Ich möchte bitte Mrs. Blagden sprechen«, sagte ich mit belegter Stimme.

Eine Pause trat ein.

»Mrs. Blagden?«

»Ja. Ist sie im Haus?«

»Wer möchte sie sprechen?«

Ich ging das Risiko ein und nannte meinen Namen.

Wieder entstand eine Pause.

»Weaver?«

»Ja.«

»Ich werde sehen, ob sie zu sprechen ist.«

Während ich wartete, hörte ich zwei Leute im Hintergrund miteinander reden, und dann kam Sophie ans Telefon. Mir brach der Schweiß aus.

»Martin?«

»Ja ... Sophie? ... Ich versuche seit einem Jahr, dich zu erreichen. Hat dein Anwalt dir meine Nachricht zukommen lassen?«

»Schon möglich, es ist alles ein bißchen drunter und drüber gegangen.«

»Natürlich ... Das war eine traurige Nachricht. Es muß schrecklich für dich gewesen sein.«

»Ja«, sagte sie. »Ja, das war es.« Ihre Worte klangen merkwürdigerweise wenig überzeugend.

»Henry war der letzte, von dem ich so etwas erwartet hätte.«

»Man kann nie wissen«, sagte sie.

»Dein Anwalt hat mir gesagt, du warst im Ausland, als es geschehen ist.«

»Ja.«

Die Unterhaltung war sehr einseitig. »Hör zu«, sagte ich, »es ist schwierig, über solche Dinge am Telefon zu reden. Können wir uns sehen? Ich nehme an, du wohnst bei Freunden. Ich rufe aus dem Ort an, da ich zufällig in der Nähe zu tun hatte. Würde es dir jetzt passen?«

»Heute nicht«, sagte sie.

»Nun, ich richte mich ganz nach dir. Wie wär's mit morgen?«

»Morgen ist Mittwoch, nicht wahr? Nein, Mittwoch paßt mir nicht. Donnerstag auch nicht, aber Freitag wäre möglich.«

»Was hältst du davon, wenn wir uns zum Mittagessen verabreden? Würdest du lieber in die Stadt kommen, oder sollen wir uns hier draußen treffen?«

»Nein, ich komme nach London.«

»Großartig! Ich lasse im San Lorenzo einen Tisch reservieren, zur Erinnerung an alte Zeiten. Sagen wir, um eins?«

»Einverstanden. Ich werde dasein.«

Ich wollte noch sagen: »Erinnerst du dich noch, wie ich aussehe?« Aber bevor ich den Satz aussprechen konnte, hatte sie schon aufgelegt.

»Damit wären Sie also am Ziel«, sagte Pearson.

»Sieht so aus. Hören Sie, ich möchte mich bei Ihnen bedanken, ich kann Ihnen gar nicht sagen, wie dankbar ich Ihnen bin.«

»Eine große Erleichterung, was?«

»Ja. Ich kann es immer noch nicht fassen. Einfach so ihre Stimme zu hören. Das ist alles Jahre her.«

»Hat sie Ihnen irgend etwas über Seymour gesagt?«

»Nein.«

»Also, Sie sollten das nicht überbewerten.«

Erst viel später kam mir seine Antwort merkwürdig vor. Ich war ziemlich schweigsam auf dem Weg zurück nach London. Ich versuchte, mir alle möglichen Erklärungen für ihre kühle Zurückhaltung zurechtzulegen: Sie war völlig verblüfft darüber gewesen, daß ich aus heiterem Himmel bei ihr auftauchte, oder sie war nicht allein gewesen, und andere hatten das Gespräch mitangehört, oder sie wußte, daß Henrys Tod nur vorgetäuscht war. Die Hochstimmung, die mich zunächst ergriffen hatte, als ich ihre Stimme hörte, flaute langsam ab.

Als wir uns verabschiedeten, versprach Pearson, sich bei mir zu melden, falls er irgendwelche Informationen über die Namen auf dem Zettel auftreiben sollte.

»Ich bin Ihnen noch etwas schuldig«, sagte ich.

»Das hat Zeit. Ich hoffe, daß Ihre Wiederbegegnung angenehm verläuft.«

Ich reservierte sofort einen Tisch in dem Restaurant und verlangte ausdrücklich einen ruhigen Platz. Nachdem ich das erledigt hatte, fühlte ich mich auf seltsame Weise erregt, ein Gefühl, das eher dem eines Jugendlichen entsprach, der sich endlich zum erstenmal verabredet hatte. Ich ging in mein Schlafzimmer und nahm aus einer alten, mit Leder bezogenen Schachtel das Aktfoto von Sophie, das ich in einem Anflug von Masochismus aufbewahrt hatte. Als ich es betrachtete, erinnerte ich mich an die Leidenschaft, die mich einst zum Narren gemacht hatte. Ich erinnerte mich an die Nachmittage, an denen wir uns geliebt hatten, an gemeinsame Stunden in der Badewanne, an das Entzücken, das ich empfand, wenn ich neben ihr in dem engen Bett aufwachte. Ich wünschte, ich könnte wenigstens andeutungsweise die Intensität der Liebe beschreiben, so wie Joyce es in seinem großartigen Monolog in *Ulysses* getan hat.

Am Freitag morgen wachte ich viel früher als gewöhnlich auf, wie jemand, der weiß, daß er gleich für eine schwere Operation in den OP gebracht wird. Ich war zwanzig Minuten vor der verabredeten Zeit im Restaurant und ließ mir die Weinkarte geben. Champagner schien mir zu aufdringlich, also entschied ich mich für einen guten italienischen Weißwein.

Ich hatte nicht erwartet, daß Sophie pünktlich sein würde – Pünktlichkeit war nie ihre Stärke gewesen – , und bis halb zwei blieb ich einigermaßen gelassen. Als es zwei Uhr wurde, wußte ich, daß sie nicht kommen würde. Niemand kommt so spät, ohne anzurufen und die Verspätung zu erklären. Um die peinliche Situation zu überspielen, stocherte ich so lässig wie möglich in einem Teller Spaghetti herum, bezahlte und ging. Ich fühlte mich merkwürdig fremd in dem Menschengewimmel auf der Straße und ging mit einem Gefühl nach Hause, als ob man mir soeben eröffnet hätte, an einer unheilbaren Krankheit zu leiden. Ich hatte so viel erwartet; ich hatte mit allem gerechnet, außer mit völliger Ablehnung.

Allmählich verwandelte sich die Enttäuschung in Wut. Nachdem ich eine halbe Stunde lang nachgegrübelt hatte, stieg ich in mein Auto und fuhr nach Penn, um sie zur Rede zu stellen. Diesmal rief ich sie nicht vorher an. Am Haus der Seymours angekommen, drückte ich die Klingel am Tor. Nach einer Weile krächzte eine verzerrte Stimme aus der Gegensprechanlage.

»Ja?«

»Martin Weaver«, sagte ich. »Ich möchte Mrs. Blagden sprechen.«

»Selbstverständlich, Mr. Weaver.«

Es dauerte einen Augenblick, dann schwang das große eiserne Tor quietschend auf. Die leicht geschwungene Einfahrt war seitlich von Platanen gesäumt, zwischen denen große Hortensienbüsche standen. Alles strahlte Reichtum aus – die gepflegten Rasenflächen, auf denen nicht ein einziges Gänseblümchen oder Kleeblatt zu sehen war, eine Perfektion, die darauf schließen ließ, daß hier eine ganze Armee von Gärtnern tätig war. Miss Jekyll konnte mit Inglewood zufrieden sein.

Ich parkte meinen Wagen auf dem Kies vor dem Haupteingang. Die Tür wurde geöffnet, und ich wurde von einem kleinen, gedrungenen Mann begrüßt, den ich auf Mitte vierzig schätzte. Er trug die Sorte lässig-eleganter Kleidung, die man aus der Ralph-Lauren-Werbung kennt.

»Elliot Seymour«, sagte er und streckte mir die Hand entgegen. Sie fühlte sich kalt an, und sein Händedruck war schlaff. Als er mich anlächelte, bemerkte ich, daß er eine Hasenscharte hatte.

»Sie sind gekommen, um Sophie zu besuchen?«

»Ja. Wir waren heute in der Stadt zum Mittagessen verabredet, und ob sie nun den Tag verwechselt hat – heute ist doch Freitag, nicht wahr? –, sie ist jedenfalls nicht gekommen. Sie ist doch nicht krank?«

»Nein, sie ist nicht krank. Es geht ihr ausgezeichnet. Treten Sie doch ein.«

Ich folgte ihm in die Eingangshalle und rutschte sofort auf dem spiegelglatten Boden aus. Seymour faßte mich am Arm und bewahrte mich vor einem Sturz.

»Sie polieren diese Fliesen, bis sie so glatt sind wie Glas«, sagte er. »Eines Tages wird sich noch jemand ein Bein brechen. Ich bin immer besorgt wegen Mama. Die Gute ist schon so alt, und ihre Knochen sind so zerbrechlich.«

Und in deinem Alter solltest du aufhören, sie Mama zu nennen, dachte ich.

Wir gingen in ein holzgetäfeltes Arbeitszimmer, das nach kaltem Rauch roch. Es war eingerichtet wie ein Clubraum, mit ausladenden Ledersofas und tiefen Sesseln. An den Wänden befanden sich verschiedene Vitrinen, wie man sie in Museen findet.

»Darf ich Ihnen eine Tasse Kaffee anbieten?«

»Nun, ich möchte Sie nicht stören.«

»Mein lieber Mr. Weaver, ich lasse mich gern von Ihnen stören. Ich führe hier draußen ein sehr geruhsames, ja man könnte fast sagen, ein nutzloses Leben. Ich verabscheue London und all die Touristen vom Festland, die scheußlich gekleidet überall herumlaufen und Schnappschüsse von den Gardisten machen. Daddy hat immer gesagt, die Gardisten taugen nur zum Kriegführen und zum Arschficken.«

Er blickte mich erwartungsvoll an, ich zeigte jedoch keine Reaktion.

»Wie trinken Sie Ihren Kaffee?«

»Schwarz.«

Er ging an einen Schreibtisch und drückte einen Knopf. »Edith, bringen Sie bitte zwei Tassen Kaffee in das Arbeitszimmer.« Dann wandte er sich wieder mir zu. »Nehmen Sie doch Platz. Ich kann mir nicht vorstellen, warum sie die Verabredung vergessen haben sollte. Es paßt überhaupt nicht zu ihr.«

»Sie hat wohl viel um die Ohren gehabt. Ist sie hier?«

»Im Moment nicht. Sie sind ein alter Freund, wie ich höre?«

»Ja. Aber wir haben lange nichts voneinander gehört. Auch mit Henry war ich eng befreundet, und ich war natürlich schockiert, als ich von seinem Tod hörte.«

»O ja, das waren wir alle.« Er öffnete einen Humidor, der eine Auswahl an Davidoff-Zigarren enthielt, und bot mir eine an. »Rauchen Sie?«

»Nein danke, ich bleibe lieber bei meinen Zigaretten.«

»Ich habe das Zigarettenrauchen aufgegeben, und nun gebe ich ein Vermögen aus für Zigarren. Aber schließlich ist das Leben langweilig, wenn man nicht wenigstens einem Laster frönt, nicht wahr?« Er nahm sich eine dicke Zigarre und biß das Ende ab.

»Hat Henrys Tod Sophie schwer getroffen?«

»Sie hat sich in der Situation bewundernswert verhalten. Das eigentlich Schreckliche kommt erst später, nicht wahr? All der langweilige Papierkram, den man erledigen muß. Ich konnte ihr in diesen Dingen behilflich sein. Sie hat nicht viel Erfahrung im Umgang mit Rechtsanwälten und so weiter.«

»Wer hat das schon?« sagte ich.

»Sophie sagte mir, Sie seien Schriftsteller.«

»Ja.«

»Belletristik?«

»Ja.«

»Ich muß zu meiner Schande gestehen, daß ich seit Jahren keinen Roman mehr gelesen habe, ich hoffe also, daß Sie mir verzeihen, daß ich Ihre Bücher nicht kenne. Natürlich lese ich, aber nur über mein Spezialgebiet.«

»Welches ist das?«

»Schmetterlinge.«

»Schmetterlinge? Wirklich? Wie Nabokov«, sagte ich, bemüht, Interesse vorzutäuschen. Ich wollte das Gespräch unbedingt wieder auf Sophie lenken, aber irgend etwas an ihm war nicht ganz koscher. Er war allzu freundlich, lächelte zuviel, wobei das Lächeln steif wirkte, wie das aufgemalte Lächeln einer Maske.

»Nun, mit ihm kann ich mich nicht messen. Außerdem trage ich nicht diese lächerlichen Kleider, in denen er sich immer fotografieren ließ. Er war natürlich Ausländer, was einiges erklärt. Vor zwei Jahren habe ich einen Schmetterlingsgarten anlegen lassen. Ich weiß nicht, ob Miss Jekyll damit einverstanden gewesen wäre.«

»Was macht die Faszination der Schmetterlinge aus?« fragte ich höflich.

»Ihre Schönheit ist so vergänglich. Also bemühe ich mich, sie zu erhalten. In meinen Vitrinen werden sie zu schlafenden Schönheiten. Ich bin Nabokov einmal begegnet. In Montreux. Ich denke, seine Romane sind, gelinde gesagt, merkwürdig. Es geht immer um pubertierende Mädchen, nicht wahr?«

»In einem von ihnen«, sagte ich. »Er war eine Zeitlang ziemlich berühmt. Er wurde sogar verfilmt.«

»Immerhin paßt das Thema zu seinem Hobby.«

Er muß meinen verwirrten Gesichtsausdruck bemerkt haben, denn er fügte hinzu: »Schmetterlinge. Die Schönheit, die vergänglich ist.«

In diesem Augenblick trat ein Dienstmädchen mit gestärkter weißer Schürze ein und brachte den Kaffee. Sie stellte das silberne Tablett auf einem Beistelltisch neben Seymours Sessel ab.

»Haben Sie noch einen Wunsch, Mr. Elliot?«

»Danke, Edith, das ist alles.«

Als sie gegangen war, fragte ich: »Wann erwarten Sie Sophie zurück?«

»Sie hat eigentlich nichts Genaues gesagt.«

Ich betrachtete fasziniert ein Stück von einem Tabakblatt, das an seiner Lippe klebte.

»Wissen Sie, ob Henry sie in seinem Testament ausreichend bedacht hat?«

»Oh, ich denke, sie ist finanziell abgesichert«, sagte Seymour.

Ich hatte erwartet, daß er mich fragen würde, wie ich sie in Inglewood aufgespürt hatte, aber die Frage tauchte nicht auf.

»Er hat mich zu seinem literarischen Nachlaßverwalter gemacht.«

»Wirklich? Welch eine Aufgabe. Würden Sie mich einen Augenblick lang entschuldigen? Ich muß Mama daran erinnern, ihre Pillen zu nehmen. Sie vergißt es immer, wenn ich mich nicht darum kümmere.«

Als er das Zimmer verlassen hatte, ging ich an eine der Vitrinen, die die Schmetterlingssammlung enthielten. Das Konservieren toter Dinge hat mich noch nie gereizt; ausgestopfte Tiere, Jagdtrophäen, Fische in Glasvitrinen und dergleichen haben für mich etwas Morbides. Seymours Sammlung lebloser Schönheit bildete da keine Ausnahme. Ich fand sie widerlich.

Als er zurückkam, sagte er: »Hätten Sie Lust, sich meinen Garten anzusehen, wenn Sie Ihren Kaffee ausgetrunken haben?«

»Gern. Falle ich Ihnen auch bestimmt nicht zur Last?«

»Überhaupt nicht. Ich freue mich immer, Freunde von Sophie kennenzulernen. Und natürlich auch Henrys Freunde.«

Als wir die Eingangshalle durchquerten, sah ich eine ältere Frau langsam die Treppe hinaufsteigen. Sie trug ein paar Kleidungsstücke über dem Arm, die aussahen wie eine Galauniform. Als sie uns hörte, blieb sie stehen und sah sich um.

»Alles in Ordnung, Mama«, sagte Seymour. »Ich habe Besuch. Wir wollen einen Spaziergang im Garten machen.«

»Ist es jemand aus dem Kriegsministerium?«

»Nein, Mama.«

Sie musterte mich mit ausdruckslosem Blick und stieg dann weiter die Treppe hinauf.

»Alles, was nicht zu ihrem normalen Tagesablauf gehört, irritiert sie«, bemerkte Seymour. »Mein jüngerer Bruder ist im Falklandkrieg gefallen, das hat sie nie überwunden. Sein Zimmer ist noch genauso, wie es war, und jeden Abend legt sie ihm seine Galauniform zurecht in der Überzeugung, daß er eines Tages zurückkommen wird. Die Ärmste. Es ist eine traurige Sache, wenn sie so hinfällig werden.«

Wir gingen durch das Wohnzimmer und gelangten in einen viktorianischen Wintergarten, in dem fast tropische Temperaturen herrschten. Er war dicht bepflanzt mit Palmen und anderen exotischen Gewächsen, von denen die meisten einen intensiven Duft ausströmten. Ein buntgefiederter Ara flog auf uns zu, ließ sich auf Seymours Arm nieder und kletterte auf seinem Ärmel bis zu seiner Schulter hoch. Seymour ließ es zu, daß der Papagei mit dem Schnabel seine Lippen berührte.

»Was, schätzen Sie, kostet so ein Vogel?«

»Ich habe keine Ahnung. Zwanzig Pfund?«

»Oh, wir sind viel teurer, nicht wahr, Darling? Wir haben Daddy tausend Pfund gekostet, stimmt's? Heutzutage werden die meisten Vögel ins Land geschmuggelt«, erklärte er mir. »Du bist ein illegaler Einwanderer, mein Hübscher, nicht wahr? Hopp!« Er gab dem Vogel noch einen Kuß und ließ ihn fliegen.

»Ist das auch eins Ihrer Hobbys?« fragte ich, nachdem ich die blühende Vielfalt gebührend bewundert hatte.

»Nicht direkt ein Hobby, eher eine Erinnerung an ein wärmeres Klima. Ich habe noch ein Haus in Arizona. Kennen Sie Arizona?«

»Ich muß leider gestehen, daß ich es nicht kenne.«

Wir gingen weiter. Der Garten hinter dem Haus war riesig. Ich habe mir später in der Bücherei eine Biographie von Miss Jekyll ausgeliehen, die auch einen Plan der ursprünglichen Anlagen von Inglewood enthielt. Soweit ich mich an die Gegebenheiten erinnern konnte, hatte man dem Original wenig hinzugefügt, außer dem Schmetterlingsgarten, der einmal ein Gemüsebeet gewesen war.

»Leider sind dem Orkan 1987 eine Menge Bäume zum Opfer gefallen«, sagte Seymour. »Glücklicherweise ist keiner von ihnen auf das Haus gefallen. Der Sturm hat sie wie morsche Zähne entwurzelt. Ich habe neue Bäume anpflanzen lassen, aber ich werde nicht mehr erleben, wie sie ganz auswachsen.«

»Wenn Sie mir nicht davon erzählt hätten, wäre es mir nicht aufgefallen. Der Garten macht immer noch einen imposanten Eindruck auf mich. Wurden die Blumen speziell dazu ausgewählt, Schmetterlinge anzulocken?«

»O ja. Das ist ja gerade der Sinn der Sache.«

Nichts an ihm paßte zu der Sophie, die ich gekannt hatte. Er mußte einer von Henrys Bekannten gewesen sein. Seit er Parlamentsabgeordneter geworden war, hatte Henry mit merkwürdigen Leuten verkehrt, doch ich konnte mich beim besten Willen nicht daran erinnern, daß er jemals den Namen Seymour erwähnt hätte. Allein das kam mir schon seltsam vor, denn Henry hatte sich nie gescheut, mit seinen sozialen Eroberungen zu prahlen.

»Wann erwarten Sie Sophie zurück?« fragte ich beiläufig.

»Ich glaube, sie sagte, sie würde erst Weihnachten wieder hier sein.«

Ich war über diese unerwartete Antwort so verblüfft, daß ich stehenblieb und ihn mit offenem Mund anstarrte.

»Weihnachten?«

»Ja, so sagte sie. Ich glaube, die ganze Geschichte mit Henry war einfach zuviel für sie, und sie hatte das Bedürfnis, sich zurückzuziehen. Ich dachte, Sie hätte Ihnen davon erzählt.«

»Nein«, sagte ich.

»Du liebe Zeit, das ist aber nicht nett von ihr. Sie ist heute zurückgeflogen.«

»Zurück?«

»Nach Arizona«, sagte Seymour. »Ich werde sie später dort treffen. Sophie und ich leben zusammen. Ich dachte, Sie hätten das schon herausbekommen.«

Ich schüttelte den Kopf, mir fehlten die Worte.

»Es ist jetzt fast zwei Jahre her, aber mit Rücksicht auf Mama haben wir uns stets bemüht, die Sache diskret zu behandeln, wenn wir uns hier in diesem Haus aufgehalten haben.« Dann war er plötzlich wie gewandelt, und zum erstenmal verschwand das unnatürliche Lächeln aus seinem Gesicht. »Aber wie ich sehe, sind Sie über diese Information befremdet. Das, Mr. Weaver, ist leider die Strafe, die auf Schnüffelei steht. Und Sie haben doch herumgeschnüffelt, nicht wahr? Sie verschwenden Ihre Zeit und Ihr Geld für unsinnige Reisen, wenn ich Ihnen auch zugestehen will, daß Sie aus echter Besorgnis gehandelt haben. War Ihr Aufenthalt in Moskau übrigens interessant?«

»Woher wissen Sie, daß ich in Moskau war?« Auch meine eigene Stimme hatte sich verändert.

»Sagen wir, eins meiner kleinen Vögelchen hat es mir zugezwitschert. Ich glaube, Mr. Weaver, Ihr Problem ist, daß Sie Ihrer Phantasie zuviel freien Lauf lassen. In Ihrem Beruf sicherlich eine bewundernswerte Fähigkeit, aber im wirklichen Leben vielleicht unangebracht. Da ist es doch viel besser, sich seine Illusionen zu bewahren, so wie Mama. Dann bleibt einem solcher Kummer erspart.«

»Was ich tue und wo ich hingehe, ist meine Sache.«

»Selbstverständlich, aber es ist nie ratsam, irgendwo hinzugehen, wo man nicht willkommen ist. Das hat Mama mir immer eingebleut. Ein guter Rat, den Sie wirklich beherzigen sollten ... Henry war Ihr Freund, nicht wahr? Und ich weiß, daß er Ihnen als Freund den gleichen Rat geben würde. Er würde nicht wollen, daß Sie seinetwegen irgendwelche Risiken eingehen.«

»Vielleicht sollten Sie langsam der Realität ins Auge sehen«, sagte ich. »Oder ist der Sohn wie die Mama?«

»Falls Sie vorhaben sollten, mich zu ärgern, werden Sie keinen Erfolg haben. Ich bin mit meinem Leben sehr zufrieden. Die Welt, in der ich lebe, ist voller einflußreicher Leute, die sehr daran interessiert sind, den Status quo zu erhalten. Sie haben genug Macht und Einfluß, um sicherzustellen, daß er durch nichts bedroht wird. Sie befinden sich auf verlorenem Posten, Mr. Weaver.«

Er dirigierte mich auf ein Seitentor zu, das zur Einfahrt führte, und geleitete mich zu meinem Auto. Das Stück Tabak klebte immer noch an seiner vernarbten Oberlippe, als er mich wie einen lästigen Vertreter entließ.

Kaum hatte ich das automatische Haupttor passiert, als ein anderer Wagen direkt vor mir hielt und mich zu einer Vollbremsung zwang. Zwei Männer stiegen aus und schlenderten lässig auf mich zu. Einen der beiden erkannte ich sofort wieder als den aalglatten Typen, der mir in Moskau das Flugticket besorgt hatte. Sein Begleiter, der etwas jünger wirkte, trug einen Pferdeschwanz, Jeans, Lederjacke und einen einzelnen goldenen Ohrring.

Ich reagierte zu langsam. Ich wollte die Zentralverriegelung betätigen, doch bevor ich dazu kam, riß der Mann aus Moskau die Fahrertür auf. Dann packte mich der Mann in der Lederjacke, zerrte mich aus dem Auto, drehte mir den linken Arm auf den Rücken und drückte mein Gesicht auf die Kühlerhaube.

»Junge, Junge, du kommst ganz schön rum, was?« sagte mein Moskauer Wohltäter. »Ein richtiger kleiner Weltenbummler, der immer an den falschen Orten auftaucht und meinen Freunden auf die Nerven geht.«

Der erste Schlag traf mich genau in die Nierengegend; der Schock und die Wucht des Schlages warfen meinen Kopf gegen das Wagenblech, und der Schmerz nahm mir den Atem. Der junge Mann mit dem Pferdeschwanz wußte genau, wie er seine Hiebe plazieren mußte, um den größtmöglichen Effekt zu erzielen, und nach dem dritten Faustschlag war es nicht mehr nötig, meinen Arm festzuhalten. Ich glitt zu Boden, und diesmal benutzte er seinen Stiefel. Er erledigte seinen Job mit widerlicher Lässigkeit, so wie ein gelangweilter kleiner Junge, der eine leere Dose vor sich herkickt. Ich mußte mich vor Schmerz übergeben, und als mich der nächste Tritt an einem Fußgelenk traf, verlor ich das Bewußtsein.

Als ich wieder zu mir kam, waren sie verschwunden. Ich hatte zunächst das Gefühl zu schweben, denn ich konnte nicht ausmachen, wo ich mich befand – die Landschaft, die ich über mir erblickte, gehörte nicht zu der Welt, in der ich normalerweise lebte:

durch Birkenzweige hindurch sah ich langgestreckte, unbewegliche Wolken. Es war so ähnlich, wie an einem heißen Sommertag in einer Hängematte aufzuwachen; nur der Schmerz in meinem Knöchel und in meinen Rippen erinnerten mich an die Realität. Ich blieb noch mindestens fünf Minuten liegen, bevor ich es wagte nachzusehen, ob mein Fußgelenk gebrochen war. In meinem Gesicht war etwas Klebriges, das ich zunächst für Blut hielt. Bei näherer Untersuchung stellte sich jedoch heraus, daß es sich um Teerspuren von der Straße handelte. Ich langte nach dem Türgriff an meinem Auto und richtete mich langsam auf. Dann sah ich mich im Seitenspiegel. Der dunkle Teerstreifen ließ mein Gesicht ziemlich schief aussehen, mein Kinn war von Schürfwunden entstellt.

In diesem Augenblick radelte eine Frau vorbei. Als sie mich erblickte, machte sie ein etwas unsicher wirkendes Wendemanöver und kam zu mir zurück.

»Haben Sie einen Unfall gehabt?« fragte sie.

»Ja. Ich habe mir den Knöchel verstaucht und bin hingefallen«, log ich, denn irgend etwas mahnte mich, vorsichtig zu sein.

»Herrje, welch ein Pech. Ich finde immer, ein verstauchter Knöchel ist das Schlimmste. Da ist es besser, man hat einen sauberen Bruch. Versuchen Sie, den Fuß nicht zu belasten. Und dann legen Sie so bald wie möglich Eisbeutel auf. Ich kenne mich mit diesen Dingen aus, denn mir passiert das auch häufig. Haben Sie es noch weit?«

»Nein, nicht allzu weit.«

»Lassen Sie mich nachdenken. Das nächste Krankenhaus, das heißt, falls Sie in ein Krankenhaus wollen, wäre wohl Uxbridge. Oder könnte es Amersham sein? Jedenfalls ist es eins von den beiden. Ich würde Ihnen meinen Arzt empfehlen, aber leider ist er zufällig in Urlaub, und sein Stellvertreter ist, fürchte ich, ein bißchen merkwürdig. Sie könnten es aber riskieren, wenn Sie wollen.«

»Machen Sie sich keine Umstände. Ich werde meinen Arzt aufsuchen, wenn ich nach Hause komme.«

»Also, passen Sie auf sich auf. Ein verstauchter Knöchel ist eine dumme Sache. Aber vergessen Sie nicht das Eis. Ein Eisbeutel und ein ordentlicher Drink. Das wirkt Wunder. Eis im Glas und Eis auf dem Knöchel. Ich persönlich würde mit dem Drink anfangen.«

»Vielen Dank, ich werd's mir merken. Nett, daß Sie angehalten haben.«

»Nun, man kann doch nicht an einem Mitmenschen in Not vorbeifahren.«

Sie radelte unsicher davon, und einen Moment lang befürchtete ich, sie würde selbst stürzen. Ich lehnte mich gegen das Auto. Ich empfand immer noch große Schmerzen, als ich tief Luft holte, aber glücklicherweise war der linke Knöchel verletzt, und da mein Wagen ein Automatikgetriebe besaß, traute ich mir zu, ihn zu fahren. Nachdem ich den Teer aus meinem Gesicht gewischt und meinen linken Schuh ausgezogen hatte, stieg ich ein und fuhr sehr langsam los. Erst dann dämmerte mir, daß Seymour die beiden Typen angerufen haben mußte, als er angeblich nach seiner Mama gesehen hatte. Sie mußten in der Nähe gewesen sein, was bedeutete, daß sie mich verfolgt hatten. Diese Erkenntnis versetzte mich nachträglich in Panik; mein ganzer Körper begann zu zittern, so daß ich Schwierigkeiten hatte, den Wagen auf der Straße zu halten. Ich fuhr auf einen Parkplatz und zündete mir eine Zigarette an. Inzwischen war mein Fußgelenk grotesk angeschwollen. Unbändige Wut überkam mich, und als ich meine langsame Fahrt zurück nach London wieder aufnahm, verdrängten Rachegelüste den pochenden Schmerz.

XVI

Die Gegenwart

Das Leben wird selten von Vernunft bestimmt. Unter Mißachtung jeglichen gesunden Menschenverstandes, der in meinen Romanen mit Sicherheit nach einer Anzeige bei der Polizei verlangt hätte, redete ich mir ein, es sei sicherer, nichts zu unternehmen.

Der Besuch in Inglewood hatte mir ebensoviel Angst eingejagt wie die Prügelei danach. In meiner Phantasie malte ich mir aus, wie dieser gräßliche Seymour Sophie wie seine Schmetterlinge aufspießte; daß sie auch noch eine Affaire mit Seymour hatte, trug dazu bei, mir meine Erinnerung an die Vergangenheit noch mehr zu vergällen. Es war, als ob eine meiner erfundenen Figuren sich selbständig gemacht hätte, so daß ich beim Durchlesen der vorher geschriebenen Seiten feststellten mußte, daß mein ganzes Konzept sich bis zur Unkenntlichkeit verändert hatte.

Als Pearson mich das nächstemal besuchte, blieb ich bei meiner Geschichte mit dem verstauchten Knöchel und erzählte ihm nichts von meiner Begegnung mit Seymour. Ich wurde langsam immer vorsichtiger.

»Wie war das Treffen mit Ihrer Freundin?«

»Sie ist nicht gekommen, ich denke also, das war's dann.«

»Schade.«

»Tja. Es heißt, man soll Vergangenes nicht wieder aufwärmen. Haben Sie irgendwelche Neuigkeiten für mich?«

»Ich fürchte nein. Ich habe mich mit der Liste beschäftigt, die Sie mir gegeben haben, aber zu keinem der Namen konnte ich irgendwelche brauchbaren Informationen zutage fördern. Alles Leute in gehobenen Positionen, einige leben auch nicht mehr. Wahrscheinlich handelt es sich um Leute, mit denen er als Parlamentsabgeordneter in Berührung gekommen ist. Tut mir leid, aber das ist alles. Ich war Ihnen wohl keine große Hilfe.« Er gab mir den Zettel zurück.

»Immerhin haben Sie Sophie gefunden. Apropos, was bin ich Ihnen schuldig?«

»Nichts. Ich bin zufrieden mit dem guten Essen, das Sie mir vorgesetzt haben.«

»Sicher? Sie müssen doch Auslagen gehabt haben.«

»Ein paar Telefongespräche, mehr nicht. Vergessen Sie's. Falls sich noch etwas ergibt, lassen Sie's mich wissen, vielleicht habe ich beim nächstenmal mehr Erfolg. Grüßen Sie den alten Roger von mir, wenn Sie ihn wiedersehen.«

Kurz nachdem er gegangen war, stürzte mein Computer ab, und da meine eigenen Versuche, ihn wieder zu starten, natürlich fehlschlugen, war ich gezwungen, Mr. Bredford, mein Computergenie, kommen zu lassen. Ich stand ehrfurchtsvoll hinter ihm, während er meine Tastatur bearbeitete wie ein Konzertpianist und innerhalb von Minuten mein verschwundenes Manuskript aus dem Nichts hervorzauberte.

»Wie haben Sie das gemacht? Das ist ja genial!«

»Ja, aber ich kann keine Bücher schreiben. Jeder hat sein Talent. So was nennt man Arbeitsteilung.«

»Was hab ich denn falsch gemacht?«

»Tja, das ist mein Berufsgeheimnis. Wenn Sie mir beibringen, wie man einen Bestseller schreibt, bringe ich Ihnen bei, die richtigen Befehle zu geben.«

Er hatte die Angewohnheit, sich ständig an seinem Sack zu kratzen, während er mit mir redete, und es fiel mir schwer, nicht dauernd auf seinen Schritt zu starren.

»Das ist mir alles zu hoch«, sagte ich. »Bleiben Sie doch noch auf einen Drink, Mr. Bredford.«

»Ich trinke keinen Alkohol. Aber eine Tasse Kaffee können Sie mir anbieten.«

Während ich darauf wartete, daß das Wasser kochte, kam ich plötzlich auf die Idee, ihm die Namensliste und die rätselhafte Botschaft auf meinem Computer zu zeigen.

»Darf ich in einer anderen Sache um Ihren fachmännischen Rat bitten? Das hier ist mir vor ein paar Tagen in die Hände geraten. Muß wohl etwas sein, das ich mir irgendwann einmal flüchtig notiert habe, und nun werde ich nicht mehr schlau daraus. Könnte es sich um einen Computerbefehl handeln?«

Mr. Bredford betrachtete den Zettel aufmerksam. »Nun, wir können's ja mal versuchen.«

Er setzte sich wieder an den Computer und hämmerte auf der Tastatur herum, während der Bildschirm sich mit etwas füllte, das mir wie Datensalat erschien.

»Nein. Versuchen wir es anders.« Seine Finger flogen wieder über die Tasten. »Moment mal, das ist ja interessant. Da muß ich mal einen Griff in meine Trickkiste tun.« Er wühlte in seiner abgegriffenen Aktentasche und nahm eine Diskette heraus. Nachdem er sie auf meinen Rechner geladen hatte, folgte eine weitere virtuose Darbietung auf der Tastatur. »Das sieht schon besser aus«, sagte er. »Hab ich mir's doch gedacht.«

»Was ist es?«

»Ich hab's gleich. Ich muß nur einmal kurz den Rechner ausschalten.« Er kramte wieder in seiner Aktentasche. Diesmal holte er einen Mikrochip hervor und einen Schraubenzieher, mit dem er die Rückwand meines Computers abschraubte und dessen Innenleben freilegte.

»Keine Sorge. Ich will das nur eben einbauen.«

»Ich bin nicht besorgt, ich bin fasziniert. Was bauen Sie denn ein?«

»Ein Modem.«

»Wozu brauchen wir das?«

»Wenn ich richtig liege, wird uns das die Lösung bringen.«

Als ich mit dem Kaffee aus der Küche kam, war der Rechner wieder funktionstüchtig.

»Mal sehen, ob ich recht habe.« Wieder hämmerten seine Finger mit rasender Geschwindigkeit auf die Tastatur ein, während er wie gebannt auf den Bildschirm starrte. »Jawohl. Dachte ich mir.«

»Was ist ein Modem?« fragte ich.

»Das ist das Kürzel für ›Modulate, Demodulate‹. Damit bezeichnet man einen elektronischen Prozeß, der Worte in Tonsignale umwandelt. Dann braucht man natürlich noch die entsprechende Software. Das ist das, was ich in Ihren Rechner eingebaut habe. Dann können Sie sich mit anderen Rechnern unterhalten. Haben Sie das soweit verstanden?«

»So in etwa.«

»Denken Sie nur an Amateurfunk. Eigentlich ist es eine Erweiterung dessen, nur daß man auf elektronische Weise und nicht mit Worten kommuniziert. Damit haben Sie Zugang zu Rechnern auf der ganzen Welt, vorausgesetzt, sie haben die gleiche Ausstattung. Sie rufen sie an, tauschen Informationen aus, stellen Fragen, erhalten Antworten.«

»Und was ist, wenn die anderen Computer nicht eingeschaltet sind?«

»Das ist Sache des Verarbeitungsrechners«, sagte Bredford, der nun in seinem Element war.

»Verarbeitungsrechner?«

»Eine Art elektronisches Postamt, läuft automatisch, da sitzt niemand am Schalter. Die meisten werden betrieben für Leute, die bestimmte Hobbys haben oder technische Informationen austauschen wollen. Manche benutzen sie einfach, um mit anderen zu plaudern, so wie alte Frauen, die sich über den Gartenzaun hinweg unterhalten. Ich werd's Ihnen zeigen, mal sehen, was sich tut.«

Er warf noch einen Blick auf den Zettel. »Der erste Schritt ist der Eingabecode.«

Nach dem DOS-Befehl tippte er die Buchstaben SIGOP.

»Was bedeutet das?«

»Die ersten drei Buchstaben stehen für ›Special Interest Group‹. OP steht für ›Operator‹ oder Verarbeitungsrechner.«

»Ich möchte mir die einzelnen Schritte gern notieren. Vielleicht versuche ich das selbst einmal.«

Er wartete, bis ich alles aufgeschrieben hatte.

»Okay, haben Sie das? So, dann geben wir mal den nächsten Befehl. Wahrscheinlich handelt es sich um eine geheime Leitung.«

»Wie kommen Sie darauf?«

»CUG. Das heißt ›Closed User Group‹. Also, tippen wir das ein, das dürfte uns einen Schritt weiter in das Labyrinth hineinführen.«

Er tippte die nächsten drei Buchstaben. Nach einer kurzen Wartezeit erschien eine Textzeile auf dem Bildschirm: *Identifizieren Sie sich*.

»Das hab ich mir gedacht«, sagte Bredford. »Auf den letzten Schritt kommt alles an. Das persönliche Paßwort, ohne das man keinen Schritt weiterkommt. Das kann irgendeine Buchstabenkombination sein. Manche benutzen auch ein Pseudonym. Versuchen wir's mit dem, was auf dem Zettel steht.«

Er tippte PBBW.

Falscher Befehl erschien auf dem Bildschirm, dann *Abbruch, Neuer Versuch*.

»Das ist wahrscheinlich überholt. Solche Leute ändern ihre Paßworte häufig.«

»Warum?« fragte ich.

»Das kann alle möglichen Gründe haben. Zu viele Leute können sie herausfinden, so wie Ihre Telefonnummer.«

»Das heißt also, weiter kommen wir nicht?«

»Man soll nie nie sagen. Geben Sie mir mal meine Aktentasche.«

Diesmal nahm er einen Notizblock heraus.

»Ich habe einen Kumpel, der sich von Los Angeles aus mit mir in Verbindung setzt, der kennt sich mit diesen Dingen verdammt gut aus. Na ja, ich nenne ihn zwar ›Kumpel‹, aber ich bin ihm natürlich noch nie begegnet. Er scheint ein merkwürdiger Kauz zu sein, nach dem Stuß zu beurteilen, den er manchmal erzählt, aber er kennt sich mit dem CUG-Netzwerk aus. Das ist da drüben ziemlich weit verbreitet, da sind die uns natürlich meilenweit voraus. Irgendwann fahre ich mal rüber und sehe mir ihre neuesten Errungenschaften an. Man hat mir gesagt, das ist da alles nur halb so teuer. Er schickt mir die neuesten Paßwörter, und ich gönne mir manchmal ein bißchen Spaß damit. Und jetzt wollen wir doch mal sehen, ob wir dieses Ding hier knacken.«

Er probierte erfolglos mehrere Wörter aus. Dann gab er das Wort RIZKY ein. Nach einer kleinen Pause erschien ein Text auf dem Bildschirm: *Willkommen bei Lollipop, ein Informationsservice für Erwachsene, der Ihnen die Möglichkeit bietet, sich mit Gleichgesinnten auszutauschen. Bitte warten Sie einen Moment und suchen Sie dann das Spezialgebiet aus, das Ihren Wünschen am nächsten kommt.*

»Na, wer sagt's denn!« sagte Bredford.

Der Text verschwand vom Bildschirm, und ein Menü erschien. Wie angekündigt, enthielt es eine Liste, aus der man mit Hilfe des Cursors ein gewünschtes Thema auswählen konnte.

```
SCHULE
KINDERMÄDCHEN
PARTY
PARTNER EINLADEN
REISE
PHANTASIE
VIDEO
FOTOGRAFIE
```

»Ah, das ist so ein Menü, mit dem man vom Wohnzimmer aus einkaufen kann. Ein Bestellservice per Computer«, erklärte Bredford. »Man muß natürlich bei ihnen ein Konto einrichten, also die Kreditkartennummer angeben, dann kann man nach Lust und Laune bestellen.«

»Faszinierend.«

»Passen Sie auf, über kurz oder lang haben wir auch das Computertelefon. Dann können Sie Ihren Gesprächspartner auf dem Bildschirm sehen.«

»Darauf bin ich gar nicht so wild«, sagte ich.

»Das kommt garantiert. Fortschritt.«

Er warf einen Blick auf seine Uhr. »Lieber Himmel! Ich war schon vor einer halben Stunde mit meiner Frau verabredet.«

»Da bin ich schuld. Tut mir leid.«

»Sie ist dran gewöhnt.«

»Was ist denn mit den Teilen, die Sie in meinen Rechner eingebaut haben?«

»Behalten Sie sie. Ich hab noch mehr davon. Jetzt wissen Sie ja, wie Sie damit herumspielen können.«

»Ich muß Sie aber noch bezahlen.«

Nachdem er mir lang und breit beteuert hatte, es sei nicht nötig, akzeptierte er schließlich eine symbolische Summe und zog los, um seine Ehefrau zu besänftigen. Das letzte Menü war immer noch auf meinem Bildschirm, und um die Sache einmal auszuprobieren, ging ich mit dem Cursor auf »Video« und drückte die Eingabetaste. Auf dem Bildschirm erschienen nacheinander eine Reihe farbiger Grafiken, ähnlich jenen, die man jeden Abend vor Beginn einer Sendung im Fernsehen sieht. Dann kam ein Text: DAS BESTE AN HEIMUNTERHALTUNG. Das Wort »Heim« war farbig hervorgehoben. Anschließend wurden diverse Rubriken aufgelistet.

```
FAMILIENUNTERHALTUNG (20 MIN.)
DER ONKEL KOMMT ZU BESUCH (25 MIN.)
GRÜNSCHNÄBEL (15 MIN.)
BABYSITTER (45 MIN.)
PFADFINDER UND PFADFINDERINNEN (20 MIN.)
PETER PAN (20 MIN.)
RÜCKANSICHTEN (18 MIN.)
ALICE IM FINDERLAND (40 MIN.)
GESCHWISTER (30 MIN.)
BRUSTSCHWIMMKURS (20 MIN.)
REISE IN DEN FERNEN OSTEN (40 MIN.)
VATER IST DER BESTE (35 MIN.)
WILLIGE PÜPPCHEN (30 MIN.)
```

Geben Sie bei Ihrer Bestellung Ihre Mitgliedsnummer an und ob Sie den Film in VHS, Beta oder 8 mm wünschen. Die Filme sind von unterschiedlicher Qualität, der Inhalt ist jedoch garantiert echt.

Ich starrte lange auf den Bildschirm, und langsam dämmerte mir, was ich da vor mir hatte. Die angebotenen Filmtitel sprachen für sich selbst. Die abscheuliche Wahrheit traf mich wie ein Schlag. Ich hatte endlich den Schlüssel zum Eingang des Labyrinths gefunden.

XVII

Die Vergangenheit

Die Anzeichen waren damals schon alle vorhanden gewesen, aber ich hatte es vorgezogen, sie zu ignorieren.

Zu der Zeit, als Harold Wilsons Devisenausfuhrverbot in Kraft getreten war, mußten anständige Bürger sich peinlichen Kontrollen unterwerfen, bevor es ihnen erlaubt wurde, ihr ohnehin schon übersteuertes Geld auszugeben. Diese erniedrigenden Maßnahmen hatten zweifellos einen orwellschen Beigeschmack. Aber wie die Briten nun einmal sind, gingen sie nicht auf die Barrikaden, sondern verbrachten geduldig ihren Pauschalurlaub in unfertigen Hotels und ertrugen die Demütigung, sich an den von wohlhabenden Deutschen überfüllten Stränden wie die armen Vettern zu fühlen.

Es war Henry, der auf die Idee kam, wie man das Problem umgehen könnte, und der vorschlug, daß wir drei gemeinsam in Urlaub fahren sollten.

»Wenn die verdammten Politiker glauben, ich verbringe meinen wohlverdienten Urlaub in irgendeinem beschissenen kleinen Hotel mit einem einzigen Gemeinschaftsklo, dann haben sie sich geschnitten«, verkündete er. »Ich habe bisher noch nie so gelebt, und ich habe es auch in Zukunft nicht vor.«

»Und was hast du vor?« fragte ich. »Willst du deine Schuhsohlen aushöhlen und mit Francs vollstopfen?«

»Gott, bist du naiv! Wir werden in der Résidence du Cap wohnen und auf den Putz hauen.«

»Und wie?«

»Sophie, du solltest dir wirklich einen Freund suchen, der sich besser auskennt. Für die Gestapo auf dieser Seite des Kanals sind wir ehrliche, gesetzestreue Bürger. Unsere Pässe werden einen Vermerk aufweisen, der bestätigt, daß wir nicht mehr Geld ausführen, als diese knauserigen Arschlöcher, die uns regieren, uns gestatten. Aber wenn wir erst mal dort sind, werden wir über genug Bares verfügen. Manche von uns, Martin, kennen sich eben in der Welt aus. Kein Wunder, daß deine Romane nur von alten Damen gelesen werden, die Mitglieder in Harrod's Leihbücherei sind. Ich werde deine Bildungslücken füllen.«

Während er Sophie mit einem merkwürdigen Grinsen ansah, begann er mir auseinanderzusetzen, wie jemand, der sich in diesen Dingen auskannte, die Gesetze umgehen konnte. Durch seine Verbindungen als Parlamentsmitglied hatte er einen französischen Banker kennengelernt, der bereit war, ihm die gewünschten Mittel zur Verfügung zu stellen. »Er versorgt uns da drüben mit dem nötigen Kleingeld, und wenn er dann mal nach London kommt, bezahle ich seine Hotelrechnung. Und kein Mensch kriegt die Nase daran.«

»Ist das nicht genial?« sagte Sophie. »Du bist ganz schön clever, Henry.«

»Tja, das bin ich wohl tatsächlich.«

»Devisenvergehen werden ziemlich hart bestraft«, warf ich ein.

»Wenn du nicht mitmachen willst, brauchst du's bloß zu sagen. Du kannst in irgendeine Absteige gehen, während Sophie und ich an unserer *plage privée* die Sau rauslassen.«

»Mensch, sei doch kein Feigling«, sagte Sophie. Das war das erste Mal, daß sie offen gegen mich für Henry Partei ergriff. Ich mußte mich also wohl oder übel darauf einlassen, und wir fuhren nach Frankreich und wohnten in La Résidence du Cap, einem netten Mittelklassehotel in der Nähe des berühmten, megateuren Eden Roc. Während der ersten paar Tage schmollte ich noch vor mich hin und schaffte es, mir einen schweren Sonnenbrand zuzuziehen, weil ich vergessen hatte, mich mit Sonnenschutzcreme einzureiben. Daraufhin war ich gezwungen, allein im Hotel zu bleiben, während Henry und Sophie sich am Strand vergnügten. Aus heutiger Sicht war das vielleicht der Zeitpunkt, an dem ich anfing, sie zu verlieren. Sie wirkte so unglaublich jung und lebenslustig, und die knappen Bikinis, die sie trug, hätten jedem den Kopf verdreht. Je mehr sie sich amüsierten, um so mehr zog ich mich zurück – welcher Selbstzerstörungstrieb bringt uns dazu, uns so dämlich zu verhalten, wenn wir verliebt sind?

»Rate mal, wen wir heute getroffen haben«, sagte Henry am zweiten Tag.

»Wen?«

»Victor und Eva.«

Im ersten Moment konnte ich mich nicht an die Namen erinnern.

»Du kannst sie doch nicht vergessen haben! Die Zwillinge! Wir haben alle zusammen im Les A gegessen.«

»Ach, die.«

»Sie sind mit ihrer Jacht hier, und sie haben uns zu einer kleinen Kreuzfahrt eingeladen.«

»Wollen wir das denn?« fragte ich.

»Also, wir wollen auf jeden Fall, stimmt's, Sophie? Ich habe keinen Augenblick gezögert.«

»Ich find's super«, sagte Sophie. »Du solltest mal die Kajüten sehen. Wenn man an Deck geht, muß man die Schuhe ausziehen«, fügte sie hinzu, als könne sie mich mit dieser Information beeindrucken.

»Ihr seid also schon an Bord gewesen?«

»Ja, sie haben uns am Strand entdeckt, nachdem sie vor Anker gegangen waren, und haben uns zum Mittagessen eingeladen. Wieso bist du so ungehalten?«

»Wann sind wir also eingeladen?«

»Heute abend.«

»Mir bleibt ja wohl keine andere Wahl, wenn ihr schon zugesagt habt, nicht wahr?« Ich wußte, daß ich mich kindisch benahm, aber ihre ausgelassene Laune war alles andere als ansteckend und verstimmte mich nur noch mehr.

Während Henry loszog, um die Hotelrechnung zu begleichen und unsere verfrühte Abreise mit einem Vorwand zu erklären, packten Sophie und ich die Koffer.

»Ich kann mich noch erinnern, daß du beim erstenmal nicht so begeistert von den Zwillingen warst.«

»Nein, na ja, diesmal waren sie viel netter, und ich wollte immer schon mal segeln gehen, vor allem auf so einer tollen Jacht.«

Die Jacht lag bei Antibes vor Anker, und wir wurden in einer Riva dorthin gebracht. Henry und Sophie hatten nicht übertrieben: Das elegante Boot lag wie ein weißer Pfeil auf dem Wasser, es konnte neben der zehnköpfigen Mannschaft zwanzig Passagiere aufnehmen und war mit den modernsten Navigationsgeräten ausgestattet. Es war mit Mercedes-Dieselmotoren bestückt, die, wie man mich sogleich wissen ließ, das Boot auf eine Höchstgeschwindigkeit von achtundzwanzig Knoten brachten und ihm erlaubten, Entfernungen von bis zu dreitausend Meilen zurückzulegen. Das Ganze kam mir völlig unwirklich vor. Ich hatte noch nie soviel geschmacklosen Luxus gesehen: alle Beschläge in den Kajüten waren vergoldet, die Bäder in Marmor gehalten, das Mobiliar prunkvoll, wenn auch auf merkwürdige Weise ohne erkennbaren Stil, als ob man es willkürlich aus einem Katalog für erlesenen Kitsch bestellt hätte. Plötzlich wurde mir deutlicher als je zuvor bewußt, welche Kluft zwischen uns und den ganz Reichen besteht. Nicht, daß ich sie um ihr Geld beneidet hätte, die Art und Weise, wie sie mit ihrem Geld umgingen, bereitete mir Unbehagen. Denn obwohl die Jacht selbst eine gewisse Schönheit besaß, so war sie doch mit vulgären Dingen gefüllt. Der Urlaub, der so vielversprechend begonnen hatte, schien nun durch schieren Überfluß verdorben zu werden.

»Bist du nicht doch froh, daß du mitgekommen bist?« fragte Sophie, als sie das Bett ausprobierte. »So würde ich gern immer leben.«

Nachdem wir unseren etwas schäbigen Koffer geleert hatten, gingen wir auf das Hauptdeck, wo die anderen Gäste sich bereits Champagner und Kaviar munden ließen. Es war eine merkwürdige Gesellschaft, die Alterspalette reichte von blutjung bis steinalt; die meisten waren keine Briten, sprachen jedoch weitgehend fließend Englisch. Unter ihnen befanden sich ein auffallend tuntiger italienischer Couturier, der von einem seiner Models begleitet wurde, einer äußerst reizvollen Kolumbianerin, die Exfrau eines libanesischen Waffenhändlers, die sich offenbar mit einem Großteil des Inventars von Cartier behängt hatte, ein unglaublich fetter und unattraktiver israelischer Filmproduzent, der stolz seine höchst einsilbige Freundin zur Schau stellte, und eine aus den fünfziger Jahren übriggebliebene amerikanische Filmsirene, deren Gesichtszüge nach zu vielen Schönheitsoperationen erstarrt waren. Der einzige anwesende Brite war ein korpulenter Parlamentsabgeordneter, den man nach zwei kläglichen Versuchen, sich als Minister zu bewähren, wegen völliger Inkompetenz in den Adelsstand erhoben hatte. Die Eltern der Zwillinge waren nicht zugegen: Mummy unterzog sich, wie wir erfuhren, einer Kur auf einer eleganten amerikanischen Schönheitsfarm, und Daddy war gerade dabei, einen Handel mit den Saudis abzuwickeln, was in Anbetracht der Größe der Jacht und was es ihn kosten mußte, sie zu unterhalten, nicht weiter überraschte.

Eva und Victor begrüßten uns herzlich, und all das Neue und Ungewohnte an der Situation ließen mich bald meine schlechte Laune vergessen. Henry war natürlich ganz in seinem Element und ließ seiner Großspurigkeit freien Lauf; seine Stimme wurde lauter und sein Lachen heiserer, aber da alle an Bord sich vorgenommen hatten, sich zu amüsieren, fiel sein Verhalten nicht weiter auf. Wir lagen immer noch vor Anker, als das Abendessen aufgetragen wurde. Henry saß neben Eva, und Sophie saß zu Victors Linken. Ich selbst landete zwischen dem hübschen Model und der Exfrau, die eine russische Zigarette nach der anderen rauchte und nichts aß. Die goldenen Filter ihrer Zigaretten waren dick mit ihrem knallroten Lippenstift beschmiert.

»Können Sie mir sagen, warum man jedes Jahr wieder an diesen Kreuzfahrten teilnimmt?« fragte sie mich. Sie übersah geflissentlich den kristallenen Aschenbecher und drückte ihre Zigarette auf ihrem Tellerrand aus. »Finden Sie nicht auch, daß es immer dasselbe ist? Nach dem Urlaub braucht man wieder Urlaub, um sich vom Urlaub zu erholen. Warum kommen Sie mit?«

»Nun, ich komme nicht mit.«

»Wie vernünftig.«

»Ich wollte sagen, es ist das erste Mal für mich.«

»Oh. Na ja, ich nehme an, beim erstenmal ist es noch erträglich. Aber auf die Dauer ödet einen das nur noch an. Gott, wie einen das anödet! Am Ende hofft man nur noch, daß das Boot in Flammen aufgeht oder sonst was.« Sie sprach Upperclass-Englisch mit einem Hauch von einem Akzent, so daß sie wie die Parodie einer Parodie wirkte. »Auf einem großen Schiff ist das natürlich etwas anderes.«

»Ist das nicht ein großes Schiff? Mir kommt es jedenfalls ziemlich groß vor.«

Ich hatte den Eindruck, daß ich sie zu Tode langweilte, denn sie sah mich nicht einmal an, während sie mit mir redete. »Sie hätten mal das Schiff von meinem Exmann sehen sollen. Dagegen ist das hier ein Spielzeugboot. Ich hatte erwartet, daß es mir nach der Scheidung zufallen würde, aber das tat es nicht. Es ist aber eigentlich auch egal, denn man kann sich auf seinem eigenen Schiff genauso langweilen wie auf einem fremden. Kann es sein, daß irgend jemand gesagt hat, Sie seien Schriftsteller?«

»Ja, ich bin Schriftsteller.«

»Ich hatte mal einen Geliebten, der Dichter war, aber er war auf dem Papier eindeutig besser als im Bett. Er hat mit den wunderbarsten Worten beschrieben, was er alles mit mir machen wollte, aber darauf hab ich vergeblich gewartet.« Sie sah zum anderen Ende des Tisches hinüber, wo Victor und Sophie über irgend etwas herzlich lachten. »Wer ist dieses Mädchen?«

»Sie heißt Sophie Campbell. Sie ist Tänzerin.«

»Sie ist doch mit Ihnen an Bord gekommen, nicht wahr?«

»Ja, sie ist meine Freundin.«

»Ich hoffe bloß, daß sie unserer kleinen Eva nicht in die Quere kommt«, sagte sie zweideutig. »Obwohl es nicht das Schlechteste wäre.« Dann erklärte sie mir, ohne ihre Stimme zu senken und für den ganzen Tisch vernehmbar, daß sie sich von Victor ein Kind wünschte.

»Wie steht er denn dazu?« fragte ich, aber inzwischen hatte sie mit dem israelischen Filmproduzenten eine Unterhaltung angefangen. Ich versuchte, ein höfliches Gespräch mit dem Model zu führen, stieß jedoch auf wenig Interesse. Sie erzählte mir, daß sie sich ausschließlich in Privatjets fortbewegte, und zeigte sich überrascht, daß ich nicht desgleichen tat. Sie trug eine der bizarren Kreationen ihres Freundes und das aufwendigste Make-up seit Tut-ench-Amun.

Allmählich kreisten die Gespräche am Tisch um das Thema Geld: was man damit gekauft hatte, was man noch kaufen würde und wo man es am besten aufbewahrte. Wenn sie nicht über Geld redeten, ließen sie ihren spitzen Zungen freien Lauf und tauschten die übelsten Tratschgeschichten aus, boshaftes Geschwätz, das größtenteils an mir vorbeiging, da ich die betroffenen Personen nicht kannte. Offenbar mußte man Insider sein, um den Inhalt der Gespräche zu verstehen – jedenfalls ließ man mich deutlich spüren, daß sie nicht für meine Ohren bestimmt waren. Henry dagegen gab sich die größte Mühe, wie ein Eingeweihter zu erscheinen, wobei ich ihn möglicherweise auch falsch einschätzte. Vielleicht hatte er just an jenem Abend sein Xanadu gefunden. Außer ihm und Sophie hatten alle am Tisch sich dadurch ausgezeichnet, daß sie der Realität entflohen waren. Im übrigen ist mir inzwischen klar, daß die Superreichen eine andere Wellenlänge haben als wir normalen Sterblichen. Nicht, daß sie einfachen Unterhaltungen aus dem Weg gingen, aber sie haben eine andere Art, auf Dinge zu reagieren. Sie erkennen sich gegenseitig an ihrem Tonfall und an ihrem Auftreten, und instinktiv sortieren sie jene aus, die sich anmaßen, in den inneren Kreis vorstoßen zu wollen. Die meisten von ihnen leben in einem fernen Land, einem Land, in dem immer Sommer ist, bevölkert von lauter kleinen Berühmtheiten, wo es keine Armut gibt und alles dem neuesten Trend entspricht. Wohltätigkeitsbälle sind die einzige Gelegenheit, bei der sie einen Alibi-Blick auf den Rest der Welt werfen. Natürlich sind auch ihre eigenen Reihen gespalten, denn der alte Geldadel legt größten Wert darauf, seine Kreise gegen die Neureichen hermetisch abzuschirmen. An jenem Abend gehörten fast alle an Bord zu den Neureichen, und der größte Teil ihres Geldes war schmutzig.

Nach dem Abendessen begaben wir uns alle in den Salon. Kurz darauf lichtete der Kapitän die Anker, die Motoren wurden angelassen, und wir fuhren auf die dunkle See hinaus.

»Weißt du, wohin wir fahren?« fragte Sophie. Sie glühte vor Aufregung.

»Nein, du?«

»Victor hat mich gefragt, wo ich hinfahren wollte, und ich hab gesagt, zu den griechischen Inseln. Wenn wir aufwachen, werden wir die halbe Strecke bereits hinter uns haben. Ist das nicht romantisch? Er ist wirklich nett zu mir. Amüsierst du dich? Bitte, sag ja.«

»Ja.«

»War das Abendessen nicht wunderbar? Sie sind alle so geistreich und weltgewandt. Und hast du den Schmuck gesehen?«

»Er war ja kaum zu übersehen«, sagte ich.

»Hast du irgendwie schlechte Laune?«

»Nein.«

»Da bin ich aber froh, denn ich finde es hier einfach phantastisch.«

Es wurden Drinks ausgeschenkt, und dann packte Victor etwas aus, das er die »Goodies« nannte. Zum erstenmal erlebte ich, daß harte Drogen offen angeboten wurden. Ich versuchte zu ergründen, ob ich aus moralischen Gründen schockiert war – nicht besonders überzeugend, denn ich trank Alkohol und hatte ab und zu einen Joint geraucht – oder ob ich aus Furcht vor dem Unbekannten mit Entsetzen reagierte. Bei dem Unbekannten handelte es sich diesmal um Kokain, was ich noch nie probiert hatte, und *Majoun*, einen mysteriösen Cannabiscocktail, von dem Victor erklärte, er habe ihn in Tanger erstanden und könne ihn wärmstens empfehlen.

Er ließ den *Majoun* rundgehen. »Das wird euch gefallen, davon kriegt man absolut phantastische Halluzinationen.«

»Willst du es probieren?« fragte Sophie.

»Ich glaube nicht.«

»Aber ich.«

»Das solltest du lieber nicht.«

»Ach, sei doch nicht so verklemmt. Es macht Spaß, und Victor würde uns bestimmt nichts Gefährliches geben.«

Seit wir das Boot betreten hatten, schienen sie und Henry wie ausgewechselt, und nun erkannte ich sie kaum wieder.

Henry schnupfte ostentativ mit den anderen eine Linie Koks. Er wollte als einer der Ihren akzeptiert werden. Alle anderen bedienten sich von dem Zeug, als ob es sich um saure Drops handelte. Als ich an der Reihe war, lehnte ich unter dem fadenscheinigen Vorwand ab, ich habe leider einmal eine Überdosis genommen und mir seitdem gelobt, die Finger von dem Zeug zu lassen.

»Das ist aber schade. Dann nimm halt von dem *Majoun*«, drängte Victor. »Ich sage dir, das ist was ganz Besonderes.« An Sophie, die sich bereitwillig überzeugen ließ, führte er vor, wie man es nahm. Ich nahm das winzige Stück, das er mir anbot. Es schmeckte wie eine Praline, deren Verfallsdatum abgelaufen ist. Ich tat so, als ob ich es herunterschluckte, und spuckte es bei der erstbesten Gelegenheit in mein Taschentuch.

»Da wir nun alle in der richtigen Stimmung sind, können wir uns einen Film ansehen«, sagte Eva.

Naiverweise nahm ich an, man würde uns den neuesten französischen Thriller vorführen. Die Mitglieder der Mannschaft, die uns die Drinks gereicht hatten, wurden hinausgeschickt, und Victor betätigte einen Mechanismus, der die Holzverkleidung an einer Wand des Salons zur Seite gleiten und einen großen Bildschirm zum Vorschein kommen ließ.

»Zeig uns den von gestern abend«, sagte jemand. »Der war so *outré*.«

»Ja, der war für jeden Geschmack richtig«, sagte der Italiener, während er seine Freundin blöd angrinste. Ich bemerkte, daß er seinen eigenen silbernen Kokainlöffel benutzte.

»Seid ihr sicher? Wir haben nämlich noch mehr Auswahl. Victor hat ein paar ganz heiße Dinger organisiert.«

»Das ist wirklich ein Spaß«, sagte der Parlamentsabgeordnete und zwinkerte mir zu.

Wir drehten unsere Wildledersessel herum, so daß wir den Bildschirm gut sehen konnten.

»Ist das nicht aufregend?« fragte Sophie.

Nachdem Victor die Kassette eingelegt hatte, wurde das Licht gedämpft, und Leben kam auf den Bildschirm. Ich hatte während meiner Studienzeit ein paar Softpornos gesehen – ich hatte einen Studienkollegen, der ein Undergroundkino aufgemacht hatte, um sein Stipendium aufzubessern. Er zeigte schlechte Kopien von Filmen unbekannter Herkunft, die wir unter uns »Trockenfick-Streifen« nannten, weil die Herren in diesen Filmen, obwohl die Frauen nackt auftraten, niemals während der kritischen Szenen ihre Beinkleider ablegten, was nicht nur absolut sexistisch war, sondern auch noch eine neue Methode der Empfängnisverhütung einführte. Sie waren zu grotesk, um wirklich erotisch zu sein, aber damals kamen sie uns gewagt vor.

In dem Film, der an jenem Abend an Bord gezeigt wurde, konnte von Scham keine Rede sein. Der Titel des Streifens lautete *Going Down Slowly*, und aus den spärlichen Dialogen schloß ich, daß er aus Amerika kam. Er spielte in einem College, und die Besetzung bestand aus einigen muskulösen Sportlern und sehr attraktiven Mädchen, die in krassem Gegensatz zu den schmierigen Schauspielern standen, die ich von den Filmen meiner Studentenzeit in Erinnerung hatte. Auch technisch war der Film von wesentlich besserer Qualität. Ohne Zeit zu verschwenden, gingen die Akteure zur Sache, und bevor noch der Vorspann zu Ende war, wurde uns eine Fellatio vorgeführt – ein schwarzes Madchen war einem gutbestückten blonden Adonis zu Diensten. Ich spürte, wie Sophie neben mir zusammenzuckte, und sie faßte nach meiner Hand, während die Szene mit einem gewaltigen Orgasmus endete, der mit lautem Applaus begrüßt wurde.

Die dünne Story begann, es lag jedoch in der Natur der Sache, daß sie dem wahren Zweck dieser Vorführung nicht in die Quere kam. Es war für jeden Geschmack etwas dabei. Nach der Fellatio folgte der obligate Cunnilingus, anschließend eine vollendete Penetration, dann eine lesbische Szene, die wiederum zu einer *ménage à trois* führte, als nämlich die Lesben von einem Mitglied des Lehrkörpers erwischt wurden, der sich sogleich zu ihnen gesellte. Alle Bewegungen in diesem sexuellen Schachspiel wurden mit klinischer Präzision durchgeführt.

Ich sah mich mehrmals um, um zu sehen, wie die anderen auf die Szenen reagierten. Eva und Victor saßen ganz eng beieinander und starrten mit dämonischer Intensität auf den Bildschirm, die Exfrau mit gelangweilter Gleichgültigkeit, wobei ich nicht erkennen konnte, ob sie echt oder gespielt war. Als Henry meinem Blick begegnete, zog er eine Grimasse, womit er mir anscheinend andeuten wollte, daß er das alles einfach zum Schreien komisch fand. Es wäre eine kokette Lüge, wollte ich behaupten, ich wäre nicht beeindruckt gewesen, gleichzeitig wäre es übertrieben zu sagen, ich hätte mich in irgendeiner Weise erregt gefühlt. Möglicherweise hatte es etwas damit zu tun, daß mir als Schriftsteller die Banalität der ohnehin spärlichen Dialoge zu sehr auf die Nerven ging. Ich wartete dauernd darauf, daß vor oder zwischen den heroischen Darbietungen irgend etwas Menschliches geschah. Es lief alles zu mechanisch ab; kaum war eine Episode beendet, war man schon mitten in der nächsten. Obwohl Sophie sich an meine Schulter schmiegte, spürte ich, daß während der vierzig Minuten, die der Film dauerte, etwas unwiederbringlich verlorengegangen war.

Als am Ende das Licht wieder anging, wurde der Film, wie vorauszusehen, intellektuell analysiert. Ich hörte den Israeli sagen: »Mit solchen Filmen wird heutzutage das große Geld verdient. Man macht sich keine Vorstellung davon, was so ein Streifen einspielt. Unsummen. Wir sollten eigentlich alle zusehen, daß wir ein Stück von dem Kuchen abbekommen.«

Irgend jemand gab einen dümmlichen Kommentar von sich, fand ausgerechnet für die Kameraführung großes Lob. Es fiel mir jedoch auf, daß niemand sich dazu bekannte, von dem Film sexuell erregt worden zu sein; möglicherweise waren sie alle auf dem Gebiet schon so abgestumpft, daß die erotischen Bilder keine Auswirkungen mehr auf sie haben konnten. Lediglich der Parlamentsabgeordnete frotzelte: »Bewundernswert, wie diese Typen es schaffen, ihre Moral hochzuhalten.« Offenbar war er der Meinung, einen unglaublich geistreichen Witz gemacht zu haben, und auch die übrigen Anwesenden quittierten seine Bemerkung mit Gelächter.

»Glauben Sie, daß das zu einer Situation führen kann, die man das pornographische Äquivalent zu jener nennen könnte, in die ein Schauspieler gerät, der seinen Text vergißt?« fragte ich, aber der Vergleich war zu hoch für ihn. Henry, stets bemüht, sich als Insider darzustellen, nannte den Film »wirklich erstklassig«, womit er andeuten wollte, daß er sich solche Meisterwerke regelmäßig ansah.

Es gab keine Freundschaft unter diesen Leuten, jeder war nur auf sein eigenes Vergnügen aus, und während der Film seine Nachwirkungen entfaltete, gerieten sie alle in einen selbstzufriedenen, durch die Drogen intensivierten Rauschzustand. Niemand war mehr in der Lage, auch nur einen sinnvollen Satz zu sagen. Sie waren alle so kaputt und langweilig. Ich beobachtete Sophie, um zu sehen, ob der *Majoun* irgendeine Wirkung zeigte.

»Bist du okay?« flüsterte ich ihr ins Ohr.

»Super! Wow! Von dem Zeug hätte ich damals was ins Kloster schmuggeln sollen.«

Die Vorstellung, daß diese Reise noch vier Tage lang andauern würde, trieb mir den Schweiß auf die Stirn.

Etwa eine Stunde später überredete ich Sophie schließlich, ins Bett zu gehen. In unserer Kajüte fing sie an zu halluzinieren. Sie lachte hysterisch und wurde dann todtraurig. »Ich kann meine Gedanken nicht mehr kontrollieren«, sagte sie. »Sie entweichen immer aus der Flasche.«

»Flasche?«

»Diese grüne Flasche, die an der Wand hängt, wo ich sie alle aufbewahre. Fang sie mir ein, sie fliegen überall im Zimmer herum.«

»Darling, du hast nur einen Horrortrip von dem Zeug.«

»Nein, hab ich nicht. Sag so was nicht.« Dann fiel sie wie eine Marionette mit schrillem Lachen in sich zusammen. Als sie schließlich ihren Kopf hob, starrte sie mich wie einen Fremden an. »Wieso hast du das Licht ausgemacht? Du hast es ausgemacht. Ich will nicht im Dunkeln sein.«

Ich ließ mich darauf ein, ging an den Lichtschalter und tat so, als ob ich ihn betätigte.

»Du darfst mich niemals im Dunkeln allein lassen.«

Dann redete sie nur noch verworrenes Zeug.

»Die Musik. Hörst du das? Die Nonnen haben das verboten. Das ist nicht gestattet. Mir ist so eng um die Brüste, siehst du das nicht? Die heilige Sophie, die Märtyrerin. Sage achtundfünfzig Gegrüßet-seist-du-Maria auf, vor dem Frühstück. Da sind sie wieder, jetzt krabbeln sie an der Decke herum. Ich kann doch nichts für meine Brüste. So bin ich eben auf die Welt gekommen, du blöde, frigide alte Kuh.«

Inzwischen war sie nackt. Sie warf sich aufs Bett und wand sich darauf herum, als ob sie plötzlich besessen wäre.

»Fick mich!« kreischte sie. »Fick mich wie der Mann in dem Film.« Ich nahm sie in den Arm, wiegte sie wie ein kleines Kind, das von einem bösen Traum erwacht, aber ihr Körper verkrampfte sich, als ob man sie auf ein Streckbett geschnallt hätte. Ich mußte meine ganze Kraft aufwenden, um sie festzuhalten. »Paß auf, daß ich nicht an die Decke komme!« rief sie. Da ich keine Ahnung hatte, wie lange ein *Majoun*-Trip andauern konnte, war ich drauf und dran, Victor um Hilfe zu bitten, aber ich wagte nicht, sie allein zu lassen. Ihre Krämpfe ließen langsam nach. Dann lag sie reglos da und starrte wortlos irgendwelche Traumbilder an, die ich nicht einmal erahnen konnte, bis sie endlich einschlief. Ich hielt die ganze Nacht neben ihr Wache, von meinen eigenen Ängsten gepeinigt.

Am nächsten Morgen konnte sie sich kaum an das erinnern,

was geschehen war. Als ich ihr davon erzählte, wobei ich ihr nichts ersparte, war sie eher amüsiert als schockiert. »Wirklich? Das hab ich alles gesagt? Wie seltsam.«

»Versprich mir, daß du es nicht noch einmal versuchst.«

»Aber es scheint keine bleibenden Auswirkungen zu haben.«

»Woher willst du das wissen? Egal, was du nimmst, das Zeug macht dein Gehirn kaputt.«

»Na ja, bei mir kann sowieso nicht viel kaputtgehen. Jedenfalls muß man alles mal probiert haben.«

Einen Moment lang sah es fast so aus, als ob ihre Frivolität zu einem Streit zwischen uns führen könnte. Ich küßte sie leidenschaftslos, denn zum erstenmal spürte ich kein Verlangen nach ihr. Es war, als ob ich eine Fremde küßte. Wir duschten, warfen uns in Schale, ohne viel miteinander zu reden, und gingen schließlich an Deck, um zu frühstücken.

Als nächster tauchte Henry auf. Er sah furchtbar aus, trank hintereinander zwei Tassen starken Kaffee und gab sich uns gegenüber betont unbekümmert.

Nach diesem Schema verlief jeder Abend während der viertägigen Kreuzfahrt: Alkohol, Drogen und Pornos, Laster ohne Ende. Soviel ich weiß, wiederholte Sophie jedoch ihr Experiment nicht, zumindest nicht, solange ich an Bord war. Ich hoffte inständig, daß es ihr einen gehörigen Schrecken eingejagt hatte.

Wir gingen vor einer der kleineren griechischen Inseln vor Anker und wurden für ein Picknick an einen menschenleeren Strand gebracht. Es hätte idyllisch sein können, eine Erfahrung, die man nur einmal im Leben macht; unter anderen Umständen und in Gesellschaft anderer Leute hätte ich mich in Begleitung der Frau, die ich liebte, dem Zauber des Augenblicks hingegeben. Aber zwischen uns hatte sich ein Graben aufgetan. Im Verlauf jener wenigen Tage hatte etwas von der Nichtsnutzigkeit dieser Leute auf sie abgefärbt. Sie schien sich in Henrys Gesellschaft wohler zu fühlen als bei mir, und ich fühlte mich ausgelaugt. Den anderen gegenüber setzte ich eine freundliche Maske auf, während ich innerlich mehr und mehr in Panik geriet.

Einige der Gäste wollten auf dem Rückweg in Nizza von Bord gehen, während der Rest an der geplanten Kreuzfahrt zu den Westindischen Inseln teilnehmen wollte. Victor lud uns ein, an Bord zu bleiben, aber ich lehnte unter dem Vorwand ab, daß eine Menge Arbeit auf mich warte. Ich war davon ausgegangen, daß Henry sich ebenso verhalten würde, aber ich hatte mich geirrt.

»Das kann ich mir einfach nicht entgehen lassen«, sagte er.

»Mußt du nicht arbeiten?«

»Tja, ja und nein. Die sehen das nicht so eng bei meiner Bank. Ich werde ihnen ein Telegramm schicken und ihnen mitteilen, daß ich krank bin. Mach's doch genauso.«

»Soll ich mir vielleicht selbst ein Telegramm schicken?«

»Du weißt schon, was ich meine. Du kannst doch jederzeit schreiben, aber solche Kontakte macht man nicht alle Tage. Der alte Charles«, fügte er hinzu, (der »alte Charles« war der abgewrackte Parlamentsabgeordnete) »hat Andeutungen gemacht, daß ich vielleicht die Möglichkeit hätte, eine politische Laufbahn einzuschlagen.«

»Das meinst du doch nicht im Ernst?«

»Und wieso nicht?«

»Du hast dich doch noch nie für Politik interessiert.«

Er zuckte die Achseln und blickte in die andere Richtung. »Charles hat einen neuen Aspekt aufgebracht. Er glaubt, daß sie einen mit meinem Hintergrund nominieren könnten.«

»Ist es schon so weit gekommen mit den Tories?«

»Werd bloß nicht abfällig, nur weil du hier fehl am Platze bist.«

»Vielen Dank. Wir sehen uns in Nummer 11. Und amüsier dich gut in dieser erlauchten Gesellschaft.«

»Genau das habe ich vor.« Er zögerte ein wenig, dann sagte er: »Und Sophie auch. Sie bleibt auch an Bord.«

Ich verließ ihn, bevor er meine Entgeisterung sehen konnte. Zu Sophie sagte ich nichts, bis wir abends im Bett lagen.

»Henry hat gesagt, du willst noch an Bord bleiben. Aber wie ich Henry kenne, hat er das nur gesagt, um mich zu ärgern.«

Sophie hüllte sich in Schweigen.

»Hab ich recht?« fragte ich.

»Nein.«

»Er hat also nicht versucht, mich zu ärgern oder was?«

»Er dachte, du würdest auch bleiben wollen. Das dachten wir beide.«

»Ihr habt also ohne mich bereits darüber gesprochen?« fragte ich und versuchte, meine Stimme normal klingen zu lassen.

»Es schien einfach eine phantastische Gelegenheit zu sein.«

»Was? Ohne mich zu reisen?«

»Nein, ich dachte, du würdest mitkommen. Warum kannst du nicht mitkommen?«

»Weil ich im Gegensatz zu diesen perversen Tagedieben für meinen Lebensunterhalt arbeiten muß.«

»Sie sind keine Tagediebe. Ich finde, das sind sehr nette Leute.«

»Ich weiß nicht, was in dich gefahren ist. Jedes Ungeziefer ist sympathischer als diese Bande. Lieber Himmel, Darling, manchmal kann ich mich wirklich nur wundern. Hast du den ersten Abend vergessen? Du hättest tot sein können!«

»Nun, ich bin nicht tot, oder?«

»Hast du denn Spaß an der Art, wie sie sich vergnügen – Drogen und Pornos?«

»Das schadet doch nichts, wenn man es nicht zu ernst nimmt. Du bist der einzige, der darüber entsetzt ist.«

»Siehst du denn nicht, daß sie sich auf unsere Kosten amüsieren? Das ist nur das Neue. Was glaubst du, wie lange wir für sie interessant sind? Sie benutzen die Leute, solange es ihnen Spaß macht, und dann lassen sie sie fallen.«

»Vielleicht.«

»Nein, nicht ›vielleicht‹, glaub mir. Liebling, ich weiß, wovon ich rede, und ich will nicht mit dir streiten. Es ist so leicht, großzügig zu sein, wenn man soviel Geld hat wie sie. Sie langweilen sich, sie brauchen ab und zu ein neues Gesicht, genauso, wie sie immer wieder ihren Koks brauchen. Wir sind für sie nichts weiter als eine ihrer Drogen, siehst du das denn nicht? Mein Gott! Wir beide haben uns noch nie gestritten, was ist bloß los mit uns?«

»Wir sind einfach verschiedener Meinung, das ist alles.«

»Das ist alles? Ach so. Und meine Gefühle sind dir egal?«

»Es geht doch nur um ein paar Tage, was ist denn daran so schlimm?«

»Du fährst also mit? Nichts, was ich gesagt habe, bedeutet dir etwas?«

Sie gab mir keine Antwort. Ich hoffte, vielleicht Tränen in ihren Augen zu sehen, aber sie verzog keine Miene. In meiner Wut verlegte ich mich auf die billigste Tour.

»Auf wen fährst du denn so ab? Auf den liebenswürdigen Victor? Erzähl mir bloß, du hast dich in Victor verliebt?«

»Mach dich nicht lächerlich. Natürlich nicht.«

»Ich verstehe dich einfach nicht mehr.« Als ich einsehen mußte, daß ich den Kampf so gut wie verloren hatte, unternahm ich einen letzten Versuch, sie umzustimmen. »Hör zu, Liebling, ich gönne dir alles. Wenn du so gerne einmal auf die Westindischen Inseln reisen möchtest, fahren wir hin. Ich lade dich ein. Sobald ich den Vorschuß für meinen nächsten Roman bekomme, werde ich alles für einen Urlaub mit dir auf den Kopf hauen.«

Es hatte keinen Zweck. Sie war stur, und ich war stur, und wir hatten uns eine Suppe eingebrockt, die keiner von uns beiden auslöffeln wollte. Am nächsten Morgen ging ich von Bord. Sophie setzte ihre Reise fort. Beim Abschied hatte sie Tränen in den Augen, aber bis zum letzten Moment ließ sie sich nicht erweichen. Sie stand neben Henry an der Reling, und ich ging fort, ohne mich noch einmal umzusehen. Es war nicht das Ende der Geschichte, nur das Ende des Friedens, von dem ich einst geglaubt hatte, er würde ewig anhalten.

XVIII

Die Gegenwart

Egal, wie gut wir einen Menschen zu kennen glauben, es gibt immer ein paar Türen, die uns ewig verschlossen bleiben werden. Ich glaubte damals, Henry zu kennen, ich glaubte zu wissen, wie ich Sophie glücklich machen konnte, aber ich irrte mich.

Noch viele Male, nachdem ich auf »Lollipop« gestoßen war, holte ich mir das Menü auf meinen Bildschirm. Ich saß jedesmal wie gebannt davor und versuchte, das, was ich sah, mit dem, was ich in der Vergangenheit erlebt hatte, zu verknüpfen. Die scheinbar harmlosen Titel auf meinem Monitor waren unheilvolle Vorboten von Dingen, die meine Vorstellungskraft überschritten, und es fiel mir immer noch schwer, sie mit Henry in Verbindung zu bringen.

Als ich eines Abends wieder dasaß und verzweifelt nach Erklärungen suchte, klingelte plötzlich das Telefon, und ich wurde noch tiefer in das Verwirrspiel hineingezogen. Inspektor Ghia, der Mann mit der Pavarotti-Statur, rief aus Venedig an und teilte mir mit, daß er einen Mann entdeckt hatte, den er für den alten Dandy im weißen Anzug hielt.

»Haben Sie ihn verhaftet?«

»Nein«, sagte er. »Aber wir brauchen Sie, um ihn eindeutig zu identifizieren. Wie schnell könnten Sie herkommen? Wir werden selbstverständlich Ihre Unkosten übernehmen und Ihnen eine Unterkunft zur Verfügung stellen.«

Ich dachte kurz nach. »Nun, ich denke, ich könnte morgen einen Flug nehmen.«

»Das würde uns sehr helfen. Die Sache ist von einer gewissen Dringlichkeit, was Sie sicherlich verstehen. Lassen Sie mich wissen, welchen Flug Sie nehmen. Ich werde ein Hotelzimmer für Sie buchen und dafür sorgen, daß Sie am Flughafen abgeholt werden. Ich möchte Ihnen jeglichen zusätzlichen Aufwand ersparen.«

Ich erwischte noch einen Platz in einer British-Airways-Maschine, und Ghia erwartete mich persönlich am Flughafen, um mich ohne große Formalitäten durch Zoll und Paßkontrolle zu lotsen. Als das Polizeischnellboot mit eingeschalteter Sirene durch die Lagune jagte, stand mir plötzlich wieder das Auffinden des Jungen im Wasser vor Augen.

»Wo haben Sie den Alten denn schließlich entdeckt?« fragte ich mit erhobener Stimme, um die Sirene zu übertönen. Das Schnellboot änderte plötzlich seinen Kurs, und ich wurde quer durch die Kajüte auf Ghias Schoß geschleudert. Als er mich auffing, stieg mir wieder sein Knoblauchgeruch in die Nase.

»In der Wohnung eines Strichjungen.«

»Konnten Sie irgend etwas über den Mord aus ihm herausholen?«

»Leider nein. Er konnte uns überhaupt nichts sagen. Sehen Sie, er war tot, als wir ihn fanden.«

Sollte er vorgehabt haben, mich zu überrumpeln, so war ihm das gelungen. »Tot? Wieso?«

»Eine Überdosis Drogen. Allerdings konnten wir bisher noch nicht klären, ob er sich die Spritze selbst gesetzt hat oder ob jemand anders sie ihm verpaßt hat.«

»Und wo fahren wir jetzt hin?«

»Ins Leichenschauhaus.«

Im Zusammenhang mit meinen Recherchen habe ich in meinem Leben bereits einige Leichenschauhäuser aufgesucht. Ich würde sagen, sie sehen bis auf die hygienischen Verhältnisse, die hier und da variieren, auf der ganzen Welt etwa gleich aus. Es läuft einem jedesmal kalt den Rücken hinunter, wenn man sie betritt; ich glaube, daß es – ähnlich wie auf einem Schlachthof – einer gewissen Gleichgültigkeit gegenüber der Kreatur bedarf, die des Lebens Müh und Plag hinter sich gelassen hat, um an einem solchen Ort arbeiten zu können. Das Leichenschauhaus in Venedig war sehr sauber und überhaupt nicht abschreckend, wenn man einmal drinnen war. Allerdings roch die Luft stark nach Formaldehyd, und ich war dankbar für die Knoblauchwolke, die Ghia umgab. Er führte uns in das Kühlhaus, wo wir von einem uralten Bediensteten begrüßt wurden. Auf Ghias Befehl schlurfte dieser Totenwächter an seinen überdimensionalen Schrank und zog eine der Schubladen heraus. Nachdem er das Laken entfernt hatte, das die Leiche bedeckte, schob Ghia mich näher heran, damit ich einen Blick auf den Toten werfen konnte.

Die Haut auf dem Torso erinnerte an Bienenwachs und war übersät mit grob vernähten Wunden, die von der Obduktion stammten. Sie sahen aus wie die Straßen auf einer alten Landkarte. Obwohl mir bei seinem Anblick ein Schauer über den Rücken lief, ging mir seltsamerweise der Gedanke durch den Kopf, daß der alte Knabe selbst im Tod noch ganz adrett aussah. Etwas zusammengesunken, aber adrett. Man hatte sein Gebiß entfernt, so daß seine Lippen eingefallen waren und seinem Gesicht einen schiefen Ausdruck verliehen, den man für ein Lächeln hätte halten können.

»Lassen Sie sich Zeit«, sagte Ghia. Das war das letzte, woran ich interessiert war.

»Das ist er«, sagte ich.

»Sind Sie sich ganz sicher?«

»Ja, ich bin mir sicher.«

Als wir wieder draußen waren, schien mir die Luft wie reiner Sauerstoff. Ghia warf einen Blick auf seine Armbanduhr. »Mittagszeit«, sagte er. »Würden Sie gern etwas essen?«

Wir fuhren gemächlich durch die engen Kanäle, bis das Schnellboot schließlich vor einem kleinen Restaurant abseits der Touristengegend anlegte. Aus der überschwenglichen Art, mit welcher der Besitzer Ghia begrüßte, schloß ich, daß er hier Stammgast war. Es gab nur wenige Gerichte auf der Speisekarte. Wir mußten eine halbe Stunde warten, bis der Hauptgang aufgetragen wurde, was mir ein Indiz dafür zu sein schien, daß man hier noch ohne Mikrowelle kochte. Wir entkorkten eine Flasche guten Chianti und machten uns über den zweiten Gang her. Es war mir sympathisch, daß Ghia mich nicht sofort mit einer Diskussion über den Fall überfiel. Wie die meisten Italiener betrachtete er das Essen als eine wichtige Angelegenheit, und selbst eine Leiche konnte ihn nicht davon ablenken. Erst nachdem er sich an dem Chianti und der Spezialität des Hauses – *Osso bucco*, mit Oregano und Zitrone gewürzt – gestärkt hatte, faßte ich mir ein Herz und erzählte noch einmal meine Geschichte.

Ghia hatte ein gutes Gedächtnis. Kaum hatte ich meinen Bericht beendet, stürzte er sich auf ein Detail aus meinem ersten Verhör. »Dieser Henry Blagden war also der Mann, den Sie nicht beschreiben konnten, als ich Sie das erste Mal befragt habe?«

»Ja. Heute weiß ich, daß ich mich falsch verhalten habe. Ich habe Ihnen jedoch die Information nicht aus unredlichen Gründen vorenthalten. Ich konnte damals immer noch nicht glauben, daß er es tatsächlich war. Können Sie mir das verübeln? Nach allem, was ich wußte, war der Mann tot und begraben.«

»Trotzdem. Seitdem haben Sie viel Zeit gehabt.«

»Nun, da Sie jetzt den Rest der Geschichte kennen, muß Ihnen wohl klar sein, wie verwirrt ich war. Anfangs machte ich mir lediglich Sorgen um einen alten Freund. Ich gebe zu, daß ich ein paar Dummheiten begangen habe, nachdem ich ihn in Venedig gesehen hatte, aber ich hoffte noch immer, daß es sich um einen schrecklichen Irrtum handelte. Je tiefer ich in die Sache eindrang, desto mehr Angst bekam ich. Nichts schien einen Sinn zu ergeben, bis ich schließlich vor ein paar Tagen auf diese Computercodes stieß. Erst dann dämmerte mir, mit welchen Abscheulichkeiten ich es zu tun hatte.«

Er tunkte ein Stück Brot in die restliche Soße auf seinem Teller. »Sind Sie denn zu Ihrer eigenen Polizei gegangen?«

»Ja und nein.«

»Was meinen Sie damit?«

»Ich habe einen Freund bei Scotland Yard in der Antiterror-Abteilung. Ich kenne ihn schon seit Jahren, und er hat mir schon oft bei den Recherchen für meine Romane geholfen. Mit ihm habe ich mich darüber unterhalten.«

»Und wie sieht er die Sache?«

»Er hat mir versprochen, Erkundigungen einzuholen.«

»Und hat er das getan?«

»Nun, es ist eigentlich nicht sein Gebiet. Er macht das nicht offiziell, sondern für mich als Freund.«

»Weiß er über die neuesten Entwicklungen Bescheid?«

»Nein.«

»Sie müssen mir seinen Namen aufschreiben, bevor Sie abreisen. Ich werde mich mit ihm in Verbindung setzen.«

Ghia wischte den letzten Rest Soße von seinem Teller. »Für einen Autor von Kriminalromanen – ich habe übrigens seit Ihrem letzten Besuch eins Ihrer Bücher gelesen, sehr gut – scheint Ihr Leben, wenn ich das so sagen darf, weniger logisch abzulaufen als Ihre Romane.«

»Tja, da kann ich Ihnen nicht widersprechen.«

»An Ihrer Stelle hätte ich mich sofort nach meiner Rückkehr aus Moskau darum gekümmert, daß ich von den zuständigen Behörden einen angemessenen Schutz erhielte.«

»Aber die Bedrohung schien ja gerade von den Behörden auszugehen. Es muß einen Befehl von ganz oben gegeben haben, mich daran zu hindern, die Sache weiter zu verfolgen.«

Er nickte. »In England scheinen Politik und Sex-Skandale Hand in Hand zu gehen, wie ich gelesen habe. Nicht, daß wir Grund hätten, uns in die Brust zu werfen. Wir haben sogar einen Pornostar ins Parlament gewählt. Politik ist Scheiße. Alles ist korrupt. Wir müssen uns unser Leben lang mit dem Kraken *Cosa Nostra* herumschlagen.«

Er schlürfte seinen doppelten Espresso. Meiner verursachte mir Herzrasen. Es fiel mir schwer abzuschätzen, wie er auf meine Geschichte reagierte, denn sein Gesichtsausdruck gab fast nichts preis.

»Was Sie mir erzählt haben ... mit einiger Verspätung ... fängt an, Sinn in das Puzzle zu bringen, das ich seit einiger Zeit zu lösen versuche. Ich möchte Ihnen noch etwas zeigen.« Er erhob sich schwerfällig von seinem Stuhl, und ich bemerkte, daß man ihm keine Rechnung für unser Mittagessen präsentierte. Der Besitzer umarmte ihn zum Abschied.

Diesmal brachte uns das Polizeischnellboot auf die Insel Torcello jenseits der Lagune, wo ich den alten Mann zum dritten- und letztenmal lebend gesehen hatte. Ghia machte keinerlei Andeutungen, während wir an den Touristenbuden und der Kirchenruine vorbei auf das Tor einer großen Villa zugingen. Zwei verwitterte Statuen aus Stein, deren groteske Gesichter kaum noch erkennbar waren, standen an beiden Seiten des Tors Wache. Sie schienen wesentlich besser geeignet, das Grundstück vor unerwünschten Eindringlingen zu bewahren als der junge Polizist in Uniform, der Ghia grüßte und das Tor für uns öffnete. Über der massiven Eingangstür befand sich eine Plastik, wie Ruskin sie einst beschrieben hat – *ein ungeheurer Kopf, unmenschlich, monströs, mit einem bestialischen Blick in den Augen.*

»Dieser *Palazzo* stammt aus dem sechzehnten Jahrhundert«, erklärte Ghia, als wir eintraten. »In Venedig hat es immer schon alle möglichen Exzentriker gegeben. Und Monster. Hinter der Romantik, die die Touristen hier bewundern, verbirgt sich eine grausame Vergangenheit. Der Mann, den Sie identifiziert haben, der Besitzer dieses Hauses, gab vor, eine Verbindung zu dieser Vergangenheit zu haben. Er behauptete, ein Nachfahre der Patrizierfamilie Foscari zu sein.«

»War das sein Name?«

»Nein. Allerdings war er hier unter diesem Namen gemeldet. Er lebte völlig zurückgezogen. Ein mustergültiger Bürger, deshalb haben wir ihn nach seinem Tod so schnell gefunden. Der Mann war Deutscher, sein ursprünglicher Name lautet Lehmann, Wolfgang Lehmann. Er wurde in Celle geboren, was vor der Wiedervereinigung zu Westdeutschland gehörte und übrigens in der Nähe von Belsen liegt. Von den deutschen Behörden haben wir noch einige Informationen erhalten. Er hat in der Waffen-SS gedient. Nachdem er in englische Kriegsgefangenschaft geraten war und wegen Kriegsverbrechen vor Gericht gestellt werden sollte, gelang es ihm zu fliehen, und er wurde dann tatsächlich eine Zeitlang von den Amerikanern als Dolmetscher eingesetzt. Etwa fünf Jahre später ist er in Hameln wieder aufgetaucht, wo er an einer Knabenschule als Englischlehrer tätig war. Aus den Akten geht hervor, daß er die Schule verlassen mußte, nachdem man ihn in einer eindeutigen Situation mit einem der Jungen erwischt hat. Über sein weiteres Leben ist nichts bekannt bis 1988, als er sich mit einem gefälschten italienischen Paß, der auf seinen falschen Namen ausgestellt war, hier niederließ.«

»Solche Paläste sind gewiß nicht billig, nicht wahr? Woher hatte er das Geld, um sich einen solchen Lebensstil leisten zu können? Das paßt doch nicht zu einem Lehrergehalt.«

»Wer weiß?« sagte Ghia. »Ich habe da meine eigene Theorie, aber die muß ich erst noch beweisen.«

Wir standen in der eindrucksvollen marmornen Eingangshalle, deren Wände mit alten Bannern, Rüstungen und Waffen – bedrohlich wirkende Speere, Armbrüste und Schwerter – dekoriert waren.

»Dieses Haus hat nicht wenige Geheimnisse preisgegeben. Wir haben viele Dinge gefunden, die er besser vernichtet hätte, aber wie die meisten, die seinen Geschmack teilen, hat er über sein Laster genau Buch geführt.«

Wir stiegen die breite Treppe hinauf in den ersten Stock und gingen in die Bibliothek. Ein großer, mit einer Glasplatte versehener Tisch teilte den Raum in zwei Hälften. Darauf lagen etwa ein Dutzend Karnevalsmasken, von denen die meisten grinsende Satyrn darstellten. Im Licht der späten Nachmittagssonne spiegelten sich die bunten Gesichter in der gläsernen Tischplatte, so daß man beim Eintreten den Eindruck hatte, der ganze Raum sei mit Fratzen gefüllt. An den Wänden standen mit aufwendigen Schnitzereien versehene Bücherschränke, hinter deren mit vergoldetem Gitterwerk versehenen Glastüren der alte Herr wertvolle Folianten aufbewahrte. Ghia deutete auf die Buchrücken.

»Sehen Sie sich das an. Dort finden Sie die ersten Hinweise.«

Ich trat näher und betrachtete den Inhalt des ersten Bücherschranks. Alle Regale waren mit aufwendigen Schlössern versehen, die die Polizei jedoch im Laufe ihrer Untersuchungen bereits geöffnet hatte. Ich nahm das erstbeste Buch heraus. Es handelte sich um eine deutsche Ausgabe aus dem neunzehnten Jahrhundert, ein Privatdruck, illustriert mit aufwendigen, handkolorierten Drucken, die verschiedene sexuelle Praktiken darstellten. Die Illustrationen wiesen einen hohen Grad an Sadismus auf, der an deutsche Märchen erinnerte.

Ghia trat an einen anderen Bücherschrank und zog einen wesentlich größeren, ledergebundenen Band heraus.

»Sehen Sie sich das an.«

Ich nahm das Buch entgegen. Der Rücken war in lateinischer Sprache beschriftet. Ich erwartete, erotische Malereien aus Pompeji vorzufinden, und schlug es auf. Es enthielt jedoch statt dessen eine Sammlung widerwärtiger Pornohefte für Pädophile mit einschlägigen Titeln wie *Kinderliebe*, *Lolita* und *Die zehnjährige Lisa mit ihrem Vater*.

»Großer Gott!« rief ich entsetzt.

»Das meiste stammt aus Holland und aus Skandinavien. Aber ich will Ihnen noch etwas anderes zeigen.«

In der gegenüberliegenden Wand befand sich eine Tür, die so getarnt war, daß man sie für einen der Bücherschränke halten mußte. Sie ließ sich geräuschlos öffnen, und ich folgte Ghia in eine kleine, fensterlose Kammer, die etwa vier Quadratmeter groß war. Wände und Decke waren mit der gleichen gemusterten Seide bespannt. Ein Drittel der Kammer wurde von einer Couch eingenommen, hinter der sich ein Spiegel in einem aufwendig vergoldeten Rahmen befand. Geschnitzte Putten, in eindeutigen erotischen Posen ineinander verschlungen, zierten die Ecken des Rahmens. Mir lief ein Schauer über den Rücken, als ich die Kammer betrat.

»Das ist seine Geheimkammer«, sagte Ghia. »Sehen Sie sich den Spiegel einmal genauer an.«

Ich starrte auf den Spiegel.

»Die Putte in der Ecke, oben rechts. Sehen Sie sich den Mund an. Fällt Ihnen nichts auf?«

»Ist er größer als der der anderen?«

»Dahinter befindet sich eine Videokamera, deren Objektiv in dem Mund versteckt ist. Er hat alles gefilmt, was sich in dieser Kammer abgespielt hat. Wenn Sie mit in mein Büro kommen, kann ich Ihnen eine Auswahl der Filme vorführen, falls Ihr Magen das verkraftet. Wir reden hier von Kleinkindern, einige von ihnen sind noch so klein, daß es einem das Herz bricht, wenn man sie sieht, ganz egal, was man in seinem Leben schon zu sehen bekommen hat. Bei der letzten Erhebung haben wir allein in Italien rund viertausend vermißte Kinder gezählt. Wie viele von ihnen mögen wohl hier gelandet sein?«

Wir setzten unsere Hausbesichtigung fort. Alle Zimmer waren aufwendig möbliert, bis auf das Schlafzimmer des Alten, das im Gegensatz dazu äußerst spartanisch war: weiß getünchte Wände, ein einfaches Bett mit einem weißen Überwurf, ein kleiner Nachttisch, ebenfalls mit einem weißen Tuch bedeckt, auf dem eine in Kalbsleder gebundene Bibel lag. Die einzige Beleuchtung kam von zwei massiven schmiedeeisernen Kerzenleuchtern, die zu beiden Seiten des Bettes an der Wand angebracht waren. An der gegenüberliegenden Wand hing der Gekreuzigte an einem riesigen Kruzifix.

»Ein frommes Monster, wie Sie sehen«, sagte Ghia. »Werfen Sie doch mal einen Blick in seinen Kleiderschrank.«

Er führte mich in den nächsten Raum, der wie die Kleiderkammer in eines Hauses in Beverly Hills ausgestattet war. Etwa zwanzig identische weiße Anzüge hingen nebeneinander auf einer Kleiderstange, und darunter stand die gleiche Anzahl weißer Schuhe. In einer anderen Abteilung fanden wir eine Auswahl an Hüten, in einer anderen Socken, Hemden und Krawatten, alles sauber und ordentlich gestapelt, und ich sah ihn plötzlich wieder vor mir wie beim erstenmal, als ich ihm begegnet war. Ein widerlicher, stechender Geruch, der an kalten Weihrauch erinnerte, hing in der Luft und verursachte mir Brechreiz.

»Warum suchte er Bordelle auf, wenn er all das zur Verfügung hatte?«

»Wer weiß? Vielleicht hielt er Bordelle für einen sicheren Ort, um sich mit seinem Dealer zu treffen.«

»Ja, natürlich, Sie haben gesagt, daß er an einer Überdosis gestorben ist.«

»Nur schade, daß wir ihn nicht lebend erwischt haben. Ich hätte ihn mir gerne einmal vorgeknöpft.«

»Der Junge, den Sie aus dem Wasser geborgen haben, der, den ich am Flughafen gesehen habe, wer war er?«

»Einer, der als Ziffer in die Statistik eingehen wird. Keine Papiere, nichts, woran wir ihn hätten identifizieren können, nur ein weiterer Todesfall in Venedig. Vielleicht haben sie ihn umgebracht, weil sie wußten, daß Sie Ihren Freund erkannt haben. Er war entbehrlich.«

»Aber ich habe ihn für eine Frau gehalten. Er war nicht eindeutig gekleidet, und ich hätte geschworen, daß er eine Frau war.«

»Das sagten Sie bereits. Gehn wir? Wir haben genug von diesem Haus gesehen, und es gibt noch etwas, das ich Ihnen zeigen möchte.«

Er nahm mich mit aufs Polizeirevier und führte mich in den Computerraum. Ghia ratterte ein paar Befehle auf italienisch herunter, woraufhin einer der Spezialisten einige Daten in einen Rechner eingab.

»Was werde ich zu sehen bekommen?«

»Das sind Dateien, die wir in der Villa des Alten gefunden haben. Er hat alle seine Aktivitäten archiviert, hat Namen, Daten und das Alter der Kinder aufgelistet – ein gründlicher Deutscher. Aber er hat einen Code benutzt, der uns zunächst vor eine unlösbare Aufgabe zu stellen schien, bis einer meiner Mitarbeiter ihn als einen Wehrmachtcode identifizierte, den sie während des Krieges benutzt haben. Möglicherweise ist irgend etwas dabei, das Sie wiedererkennen. Ich werde es Ihnen übersetzen.«

Mit einem Kopfnicken bedeutete er dem Mann fortzufahren. Der Bildschirm war in zwei Hälften aufgeteilt, von denen die eine den codierten Text, die andere die italienische Version enthielt, die Ghia für mich übersetzte. Eine Liste von Namen und Daten lief über den Bildschirm. Einige der Namen waren mit Sternchen versehen. Ich bat den Spezialisten anzuhalten.

»Was bedeuten die Sternchen?« fragte ich Ghia.

»Das hat uns auch Kopfzerbrechen bereitet, bis wir auf den Namen eines Kindes stießen, das wir vor zwei Jahren tot aus der Lagune gefischt haben.«

Die Liste war noch nicht zu Ende. Ich konnte mit keinem der Namen etwas anfangen, bis ich plötzlich etwas entdeckte.

»Würden Sie ihn bitten, da anzuhalten? Er soll zwei Zeilen zurückgehen. Ja, genau, da ist es. Heißt das nicht England?«

»Ja.«

»Und was ist das davor?«

»›Sieh mehr von England.‹«

»Ist das die wörtliche Übersetzung?«

»Das hat die Entschlüsselung ergeben. Warum?«

»Darf ich mich mal an den Computer setzen?« Der Spezialist machte seinen Platz für mich frei. »Passen Sie auf. Ich werde es nur ein wenig verändern ...« Ich löschte die Zeile und tippte *Seymour England*.

»Was bedeutet das?« fragte Ghia.

»Wenn man es so schreibt, ist es ein englischer Nachname. Ich kenne einen Mann namens Seymour. Ich bin ihm vor kurzem begegnet, und er hat Henry gekannt.«

»Sind Sie sich da sicher?«

»Absolut. Und darf ich Ihnen an einem anderen Rechner noch etwas zeigen? Ich möchte das hier nicht durcheinanderbringen. Haben Sie einen Computer mit Modem?«

Ich wurde an einen Computer geführt, der im Moment nicht in Betrieb war. »Ich hoffe, ich kriege das richtig hin. Das ist etwas, das ich in Henrys Papieren gefunden habe. Ich hatte keine Ahnung, was es bedeutete, bis ich anfing, damit herumzuexperimentieren. Bitten Sie Ihren Mitarbeiter, alles aufzuschreiben, was ich eingebe.«

Nachdem das DOS-Prompt erschienen war, tippte ich die

Codes ein und betete, daß ich mich an die richtige Reihenfolge erinnerte. Der Rechner war wesentlich schneller als mein eigener, ein richtiger Zahlenfresser, und nachdem ich den letzten Befehl eingegeben hatte, erschien Sekunden später das Menü »Lollipop« auf dem Monitor. Ghia beugte sich über meine Schulter, um besser sehen zu können.

»Haben Sie ein solches Programm schon einmal gesehen?«

»Nein, aber ich habe davon gehört.«

»Weiter bin ich bisher nicht gekommen«, sagte ich. »Ich bin kein Experte. Aber ich bin sicher, daß jemand aus Ihrer Abteilung das schaffen könnte.«

»Aus meiner Abteilung vielleicht nicht, aber in Rom gibt es mit Sicherheit Spezialisten, die sich Zugang zu den Daten verschaffen können. Wann haben Sie das entdeckt?«

»Erst vor ein paar Tagen.«

»Haben Sie es Ihrem Freund von Scotland Yard gezeigt?«

»Nein.«

»Warum nicht?«

»Ich war mir nicht sicher, wie ich am besten vorgehen sollte, nachdem Sie mich aufgefordert hatten, hierher zu kommen. Es paßt doch alles zusammen, nicht wahr – der alte Mann, dieser Seymour, mein angeblich toter Freund?«

Ghia gab mir zunächst keine Antwort und starrte nur auf den Monitor. Schließlich sagte er: »Manchmal wünsche ich, diese Maschinen wären nie erfunden worden. Sie haben sich gegen uns verschworen. Wir dachten, sie würden alles für uns lösen können, aber statt dessen haben sie dem Verbrechen nur eine neue Dimension eröffnet. Wenn Milliarden Lire per Knopfdruck über Nacht den Besitzer wechseln können, warum sollte man dieselbe Technologie nicht für solche Dinge nutzen? Heutzutage kann man Haarshampoo, CDs, jeden gottverdammten Artikel von zu Hause aus bestellen, warum also nicht auch Babypornos? Wo ist da der Unterschied? Es ist einfach eine weitere Form der Dienstleistung.« Er bekam einen roten Kopf und stieß ein paar italienische Flüche aus. »Ich will Ihnen mal etwas sagen, wenn irgend jemand eins meiner Kinder anrührte, würde er das nicht überleben. Ich würde ihn mir schnappen, und wenn es das letzte wäre, was ich täte.«

Er gewann seine Selbstbeherrschung zurück und ließ sich alles, was ich in den Rechner eingegeben hatte, ausdrucken.

»Wie lange können Sie bleiben?«

»Wie lange brauchen Sie mich denn?«

»Ich möchte, daß unsere Leute in Rom diese Daten mit ihrer Zentraldatei vergleichen. Möglicherweise tauchen dabei noch mehr Fragen auf, die nur Sie beantworten können.«

»Okay. Ich bleibe.«

»Ich werde mich außerdem mit London in Verbindung setzen und diesen Seymour überprüfen lassen. Im Moment sind Sie sowieso hier bei uns am sichersten. Wir haben noch nie einen Fall von Entführung gehabt.«

»Aber Morde haben Sie zur Genüge.«

»Nun, wenn Sie sich unsicher fühlen, werde ich einen meiner Männer zu Ihrem Schutz abstellen. Ich werde Ihnen außerdem ein Hotelzimmer besorgen, vielleicht nicht das, was Sie gewohnt sind, aber bequem und unverdächtig. Für heute sind Sie mein Gast. Sie werden mit mir und meiner Familie zu Abend essen, es gibt gute Hausmannskost.«

»Das würde mir gefallen«, sagte ich.

»Was Sie uns gezeigt haben, ist für uns bereits von großem Nutzen gewesen.«

»Hoffentlich bleibt das weiterhin so.«

Er bat einen seiner Beamten in Zivil, einem finster dreinblickenden jungen Mann namens Alessandro, mich zu meinem Hotel zu begleiten. Es stellte sich heraus, daß Alessandro etwa so fließend Englisch sprach wie ich Italienisch, dennoch gelang es uns, uns über die grundsätzlichen Dinge zu verständigen. Ich wurde in einem kleinen Hotel mit wenig einladender Fassade untergebracht, aber mein Zimmer war einigermaßen komfortabel. Nachdem ich meine Reisetasche abgestellt hatte, ging ich ein wenig bummeln. Alessandro folgte mir diskret.

Den ganzen Nachmittag über gingen mir der alte Mann und seine Villa und das, was ich dort gesehen hatte, nicht aus dem Kopf. Ich wünschte, der Blick in die Welt des Alten wäre mir verwehrt geblieben, wünschte, eine undurchdringliche Dunkelheit könnte die Erinnerung an diese Höhle der Lust auslöschen. Durch die Presse und das Fernsehen war ich schon in England auf die wachsende Zahl der Kindesmißhandlungen aufmerksam geworden, denn es verging kaum eine Woche, ohne daß neue Abscheulichkeiten aufgedeckt wurden. Von allen Verbrechen schienen mir diese die verabscheuungswürdigsten und unbegreiflichsten zu sein. Nun hatte dieser Alptraum sich auch in mein Leben geschlichen, und ich würde ihn nie wieder bannen können. Ich war ja schon längst davon überzeugt, daß Henry nicht tot war, und hatte gedacht, daß sein Verschwinden mit einem drohenden politischen Skandal in Zusammenhang stand. Wegen der letzten Ereignisse in Rußland hatte ich vermutet, er wäre an einer Geheimdienstmission beteiligt gewesen, die auf fatale Weise schiefgegangen war und aus der man ihn nicht hätte herausholen können, ohne anderen weniger entbehrlichen Mitarbeitern großen Schaden zuzufügen. Deshalb hatte man ihm vielleicht eine Abfindung gezahlt und seinen Tod inszeniert. Es war mir nicht schwergefallen, mir dieses Szenario vorzustellen; schließlich beruhte meine Existenz als Schriftsteller auf derartigen Machenschaften, denn sie waren der Stoff, auf dem sowohl die Realität als auch die Fiktion beruhen. Nun aber war ich mit den Beweisen aus dem Computer und der Verbindung zwischen Henry und dem alten Dandy konfrontiert und somit gezwungen, das Undenkbare zu akzeptieren.

An jenem Abend unterhielt ich mich nach dem Dinner noch mit Ghia darüber, während seine Frau, von ähnlicher Leibesfülle wie er, die beiden Töchter zu Bett brachte.

»Ich weiß, wie schwer es ist, solche Dinge zu akzeptieren«, sagte Ghia. »Ich hatte einmal einen Freund, einen guten Freund, den ich schließlich verhaften mußte. Er führte eine mustergültige Ehe, hatte reizende Kinder und ein nettes Haus, bekleidete eine angesehene Position. Eines Tages ermordete er seinen Geliebten. Was wissen wir über die Menschen, die wir kennen? Nichts. Wenn es etwas gibt, das ich in meinem Beruf gelernt habe, dann ist es das.«

In jener Nacht, in meinem seltsamen, engen Hotelzimmer, hatte ich den Alptraum, von dem es heißt, daß er die meisten Menschen früher oder später heimsucht, den Traum, in dem man in einen bodenlosen Abgrund zu fallen glaubt. Erst das Erwachen rettet davor, ausgelöscht zu werden. Ich kämpfte darum, mein Bewußtsein wiederzuerlangen, denn jedesmal, wenn ich wieder in den Schlaf sank, ging der Traum weiter. Als ich mich schließlich dazu zwang, wach zu bleiben, waren meine Glieder stocksteif. Meine Wadenmuskeln verkrampften sich, als ich meinen Kopf von dem winzigen Kopfkissen hob, das das typische Wahrzeichen billiger Hotels zu sein scheint. Naßgeschwitzt und einige Augenblicke lang völlig desorientiert, begann ich meine Beine zu massieren, um die Durchblutung wieder in Gang zu bringen. Dann schwang ich mich aus dem Bett und trat ans Fenster. Die kühle Luft, die ich in tiefen Atemzügen einsog, beruhigte mein Herzklopfen. Mit dem Kopf an die Fensterscheibe gelehnt, blieb ich dort stehen, bis der Alptraum sich endgültig verzogen hatte. Unterhalb des Fensters beschlichen einander ein halbes Dutzend Katzen mit der Gewandtheit von Ballettänzern.

Es gibt keinen ungeeigneteren Zeitpunkt, Bilanz über sein eigenes Leben zu ziehen, als mitten in der Nacht in einem Hotelzimmer in einer fremden Stadt, aber ich konnte meiner Situation nicht entrinnen. Ich verfluchte meine eigene Torheit, daß ich mich hatte dazu hinreißen lassen, mich einer alten Leidenschaft hinzugeben. Es war nicht die Trauer über Henrys Verlust, die mich so weit gebracht hatte, sondern die Aussicht, Sophie vielleicht zurückzugewinnen. Das war mir nun deutlich bewußt.

Ghia hatte am nächsten Vormittag keine Neuigkeiten für mich, also verbrachte ich den Tag damit, einige meiner Lieblingskirchen zu besichtigen. Am längsten hielt ich mich in der Basilica di Santi Giovanni auf, Alessandro stets auf meinen Fersen.

Die verblichenen Dogen wurden mit geistlicher Musik berieselt. Durch die schmalen Spitzbogenfenster fielen schräge Sonnenstrahlen in das Hauptschiff und die Apsis und tauchten die Statuen in fahles Licht. Ich stand vor dem Denkmal des Marcantonio Bragadin, dem Krieger, der von den Türken auf grausame Weise hingemetzelt und so zum Märtyrer wurde. Auf einem Schild war die Liste seiner Leiden zu lesen: man hatte ihm Nase und Ohren abgeschnitten, ihn dann drei Wochen lang eingekerkert, bevor man ihn stilgerecht ums Leben brachte, indem man ihm bei lebendigem Leibe die Haut abzog und ihn zu guter Letzt enthauptete. Als ich mich von diesen schrecklichen Erinnerungen an vergangene Grausamkeiten abwandte, erhob sich eine Frau, die in der Rosenkranzkapelle gekniet hatte. Sie war schwarz gekleidet, und als sie sich umdrehte, konnte ich ihr Gesicht erkennen. Trotz der langen Zeit, die inzwischen vergangen war, erkannte ich sie sofort: es war Eva, die Zwillingsschwester des bemerkenswerten Victor. Sie hatte ihr Gesicht offensichtlich liften lassen, aber die straffe Haut konnte mich nicht täuschen. Einmal mehr hatte mich die Vergangenheit in Venedig auf eine Weise eingeholt, die ich nicht dem Zufall zuschreiben konnte.

Ich folgte ihr aus der Kirche hinaus und sah, wie sie den Campo Dei Santi Giovanni überquerte. Ich fühlte mich verunsichert und zögerte, ob ich sie ansprechen sollte. Sie betrat ein Café. Ich setzte mich etwas abseits an einen Tisch, von dem aus ich sie gut beobachten konnte. Der treue Alessandro ging an die Bar.

So war ich gleichzeitig Beobachter und Beobachteter, während eine Flut von Erinnerungen mir Herzrasen verursachte.

XIX

Die Vergangenheit

Kurz nach Henrys angeblichem Tod hatte ich Eva und Victor zum letztenmal gesehen. Ich war in Wiltshire zu einer Party eingeladen worden. Gewöhnlich mied ich solche Partys, ich hatte jedoch bereits zwei Einladungen der Gastgeberin ausgeschlagen, und langsam gingen mir die Ausreden aus. Kitty Marlowe war eine jener Frauen, die sich alle fünftausend Kilometer einem Facelifting unterzogen. Mittlerweile war die Haut in ihrem Gesicht so stark gestrafft, daß ihr Skalp sich wie eine Jalousie auf und ab bewegte, wenn sie redete. Ihr Mann, Larry Marlowe, war wesentlich jünger als sie, und es war ein offenes Geheimnis, daß er sich lieber mit Jünglingen amüsierte. Möglicherweise hatte das etwas damit zu tun, daß er dazu verdonnert war, jeden Morgen neben Kitty aufzuwachen. Sie hatten eine Tochter im Teenageralter, von der gemunkelt wurde, daß sie adoptiert sei; es hieß, Kitty habe eine Schwangerschaft vorgetäuscht und sei nicht davor zurückgeschreckt, neun Monate lang mit Polstern einen Bauch vorzutäuschen und sich schließlich für eine unbefleckte Geburt in eine Klinik einliefern zu lassen. Das machte sie mir allerdings eher sympathisch; ich mag Leute, die bis an ihre Grenzen gehen. Sie hatte das Geld, und Larry hatte, wie viele Schwule, ein einnehmendes Wesen und eignete sich vollkommen für die Rolle des großzügigen Gastgebers. Wenn er genug von seinem eigenen Martini getrunken hatte, kam es hin und wieder vor, daß seine Fassade ins Wanken geriet, dann nahm seine Stimme eine deutlich höhere Tonlage an, und seine spitzen Kommentare wurden geschmacklos. Ich nehme an, daß das Arrangement für beide sein Gutes hatte; trotz allem waren sie immerhin seit dreißig Jahren verheiratet. Kittys Reichtum stammte von ihrem ersten Ehemann, der während ihrer Hochzeitsreise, einer Kreuzfahrt, das

Zeitliche gesegnet hatte. Auf jeden Fall hatten sie ein Händchen dafür, rauschende Feste zu veranstalten. Auf ihren Wochenendpartys waren stets interessante Leute anzutreffen, denn sie hatten einen ausgedehnten Bekanntenkreis. Die Betten waren bequem, die zahlreichen, meist spanischen Diener gut geschult, und das Essen war reichhaltig und erlesen, für meinen Geschmack sogar häufig zu exquisit, denn ich habe mich noch nie für das Knabbern an kleinen Vögeln begeistern können. Andererseits ließ Larry erfreulicherweise jedesmal reichlich aus Kittys gutbestücktem Weinkeller ausschenken. Zweimal im Jahr raffte ich mich zu diesen Partys auf, und gewöhnlich amüsierte ich mich nicht schlecht, wenn ich einmal dort war. Doch trotz ihrer Gastfreundlichkeit gehörten sie nicht zu den Leuten, deren Gesellschaft ich in großen Dosen verkraften konnte, auch wenn diese Zusammenkünfte meistens einiges an Stoff für meine Romane lieferten.

An jenem Wochenende hatten sie acht Gäste im Haus untergebracht und vier weitere im Gästetrakt. Das Haus selbst war im Stil der Zeit Jakobs I. erbaut, jedoch über die Jahre völlig entkernt, modernisiert und geschmackvoll exotisch eingerichtet worden. Alles schien stets perfekt zusammenzupassen, und Kitty hatte jeden Winkel mit Exemplaren ihrer reichhaltigen Sammlung von bestickten Kissen und seltenem Porzellan ausgeschmückt. Auf dem Bechsteinflügel im großen Salon standen silberne Rahmen mit den Fotos derjenigen, die die Marlowes zu ihrem Freundeskreis zählten. Der Ex-Schah von Persien, Kaschoggi, Robert Maxwell, ein paar tattrige Prätendenten verwaister europäischer Throne standen dort Seite an Seite mit einer illustren Auswahl des Jet-sets vergangener Jahre. Ich hatte es noch nicht geschafft, einen Platz auf dem Bechstein zu erobern, mein Konterfei befand sich unter den Anwärtern, deren Fotos in Lederrahmen in der Bibliothek ausgestellt waren. Ich muß gestehen, daß stets einige Ausgaben meiner Romane auffällig im Hause herumlagen, was jedoch lediglich auf Kittys Inszenierungskünste zurückzuführen war. Auf den Beistelltischen in ihrem Haus lagen ganze Stapel von diesen monströsen Kunstbänden, die so schwer sind, daß kein Mensch sie hochheben kann, und die von den meisten nur gekauft werden, wenn sie zum halben Preis zu haben sind.

Ich kam als einer der letzten an. Wegen meines hoffnungslos schlechten Orientierungssinns hatte ich mich zweimal verfahren, was in England auf dem Land zu einem Alptraum ausarten kann. Manchmal beschleicht mich das Gefühl, daß wir noch immer in den vierziger Jahren leben, als nämlich in Erwartung der deutschen Invasion alle Straßenschilder entfernt wurden.

Ich quetschte meinen alten Honda Accord zwischen die Turbo Bentleys und BMWs, die in der akkurat gepflegten Einfahrt geparkt waren. Nicht zum erstenmal fühlte ich mich von dem Szenario an Agatha Christie erinnert, denn in der Abenddämmerung machte das Haus einen fast unheimlichen Eindruck, was durch den wilden Wein, der den größten Teil der Westfassade bedeckte, noch betont wurde. Der Butler der Marlowes stand in der Tür und begrüßte mich mit einem Glas Champagner. Auch wenn ich gegen einen Schluck Champagner nichts einzuwenden hatte, kam mir diese Geste irgendwie unwirklich vor, so wie etwas, das man nur aus der Fernsehwerbung kennt.

Die Gäste, die vor mir eingetroffen waren, hatten sich alle im großen Salon versammelt – unter ihnen entdeckte ich einige bekannte Gesichter, alle anderen waren mir jedoch völlig neu, und obschon Kitty großen Wert darauf legte, alle Gäste einander vorzustellen, warf ich ihre Namen gleich wieder durcheinander. Unter den Gästen, die mir bekannt waren, befand sich ein Ehepaar, das ich nicht ausstehen konnte: Brett Wakefield und seine Frau, die Ehrenwerte Susan. Ein groteskes Paar. Er gab offen damit an, daß er noch nie in seinem Leben gearbeitet hatte. An jenem Abend meinte er besonders deutlich werden zu müssen: »Ich kann überhaupt nicht verstehen, warum irgend jemand arbeitet, Sie vielleicht? Warum soll man sich die Mühe machen, wenn es so viele andere interessante Möglichkeiten gibt, sein Leben zu verbringen?« Es ärgerte mich, daß er selbstverständlich annahm, ich würde ihm zustimmen.

»Einigen von uns bleibt nichts anderes übrig«, sagte ich.

»Nun ja, aber von dem, was Sie tun, rede ich nicht, denn ich selbst schreibe auch ab und zu ein bißchen. Ich will es nur nicht veröffentlichen.«

»Warum nicht?« fragte ich bissig.

»Na ja, vielleicht lasse ich es irgendwann einmal privat drukken, nur für meine Freunde. Die Vorstellung, daß wildfremde Menschen es lesen könnten, finde ich abstoßend.«

Er war einfach ein großkotziges Arschloch. Dabei trug er nicht nur ein lächerliches Toupet, sondern redete mit einem aufgesetzten Upperclass-Akzent, etwa so wie ein schlechter Schauspieler, der für eine Rolle vorspricht, für die er nicht geeignet ist. Ich hatte keine Ahnung, warum sie auf Kittys »A-Liste« blieben, außer vielleicht, weil sie noch reicher waren als sie und sie sich ständig herausgefordert fühlte, sie zu überbieten. Die Ew. Susan zeigte nur dann Lebenszeichen, wenn die Rede auf Schmuck kam. Sie war immer völlig übertrieben zurechtgemacht und zu tief ausgeschnitten. Merkwürdigerweise schien es Brett zu amüsieren, alle Leute auf ihr Dekolleté hinzuweisen. Ich hatte ihn mehr als einmal sagen hören: »Ich stehe auf Titten, was nicht zu übersehen ist, wenn Sie sich meine Frau ansehen.« Reich geworden sind sie, glaube ich, durch den Handel mit Kakao, und einmal vertraute er mir an, daß die Familie sich weigerte, ihn an der Firmenleitung zu beteiligen. »Sie haben mich sozusagen in Rente geschickt und bezahlen mir jährlich drei für meinen Lebensunterhalt«, sagte er mit einem schmierigen Grinsen.

Dummerweise ging ich auf sein Stichwort ein und fragte blöde: »Drei?«

»Drei Millionen.«

Ich war also sehr erleichtert, als ich Eric Walsham eintreten sah. Eric war ein Original, ein Gentleman, wie man früher sagte, der zwei sehr gelehrte und dabei gut lesbare Abhandlungen über die Präraffaeliten geschrieben hatte, eine Epoche in der englischen Kunst, für die ich mich zufällig sehr interessiere. Er war ein kultivierter, zurückhaltender Mann, der es nicht nötig hatte, irgendwelche Allüren zu pflegen. Wenn wir uns begegneten, waren wir immer schnell beim Thema Cricket. Das lief gewöhnlich darauf hinaus, daß wir die Spiele der letzten Saison bis ins Detail wieder aufwärmten, denn er war ein Yorkshire-Fan, während ich ein treuer Anhänger von Essex war. In den Testspielen in diesem Jahr war England von der Mannschaft von den Westindischen Inseln fast an die Wand gespielt worden, wir hatten also ausreichend Gesprächsstoff. Wir gingen gerade noch einmal Ball für Ball die letzten Spielzüge des letzten Testspiels durch, als wir vom Eintreffen der letzten Gäste unterbrochen wurden.

»Martin«, sagte Kitty, »würdet ihr beiden bitte aufhören, euch über dieses langweilige Spiel zu unterhalten, ich möchte euch Eva und Victor vorstellen. Die Ärmsten kommen gerade direkt aus Monte, und ihr Privatjet mußte nach Luton umgeleitet werden. Ich finde, man sollte Heathrow verlegen, es ist wirklich lästig für die Leute, wenn sie dauernd wegen des Nebels solche Umstände in Kauf nehmen müssen.«

Ich hätte sie eigentlich gleich wiedererkennen müssen, aber der Groschen fiel erst, als Victor sagte: »Martin und ich haben uns vor langer Zeit kennengelernt. Wie schön, dich wiederzusehen, Martin.« Er hatte zugenommen seit der Zeit, als Henry noch um die beiden buhlte. Seine Schwester jedoch wirkte regelrecht magersüchtig; als ich sie zur Begrüßung küßte, fühlte sich ihre dick mit Make-up belegte Wange an wie Pergamentpapier.

»Wie geht's euch denn so?« fragte ich.

»Gestern abend ging's schlecht«, sagte er.

»Er hat beim Spielen ein Vermögen verloren«, sagte Eva. »Das geschah ihm recht, ich hatte ihn davor gewarnt, an den Roulette-Tisch zu wechseln. Armer Schatz.« Sie faßte ihn bei der Hand, was mich sogleich wieder daran erinnerte, daß ihr Verhältnis mir schon immer merkwürdig vorgekommen war, selbst für Zwillinge. Als ich Victor nun näher betrachtete, fiel mir eine haarfeine Narbe auf, die von seiner Unterlippe bis an sein Kinn verlief. Er schien meinen Blick zu spüren, und als Kitty ihn ans andere Ende des Salons manövrierte, gab seine Schwester mir die Erklärung für die Narbe.

»Er hat sich beim Polospielen schwer verletzt. Erst hat er einen Tritt ins Gesicht abbekommen, dann ist das Pony über ihn gerollt. Natürlich ist er von den besten Ärzten behandelt worden. Mutter hat ihn sofort in die Mayo-Klinik fliegen lassen, und die Ärzte dort haben ein wahres Wunder vollbracht. Aber die Narbe in seinem Gesicht macht ihn immer noch befangen«, fügte sie fast vorwurfsvoll hinzu, wohl weil sie sich durch mich zu einem Kommentar genötigt gefühlt hatte.

»Eine gefährliche Sportart«, sagte ich. »Das ist ja inzwischen fast wie beim Cricket.« Es entstand eine Pause. Schließlich sagte ich: »Du hast sicherlich von Henry gehört?«

Vielleicht irrte ich mich, aber ich hätte schwören können, in ihren stark geschminkten Augen etwas wie Angst aufflackern zu sehen, bevor sie antwortete.

»Ja, ich glaube, ein Freund von Victor hat es in einem Brief erwähnt.«

»Hattet ihr noch Kontakt?«

Ich hatte den Eindruck, daß sie ihre Antwort sehr vorsichtig formulierte. »Seit einiger Zeit nicht mehr. Wir sind so viel auf Reisen, da ist es schwierig, Kontakt zu allen Leuten zu halten, die wir kennen. Und wir kennen einfach so viele Leute.«

»Ihr habt also auch Sophie nicht gesehen?«

»Sophie?«

»Ja, seine Frau, die, mit der ich zusammen war, als wir uns das erste Mal begegnet sind.«

»Ach die. Nein, wir haben sie nicht mehr gesehen.« Sie machte die Schotten dicht und fischte einen Lippenstift aus ihrer Handtasche, um ihren Mund nachzuziehen. Dabei fiel mir auf, wie ihre Armbanduhr lose an ihrem erschreckend dünnen Handgelenk hin- und herrutschte. Beim Abendessen saß ich ihr gegenüber am Tisch und versuchte mehrmals vergeblich, mit ihr ins Gespräch zu kommen. Sie aß nichts, stocherte nur lustlos auf ihrem Teller herum.

Kitty dagegen war in Hochform und wurde nicht müde, während des ganzen Essens an ihrem Ende des Tisches die neuesten und schlüpfrigsten Tratschgeschichten zum besten zu geben. Man hätte meinen können, das ganze Wochenende sei ausschließlich zu dem Zweck veranstaltet worden, über abwesende Freunde herzuziehen. Aus Höflichkeit lachte ich mit, war jedoch in Gedanken weit weg.

Als der Portwein und die Zigarren gereicht wurden, zogen die Damen sich zurück, aber kaum hatten wir uns wieder zu ihnen gesellt, schlug Kitty eins ihrer Partyspiele vor. Es scheint sich hierbei um ein Charakteristikum der sogenannten »Upperclass« zu handeln: entweder werden Scharaden gespielt oder, Gott bewahre, dieses nervtötende Ratespiel, bei dem eine Person aus dem Zimmer geschickt wird, während die anderen eine historische Persönlichkeit bestimmen, die das Opfer mit einer festgelegten Anzahl von Fragen erraten muß. Ich tat mein Bestes, um in Stimmung zu kommen, mußte jedoch immer wieder an Henry denken. Larry war ganz in seinem Element, als er an die Reihe kam, und entschied sich für Madame Du Barry, was in seinem Fall wohl naheliegend war. Er war völlig entzückt, als niemand seine Rolle erriet. Ich wählte Anthony Eden, als die Reihe an mich kam, vielleicht eine eher seltsame Wahl, aber das war der erste Name, der mir einfiel. Eric erriet ihn mit Leichtigkeit.

Erst am nächsten Morgen kam ich dazu, mich mit Victor zu unterhalten. Als Frühaufsteher waren wir die einzigen im Frühstückszimmer, wo eine erdrückende Auswahl an Speisen auf silbernen Warmhalteplatten angerichtet worden war. Während ich Nierchen in pikanter Soße, Fischsalat, Leber und Speck mit Rührei betrachtete, hatte ich das Gefühl, ins viktorianische Zeitalter zurückversetzt worden zu sein. Ich schenkte mir eine Tasse Kaffee ein und nahm mir ein Croissant, meine normale Frühstücksration. Victor dagegen nahm von allem etwas.

Als notorischer Morgenmuffel war ich zu dieser frühen Stunde nicht zum Plaudern aufgelegt und auf seine unverhoffte Bemerkung nicht gefaßt.

»Es war nicht besonders taktvoll von dir, Eva gestern abend so zu beunruhigen.«

Es lag etwas Aggressives in der Art, wie er mich anredete. »Habe ich sie beunruhigt? Ich war mir dessen nicht bewußt«, erwiderte ich steif.

»Du hast Henry erwähnt.«

Ich legte meine Zeitung beiseite und starrte ihn an, während ich mich zu erinnern suchte, was ich zu ihr gesagt hatte.

»Sie hat deswegen die ganze Nacht kein Auge zugetan.«

»Das tut mir leid. Es war gewiß nicht meine Absicht, sie zu ängstigen. Es schien mir selbstverständlich, über den Tod eines gemeinsamen Freundes zu sprechen. Immerhin haben wir uns durch Henry kennengelernt. Aber ich werde mich bei ihr entschuldigen, wenn sie zum Frühstück kommt.«

»Sie wird nicht frühstücken. Sie ist zur Messe gegangen.«

Da sein ganzes Verhalten so merkwürdig war, und vielleicht auch, weil ich so früh am Morgen noch etwas verstimmt war, ließ ich nicht locker. »Ich begreife nicht, warum sie das beunruhigt.«

»Wieso? Ist das nicht naheliegend?«

»Ehrlich gesagt, nein.«

»Sie und Henry haben sich einmal sehr nahe gestanden.«

»Nun, dasselbe gilt für mich. Sein Tod war ein schwerer Schock für mich. Er war mein ältester Freund.«

»Das ist immer noch nicht dasselbe«, sagte er bedeutungsvoll.

Was hatte er an sich, daß ich immer eine spontane Abneigung gegen ihn verspürte? Er war stets zuvorkommend und strahlte das Selbstbewußtsein jener aus, die niemals nach dem Preis für irgend etwas fragen müssen.

»Deine Schwester deutete an, daß ihr beide den Kontakt zu Henry und Sophie verloren hattet.«

»Ach ja? Nun, das ist in gewisser Weise richtig. Es gibt so viele Menschen in unserem Leben, unser Freundeskreis wechselt ständig.«

Ich schenkte mir noch eine Tasse Kaffee ein und vermied es absichtlich, ihn anzusehen, als ich sagte: »Dann nehme ich also an, daß du keine Ahnung hast, welche Schwierigkeiten ihn zu diesem Schritt getrieben haben?« Als ich mich dann abrupt nach ihm umwandte, lag plötzlich etwas Ängstliches in seinem Gesichtsausdruck.

»Wieso ›Schwierigkeiten‹?«

»Nun, ein besseres Wort fällt mir nicht ein. Ich nehme an, daß die meisten Leute in irgendwelchen Schwierigkeiten stecken, wenn sie sich das Leben nehmen.«

»Ach so. Ja, wahrscheinlich hast du recht.«

»Es schien mir überhaupt nicht zu Henry zu passen, diesen Ausweg zu wählen. Er war doch immer in der Lage, wieder auf die Füße zu kommen, egal, was passiert war.«

»Vielleicht hat Sophie ihn dazu getrieben«, meinte Victor. Ich tat so, als ob ich überrascht sei.

»Waren sie denn nicht glücklich miteinander? Ich hatte immer den Eindruck, ihre Ehe sei harmonisch gewesen.«

»Das beweist nur, wie wenig du weißt.« Seine Antwort kam ein bißchen zu schnell, und ich konnte mich des Eindrucks nicht erwehren, daß er mehr preisgegeben hatte, als es seine Absicht gewesen war. Als er sich wieder in der Gewalt hatte, sagte er: »Wer weiß schon, was in einer Ehe vor sich geht? Viele Menschen wollen gar nicht wirklich Selbstmord begehen. Häufig ist es einfach ein Hilfeschrei, und sie tun es in der Gewißheit, daß man sie findet, bevor es zu spät ist.«

»Das könnte zutreffen, wenn jemand Tabletten nimmt«, sagte ich. »Aber wenn sich jemand erhängt, dann geht er auf Nummer Sicher, meinst du nicht? Das ist doch eine ziemlich sichere Methode, vor allem, wenn man sich als Ort ein Hotelzimmer in Moskau aussucht. Das ist sehr weit weg von irgendwelchen Freunden, die den guten Samariter spielen könnten.«

Die Unterhaltung schien ihm den Appetit verdorben zu haben, und er schob seinen halbleeren Frühstücksteller beiseite.

»Tja, das macht ihn auch nicht wieder lebendig, wenn du dir den Kopf darüber zerbrichst, warum er es getan hat«, sagte er mit deutlicher Bestimmtheit, und damit war das Gespräch beendet.

Ich sah Eva erst kurz vor dem Mittagessen in der Bibliothek wieder, wo sie sich in einem Sessel räkelte.

»Ich muß mich wohl bei dir entschuldigen«, sagte ich, ohne mich darum zu kümmern, daß ihr Bruder mich gebeten hatte, das Thema nicht mehr anzusprechen. »Es war nicht meine Absicht, dich zu beunruhigen, indem ich Henry erwähnte.«

»Was hat Victor dir schon wieder erzählt?« sagte sie. »Warum muß er sich um alles kümmern? Er ist manchmal so verdammt einfältig.«

»Wie war die Messe?« fragte ich. Es schien mir das Beste, das Thema zu wechseln.

»Die Messe? Ich war schon seit Jahren nicht mehr in der Messe. Ich war joggen, das ist alles. In England wird man immer so fett, die Leute essen viel zuviel. Ich hab schon wieder pfundweise zugenommen, seit wir angekommen sind.«

Das war die typische Antwort einer Magersüchtigen. »Wie lange bleibt ihr denn diesmal in England?«

»Wer weiß?« Wie ihr Bruder war sie eine Meisterin in der Kunst, andere in ihre Schranken zu weisen. Sie redeten übereinander wie ein altes Ehepaar. Obwohl sie keinerlei materielle Sorgen hatten, führten sie sich stets auf wie trotzige Kinder, als ob alles, was nicht zu ihrem direkten Umfeld gehörte, ihnen Grund zur Unzufriedenheit gäbe. Sie weckten mein schriftstellerisches Interesse, denn sie waren gegen jede Art von Kritik gefeit, was mich wiederum reizte, ihre Überheblichkeit zu durchdringen, sie zu schockieren und aus der Fassung zu bringen. Nicht, daß mir das je gelungen wäre. Victor und Eva war der Eindruck, den sie auf andere machten, völlig gleichgültig. In ihren Kreisen waren Langeweile und Taktlosigkeit Qualitäten, die man emsig kultivierte.

Evas abgespanntes Gesicht erinnerte mich an die eleganten Schaufensterpuppen, die die Vitrinen teurer Boutiquen bevölkern – aus der Entfernung wirken sie fast menschlich, eine Illusion, die jedoch bei näherer Betrachtung schwindet.

Ich wollte sie gerade nach Sophie fragen, als Victor die Bibliothek betrat.

»Da bist du ja, ich habe dich schon überall gesucht«, sagte er. Mir entging nicht, daß er ihr einen fragenden Blick zuwarf, der offenbar als Warnung gemeint war. »Kitty möchte mit uns ausreiten.«

»Wirklich? Also, das ist das letzte, wozu ich Lust habe. Ich bin gerade erst vom Joggen zurückgekommen, und ich möchte jetzt ein Bad nehmen.«

Ich konnte nicht widerstehen zu sagen: »Eva hat es vorgezogen, eine Sünderin zu bleiben und die Messe zu schwänzen.«

Eva sprang sofort darauf an. »Ja, warum in aller Welt hast du ihm erzählt, ich sei in die Messe gegangen? Du gehst mir manchmal reichlich auf die Nerven mit deinen dämlichen Lügen, Victor.«

Er war von ihrer Heftigkeit völlig überrumpelt und schien nicht zu wissen, wie er in meiner Gegenwart damit umgehen sollte. »Ich werde dich bei Kitty entschuldigen, wenn du wirklich keine Lust hast.«

»Ich habe allerdings keine Lust. Und nach meinem Bad fahre ich mit Martin ins Dorf. Ich will mir ein paar Zeitschriften kaufen, Kitty hat mal wieder nur diese langweiligen Kunst- und Kulturhefte.«

»Also gut.« Einen Augenblick lang sah es so aus, als ob Victor gleich in Tränen ausbrechen würde. »Amüsiert euch.« Er drehte sich auf dem Absatz um und verließ den Raum.

»Hast du sein Gesicht gesehen?« fragte sie, bevor er die Tür richtig hinter sich zugemacht hatte. »Er war wütend. Er benimmt sich wie das letzte Arschloch, wenn er nicht seinen Willen bekommt. Mit mir kann er das nicht machen, ich lasse nicht über mich verfügen.«

»Aber es gefällt dir, über andere Leute zu verfügen, wie ich bemerkt habe. Woher willst du wissen, ob ich Lust habe, mit dir ins Dorf zu fahren? Vielleicht habe ich etwas Besseres vor, und außerdem gefallen mir diese ›langweiligen Kulturhefte‹.«

»Und wenn ich ›bitte‹ sage?«

»Das wäre immerhin ein Schritt in die richtige Richtung.«

»Bitte.«

»Oh, ich bin sicher, du kannst das viel überzeugender sagen.«

»*Bitte*, Martin, bist du so lieb und fährst mit mir ins Dorf?«

»Schon besser. Okay, aber bleib nicht zu lange in der Badewanne. Ich will nicht den ganzen Vormittag verplempern.«

»Ich gehe gar nicht in die Badewanne«, sagte sie. »Das hab ich nur seinetwegen gesagt. Wir können sofort losfahren.«

Wir gingen nach draußen zu meinem Honda. Eva starrte den Wagen an und meinte: »Diese billigen kleinen Autos sind so nett, nicht wahr?« Während ich ihr die Beifahrertür aufhielt, warf sie noch einen Blick auf das Haus. »Er beobachtet uns. Er ist irgendwo da oben und beobachtet uns. Er ist wie besessen.«

»Warum sollte er das sein?«

»Kannst du das nicht erraten?«

»Nein, wie du gestern abend bemerkt haben wirst, bin ich in Ratespielen nicht besonders gut.«

»Er ist eifersüchtig.«

»Ich glaube kaum, daß es einen Grund gibt, auf mich irgendwie eifersüchtig zu sein«, sagte ich, als wir losfuhren.

»Ach, das kann man nie wissen. Alles kann sich ändern.«

Ich erwiderte nichts darauf. Im Dorf angekommen, wartete ich vor dem Laden, in dem sie ihre Klatschblättchen kaufte. Plötzlich erschien sie in der Tür und rief: »Ich habe vergessen, Geld mitzunehmen.«

»Wieviel brauchst du?«

Sie hielt mir einen Stapel Zeitungen entgegen. »Kannst du es für mich zusammenrechnen? Ich bin ein hoffnungsloser Fall in Arithmetik.« Ich gab ihr fünf Pfund, die sie entgegennahm, ohne sich zu bedanken. Kaum saß sie wieder im Auto, fing sie an, den ganzen Stapel durchzublättern. Die Reklameeinlagen, die für Pauschalreisen und Wintergärten im viktorianischen Stil warben, warf sie auf den Rücksitz, während sie gleichzeitig die Schlagzeilen in den Schmonzetten kommentierte.

»Alles ziemlich langweilig diese Woche. Charles und Diana sollen sich nach Aussage eines engen Freundes, der nicht genannt sein will, wieder versöhnen. Wie man mit Hilfe von Walnußöl neues Leben in seine Ehe bringt. Das geheime Leben, das Madonna vor ihren Fans verbirgt. Das ist gar nichts gegen das, was man in Amerika bekommt. Da wird kein Blatt vor den Mund genommen, und es gibt die amüsantesten Schlagzeilen, wie ›Marilyn Monroe lebt und arbeitet als Au-pair-Mädchen‹. Also, so was nenne ich originell. In diesen britischen Blättchen findet man doch nichts außer Titten. Sieh dir das bloß mal an.« Sie wedelte mit einer Seite vor meiner Nase herum. »Oberweite 140, und erst siebzehn Jahre alt. Ekelhaft. Fahren Männer auf so was ab?«

»Manche bestimmt.«

»Aber du doch nicht?«

»Nein, ich nicht.«

»Auf was stehst du denn?«

»Ich stehe auf keinen bestimmten Typ Frau.«

»Warst du nicht scharf auf Sophie?«

»Das ist lange her«, sagte ich und starrte geradeaus.

»Viele Männer waren scharf auf sie.«

»Ja, da bin ich mir sicher. Sie war eine sehr schöne Frau.«

»War? Vielleicht ist sie das noch immer.«

»Ja. Das hoffe ich. Ich habe sie seit langem nicht gesehen.«

»Sie war also dein Typ?«

»So könnte man es sagen.«

»Du bist ziemlich gereizt, stimmt's?«

»Nein. Ich finde nur, daß das eine dumme Unterhaltung ist.«

»Wieso? Weil es um Sex geht? Redest du nicht gern über Sex?«

»In der richtigen Gesellschaft und zum richtigen Zeitpunkt.«

»Und warum nicht jetzt? Hättest du zum Beispiel Lust, mich zu ficken? Oder kannst du es nur mit netten englischen Mädchen, die es nur im Bett tun, so wie die Typen, die du in deinen Romanen beschreibst? Wie du siehst, hab ich ein paar von deinen Büchern gelesen.«

Ich fuhr auf den Seitenstreifen und würgte dabei den Motor ab. Dieses Spiel kann ich auch spielen, dachte ich.

»Worauf willst du hinaus, Eva? Macht dich die Vorstellung an, es auf dem Rücksitz in einem billigen kleinen Auto zu treiben? Oder brauchst du deinen Bruder?«

»Meinen Bruder?«

»Genau das hab ich gesagt.«

»Was hat er damit zu tun?«

»Ich dachte, das würdest du mir vielleicht erzählen. An deiner Stelle würde ich vorsichtig sein, sonst stehst du auch bald in diesen Blättchen, die du so gerne liest. Also, ich weiß nicht, wie dein Spiel funktioniert, aber ich spiele jedenfalls nicht mit.«

»Henry hat mitgespielt«, sagte sie.

»Tja, das ist schön für ihn.« Ich gab mich schnoddrig, aber dies war der erste Hinweis auf das, was damals vor sich gegangen war, und ich wollte mehr wissen.

»Henry war nicht dein Freund«, sagte sie. »Er war unser Freund. Und deine süße kleine Sophie konnte es kaum erwarten, zu ihm ins Bett zu hüpfen«, fügte sie trotzig hinzu.

»Du erzählst mir nichts, das ich nicht bereits gewußt habe.«

»Du weißt doch noch nicht mal die Hälfte. Henry war auch mein Geliebter. Ich war diejenige, die er wirklich geliebt hat. Ich habe ihm gegeben, was er brauchte. Deine Sophie hat ihn gelangweilt. Er hat sie nur geheiratet, um dir eins auszuwischen.«

»Sollen diese Enthüllungen mich vielleicht faszinieren? Falls ja, kann ich dir nur sagen, daß du deine Energie verschwendest. Im übrigen bumse ich keine Magersüchtigen. Ich bevorzuge Frauen, die ein bißchen Fleisch an den Knochen haben.«

Sie schlug mir ins Gesicht, aber da wir nebeneinander saßen, war der Schlag nicht sehr heftig. »Untersteh dich, so etwas zu sagen!«

Ich ließ den Motor wieder an und lenkte den Wagen auf die Straße. Wir fuhren schweigend zum Haus zurück. Sie und auch ihr Bruder wechselten während des restlichen Wochenendes kein Wort mehr mit mir.

XX

Die Gegenwart

Fette Tauben flatterten wie Geister der Vergangenheit um die Tische herum, während ich sie nun in dem Café in Venedig beobachtete. Ich sah, wie sie einen Lippenstift und einen Spiegel aus ihrer Tasche hervorholte und wie sie sich ihren Mund schminkte, als müsse sie sich für eine Begegnung wappnen. Von irgendeiner Fensterscheibe reflektiertes Licht spielte auf ihrem Gesicht, als sich unsere Blicke zum erstenmal begegneten. Ich stand auf und ging auf ihren Tisch zu. Alessandro drehte sich auf seinem Barhocker um, um mich nicht aus den Augen zu verlieren.

»Hallo Eva.«

»Hallo Martin.«

Seltsamerweise war ich angenehm überrascht, daß sie sich an mich erinnerte.

»Darf ich mich setzen?«

»Wenn du möchtest.«

Ich nahm Platz. Aus der Nähe betrachtet, wirkte ihr Gesicht knochig, ihre Haut, die sich über den Wangenknochen spannte, war weiß wie Porzellan. Ihre anstößig langen Fingernägel waren knallrot lackiert.

»Macht ihr beide Urlaub in Venedig, so wie ich?« versuchte ich eine Unterhaltung in Gang zu bringen.

»Beide?«

»Ist Victor nicht bei dir?«

Sie starrte mich an, dann blickte sie an mir vorbei, und ich erwartete, daß Victor im nächsten Moment auftauchen würde. Schließlich sagte sie: »Na, das kannst du natürlich nicht wissen.«

»Was kann ich nicht wissen?«

Wieder starrte sie mich an. »Victor ist tot.«

In diesem Augenblick schwebte ein Luftballon über unseren

Tisch und streifte leicht ihren Kopf. Entsetzt zuckte sie zurück. Ich wollte den Ballon fangen, aber er war mit Helium gefüllt und erhob sich in die Luft.

»Das tut mir leid«, sagte ich. »Das tut mir wirklich leid. Wie schrecklich für dich, ihr habt euch so nah gestanden.«

»Das ist bei den meisten Zwillingen so.«

»Er war doch noch viel zu jung, um zu sterben.«

»Nein«, sagte sie, und ihr alter Hochmut kam wieder durch. »Heutzutage sterben viele Menschen jung. Es passiert immer wieder.«

Mir fehlten die richtigen Worte. »Es muß sehr traurig gewesen sein, für deine Eltern.«

»Nein«, sagte sie noch einmal. »Wenn überhaupt, waren sie erleichtert. Außerdem interessiert mich sowieso nicht, was sie denken.«

Ich blickte an ihr vorbei und sah, wie Alessandro mich anstarrte. Er wirkte beunruhigt.

»Ich habe dich in der Kirche gesehen«, sagte ich, um ihr meine Gegenwart zu erklären.

»Ich habe nicht für Victor gebetet, falls du das gedacht hast. Ich habe für mich selbst gebetet. Bestellst du mir noch einen Drink?«

»Natürlich. Was hättest du denn gerne?«

»Irgendwas. Bestell mir eine Grappa.«

Ich winkte dem Kellner, der sich viel Zeit ließ, an unseren Tisch zu kommen. Venezianische Kellner pflegen ihren Charme nicht an Touristen zu verschwenden. Nachdem er Evas leeres Glas abgeräumt und mit seinem Lappen einmal flüchtig über den Tisch gewischt hatte, bestellte ich die Grappa und für mich einen Scotch.

»Was führt dich also nach Venedig?« fragte ich.

»Wir haben hier einen Palazzo.«

Ich nickte und dachte, eigentlich hätte ich es mir denken können. Die Superreichen sammeln Häuser, so wie andere Briefmarken sammeln.

Als unsere Drinks kamen, hob ich mein Glas. »Auf verlorene Freunde«, sagte ich.

»Wen meinst du genau?«

»Na, Victor natürlich.«

»Du glaubst also, Victor war dein Freund? Er fand dich langweilig.« Sie kippte ihre Grappa.

»Nun, von Toten soll man nicht schlecht sprechen«, sagte ich. Ihre schroffe Art fing an mich zu irritieren. »Ich habe auch noch andere Freunde.«

»Wie den lieben Henry? Meintest du vielleicht ihn?«

»Hör zu«, sagte ich, »ich bin offenbar an diesem Tisch nicht willkommen, und es tut mir leid, daß ich mich dir aufgedrängt habe.« Ich wollte mich erheben, aber sie hielt mich am Arm fest.

»Nein, geh nicht«, sagte sie. »Ich hab's nicht so gemeint. Bleib bei mir. Ich brauche jemanden, der bei mir bleibt.«

Wider besseres Wissen setzte ich mich wieder.

»Du darfst das nicht persönlich nehmen. Die meiste Zeit weiß ich selbst nicht, was ich sage.«

»Ich verstehe.«

»Ich möchte gern noch etwas trinken«, sagte sie.

Ich winkte dem Kellner, der mich jedoch zunächst beharrlich ignorierte. Als es mir schließlich gelungen war, ihr einen neuen Drink zu bestellen, war sie plötzlich wie gewandelt. »Du bist also hier in Urlaub?«

»Ja«, sagte ich. »Ich muß mal ein paar Tage ausspannen.«

»Schreibst du noch immer?«

»Ja. Ich hab's noch nicht aufgegeben.«

»Ich mache überhaupt nichts«, sagte sie. »Überhaupt gar nichts. Bin ich nicht ein Glückspilz?«

»Bist du das?«

»Was meinst du?«

»Da ich noch nie in einer solchen Situation war, kann ich das nicht beurteilen.«

Sie griff nach meiner Hand, wobei eine teure Armbanduhr an ihrem knochigen Handgelenk herunterrutschte.

»Verbringst du deinen Urlaub mit jemandem gemeinsam?«

»Nein, ich bin allein hier.«

»Ich möchte dich in unser Haus einladen. Ich bin mir sicher, es wird dich faszinieren zu sehen, wie die Stinkreichen leben – so hast du uns doch immer gesehen, nicht wahr? Du kannst es für eins deiner Bücher benutzen.«

Ich sah zu Alessandro hinüber, aber er unterhielt sich mit einer Kellnerin und kehrte mir den Rücken zu.

»Würde dich das interessieren?«

»Ja«, sagte ich, »wenn du soviel Zeit hast. Ich will nur noch die Rechnung bezahlen.«

Ich ging an die Bar und stellte mich neben Alessandro. Ohne ihn anzusehen, sagte ich: »Ich habe eine Frau getroffen, die ich aus England kenne. Sie hat mich in ihr Haus eingeladen. Machen Sie sich keine Sorgen, ich werde um sechs wieder im Hotel sein.« Ich ging weg, bevor er widersprechen konnte.

Als ich Eva in die wartende Gondel half, fiel mir auf, wie leicht und zerbrechlich sie war. Sie lehnte sich wie erschöpft in dem abgewetzten Plüschsitz zurück und sprach während der Fahrt kaum ein Wort. Wir fuhren durch das Dorsoduro-Viertel, dessen Holzhäuser, in denen einst die Armen gehaust hatten, aufwendig restauriert und nun in Wochenenddomizile für reiche Milanesen umfunktioniert worden waren. Schließlich glitt die Gondel zwischen zwei mit prunkvollen Ornamenten verzierten und mit vergoldeten Kronen versehenen Pfosten hindurch in einen schmalen Kanal. Die gotische Fassade war im Gegensatz zu den stark verfallenen Nachbargebäuden liebevoll restauriert worden. Das Flechtwerk an den zum Kanal hin gelegenen Balkonen glänzte weiß im Sonnenlicht. Wie aus dem Nichts erschienen zwei ganz in Schwarz gekleidete Diener, um uns an Land zu helfen. Eva ignorierte sie; sie gehörten zum Inventar und waren es nicht wert, beachtet zu werden. Mir fiel auf, daß niemand den Gondoliere bezahlte – wahrscheinlich gehörte auch die Gondel ihr.

Zu beiden Seiten des Eingangs waren kleine, mit verschnörkelten Eisengittern versehene Fenster, unter denen in Stein gemeißelte Votivtafeln angebracht waren. Ich folgte Eva eine steinerne Treppe hinauf, die zum *Mezzanino* führte, wo in früheren Zeiten die Büroräume des Kaufmanns gelegen hatten. Jetzt bestand die Einrichtung aus einer seltsamen Mischung verschiedener Stile, eine Menge wenig einladend wirkender, moderner italienischer Möbel standen vor den mit Gobelins behängten Wänden, dazwischen, völlig unpassend, ein großer Fernschreiber.

Wir stiegen noch eine Treppe höher, in den *Piano nobile*, wo der Reichtum der Familie sich dem Betrachter regelrecht aufdrängte. Von der mit Malereien versehenen hölzernen Zimmerdecke hingen sechs Kronleuchter aus Muranoglas. Die Möbel waren Antiquitäten aus dem Barock, die Polster der Sitzmöbel mit feinster Stickerei bezogen. An den Wänden hingen zahllose Gemälde alter Meister, unter ihnen ein wunderbarer Canaletto, der die Stirnwand des Raumes dominierte. Voller Bewunderung blieb ich lange vor diesem Gemälde stehen.

»Gefällt es dir?«

»Es ist wundervoll.«

»Alle Leute, die wir kennen, haben einen Canaletto, da mußte mein Vater natürlich mithalten. Es ist nicht schlecht, aber warum soll man so ein Bild ansehen, wenn man nur ans Fenster zu gehen braucht, um das Echte vor Augen zu haben.«

Ich weigerte mich, auf ihren Snobismus einzugehen. Während ich die Bilder eingehend betrachtete, schenkte sie sich einen Drink ein und räkelte sich dann auf einem von zwei identischen Sofas, die rechts und links des offenen Kamins standen, wobei ihr Rock hochrutschte und ihre dürren Beine entblößte.

»Du bist beeindruckt.«

»Sollte ich das nicht sein?«

»Mir fällt das alles überhaupt nicht mehr auf. Es ist einfach eins von unseren vielen Häusern.«

»Zeigst du mir den Rest?«

»Wenn du willst.«

Sie trank ihr Glas leer und erhob sich unsicher. »Ich zeige dir Victors Zimmer. Möchtest du es sehen?«

»Ich möchte alles sehen, was du bereit bist, mir zu zeigen.«

Wir gingen eine Etage höher. Der penetrante Duft von Räucherstäbchen stieg mir in die Nase und in den Kopf, als wir den Treppenabsatz erreichten. Wir standen vor einer schweren, mit Schnitzereien verzierten Holztür, an der ein Kranz befestigt war. Eva trat zur Seite, um mich zuerst eintreten zu lassen. Nachdem meine Augen sich an das veränderte Licht gewöhnt hatten, sah ich, daß das Zimmer leer war bis auf einen mit einem Tuch bedeckten Tisch, der von etwa einem Dutzend brennender Altarkerzen umgeben war. Auf dem Tisch standen diverse silberne Bilderrahmen, die jeweils ein Foto von Victor enthielten. An der Wand hinter dem Tisch hing eine große Andy-Warhol-Collage, die aus zwölf kolorierten Bildern von Victor zusammengesetzt war.

»Das ist der Schrein, den ich für ihn errichtet habe«, sagte Eva. »Die Kerzen werden jeden Tag erneuert. Du kannst selbst sehen, wie schön er war. Er hat seine Schönheit nie verloren, wie manche andere. In der Hinsicht hat Gott es gut mit ihm gemeint.«

Ich trat näher an den Tisch heran. In der Mitte stand eine einzelne weiße Rose in einer Vase. Ein Blütenblatt war heruntergefallen. Ich betrachtete die Fotos und konnte nicht umhin zu gestehen, daß er eine gewisse Schönheit besessen hatte. Es war jedoch eine maskenhafte Art von Schönheit, mit einer Spur von Grausamkeit in den Zügen und einem leeren Ausdruck in den Augen.

»Willst du gar nicht wissen, woran er gestorben ist?«

Ich erwiderte nichts, denn ich kannte die Antwort, bevor sie sie ausgesprochen hatte.

»Er ist an dieser schicken Pest gestorben, an der Seuche, die uns alle dahinraffen wird.«

Sie trat neben mich an den Tisch und hob mit der Spitze eines roten Fingernagels das heruntergefallene Blütenblatt auf.

»Ich hoffe, er hat nicht lange leiden müssen«, sagte ich.

»Das, was man früher ›die Freundin des alten Mannes‹

nannte, hat dem Leiden ein Ende gesetzt: er starb an einer Lungenentzündung«, fügte sie hinzu, für den Fall, daß ich die Anspielung nicht verstanden hatte. »Ja, er hat gelitten, aber er war so tapfer, er hat sich niemals beklagt. Ich habe ihn gepflegt, bis es vorbei war. So wie alles andere in unserem Leben, haben wir auch das gemeinsam durchlebt.«

»Da bin ich mir sicher.«

Plötzlich packte sie meinen Arm und riß mich herum, so daß wir uns gegenüberstanden.

»Was weißt du schon davon, du mit deinen albernen kleinen Romanzen? Von dem, was uns verband und was wir gemeinsam erlebt haben, hast du nicht die geringste Ahnung. Henry hatte recht. Er hat gesagt, du könntest nichts begreifen, was sich außerhalb deiner kleinen langweiligen Welt abspielt. Bei dir ist alles säuberlich in Schubladen sortiert, die niemand anrühren darf. Bist du nicht heilfroh, daß du damals nicht mit mir geschlafen hast, als ich dich dazu aufgefordert habe? Ich wußte es damals, wir beide wußten es. Das war der einzige Grund, aus dem ich mit dir ficken wollte, nicht, weil ich dich etwa attraktiv gefunden hätte, nein, ich wollte nur das Vergnügen haben, deine wohlbehütete Ordnung durcheinanderzubringen.«

Ihre Heftigkeit schockierte mich nicht. Der Schutzwall aus Privilegien, von dem sie geglaubt hatte, er würde sie ein Leben lang beschützen, war eingestürzt. Sie war mit mehr als dem eigentlichen Virus infiziert, sie war von einer Hoffnungslosigkeit befallen, die mit der Erkenntnis kommt, daß es keine Hoffnung gibt.

Sie hob ihre Arme, als wolle sie mir mit ihren Fingernägeln das Gesicht zerkratzen, doch ich packte sie rechtzeitig an den Handgelenken, die sich anfühlten wie dünne Äste, die jeden Moment zerbrechen konnten. Sie hatte keine Kraft mehr. Durch das Gerangel begannen die Kerzen zu flackern und ließen das schwache Licht auf den Warhol-Portraits tanzen, so daß sie einen Augenblick lang zum Leben zu erwachen schienen. Ein Bild aus der Vergangenheit schoß mir durch den Kopf – die erste Begegnung mit Eva und Victor, als Sophie und ich noch unschuldige Beobachter gewesen waren.

Ich ließ ihre Arme vorsichtig sinken und hielt sie so lange fest, bis sie aufhörte zu zittern. Dann drehte ich mich um und verließ das Zimmer. Als ich die Tür hinter mir schloß, sah ich, wie sie niederkniete und eines der gerahmten Fotos küßte.

XXI

Die Gegenwart

Als ich am nächsten Morgen erwachte, haftete immer noch der unangenehme Duft der Räucherstäbchen an mir. Auch nachdem ich geduscht hatte, wurde ich ihn nicht los, weil der Geruch sich in meinen Kleidern festgesetzt hatte. Nach dem Frühstück rief ich Edna, meine Sekretärin, an, um zu erfahren, ob während meiner Abwesenheit irgendwelche dringende Post eingegangen war. Ich überließ ihr stets meine Wohnungsschlüssel, wenn ich verreiste, damit sie täglich nach dem Fax und der Post sehen konnte. Sie war normalerweise keine hysterische Person, aber in dem Augenblick, als sie diesmal den Hörer aufnahm und meine Stimme erkannte, verlor sie hörbar die Fassung.

»Oh, Mr. Weaver, ich bin so froh, daß Sie anrufen. Ich habe mir solche Sorgen gemacht, und ich hatte keine Ahnung, wo ich Sie erreichen könnte. Sie haben diesmal gar keine Telefonnummer hinterlassen.«

»Was ist denn passiert?«

»Also, ich bin gestern früh ein bißchen später als gewöhnlich hierhergekommen, weil meine Mutter krank ist und ich ihr etwas aus der Apotheke holen mußte, aber ich war eigentlich nicht allzu spät dran, und in dem Moment, als ich die Tür geöffnet hatte, wußte ich, daß etwas nicht stimmte.«

Eine böse Vorahnung stieg in mir auf. »Okay, erzählen Sie alles der Reihe nach.«

»Alles war verwüstet, Ihr Computer, Ihre Bänder, das Telefon, das Faxgerät. Und Ihre Papiere, all Ihre Aufzeichnungen waren zerrissen, und die Post, sogar der Steuerbescheid, war überall über den Fußboden verstreut. Es war schrecklich. Soweit ich sehen konnte, fehlte nichts Wertvolles, es war die reine Zerstörungswut.«

»Bleiben Sie ganz ruhig, Edna.« Ich gab mir Mühe, gelassen zu klingen. »Ich bin nur froh, daß Sie nicht da waren, als der Einbruch stattfand. Sie haben doch sicherlich die Polizei und die Versicherung benachrichtigt?«

»O ja. Ihr Nachbar hat mir gestattet, sein Telefon zu benutzen.«

»Hat die Polizei irgend etwas unternommen?«

»Nein, sie haben gesagt, daß diese Art von Vandalismus häufig vorkommt. Sie nannten es ›unmotivierte Zerstörungswut‹ und sie sagten, daß so etwas in London alle dreizehn Minuten geschieht, woran man mal wieder sieht, in was für einer Welt wir leben. Und dann noch all die Vergewaltigungen und die Bomben. Ich habe ihnen natürlich alle nötigen Informationen gegeben, aber ich hatte nicht den Eindruck, daß sie sich große Hoffnungen machten, die Übeltäter zu fassen. Nachdem sie weg waren, habe ich so gut ich konnte aufgeräumt, und die ganze Post habe ich mit Klebeband zusammengeklebt.«

»Doch hoffentlich nicht den Steuerbescheid? Es ist mir ganz recht, wenn der zerrissen wird«, sagte ich, bemüht, einen Humor zu demonstrieren, den ich gar nicht empfand. Aber Edna war zu aufgelöst, um darauf zu reagieren.

»Doch, den hab ich auch zusammengeklebt, ich habe alles in Ordnung gebracht, was ich konnte, und meine Mutter hat mir dabei geholfen, sie war genauso entsetzt wie ich, ich glaube, das werde ich nie verwinden.«

Während sie weiterplapperte, überkam mich meine alte Panik. Es war nicht so sehr die Verwüstung meiner Habseligkeiten, die mich beunruhigte – der Computer war versichert, und ich hatte eine Kopie meines Manuskripts auf meinem Laptop –, sondern die Drohung, die hinter dem Anschlag steckte. Das Netz schien sich enger zu ziehen.

»Ich habe eine Liste von den Briefen gemacht. Soll ich sie Ihnen vorlesen?«

»Falls etwas Wichtiges dabei ist, aber wenn nicht, brauchen Sie sich im Moment keine Sorgen zu machen.«

»Also, hier ist ein Brief von Ihrem amerikanischen Verleger, der einigermaßen dringend aussieht.«

»Worum geht's denn?«

»Man hat Ihnen den Edgar Award verliehen, was immer das ist, und er möchte, daß Sie nach New York kommen und ihn in Empfang nehmen. Er schreibt, es ist der berühmteste Preis, und Ihre Verkaufszahlen werden in die Höhe schnellen. Möchten Sie, daß ich den Brief für Sie beantworte?«

»Nein, ich kümmere mich selbst darum. Sonst noch etwas?«

»Nichts Wichtiges.«

»Tja. Also, hören Sie, Edna, das ist natürlich ein schrecklicher Schock für Sie gewesen, und es tut mir leid, daß Sie das durchmachen mußten. Es gibt jetzt nichts mehr, was Sie tun können, also machen Sie sich keine Sorgen. Nehmen Sie sich ein paar Tage frei, und sehen Sie, daß Sie darüber hinwegkommen. Ich werde bald wieder da sein, dann kümmere ich mich um die Versicherung und so weiter. Okay?«

»Ich fühle mich immer für alles verantwortlich, wenn Sie weg sind, und nun passiert das.«

»Ja, aber ein Blitz schlägt nicht zweimal ein. Entspannen Sie sich. Und grüßen Sie Ihre Mutter von mir.«

Es war mir vielleicht gelungen, Edna zu beruhigen, aber meine eigenen Ängste ließen sich nicht vertreiben. Dieses letzte Ereignis beunruhigte mich wesentlich mehr als die traurige Begegnung mit Eva. Der Tod in Venedig war leichter zu verkraften, denn als Reisender zieht man früher oder später weiter. Aber das war etwas anderes. Man war in meine eigene Wohnung eingedrungen, und es war reine Glückssache, daß ich nicht zu Hause gewesen war und die Gewalt am eigenen Leib erfahren hatte.

Als Ghia mich später an jenem Vormittag im Hotel aufsuchte, berichtete ich ihm ohne Umschweife, was geschehen war.

»Wer wußte davon, daß Sie nach Venedig gefahren sind?«

»Nur meine Sekretärin.«

»Und sie ist vertrauenswürdig?«

»Hundertprozentig.«

»Es könnte sich um einen bösen Zufall handeln.«

»So gern ich das glauben würde, ich bezweifle es. Sie haben nichts gestohlen, nur meinen Computer und meine Papiere zerstört. Das sieht nicht nach einem gewöhnlichen Einbruch aus.«

»Nein, da muß ich Ihnen recht geben. Sieht so aus, als ob Sie wieder in die Schußlinie geraten wären.«

»Haben Sie irgendwelche Neuigkeiten?«

»Deswegen bin ich hergekommen. Meine Neuigkeiten aus London sind ebenso schlecht wie Ihre. Sie haben diesen Seymour ausfindig gemacht, aber … nun, lesen Sie selbst.«

Er reichte mir ein Telex. Es lautete:

BETRIFFT SEYMOUR NICHTS BEKANNT STOP KANN NICHT VERNOMMEN WERDEN STOP ALLE HINWEISE DEUTEN DARAUF HIN DASS SUBJEKT ENGLAND VERLASSEN HAT STOP NACHFORSCHUNGEN DAUERN AN ENDE.

»Halten Sie das auch für einen bösen Zufall?«

Ghia schüttelte den Kopf. In meinem kleinen Hotelzimmer wirkte er noch massiger als sonst. »In diesem Fall halte ich es für wahrscheinlich, daß er gewarnt wurde. Mir scheint, sie verfolgen jeden Ihrer Schritte, mein Freund, und sie sind Ihnen immer einen Schritt voraus.«

»Sind Sie mit dem Netzwerk-Code weitergekommen?«

»Bisher nicht, aber wir haben ihn weitergereicht. Vielleicht steht der Tod eines alternden Perversen in Venedig nicht gerade an erster Stelle auf ihrer Prioritätenliste.«

»Was ist mit Rom?«

»Rom ist etwas anderes.« Er grinste. »Sie müssen wissen, daß sie die meiste Zeit damit verbringen, gegen Politiker zu ermitteln und den Straßenverkehr im Fluß zu halten, das sind ihre beiden größten Probleme. Gott möge uns vor einem zweiten *Duce* bewahren, aber manchmal bin ich mir nicht so sicher. In Italien funktioniert nichts mehr, ich kann also kaum erwarten, daß sie springen, wenn ein kleiner Polizist aus Venedig ihre Mithilfe erbittet. Das braucht Zeit. Aber ich mache mir Sorgen um Sie, vor allem in Anbetracht Ihrer letzten Neuigkeiten. Das ist gar nicht gut.«

»Was kann ich tun? Ich bin auf den Rat eines Freundes hin schon einmal weggelaufen, aber es hat nicht funktioniert.«

»Vielleicht«, meinte Ghia, »sind Sie nicht weit genug weggelaufen. So wie ich die Sache sehe, und ich verstehe nicht, warum, spielen sie immer noch mit Ihnen. Andere, die ihnen in die Quere kommen, räumen sie aus dem Weg, aber Ihnen – Ihnen geben sie immer wieder eine Chance. Ich frage mich, warum. Vielleicht sollten Sie endlich diese Warnungen ernst nehmen, mein Freund, und von der Bühne abtreten. Sie sind dieser Sache nicht gewachsen. Überlassen Sie sie Leuten wie mir, solange Sie sich noch Ihrer Gesundheit erfreuen. Gehen Sie weit weg, lassen Sie sie glauben, Sie hätten aufgegeben. Das ist mein guter Rat.«

Nachdem Ghia gegangen war, dachte ich lange und intensiv über alles nach. Wenn jeder meiner Schritte überwacht wurde, was inzwischen offensichtlich zu sein schien, war sein Rat vernünftig. Ich hatte Angst, und ich war nicht erpicht darauf, nach London zurückzukehren. Ich hatte nun einen legitimen Grund, nach New York zu fahren, was jeder, der mich beschattete, leicht überprüfen konnte. Ich sagte mir, daß ich, nachdem ich den Preis in Empfang genommen hatte, ein Auto mieten und irgendwohin fahren konnte. In der Vergangenheit hatten solche Reisen sich immer gelohnt: eine fremde Umgebung gab mir neue kreative Impulse und lieferte Stoff für neue Bücher.

Nachdem ich mich selbst von der Richtigkeit des Entschlusses überzeugt hatte, traf ich die notwendigen Vorbereitungen und ergatterte ein Ticket für einen Flug nach Paris am selben Abend. Für alle Fälle kaufte ich mir eine Brille und einen Hut, die einfachsten Verkleidungsrequisiten.

Das Motorboot, das mich zum Flughafen brachte, mußte seine Geschwindigkeit drosseln, um ein Leichenboot vorbeizulassen. Ich wußte, daß die österreichischen Behörden vor vielen Jahren weitere Beerdigungen innerhalb der Stadt verboten und eine besondere Toteninsel, San Michele, eingerichtet hatten, wo die Leichen der Armen zehn Jahre lang ruhen dürfen, bis ihre Knochen exhumiert werden, um Platz für andere zu schaffen.

Als ich an jenem Tag dem Leichenboot nachsah, wie es im Nebel verschwand, dachte ich bei mir, wie leicht das Leben doch wäre, wenn wir uns alle zehn Jahre unserer Fehler entledigen und von neuem beginnen könnten.

XXII

Die Gegenwart

New York erschien mir noch schmutziger als je zuvor, und in dem Menschengewimmel, das mich augenblicklich umgab, entdeckte ich überall auf den Gesichtern diesen manischen, abwesenden Ausdruck. Die Taxifahrt vom Flughafen nach Downtown Manhattan führte über Straßen, die einem Hindernisparcours für militärische Übungszwecke glichen, eine Vorstellung, die mein Fahrer bereits verinnerlicht zu haben schien, denn er manövrierte seinen Wagen mit bewundernswerter und zugleich furchteinflößender Geschicklichkeit durch den dichten Verkehr. Zwischen chromblitzenden Mercedes und BMW behaupteten die Stiefkinder aus Detroit verzweifelt ihre Position – zerbeulte Chevys mit übergroßen Reifen, die Ärsche wie alte Huren in die Höhe gereckt, abgehalfterte, mit Rostschutzfarbe zugekleckste Corvettes, hier und da ein Cadillac mit Heckflossen, der irgendwie dem Verkauf in die Dritte Welt entgangen war.

Mein Fahrer, laut Ausweisfoto auf dem Armaturenbrett ein Pole, war glücklicherweise nicht besonders gesprächig, fluchte nur am laufenden Band und hupte ohne Unterlaß, wobei er manchmal so dicht auf seinen Vordermann auffuhr, daß ich um mein Leben bangte. An allen verfügbaren Flächen prangten kunstvolle Graffiti in schrillen Farben; die verkrüppelten Bäume auf den mit Unrat übersäten Seitenstreifen, deren Laub welk und vom Kohlenmonoxid der Autoabgase schwarz gefärbt war, sahen aus, als ob sie den Überlebenskampf aufgegeben hätten. Wir überquerten die Tri-Boro-Bridge und fuhren nun durch die Straßen von Manhattan; hier waren die Schlaglöcher mit massiven Stahlplatten abgedeckt – hastig ausgeführte Reparaturen in der Schlacht gegen die hohen Zahlen von Verkehrstoten. Die gesamte Bevölkerung schien auf den Beinen zu sein, denn meine

Ankunft war in die Mittagszeit gefallen. Ich entdeckte sogleich die altbekannten Big-Apple-Charaktere: der Blinde, der schon immer an derselben Ecke Bleistifte verkauft hatte, ein hünenhafter Schwarzer auf Rollschuhen, der wie ein Zulu gekleidet war, ein Priester auf einer Harley-Davidson, die üblichen Junkies und Penner, die in Häusereingängen ihren Rausch ausschliefen, eine dicke Lady mit wirrem Blick, die einen mit Plastikplunder gefüllten Einkaufswagen durch die Gegend schob, und, was das Beste war, ein als Huhn verkleideter Mann, der gegen Legebatterien protestierte. Der Anblick dieser umnachteten Seele entlockte meinem Fahrer abermals eine Tirade von Flüchen. Zum erstenmal während der langen Fahrt drehte er sich nach mir um und sah mich durch das Schutzgitter an, das uns trennte. »Diese verdammte Stadt«, sagte er, »sie sollten diese fetten Arschlöcher alle liquidieren. Einfach mit 'ner Sechsundfünfziger wegpusten. Wer interessiert sich schon für verdammte Hühner?«

»Er wahrscheinlich«, erwiderte ich. Hinter dem Drahtgitter kam ich mir vor wie ein Polizeihund.

»Bevor sie irgendwelche Scheißhühner retten, sollen sie sich gefälligst um meinen Arsch kümmern.«

Sein pockennarbiger Hals hatte eine bedrohlich rote Färbung angenommen. Es war Zeit, ihn etwas zu besänftigen.

»Da muß ich Ihnen recht geben, wir brauchen wohl alle einen Retter. Aber jeder soll sich auf das konzentrieren, was er am besten kann, und Sie sind ein guter Autofahrer.« Das flaue Kompliment kam nicht besonders gut bei ihm an, und während der restlichen Fahrt warf er mir in seinem Rückspiegel mißtrauische Blicke zu.

Ich stieg in einem Mittelklassehotel in der Sixth Avenue ab, wo ich eine kleine Suite mietete, für den Fall, daß ich irgendwelche Interviews geben mußte. Als ich mein Taxi bezahlte, wurde ich von einem Junkie angebettelt, und im nächsten Augenblick stieg mir auch schon der penetrante Geruch der Stadt in die Nase – eine Mischung aus Dieselabgasen, verbrannten Bagles und schalem Bier. Trotz alledem und trotz der haarsträubenden Taxifahrt muß ich gestehen, daß jedesmal mein Adrenalinspiegel steigt, wenn ich in New York ankomme. Bei allen Extremen, die diese Stadt ausmachen – Prunk und Verkommenheit, schamlos zur Schau gestellter Reichtum und jämmerliche Armut dicht an dicht nebeneinander, Grünanlagen neben mit Zäunen abgesperrten Baugrundstücken, leerstehende, heruntergekommene Gebäude in Sichtweite der glitzernden Türme aus Glas und Stahl, der tägliche Wahnsinn, die unheimliche nächtliche Ruhe – die ganze Stadt scheint stets von einer unbändigen Energie erfüllt zu sein, hier pulsiert das Leben in all seinen verschiedenen Erscheinungsformen.

Meine Suite auf der dreiundzwanzigsten Etage (die ausdrücklich als Raucherzone ausgewiesen war) strahlte eine angenehme Anonymität aus, nur die Luft roch leicht muffig. Ich wollte ein Fenster öffnen, stellte jedoch fest, daß es fest verriegelt war. Hinter einem Fenster auf der gegenüberliegenden Seite des Lichtschachtes sah ich in einem identisch eingerichteten Zimmer einen Mann in Hemdsärmeln, der in ein Funktelefon sprach. Ich hängte das *Do Not Disturb*-Schild an den Türknauf, legte die Sicherheitskette vor und ging ins Badezimmer, wo ich einen tropfenden Wasserhahn und die übliche Gratisküchenschabe in der Badewanne vorfand. Hotelbadezimmer haben mich schon immer fasziniert. Ich habe einmal eine Studie über die Toilettenartikel gemacht, die dem Hotelgast heutzutage überall auf der Welt gratis zur Verfügung gestellt werden. Man gewinnt nicht selten den Eindruck, als seien sie für Liliputaner bemessen. In diesem Fall hatte das Gratisstück Seife etwa die Größe einer Hostie, und bei dem Versuch, mich damit einzuseifen, flutschte es mir aus der Hand und flog mit der Geschwindigkeit eines Eishockeypucks quer durch das Badezimmer.

Während ich in der Badewanne lag, wurde mir plötzlich das Idiotische an meiner Situation bewußt. Trotz meiner Übermüdung stiegen leise Zweifel in mir auf, und ich fragte mich, ob es eine weise Entscheidung gewesen war, nach New York zu kommen. War ich so viele Meilen weit gereist, nur um eine Verabredung in Samarra einzuhalten? Als ich mir in Venedig Ghias gute Ratschläge anhörte, war mir sein Vorschlag, nach Amerika zu fliegen, ganz vernünftig vorgekommen. Doch jetzt, als der Wind im Luftschacht wie ein Todesengel heulte, überkamen mich wieder Zweifel. Es heißt, es sei ein Zeichen beginnenden Wahnsinns, wenn man anfängt, mit sich selbst zu reden, und während ich vor mich hin murmelnd zwischen dem Badezimmer und dem Schlafzimmer auf und ab ging, erblickte ich plötzlich mein verwirrtes Gesicht im Spiegel.

Nachdem ich Bill angerufen und mich mit ihm zur Happy Hour in seiner Lieblingsbar verabredet hatte, verspürte ich plötzlich aufgrund der Zeitverschiebung einen unbändigen Hunger und machte mich auf die Suche nach einer Imbißstube. Anschließend ging ich auf kürzestem Wege in meinen Lieblingsbuchladen auf der Madison Avenue, denn ich wußte, daß die Zeitverschiebung mich noch lange keinen Schlaf finden lassen würde, und ich brauchte etwas zu lesen. Ich kaufte mir den neuesten Roman von Updike und, um ein Auswahl zu haben, noch ein paar billige Taschenbücher.

Bill wirkte nervös, als wir uns trafen. »Ich trage ein Pflaster«, sagte er in diesem süffisanten Tonfall, den eben bekehrte Raucher anschlagen, wenn ein immer noch Süchtiger sich vor ihrer Nase eine Zigarette ansteckt. »Solltest du auch mal versuchen.«

»Funktioniert das denn?«

»Also, die klinischen Testergebnisse besagen, daß man keine schlimmen Entzugserscheinungen bekommt.«

»Tja, gut für dich. Ich bin beeindruckt. Wie lange trägst du es denn schon?«

»Seit zwei Tagen.«

»Ach, so lange schon. Dann hast du's ja gepackt.«

Er kippte seinen Martini und bestellte sich noch einen.

»Wie kommst du denn mit deinem neuen Roman voran? Hast du mir was mitgebracht?«

»Eigentlich nicht«, sagte ich ausweichend. »Ich arbeite an mehreren verschiedenen Ideen.«

»Hast du jemals unsere Reise nach Venedig verwertet?«

Als er das Thema erwähnte, spürte ich, wie mich die Panik wieder überkam, obwohl wir uns in einer überfüllten Bar befanden.

»Nein«, sagte ich, ohne ihn anzusehen. »Irgendwie krieg ich es nicht zu fassen. Eines Tages vielleicht.«

»Ich muß immer wieder an diesen Mordfall denken. Wenn ich den Leuten meine Fotos zeige, können sie es gar nicht glauben, daß ich da war, als es passiert ist. Mein Gott! So ein hübsches Mädchen!«

»Ja«, sagte ich, »ja, das war sie.«

»Haben sie den Täter jemals geschnappt?«

»Nicht, daß ich wüßte.«

»Du warst ja schwer auf Draht, das hat mich ziemlich beeindruckt.« Endlich wechselte er das Thema. »Können Marie und ich also damit rechnen, dich ab und zu zu sehen, solange du hier bist? Wie lange bleibst du überhaupt?«

»Bisher habe ich noch keine Pläne für meine Rückreise.«

»Gut. Wollen wir uns morgen zum Abendessen treffen?«

»Klingt gut.«

»Die Verleihung findet nächsten Dienstag statt.« Er beäugte meine Zigarette. »Sie sind ganz begeistert, daß du hergekommen bist. Ich habe unsere Werbeabteilung angewiesen, ein paar Interviews zu arrangieren. Ich kann dir sagen, es ist heutzutage gar nicht so einfach, Bücher zu verkaufen. Die Saison ist bisher ziemlich schlapp gewesen. Wir haben nur Schrott auf der Bestsellerliste und warten auf den großen Durchbruch. Und natürlich hat es im Büro mal wieder ein paar drastische Veränderungen gegeben. Die Aasgeier kreisen über unseren Köpfen. Wir hatten alle damit gerechnet, daß Murdoch ein Angebot machen würde, aber er ist im letzten Moment abgesprungen. Charlie Goodwin ist zu Viking gegangen – erinnerst du dich noch an Charlie? –, und Gloria, die unsere Kochbuchabteilung geleitet hat, ist an Krebs erkrankt und innerhalb von drei Wochen gestorben. Sie hat zwei Kinder hinterlassen, es war ein Schock für uns alle, das kannst du mir glauben. Ich sage dir, der Laden ist nicht mehr derselbe.«

Während er redete, fragte ich mich, ob ich ihm den wahren Grund für meinen Besuch nennen sollte.

»Aber du bist noch dabei?«

»Tja, ich geb's nicht auf. Ruf mich morgen früh an, ja? Was würdest du gerne essen? Pasta oder was? Nein, das würde uns vielleicht zu sehr an Venedig erinnern. Ich hab den Geschmack von dem Essen immer noch im Mund. Auf der Third Avenue ist ein neuer Thai, von dem alle Leute schwärmen. Den könnten wir ja mal ausprobieren. Ich werde einen Tisch reservieren. Morgen solltest du einmal ins Büro kommen und dich mit ein paar von unseren Leuten unterhalten. Es kann nie schaden, wenn man sich mal blicken läßt. Tut mir leid, daß ich heute abend nicht mit dir ausgehen kann, aber meine Schwiegereltern sind heute aus Cleveland eingeflogen. Wahrscheinlich bringen die mich dazu, daß ich wieder anfange zu rauchen. Hör zu, ich mache dir einen Vorschlag. Vince und Eleanor O'Hara haben uns übers Wochenende eingeladen. Du hast sie mal bei mir zu Hause kennengelernt. Sie haben ein tolles Haus in Roxbury, und sie würden dich bestimmt gerne wieder einmal sehen. Da draußen wohnen eine Menge Schriftsteller, Bill Styron und Terry Southern, zum Beispiel. Wir besorgen dir eine Einladung, und dann fahren wir gemeinsam hin.«

»Wunderbar.«

»Ich weiß, sie würden sich freuen. Das sind Leute von deinem Schlag.«

Ich fragte mich, wer wohl von der Vorstellung begeistert sein konnte, daß ein völlig fremder Mensch unerwartet fürs Wochenende hereinschneit.

Nachdem wir uns auf dem Gehweg verabschiedet hatten, begab ich mich in die Third Avenue und kaufte mir ein Kinoticket für den neuesten französischen Film. Die Dunkelheit im Kinosaal hatte etwas Beruhigendes, und der Film lenkte mich für ein paar Stunden von meinen Problemen ab. In meinem Hotelzimmer überprüfte ich, ob in meiner Abwesenheit etwas angerührt worden war, aber abgesehen davon, daß das Bett aufgedeckt und eine neue Seifenhostie im Bad lag, schien alles noch so zu sein, wie ich es verlassen hatte. Ich schaltete den Fernseher ein. Es gab jedoch nichts als langweilige Schwarzweißfilme, die aus dem Mittelalter zu stammen schienen, und Werbespots, von denen jeder zweite ein Heilmittel für irgendwelche Zipperlein anpries. Sollte ein Außerirdischer sich das Fernsehprogramm ansehen, würde er unweigerlich zu der Überzeugung gelangen, daß die Mehrzahl der Amerikaner dringend notärztlich behandelt werden müßte. Ich sah mir den Quatsch eine Zeitlang an und wandte mich dann vernünftigeren Dingen zu; ich las meinen John Updike, bis ich schließlich einschlief.

Am nächsten Tag stattete ich Bills Laden einen Besuch ab. Während mein erster Verleger mich stets in seinem schäbigen kleinen, mit Stapeln von eselsohrigen Manuskripten vollgestopften Büro empfangen hatte, residierte Bill in einem abgeteilten Bereich eines labyrinthartigen Großraumbüros. Als ich an den bis zum Boden reichenden Fenstern vorbeiging, wurde mir sofort schwindlig. Nacheinander wurde ich den Chefs der Abteilungen Vertrieb, Marketing und Werbung vorgestellt, die alle jene für New York typische Art von Selbstbewußtsein ausstrahlten, die mir auf die Dauer ziemlich auf die Nerven geht. Ich trank zuviel Alkohol bei dem Mittagessen, zu dem sie mich eingeladen hatten, und bis zum Ende der Mahlzeit hatten sie mich mit ihrem ganzen Publicityrummel angesteckt, eine gefährliche Sache für einen Autor.

Nachdem wir einmal den Freitagabend-Berufsverkehr hinter uns gelassen hatten, war die Fahrt nach Roxbury ein Vergnügen. Bill war viel zu sehr in seinen Jaguar verliebt, um riskant zu fahren, und so schnurrten wir gemächlich den malerischen Merritt Parkway entlang bis nach Westport, wo wir auf Nebenstraßen weiter über Land fuhren. Die Vegetation wurde zunehmend üppiger, und mit jeder Meile, die wir zurücklegten, wich mein anfängliches Unbehagen einer ruhigen Gelassenheit. Ich mochte Bills Frau, Marie, sie war klug und attraktiv und hatte nichts von dieser zackigen Härte, die für manche amerikanischen Frauen so typisch ist. Während des größten Teils der Fahrt plauderten wir über den Zustand des Broadwaytheaters und über Edward Albee und vor wem fürchtete er sich noch?

Das Haus von Eleanor und Vince war eine weiße Villa im Kolonialstil mit Swimmingpool und Tennisplatz, umgeben von etwa zehn Morgen Land. Vince, der in der Chefetage einer führenden Kosmetikfirma arbeitete, hatte mit Bill zusammen in Princeton studiert. Vince und seine Frau begrüßten uns gemeinsam an der Haustür. Die beiden sahen aus wie Ralph-Lauren-Klone. Tatsächlich schien das ganze Haus in Mr. Laurens Stil eingerichtet zu sein. Es waren keine Kosten gescheut worden. Mir wurde ein Schlafzimmer im Dachgeschoß zugewiesen, von dessen Gaubenfenstern aus ich einen einladenden Ausblick auf den Swimmingpool und den Tennisplatz hatte. Meine Stimmung besserte sich erheblich, denn die beiden hatten sich alle Mühe gegeben, mir meinen Aufenthalt so angenehm wie möglich zu gestalten. Sie hatten sogar aktuelle englische Zeitungen und eine Flasche zwölf Jahre alten Malt Whisky in meinem Zimmer deponiert.

Der Abend war so mild, daß wir im Garten grillen konnten, und die Mahlzeit wurde ohne diese exquisiten Zutaten serviert, die manche Leute bei derartigen Gelegenheiten auffahren. Es gab nur saftige Steaks, Folienkartoffeln, gemischten Salat und einen guten Hauswein. Ich hätte glauben können, meine alptraumhaften Erlebnisse seien allein meiner Phantasie entsprungen.

»Das wäre doch brauchbarer Stoff für ein Buch«, sagte Bill, als Vince von den Risiken erzählte, die sein Beruf mit sich brachte. »Du solltest Vince übers Wochenende ein bißchen löchern, und schon hast du einen Entwurf für einen neuen Roman. Dann kannst du mal enthüllen, wie Frauen von rücksichtslosen Typen wie unserem Gastgeber vorgegaukelt wird, sie könnten ewig jung bleiben.«

»Vielen Dank auch«, sagte Vince.

»Ja, Bill«, sagte Marie, »wir sind dir sehr verbunden, Mr. Taktvoll.«

»War doch nur Spaß.«

»Es stimmt übrigens tatsächlich, daß unsere Produkte einen altershemmenden Effekt haben, du zynischer Bastard. Wenn ich's mir recht überlege, könntest du auch ein bißchen von unserer neuesten, mit Liposomen vollgepackten Feuchtigkeitscreme gebrauchen.«

»Und was zum Teufel sind Liposome?«

»Um ehrlich zu sein, ich weiß es nicht. Aber die Leute aus unserer Forschungsabteilung schwören, daß sie an einer Haut wie deiner Wunder bewirken können. Ich werde ihm eine Gratisprobe geben, Marie.«

»Solange er sich nicht zu einem zweiten Dorian Grey entwickelt. Ich möchte nachher nicht mit einem kleinen Jungen dasitzen.«

»Hör zu, Martin, im Ernst«, sagte Vince, »ich würde dir gern unsere Firma zeigen, wenn es dich interessiert.« Später am Abend drückte er mir ein Hochglanzmagazin mit einem Bericht über eine Schönheitsfarm in die Hand, die seine Gesellschaft eben in Arizona eröffnet hatte.

Es herrschte eine heitere Stimmung, denn sie waren alle einander sehr vertraut. Ich beneidete sie um ihre Freundschaft und ihre Gelassenheit. Im Laufe des Wochenendes entdeckte ich jedoch Züge an Vince O'Hara, die mich an Gatsby erinnerten, und ich konnte mir gut vorstellen, daß er bei der Verwirklichung des American Dream durchaus skrupellos sein konnte. Beim Tennis nahm er jedenfalls keinerlei Rücksicht auf seine Gäste, sondern spielte jeden erbarmungslos an die Wand.

Ich nahm das Magazin mit in mein Zimmer, um im Bett noch darin zu lesen. In den meisten Artikeln wurde die Lebensqualität der einsamen Orte auf den Hochebenen angepriesen. Der Bericht, den Vince mir ans Herz gelegt hatte, enthielt ganzseitig und in Farbe ein Gruppenfoto von mehreren lokalen Honoratioren, die sich vor einem opulenten Neubau versammelt hatten. Die Bildunterschrift lautete: *Eröffnungsgala des neuen Institute of Cosmetic Therapy in Carefree*. Eher aus Höflichkeit denn aus echtem Interesse blätterte ich weiter, und ich wollte das Heft gerade weglegen, als das Gesicht einer Frau auf dem Gruppenfoto mich stutzig machte. Sie hatte dunkles, kurzgeschnittenes Haar und war überaus elegant gekleidet, aber irgend etwas an ihr kam mir bekannt vor. Um das Gesicht besser erkennen zu können, hielt ich das Heft unter die Nachttischlampe. Je länger ich das Foto betrachtete, um so mehr gelangte ich zu der Überzeugung, daß ich Sophie endlich gefunden hatte. Die Zeit hatte ihren Tribut gefordert, und ihre Figur war nicht mehr, was sie einmal gewesen war, ihre Gesichtszüge waren härter geworden, aber ich war absolut sicher, daß sie es war. Ich ging die Namensliste auf der gegenüberliegenden Seite durch, und tatsächlich, sie war als Sophie Gregory aufgeführt. Ich erinnerte mich dunkel, daß Gregory der Mädchenname ihrer Mutter gewesen war. Die Entdeckung war ein solcher Schock, daß ich am ganzen Körper zu zittern begann, und ich mußte mich auf die Bettkante setzen und tief durchatmen, bis die Krämpfe sich gelegt hatten. Ich riß die Seite heraus, faltete sie zusammen und steckte sie in meine Brieftasche. Den Rest der schlaflosen Nacht verbrachte ich damit, mir einen Plan zurechtzulegen.

Am Sonntag abend auf dem Rückweg nach New York wußte ich bereits, was ich zu tun hatte, sobald die Preisverleihung vorbei war. Am nächsten Morgen fühlte ich mich, als ob ich eine lange Krankheit endlich überstanden hätte. Ich ging zur Bank, hob eine größere Summe Bargeld ab, kaufte mir einen Straßenatlas und stellte fest, wo genau die Carefree-Niederlassung zu finden war. Sie lag etwa zwanzig Meilen nordöstlich von Phoenix, am Fuß der Berge.

Während der Preisverleihung war ich immer noch in Hochstimmung. Der Edgar Award wird vom Verband der amerikanischen Krimiautoren vergeben, und ich würde sagen, daß Leute, die ihr Leben der Konstruktion von Morden und anderen Verbrechen widmen, recht seltsame Kreaturen sind und einen für Außenstehende schwer verständlichen Jargon sprechen. Es ist nicht leicht, sich mit anderen über die Kunst des Schreibens zu unterhalten, denn seit der literarische Salon aus der Mode gekommen ist, gibt es wenig direkten Austausch zwischen Schriftstellern. Wir neigen dazu, zurückgezogen im stillen Kämmerlein zu arbeiten, es sei denn, man lädt uns zu Veranstaltungen wie die Edgar-Award-Verleihung ein. Bill und seine Kollegen saßen zusammen an einem Tisch. Sie waren offenbar hocherfreut darüber, daß einer der Preise an mich ging – eine Keramikbüste des guten alten Edgar Allen Poe, die heute noch auf meinem Schreibtisch steht, um mich an meinen Erfolg und gleichzeitig an meine Torheit zu erinnern. Sie war der erste Preis, den ich je gewonnen hatte, und ich muß gestehen, daß ich sowohl die Ehre als auch die Begegnung mit meinen Kollegen restlos genoß.

Für den folgenden Tag waren in unregelmäßigen Abständen mehrere Pressetermine anberaumt worden. Nachdem ich den ersten hinter mich gebracht hatte, war mir jedoch bereits der Gesprächsstoff ausgegangen, und ich wußte kaum, was ich noch über mich erzählen sollte. Das zweite Interview führte eine einschüchternde junge Dame, die mit einem blechernen Midwest-Akzent auf mich einredete.

Ihre erste Frage lautete: »Haben Sie *Sexuelle Anarchie* von Elaine Showalter gelesen?«

»Nein, bisher noch nicht.«

»Lesen Sie es, es ist ein sehr aufschlußreiches Buch, und Sie werden viel über sich selbst erfahren.«

»Wirklich? In welcher Hinsicht?«

»Sie trifft den Nagel auf den Kopf. Das Kapitel über Stevenson. Sie hätte es genausogut über Sie schreiben können. Ist Ihnen jemals aufgefallen, daß Ihre Protagonisten alle Junggesellen mittleren Alters sind, die keine Beziehung zu Frauen haben außer zu solchen, die sich auf eine dienende Rolle beschränken?«

»Tja, ich bemühe mich, den Tatsachen gerecht zu werden, und die Mehrzahl der Spione sind nun mal Einzelgänger. Das bringt der Job mit sich. Aber ich werde mir das Buch besorgen. Man lernt schließlich nie aus.«

Sie war nicht zu bremsen. Sie ließ sich lang und breit über »sexuelle Ghettos« aus, in denen männliche Autoren ihre weiblichen

Charaktere ansiedelten. »Hemingway hat damit angefangen, und der moderne Roman hat sich nie davon erholt.«

»Tatsächlich? Eine interessante Theorie.«

»Sie sollten Ihre eigenen Bücher noch einmal lesen.«

»Merkwürdigerweise nehme ich ein Buch kaum jemals wieder zur Hand, nachdem es einmal gedruckt ist.«

»Das sollten Sie aber.«

In einem Versuch, sie von ihrem Thema abzubringen, fragte ich sie, ob ich ihr eine Tasse Tee anbieten dürfe.

»Also, das ist ein wunderbares Beispiel, wenn Sie gestatten, daß ich das sage. In Ihrem Unterbewußtsein assoziieren Sie Frauen mit Küche, Essen, überhaupt Hausarbeit.«

»Eigentlich wollte ich den Zimmerservice anrufen«, erwiderte ich lächelnd. »Auf keinen Fall wollte ich Sie bitten, den Tee zuzubereiten. Nicht einmal unbewußt.« Der Witz ging an ihr vorbei.

»In meiner Klasse nennen wir so etwas ›Küchenpornographie‹.«

Ich hatte mittlerweile den Faden verloren. »In welcher Klasse?«

»Ich gebe in Queens einen Kurs über die antifeministische Struktur des modernen Romans. Bleiben Sie noch länger hier? Kommen Sie doch einmal in den Unterricht.«

»Das würde ich gerne tun, aber leider reise ich morgen früh ab.«

»Schade. Tja, es hat mir Spaß gemacht, mit Ihnen zu reden. Sie haben mir eine Menge über sich erzählt«, fügte sie bedeutungsvoll hinzu, während sie ihren Kassettenrecorder in einen Stoffbeutel steckte. Ich machte mir keine großen Illusionen über das, was sie über mich schreiben würde.

Mein letzter Interviewer war ein eleganter junger Mann, der unangemeldet eintraf.

»Verzeihen Sie, daß ich Sie so spät noch belästige, aber mein Verleger hat mir das in letzter Minute auf den Tisch gelegt.«

»Ist schon in Ordnung. Bei welcher Zeitung sind Sie?«

»Ich arbeite für ein neues literarisches Magazin mit dem Titel *In Focus*. Wir sind noch nicht lange im Geschäft, aber wir entwickeln uns, und wir unterhalten uns gern mit Berühmtheiten, die unser Land besuchen.«

Er setzte sich lässig in einen meiner Sessel, und ich konnte nicht umhin zu bemerken, daß er für jemanden, der für so ein kleines Blättchen arbeitet, überraschend gut gekleidet war.

»Ich wollte mir gerade einen Drink genehmigen. Würden Sie ein Glas mit mir trinken?«

»Yeah, gute Idee.«

»Mit freundlicher Genehmigung meines Verlegers, wenn ich das hinzufügen darf.«

Er betrachtete meinen Edgar, während ich ihm einen Drink einschenkte.

»Hat man Ihnen außer diesem Ding auch eine größere Summe verliehen?«

»Nein, nur die Ehre. *Cheers*.«

»*Cheers*.«

»Das hab ich gebraucht.«

»Das kann ich mir vorstellen. Was uns interessiert, sind weniger Ihre Bücher, denn wir sind snobistisch genug, davon auszugehen, daß unsere Leser die sowieso gelesen haben … und überhaupt, finden Sie diese dümmlichen Artikel nicht gräßlich, in denen ständig darüber spekuliert wird, ob in allem und jedem ein tieferer Sinn zu finden ist? … Wir wollen eher erfahren, wie Sie Ihr öffentliches Leben von Ihrem privaten trennen. Ich mache mir übrigens keine Notizen, denn erfahrungsgemäß können die Leute unbefangener reden, wenn nicht ständig einer mit Bleistift und Papier vor ihnen sitzt. Aber ich habe ein gutes Gedächtnis.«

Während der ersten zehn Minuten, also etwa bis er sein Glas ausgetrunken hatte, stellte er mir höfliche Fragen und schien im Gegensatz zu meiner letzten Interviewpartnerin keine eigennützigen Zwecke zu verfolgen. Als er jedoch sein leeres Glas abstellte, änderte sich seine Haltung abrupt.

»Für einen Schriftsteller reisen Sie ungewöhnlich viel.«

»Finden Sie?«

»Es kommt mir so vor. Die meisten amerikanischen Autoren sind eher bodenständig und bewegen sich kaum noch vom Fleck, wenn sie sich einmal häuslich niedergelassen haben. Das gilt natürlich nicht für diese Typen, die nach dem Krieg in Europa hängengeblieben sind.«

»Ja, wahrscheinlich haben Sie recht, nun, da Sie es erwähnen. Aber das schadet nichts. Tolstoi ist nie weit gereist, aber das hat seinem Talent keinen Abbruch getan. Ich reise viel, weil meine Bücher an exotischen Schauplätzen spielen.«

»Wie zum Beispiel in Moskau?« Mit dieser Frage hatte ich nicht gerechnet.

»Ich würde Moskau nicht unbedingt als exotisch bezeichnen.«

»Das war vielleicht ein schlechtes Beispiel. Wie wär's mit Venedig?« sagte er. Zum erstenmal gefror sein charmantes Lächeln. »Ich bin selbst noch nie dort gewesen, aber wie ich höre, soll ein Aufenthalt dort recht ungesund sein.«

»Das hängt davon ab, zu welcher Jahreszeit man hinfährt«, sagte ich.

»Oder wann man abreist.« Er sah mir direkt ins Gesicht; sein Lächeln war nun gänzlich verschwunden. »Ich bin mir jedoch sicher, daß Sie als weitgereister Mann auf sich aufzupassen wissen. Es ist vor allem wichtig, gesund zu bleiben.« Er schob seine Manschetten zurück, um auf seine goldene Armbanduhr zu sehen. »Ich wette, Sie haben für heute genug, ich sollte Ihnen nicht länger auf der Pelle hocken. War nett, mit Ihnen zu reden.«

»Ganz meinerseits.«

»Wohin reisen Sie als nächstes?«

»Nach Hause«, sagte ich.

»Yeah, zu Hause ist es doch immer am schönsten. Da gerät man nicht in Schwierigkeiten.«

Nachdem ich die Tür hinter ihm geschlossen hatte, rief ich Bill an. Er war nicht in seinem Büro, also ließ ich mich mit der Werbeabteilung verbinden.

»Haben Sie schon mal von einem Magazin namens *In Focus* gehört?«

»In was?«

»Focus.«

»Nie gehört.«

»Ich bin gerade von einem ihrer Leute interviewt worden«.

»Ganz schön dreist! Die hatten sich gar nicht bei mir angemeldet. Ich seh mal eben nach.«

»Nein, lassen Sie nur, es ist nicht so wichtig.«

»Wie ist denn der Rest gelaufen?«

»Okay. Können Sie mir einen Gefallen tun? Ich habe versucht, Bill anzurufen, aber er ist im Moment nicht in seinem Büro. Sagen Sie ihm, es hat sich etwas Wichtiges ergeben, und ich muß noch heute abend abreisen.«

»Ach, wie schade. Klar, ich sag ihm Bescheid. Fliegen Sie nach London zurück?«

»Ja, ich muß ein bißchen Geld verdienen.«

»Also, guten Flug. Es war nett, Sie kennenzulernen.«

Ich legte auf und fing an zu packen. Es war mir zu riskant, vom Hotel aus einen Flug zu buchen, also beschloß ich, mein Glück am Kennedy-Flughafen zu probieren. Ich kam gerade rechtzeitig für einen Flug mit Delta Airlines nach Phoenix, mit einer Zwischenlandung in Dallas. Der erste Teil der Flugstrecke war recht unruhig, was mich besonders nachts nervös macht, und ich war sehr erleichtert, als wir in Fort Worth landeten. Flughäfen bei Nacht erinnern mich stets an Wartezonen in Krankenhäusern: eine Menge übermüdete Menschen, auf harten Sitzen in sich zusammengesunken; ihr Schicksal liegt in den Händen anderer, und es gibt nichts, was sie tun könnten. Zu allem Überfluß scheinen auch noch alle Uhren im Zeitlupentempo zu gehen. An meinem Flugzeug wurde ein technischer Defekt entdeckt, und es dauerte mehrere Stunden, bis der Fehler behoben war. Um mir die Zeit bis zu unserem Abflug zu vertreiben, ging ich in den Waschraum und rasierte mich. Mehrere meiner Mitreisenden waren auf dieselbe Idee gekommen.

Bei unserer Landung in Phoenix herrschte eine Temperatur von nahezu vierzig Grad, und als ich aus der klimatisierten Flughafenhalle trat, hüllte die trockene Hitze mich wie eine warme Decke ein. Wie die meisten Flughäfen wurde Sky Harbor vergrößert, umgebaut und modernisiert, aber im Gegensatz zu New York war Phoenix ansonsten blitzsauber, und der smogfreie, wolkenlos blaue Himmel war eine willkommene Abwechslung. Ich ging an den Hertz-Schalter, um mir ein Auto zu mieten. Die junge Frau hinter dem Tresen hatte selbst zu dieser Tageszeit ein Lächeln für mich übrig und bot mir einen nagelneuen Thunderbird an, der, wie sie mir zu verstehen gab, erst 14.000 km auf dem Tacho hatte. Als ich in meine Brusttasche griff, um meine Kreditkarten zu zücken, mußte ich feststellen, daß sie leer war. Ich sah überall nach, in meinen Hosentaschen, in meiner Brieftasche. Nichts. Ich durchsuchte mein Handgepäck in der Hoffnung, daß ich sie aus Versehen weggepackt und nur vergessen hatte, sie wieder herauszunehmen. Wieder nichts. Langsam geriet ich in Panik, denn ich bewahrte meinen Führerschein stets zusammen mit meinen Kreditkarten auf.

»Es tut mir leid«, sagte ich zu der jungen Frau. »Es sieht so aus, als ob ich meine Kreditkarten verloren hätte. Aber ich habe natürlich Bargeld.«

»Wir nehmen kein Bargeld an, Sir.«

»Auch nicht, wenn ich einen höheren Preis bezahle?«

»Nein, Sir.«

Ich hätte es wissen müssen. Bargeld ist immer weniger erwünscht in Amerika; wer kein Plastikgeld hat, ist gleich verdächtig.

»Können Sie sich erinnern, wann Sie sie zuletzt benutzt haben?« fragte die junge Frau. Sie war immer noch bemüht, freundlich zu sein, blickte jedoch bereits gelangweilt nach dem nächsten in der Schlange.

»In New York«, sagte ich, »aber ich bin mir ziemlich sicher, daß sie in meiner Tasche waren, als ich meinen Flug antrat.«

»Nun, ich hoffe, daß Sie sie wiederfinden. Entschuldigen Sie mich, Sir.« Sie wandte sich dem nächsten Kunden zu. Vergeblich durchsuchte ich noch einmal alle Taschen und mein Handgepäck. Dann fiel mir wieder ein, daß ich in Dallas den Waschraum aufgesucht und mein Jackett an einen Haken gehängt hatte, während ich mich rasierte. Ich konnte mir nur vorstellen, daß jemand sie dort gestohlen hatte. Schließlich gab ich es auf und entfernte mich von dem Schalter; die anderen in der Schlange sahen mir nach, und ich wurde das Gefühl nicht los, daß sie mich für einen Betrüger hielten.

Wütend über meine eigene Blödheit nahm ich mir ein Taxi. Wie mein Glück es wollte, geriet ich an einen Taxifahrer, der sofort auf meinen britischen Akzent ansprang. Stolz erzählte er mir, daß er in der US-Navy gedient hatte und eine Zeitlang in Holy Loch in Schottland stationiert gewesen war. Ich hörte mir höflich seine enthusiastischen Ausführungen über die schottischen Frauen und seine weniger begeisterten über unser Bier an. »Die haben da drüben noch nie was von Eis gehört. Mit dem Zeug hätte man sich an einem kalten Morgen rasieren können.«

Seine Bemerkung über das Rasieren versetzte mir einen Stich.

»Wo sind Sie her?« fragte ich und hoffte auf eine Gelegenheit, ihn zu meinem eigenen Nutzen auszuquetschen.

»Hört man das nicht? Ich komme aus der Bronx. Ich hab ein paar Dummheiten gemacht, nachdem ich aus der Navy entlassen wurde, und mußte aus dem Big Apple verschwinden. Das ist ein heißes Pflaster. Ich hab mich scheiden lassen, bin hier rausgezogen, und seitdem lebe ich hier. Wie lange werden Sie denn in der Gegend bleiben?«

»Ich habe keine festen Pläne. Ich bin zum erstenmal hier und möchte mir das Land ansehen.«

Er zückte eine Visitenkarte und reichte sie mir. Ich las: *Eddie Kuhl – Flughafentaxi, 24-Stunden-Service, Pool- und Gartenpflege, Installateur*.

»Der schnelle Eddie«, sagte er grinsend. »Sie verstehen? Brauchen Sie einen ortskundigen Führer?«

»Was ich wirklich brauche, Eddie, ist ein Auto«, sagte ich.

»Sehen Sie, ich bin beklaut worden. Irgend jemand hat mir meine Brieftasche mit sämtlichen Kreditkarten geklaut. Keine Sorge, ich habe noch genug Bargeld, um Sie zu bezahlen.«

»Ach du Scheiße! Tja, mich wundert's nicht. Heutzutage treibt sich überall Gesindel rum. Sie sagten, Sie brauchen ein Auto?«

»Ja, aber ohne Kreditkarte kann ich nirgendwo eins mieten. Ich will also versuchen, eins zu kaufen.«

Ich konnte beinahe spüren, wie seine grauen Zellen arbeiteten. Offenbar hatte ich den richtigen Mann erwischt.

»Was für einen Wagen brauchen Sie denn?« fragte er schließlich.

»Irgendwas Zuverlässiges auf vier Rädern für ein paar Wochen.«

»Also, ich hab noch einen Oldsmobile, Baujahr '87. Er gehört Ihnen, wenn Sie wollen. Nichts Besonderes, aber er läuft noch ganz gut.«

»Wirklich? Sie würden ihn mir überlassen?«

»Klar. Wollen Sie sich ihn mal ansehen? Ich wohne draußen in Mesa. Ich könnte den Taxameter abstellen und Sie mal eben hinfahren.«

»Ich sollte Ihnen noch sagen, daß ich auch keinen Führerschein bei mir habe. Würde Ihnen das etwas ausmachen?«

»Ist mir völlig schnuppe. Aber eins will ich Ihnen sagen, Rasen ist hier nicht, da sind die Bullen in dieser Gegend knallhart. Die haben sogar versteckte Kameras – dann kriegen Sie Ihr Konterfei mit der Post und eine Knolle von hundert Dollar, also lassen Sie sich Zeit. Und wenn sie schneller als hundertfünfzig fahren, werden Sie aufgeknüpft.«

Er wohnte in einem Wohnwagen, der mich an unsere Nachkriegsfertighäuser erinnerte. Ich begutachtete den Wagen, den er mir angeboten hatte. Er hatte vier passable Reifen, und abgesehen von einigen kleineren Beulen schien er durchaus verkehrstauglich und für meine Zwecke wunderbar geeignet zu sein. Ein neues, chromblitzendes Auto wäre zu auffällig gewesen. Nachdem wir uns auf einen Preis geeinigt und ich im voraus bezahlt hatte, lud er mich zu einem Drink ein. Wir waren inzwischen per du. Der Wohnwagen enthielt die typische Einrichtung – Einbaumöbel und verschlissene Sitzpolster. Auf einem Regal stand neben einem U-Boot-Modell ein Käfig mit einer apathischen Rennmaus, die er mit ein paar vergammelten Essensresten aus einer Bratpfanne fütterte, nachdem er zwei Dosen Bier aus der Kühlbox genommen hatte. Ich registrierte, daß mehrere Waffenkataloge und Taschenbücher von Mickey Spillane herumlagen. An der Wand hing ein Penthouse-Kalender.

»Auf Schottland«, sagte er, als er seine Bierdose öffnete.

In diesem Augenblick erschien eine ausnehmend gutgebaute junge Frau mit Einkaufstüten unter dem Arm in der Tür. Sie trug ein buntes Minikleid, das kaum ihren Hintern bedeckte und ihre langen, braungebrannten Beine zeigte. Ihr blondes Haar hing ihr in dünnen Strähnen bis auf die Schultern. Sie blieb in der Tür stehen und starrte mich an.

»Schätzchen, das ist Martin, Martin, das ist Sally.«

»Hallo. Nett, Sie kennenzulernen«, sagte ich.

»Hi«, erwiderte sie, nicht gerade begeistert. Als sie ihre Tüten auf dem Tisch deponierte, fielen ihr fast die Brüste aus dem Ausschnitt.

»Martin ist aus England. Das hast du wahrscheinlich schon an seinem Akzent gehört. Willst du'n Bier, Schätzchen?«

»Nee, lieber 'ne Cola.«

Eddie ging an die Kühlbox. »Ich hab Martin den Olds vermietet.«

»Für was braucht er den denn?«

»Für was? Zum Fahren natürlich, was sonst?« Er zwinkerte mir zu.

Mit ausdruckslosem Gesicht und ohne mich eines weiteren Blickes zu würdigen, schleuderte sie ihre Schuhe weg und setzte sich mit angezogenen Knien auf einen der Sitze, was mir eine interessante Aussicht auf ihre endlosen Beine verschaffte.

»Eines Tages kauf ich mir 'n größeren Wohnwagen.«

»Wann?« fragte Sally. »Morgen zum Beispiel?«

»Wer weiß, vielleicht morgen schon, mein Schatz. Hier kann sich alles ruck, zuck ändern. Man muß nur positiv denken. Martin, hast du Lust, zum Essen zu bleiben? Was hast du denn alles eingekauft, Schatz?«

»Nicht genug für drei.«

»Macht euch wegen mir keine Umstände«, sagte ich schnell. »Ich muß sowieso los.«

»Hast du was Bestimmtes vor? Fahr doch rauf nach Sedona, da wird's dir gefallen.«

»Sedona ist Scheiße«, sagte Sally. »In Mexiko, da ist richtig was los.«

»Was hast du schon für 'ne Ahnung? Halt dich einfach raus, Schätzchen.«

Es war Zeit, daß ich mich auf den Weg machte. Ich verabschiedete mich von Sally, die lediglich ihre Coladose in meine Richtung hob. Als wir draußen waren, versuchte Eddie, sich zu entschuldigen. »Sie ist in Ordnung. Nicht, daß du denkst, ich steh bei ihr unterm Pantoffel. Es ist nur, sie will endlich 'n Ehering am Finger haben, und ich hab nicht vor, noch mal vor den Altar zu treten.«

Er deponierte meine Reisetasche im Kofferraum und warf mir die Wagenschlüssel zu. »Der Sprit ist bald alle, geh lieber tanken, bevor du 'ne weitere Strecke fährst. Kann gefährlich werden, wenn du ihn in der Wüste trockenfährst.«

»Vielen Dank, mach ich.«

»Wenn du nach Sedona willst, nimmst du am besten die 17 nach Norden. Hör nicht auf sie, es ist echt nett da oben.«

»Ja, ich hab schon davon gehört.« Ich war nach wie vor vorsichtig und legte keinen Wert darauf, daß irgend jemand wußte, wohin ich fuhr. »Vielen Dank auch für deine Hilfe.«

»War mir ein Vergnügen. Viel Spaß. Wenn du wieder in die Gegend kommst, können wir uns ja mal 'n Abend zusammen amüsieren. Sally hat 'ne nette Freundin, dann können wir zu viert ausgehen.«

»Klingt gut.« Ich war schon so weit, daß ich seinen Akzent nachäffte.

Ich nahm nicht die Interstate 17 nach Sedona, sondern wählte die direkteste Strecke nach Carefree, nachdem ich vollgetankt und mir eine Straßenkarte gekauft hatte. Ich fuhr quer durch die Stadt bis an die Kreuzung Camelback und Scottsdale Road. Der Camelback-Berg, der hinter dem großen Einkaufszentrum aufragte und die Landschaft dominierte, war das Wahrzeichen der Stadt. Am Straßenrand schwitzten erschöpfte Jogger dem amerikanischen Traum von ewiger Jugend entgegen. Die Wohnsiedlungen auf beiden Seiten der Hauptstraße wurden durch üppige Oleanderhecken gegen den Verkehrslärm abgeschirmt; entlang der Gehwege auf beiden Seiten der Straße standen Orangen- und Grapefruitbäume, deren Stämme weiß gestrichen waren, und es gab weit und breit nicht eine einzige Reklametafel. Nachdem ich eine Straße mit dem Namen Thunderbird überquert hatte, wurde die Bebauung spärlicher. Kleine Privatflugzeuge, deren Tragflächen in der heißen Luft wie Mückenflügel zu zittern schienen, glitten geräuschlos in ihren Landeanflug auf den Flughafen in Scottsdale. Die Klimaanlage des alten Oldsmobile klapperte mit ihren metallenen Flügeln, und ich schaltete das Radio ein, um das unangenehme Geräusch zu übertönen. Die sonore Stimme des DJ verkündete, daß ich K-Light hörte, den Sender, der versprach, mich mit leichter Rockmusik sicher nach Hause zu geleiten. Vor mir lag die kurvenlose, endlos scheinende Straße, die sich in den fernen Bergen am Horizont verlor. Ich fuhr inzwischen durch Wüstengebiet, hier und da standen Riesenkakteen, die wie Säulen in den blauen Himmel ragten. Irgendwie erinnerten sie mich an das Handzeichen, das italienische Autofahrer machen, wenn man sie schneidet. In regelmäßigen Abständen waren Schilder am Straßenrand aufgestellt, die das Schießen und das Verlassen der Straße untersagten. Ich fuhr an einigen Straßenständen vorbei, an denen ausgebleichte Stierschädel, aus Blech geschnittene Kojoten und Indianerschmuck, den wahrscheinlich taiwanesische Navajos herstellten, feilgeboten wurden.

Nachdem ich eine nachgebaute Westernstadt passiert hatte, wurde die Straße einspurig und führte in Serpentinen etwa acht Meilen bergauf. Ein paar einsame Lehmhütten waren die einzigen Hinweise auf menschliches Leben, und die Wegweiser, die hier und da am Straßenrand standen, entsprachen dem, was ein Einfaltspinsel wie ich sich unter dem Wilden Westen vorstellt: Lone Mountain, Never Mind Trail, Sleepy Hollow, Long Rifle.

Kurz bevor ich die Ortsgrenze von Carefree erreichte, fiel die Straße wieder leicht ab, und vor mir erhob sich ein sorgfältig aus Felsstücken aufgeschichteter Hügel, an dessen Fuß ein großes Kreuz aufragte. Als ich mich dem Hügel näherte, erkannte ich, daß es sich um eine futuristische Kirche handelte, die wie ein Chamäleon der Umgebung angepaßt war. Carefree war eine Stadt ohne Anfang und Ende, die Straßen menschenleer. Wahrscheinlich waren die betuchten Bewohner der Millionen-Dollar-Luxusbungalows alle damit beschäftigt, ihre Golfbälle zu zählen.

Während ich meine Geschwindigkeit drosselte, wurde mir plötzlich bewußt, daß mein spontaner Entschluß, hierher zu kommen, etwas übereilt gewesen war. Ich wußte weder, wie ich Sophie finden, noch wie ich mich verhalten sollte für den Fall, daß ich sie tatsächlich ausfindig machte. Die fremdartige Landschaft, die merkwürdige Ruhe, die hier herrschte, und die Abwesenheit jeglichen sichtbaren menschlichen Lebens trugen das Ihre dazu bei, daß ich mich zunehmend unsicher fühlte. Ich war ohne genauen Plan hierhergekommen, ein bodenloser Leichtsinn, wenn man bedenkt, was dieser Reise alles vorausgegangen war. Was hatte mich dazu getrieben, mich in unbekanntes Gebiet zu wagen? War ich wie ein schwärmerischer Don Quijote ausgezogen, um eine verlorene Liebe wiederzugewinnen? Glaubte ich tatsächlich, daß ich in der Lage wäre, eigenhändig irgend etwas zu bewirken? Ich hielt auf dem sandigen Seitenstreifen, um meine Gedanken zu ordnen. Das grelle Licht ließ die riesigen Felsbrocken besonders trutzig erscheinen. In meiner derzeitigen Verfassung schien mir die Vorstellung naheliegend, daß sie jeden

Moment aus dem Gleichgewicht geraten und mich mitsamt meiner blödsinnigen Situation unter sich begraben könnten.

Nachdem ich zwei Zigaretten geraucht hatte, beschloß ich, mir erst einmal ein Bett für die Nacht zu besorgen, nach dem Motto, daß alles etwas einfacher scheint, wenn man erst einmal darüber geschlafen hat. Auf den ersten Blick wirkte Cave Creek wie eine Geisterstadt, denn im Gegensatz zu der kargen Landschaft, die ich durchquert hatte, war die Mainstreet auf beiden Seiten mit niedrigen Holzhäusern im bunten Westernstil der Jahrhundertwende gesäumt. Der erste Laden, den ich betrat, trug den sinnigen Namen »The Town Dump«, während die Reklameschilder der Restaurants mit so exotischen Namen warben wie »The Horny Toad«, »The Buffalo Chip Saloon« und »El Encanto«. Ich fuhr bis zum Ende der Hauptstraße, wendete und fuhr wieder zurück bis zu dem einzigen Hotel, das ich entdeckt hatte. Es war das Tumbleweed Hotel, dessen großes Aushängeschild verkündete, daß alle Zimmer mit Telefon, Kabelfernsehen und Casitas ausgestattet waren, was immer letzteres sein mochte. Der Eingang war schlicht, eine einfache Holztür, aber der Chef begrüßte mich freundlich, und das Zimmer, das er mir zeigte, war sauber und einladend. Nachdem ich geduscht hatte, fühlte ich mich schon wesentlich besser und beschloß, mir den Ort etwas näher anzusehen. Die Abenddämmerung war heraufgezogen, an den Hängen des Black Mountain waren die ersten Lichter zu sehen. Auf dem Parkplatz des Horny Toad standen zwanzig oder dreißig Wagen, was ich als gutes Zeichen deutete. Man soll immer da essen, wo die Einheimischen hingehen.

Im Restaurant herrschte schummriges Licht, die Wände waren mit Cowboyrequisiten dekoriert. Es war laut und voll. Die blankgescheuerten hölzernen Tische waren schlicht gedeckt, und statt Speisekarten gab es eine schwarze Tafel, auf der die angebotenen Gerichte mit Kreide angeschrieben waren. Ich bestellte ein Hähnchen, die Spezialität das Hauses, ohne zu ahnen, daß ich mit einem kompletten Vogel und einem Riesenberg hausgemachter Pommes frites konfrontiert werden würde – die Portionen im Horny Toad waren alles andere als knauserig. Als ich mich schließlich geschlagen geben mußte, wurde ich von der Kellnerin, einer älteren Frau, getadelt.

»Also, Sie ha'm ja überhaupt nix gegessen. Woll'n Sie die Reste für'n Hund mitnehmen?«

»Ich habe keinen Hund«, sagte ich.

Ich kehrte in mein Hotel zurück, konnte aber nicht schlafen, weil ich zu vollgefressen war. Ich zappte zwischen den Fernsehkanälen hin und her, bis ich schließlich auf die religiösen Mitternachtsmarathons stieß. Ein Prediger fragte seine Schäfchen: »Was hält Jesus von Styropor?«, was wahrscheinlich verschiedene Wissenschaftler dazu veranlaßte, die Bibel noch einmal zu lesen. Die Kamera fuhr immer wieder auf eine durchgedrehte Alte, die in einem Ballkleid im Stil des Bürgerkriegs in einem auf Louis-quinze aufgemachten Studio auf einem Sofa saß. So wie sie mit ihrer Kleinmädchenstimme immer wieder »Hallelujah« kreischte, gab es keinen Zweifel, daß Jesus sie tatsächlich heimgesucht hatte. Außer der Erlösung hatte der Herr ihr auch noch eine Schicht von mindestens zehn Zentimetern Max-Factor-Make-up und ein Marie-Antoinette-Haarteil beschert, das aussah, als ob es aus Styropor wäre, was wahrscheinlich die Frage des Predigers provoziert hatte. Der Prediger besaß im übrigen einen bewundernswerten Geschäftssinn. Wenn er nicht dabei war, die Gemeinde zu beschwören, sich dem Willen des Allmächtigen zu unterwerfen, forderte er sie auf, ihre schwerverdienten Dollars zu spenden, um die Missionierung zu unterstützen. »Schickt mir ein Gebet und legt einen dicken Geldschein dazu. Amen.« Anschließend stimmte er das alte, mitreißende Lied *Jesus kick me gently through the goalposts of life* an. Die Zuschauer waren sichtbar ergriffen. Irgendwie war es ein beruhigendes Gefühl zu wissen, daß ich mich auf Indianergebiet befand und daß die guten alten weißen Medizinmänner immer noch dabei waren, die Eingeborenen zu bescheißen.

XXIII

Die Vergangenheit

Als ich mitten in der Nacht aufwachte, durchflutete mein Zimmer ein unwirkliches Licht. Ich tapste ans Fenster und entdeckte, woher das Licht kam. Der klare, schwarze Wüstenhimmel erinnerte mich an einen Song von Elton John, in dem er denselben fetten, gelben Mond besingt, der nun dieses fahle Licht verströmte. Ich mußte an Frankreich denken, an die Zeit, als der Himmel sich für mich verdunkelt und Sophie sich von mir getrennt hatte.

Wir waren in Aquitanien und wohnten im Château de Rolland, einem kleinen Hotel am Rand von Barsac, das mitten in der Sauternes-Landschaft liegt. Während Sophie die Sache als eine Vergnügungsreise betrachtete, war ich hergekommen, um zu arbeiten. Ich recherchierte die Geschichte eines Weinbergs, der kürzlich von einem Konsortium englischer Geschäftsleute aufgekauft worden war. Diese Leute hatten Geld wie Heu und wollten ein bißchen mit ihrer neuesten Errungenschaft angeben. Sie hatten mich damit beauftragt, eins von diesen Un-Büchern zu schreiben, die einer Karriere nicht gerade förderlich sind, aber hervorragend bezahlt werden, ohne daß man sich damit irgendwelche Feinde macht. Sie hatten mir einen Vorschuß von zweitausend Pfund gegeben und ein großzügiges Spesenkonto eingeräumt, so daß ich Sophie mit auf die Reise hatte nehmen können. Ich kann nicht behaupten, daß sie jemals so getan hätte, als ob sie mit Begeisterung mitgekommen wäre. Sie teilte nicht meine Leidenschaft für guten Wein, denn in jenen Tagen sprangen ihre Geschmacksnerven nur auf Coca-Cola an. Deshalb waren die kostenlosen Weinproben in den verschiedenen Weinkellern ein Vergnügen, das sie nicht zu schätzen wußte. Für mich hatte die geheimnisvolle Aura, die das Château umgab, etwas Faszinierendes, was mir die Arbeit an meinem Buch wesentlich erleichterte. Ich verbrachte die meisten Vormittage damit herauszufinden, warum manche Jahrgänge Spitzenweine hervorbringen, während die Weine anderer Jahrgänge eher mäßig ausfallen. Im allgemeinen wird über Weinanbau viel Blödsinn erzählt, aber die örtlichen Winzer erklärten mir bereitwillig die verschiedenen Methoden und waren von meinem Interesse sichtlich angetan.

Das hatte zur Folge, daß Sophie die meiste Zeit auf sich selbst gestellt war, und sie fing schon bald an, sich in Barsac zu langweilen. Ich gab mir Mühe, Zugeständnisse zu machen, und nahm mir die Zeit, ihr einige der Schlösser in der Umgebung zu zeigen. Ich war besonders von dem Château de Roquetaillade fasziniert, das von Violette Leduc seltsamerweise im Stil von Camelot eingerichtet worden und in meinen Augen schrecklich romantisch war. Aber für solche Dinge hatte sie nichts übrig. Vielleicht hatte unsere Beziehung sich ohnehin schon totgelaufen. Wenn die große Leidenschaft zu Beginn einer Affäre verpufft, ohne daß Ehe und Kinder folgen, um die Beziehung zu festigen, dann entstehen unweigerlich immer mehr Risse, die nie wieder gekittet werden können.

Es war durchaus kein Ende mit Schrecken, als unsere Beziehung endgültig in die Brüche ging. Kein Feuerwerk, kein verzweifeltes Aufeinandereindreschen à la Edward Albee, eher ein langsames Dahinsiechen. Als ich eines Tages vor dem Mittagessen in unser Hotelzimmer kam, war sie gerade beim Packen. Sie hatte es satt, dauernd allein zu sein und sich zu langweilen, und hatte beschlossen, nach London zurückzufahren.

Im ersten Augenblick nahm ich sie gar nicht ernst.

»Dieser Job dauert doch nicht ewig, in einer Woche bin ich hier fertig. Aber ich muß das zu Ende bringen, immerhin bin ich im voraus bezahlt worden. Von dem Geld haben wir schließlich diesen Urlaub finanziert.«

»Wie kannst du so etwas Urlaub nennen? Normalerweise amüsiert man sich im Urlaub.«

Ich konnte nicht glauben, daß alles so plötzlich in diesem

heißen, runden Zimmer enden sollte. Aber sie hatte ihren Entschluß gefaßt, und nichts, was ich sagte, keine noch so großen Versprechungen konnten sie umstimmen. Zum erstenmal war sie völlig gelassen. Ich hätte es mit ihrer Wut aufnehmen, hätte ihre Tränen ertragen können, aber dieser eiskalten Entschlossenheit hatte ich nichts entgegenzusetzen.

»Liegt es an diesem Ort, oder ist es etwas anderes, etwas, das ich gesagt oder getan habe? Was ist es? Bitte sag's mir. Laß doch wenigstens mal einen Moment die Packerei und sieh mich an.«

Zögernd ließ sie von ihrem Koffer ab. »Deine Arbeit ist dir viel wichtiger als ich.«

»Das ist das Dümmste, was du sagen kannst. Und es ist nicht wahr. Keine Frau hat mich jemals so glücklich gemacht wie du. Ich weiß, daß ich manchmal ziemlich abwesend bin, vielleicht bin ich das zu oft, aber das liegt in der Natur der Sache, an dem leeren Blatt Papier, mit dem ich jeden Tag konfrontiert bin. Das hat dich doch früher nie gestört. Ich hatte gedacht, das hier würde dir Spaß machen – ein anderes Land, gutes Essen, interessante Dinge zu besichtigen.«

»Es ist alles so alt«, sagte sie.

»Was ist alt?«

»Einfach alles. Dieser Ort ist tot.«

»Das ist es also? Es ist dieser Ort?« Ich klammerte mich an jeden Strohhalm.

»Nein.«

»Was dann? Es muß doch irgend etwas geschehen sein, daß du dich plötzlich so aufführst. Was hat sich geändert? Ich habe mich nicht geändert.«

Als mir klar wurde, daß ich sie nicht erweichen konnte, ließ ich mich gehen. »Wenn es dir zuviel ist, noch ein paar Tage durchzuhalten, dann hast du tatsächlich recht, dann ist es besser, du gehst«, sagte ich, ohne zu meinen, was ich sagte, und immer noch in der Hoffnung, sie in letzter Minute umstimmen zu können. »Ich bin der letzte, der dich unglücklich machen will. Aber wenn du gehst, was bedeutet das für uns?«

»Wie meinst du das?«

»Nun, das ist doch klar, oder? Niemand rauscht einfach so ab, ohne einen guten Grund zu haben, jedenfalls nicht, wenn man noch etwas füreinander empfindet. Die Gründe, die du mir genannt hast, ergeben keinen Sinn. Wirst du noch da sein, wenn ich zurückkomme?«

»Ja.«

»Aber warum mußt du uns das dann antun, Liebling?«

»Ich weiß nicht«, sagte sie und fing an zu weinen. In diesem Augenblick wurde mir deutlich, daß unsere Liebe vorbei war.

Gequält aßen wir zum letztenmal gemeinsam zu Mittag, dann brachte ich sie zum Flughafen in Bordeaux.

»Ich warte, bis dein Flug aufgerufen wird«, sagte ich.

»Nein, laß das lieber. Ich kann lange Abschiede nicht ausstehen.«

Wir küßten uns zum Abschied, und ich versuchte, mich selbst davon zu überzeugen, daß sie mich gleich nach ihrer Ankunft anrufen und mir sagen würde, daß alles wieder in Ordnung sei.

Aber sie rief nicht an. Sie schrieb mir statt dessen einen Brief, ein paar Zeilen in ihrer ungelenken Handschrift auf rosafarbenem Briefpapier mit Teddybären, wie kleine Mädchen es benutzen. Sie schrieb lediglich: *Liebster Martin, ich bin gut angekommen. Es tut mir alles so leid. Du hast etwas Besseres verdient als mich. Manchmal kann ich mich selbst nicht ausstehen und wünschte, ich wäre anders. Ich werde dich immer lieben. Du hast nichts falsch gemacht, es war alles meine Schuld, und ich wollte dir nie weh tun. Paß auf dich auf, und viel Spaß bei deiner Arbeit. Sophie.* Danach hatte sie etwas unkenntlich gemacht. Ich hielt den Brief gegen eine helle Lampe, konnte jedoch nicht entziffern, was sie durchgestrichen hatte.

Ich rief in unserer Wohnung an, aber niemand nahm den Hörer ab. Meine eigene Stimme auf dem Anrufbeantworter schien sich über mich lustig zu machen. In den nächsten Tagen muß ich wohl noch zwanzigmal angerufen haben, stets mit demselben Ergebnis. Ich wollte jedoch immer noch nicht wahrhaben, daß unsere Beziehung zu Ende war. Als ich nach London zurückkehrte, war in unserer Wohnung kein Zeichen ihrer Anwesenheit mehr zu finden. Ich öffnete den Kleiderschrank, aber sie hatte alles mitgenommen. Ich kam mir vor wie in einem Haus, in dem jemand gestorben ist; die Gegenwart des Toten ist überall spürbar, und doch haftet allem, was er je berührt hat, eine seltsame Leblosigkeit an. Nur im Badezimmer fand ich eine Spur von Sophie – verschütteter Gesichtspuder auf dem Waschbeckenrand, eine verdrehte Zahnpastatube, eine leere Pillenpackung. Diese letzte Entdeckung versetzte mir einen Stich. Vielleicht ist es die Erinnerung an Lust und weniger die an Liebe, die besonders schmerzlich ist, wenn das Objekt unserer Begierde verschwindet.

Ich rief einige ihrer Freunde aus der Ballettschule an, denn ich war mir sicher, daß einer von ihnen mir liebend gerne schlechte Neuigkeiten über sie erzählen würde – wozu hat man schließlich Freunde? – aber sie war nicht mehr zum Unterricht erschienen, und niemand konnte mir irgend etwas über sie sagen. Es war wie einer dieser Zaubertricks im Fernsehen, wo jemand Leute verschwinden läßt: Erst war sie die ganze Zeit an meiner Seite, dann war sie plötzlich auf einem anderen Planeten. Ich begann, unsere Stammlokale abzuklappern, was ich jedoch nicht durchhielt, denn ich mußte ihr Verschwinden mit einer Beiläufigkeit erklären, die ich nicht empfand. Schließlich rief ich sogar bei Henry an. Das war die größte Demütigung, denn ich wußte, es würde ihm eine diebische Freude bereiten, in der Einschätzung von Sophies Charakter recht behalten zu haben. Ich wurde jedoch überascht.

»Wie schrecklich. Du mußt dich ja elend fühlen«, sagte er.

»Allerdings.«

»Tut mir echt leid, Alter. Ich dachte immer, ihr zwei wärt unzertrennlich.«

»Ich mache mir solche Sorgen um sie. Du hast wohl auch keine Idee, bei wem sie sein könnte?«

»Spontan fällt mir niemand ein. Ich werd mich mal umhören. Ich sehe ab und zu noch ihre alte Freundin – wie hieß sie noch, Melissa?«

»Melanie.«

»Genau, Melanie. Ich ruf sie an, ich glaub, ich hab ihre Nummer noch im Büro.«

»Würdest du das tun? Sag ihr bitte, sie möchte sich bei mir melden.«

»Klar. Du klingst wirklich fertig. Wollen wir zusammen Mittag essen? Morgen hab ich keine Zeit, aber wie wär's mit Donnerstag?«

Als wir uns zum Essen trafen, tat Henry sein Bestes, um mich aufzumuntern. Er schlug sogar vor, zwei Frauen einzuladen, mit denen wir uns einen netten Abend in der Stadt machen konnten. Aber meine Wunden waren noch zu frisch. Er hielt jedoch sein Wort und bat Melanie, sich bei mir zu melden. Meine Hoffnungen wurden jedoch enttäuscht. Sie war inzwischen verheiratet, hatte zwei kleine Kinder und konnte mir keine beruhigenden Neuigkeiten geben – sie und Sophie hatten sich aus den Augen verloren, und sie hatte keine Ahnung, wo Sophie sich aufhielt.

Es heißt, ein Schriftsteller kann alles für seine Bücher verwerten, aber das trifft nicht immer zu. Manchmal stecken wir selbst zu tief in den Ereignissen, die uns aus der Bahn werfen, und wenn wir versuchen, uns freizuschreiben, werden wir ein zweites Mal mit ihnen konfrontiert. Ich versuchte mich an einer Kurzgeschichte, die unsere Trennung in Barsac zum Thema hatte, brachte jedoch nichts Brauchbares zu Papier. Etwa einen Monat lang habe ich wohl nach ihr gesucht. Doch gab ich es allmählich auf, meine Erinnerung zu durchforsten in der Hoffnung, eine Erklärung für alles zu finden, und begann, mich meinem neuen Leben zuzuwenden. Ich ging mit anderen Frauen aus, aber durch das Zusammenleben mit Sophie hatten kurze Abenteuer für mich ihren Reiz verloren. Schließlich freundete ich mich mit einer Frau an, einer Forscherin, die ich in der London Library kennengelernt hatte. Eine Zeitlang lebte ich wieder auf, aber dann bekam sie einen Job in Brüssel, und es erwies sich als zu mühevoll, eine Beziehung über diese große Distanz hinweg aufrechtzuerhalten. Es war eine merkwürdige, ziellose Phase in meinem Leben, die mich an die Zeit des Heranwachsens erinnerte, wenn man große Erwartungen an das Leben hat, die schließlich nie verwirklicht werden.

Zunehmend unzufrieden mit meinem Schicksal, rumorte ich in meiner Wohnung herum, während ich allerdings ironischerweise gut mit dem Schreiben vorankam. Der nächste Roman, den ich schrieb, wurde zum Buch des Monats erkoren und hielt sich ein paar Wochen auf der Bestsellerliste. Als Ergebnis ließ ich mich zu einer von diesen Lesereisen durch alle größeren Städte überreden und wurde zu mehreren öffentlichen Veranstaltungen geladen. Ich spickte meine Vorträge mit ein paar witzigen Bemerkungen, signierte Bücher für ältere Damen, aber der Reiz des Neuen an den täglichen Reisen mit British Rail schwand bald dahin. Ich war schon lange nicht mehr in die Provinz gefahren, und ich hatte oft den Eindruck, durch ein mir unbekanntes England zu reisen.

Ich reiste in Begleitung einer ernsten jungen Frau aus der Werbeabteilung, die die ganze Sache äußerst spannend fand. Als wir schließlich in Aberdeen ankamen, hatten Übermüdung und Desillusionierung einiges dazu beigetragen, daß ich auf einem Tiefpunkt angelangt war. Am Abend unserer Ankunft trank ich zuviel und machte einen halbherzigen Versuch, mit ihr anzubändeln, den sie vernünftigerweise mit einem Scherz abwehrte. In Aberdeen fiel mir eine Ausgabe von *Country Life* in die Hände, eine Zeitschrift für den gehobenen Geschmack. Obschon dieses Magazin in erster Linie Artikel enthält, in denen es um Kunst und Immobilien geht, wird in jeder Ausgabe ein ganzseitiges Foto einer Braut veröffentlicht. Auf diese Weise erfuhr ich, was mit Sophie geschehen war und welch ein doppeltes Spiel Henry getrieben hatte.

Der Text unter dem Foto lautete: *Miss Sophia Herbert, einzige Tochter von Mr. und Mrs. Stephen Herbert aus Northampton, und Mr. Henry Blagden, der bekannte junge Parlamentsabgeordnete, werden in Kürze heiraten. Das Paar wird seine Flitterwochen auf Barbados verbringen.*

Ich war davon überzeugt, daß Henry vorgeschlagen hatte, statt des einfachen Namens »Sophie« die mondänere Version »Sophia« zu benutzen.

Damals war ich ebenso verletzt wie verärgert, aber allmählich gewann der Haß auf die beiden die Oberhand. Ich muß jedoch gestehen, daß ich an jenem Abend in meinem Hotelzimmer bitterlich weinte. Irgend jemand hat einmal geschrieben, ich glaube, es war Mauriac: *Unsere Gefühle gehen so unerklärliche Wege, daß wir uns von jenen, an deren Seite wir ohne Freude gelebt haben, mit schrecklichem Schmerz nur trennen.* In meinem ersten Schmerz redete ich mir ein, daß das stimmte. Erst viel später wurde mir bewußt, daß Sophie in dem Augenblick in mein Leben getreten war, den man nur einmal erlebt, in dem Augenblick, in dem man sich der Liebe zu öffnen bereit ist.

XXIV

Die Gegenwart

Als ich in jener Nacht im Tumbleweed Hotel am Fenster stand, empfand ich noch einmal den Schmerz von damals, ich wußte, daß ich in ihrer Nähe war, daß sie irgendwo da draußen im Bett eines anderen schlief. Ich wußte, wie sie schlief, zusammengerollt und mit dem Rücken an ihren Partner gekuschelt, eine Hand nach oben ausgestreckt, als wolle sie den Schlag eines nächtlichen Ungeheuers abwehren. Ich erinnerte mich auch daran, wie sie liebte, wie sie manchmal fordernd war und ein andermal gespielt zurückhaltend oder auch aufs Ganze gehend, mit lüsternen Lippen alles in sich aufnehmend, wie sie schließlich diesen herzzerreißenden Schrei ausstieß, wenn sie sich an der Grenze von Lust und Schmerz aufbäumte. Es lag immer etwas Gewalttätiges in ihrer Verzückung, sie schien das Bedürfnis zu haben, mich mit ihren Krallen zu zeichnen, so wie Tiere ihr Revier gegen Eindringlinge abstecken. Wenn ich ihr später meine Wunden zeigte, gab sie jedesmal vor, nichts davon zu wissen. »Das kann ich nicht gewesen sein«, sagte sie, »das mußt du dir selbst beigebracht haben, ohne es zu merken.« Dabei sah sie mich, wie mir schien, wie einen Fremden an, der mit ihrem eben erst erfolgten Ausbruch von Leidenschaft nichts zu tun hatte. Manchmal zwang sie mich, mich im letzten Augenblick zurückzuziehen und auf ihren Brüsten zu kommen, so als könne sie nur dann sicher sein, daß mein Vergnügen dem ihren gleichkam.

Seit jenen sorglosen Tagen hatte ich eine weite Reise zurückgelegt, eine Reise ohne Ziel, die mich in die Ungewißheit geführt hatte. Ich dachte an die Toten auf meinem Weg, an Henrys vorgetäuschten Selbstmord, der die ganze traurige Sache ins Rollen gebracht hatte. Ich wußte, daß ich mich noch immer auf unbekanntem Territorium befand, aber ich wurde von etwas getrieben, das stärker war als meine Angst, von der Motivation, die alles andere in den Schatten stellt, nämlich sexuelles Verlangen, das jeden Tag die verworrensten und schlimmsten Taten auslöst, das alle vernünftigen Überlegungen über den Haufen wirft und früher oder später aus uns allen Idioten macht. Der Plan, den ich mir in New York nach dem Hinweis auf Sophies Aufenthaltsort zurechtgelegt hatte, kam mir inzwischen gar nicht mehr so genial vor. Irgendwie war mir klar geworden, daß ich drauf und dran war, einen Narren aus mir zu machen. Aber nachdem ich nun einmal so weit gekommen war, war ich wild entschlossen, meinen Weg bis zum bitteren Ende zu gehen, egal, was ich dabei riskierte. Hätte ich mir jemals die Zeit genommen, meine wirklichen Beweggründe zu analysieren, ich glaube kaum, daß ich sie hätte erklären können, denn ich wurde von einer Verzweiflung getrieben, die sicherlich manche Menschen zu Mördern werden läßt. Auf die eine oder andere Weise mußte ich diese Liebe beenden, wollte unter diese letzten Kapitel meines Lebens, die vor vielen Jahren mit einer Zufallsbegegnung auf einer englischen Landstraße begonnen hatten, *finis* schreiben.

Nach dem Frühstück durchsuchte ich nochmals meine Habseligkeiten in der Hoffnung, meine Kreditkarten doch noch zu finden, aber ohne Erfolg. Bevor ich mich auf den Weg machte, fuhr ich mein Oldsmobile durch eine Waschanlage, füllte Öl nach und kaufte mir eine detailliertere Straßenkarte. Ich redete mir ein, daß ich mich in keiner allzu großen Gefahr befand, solange ich die nötigen Vorsichtsmaßnahmen traf, da jene, die mit Seymour oder Henry zu tun hatten, nicht ahnen konnten, daß ich mich in der Gegend aufhielt. Ich wußte, daß sie mich in New York aufgespürt hatten, aber die Flüge nach Dallas und Phoenix waren ohne Zwischenfälle verlaufen.

Ich glaube, ich war kaum mehr als zwanzig Meilen weit gefahren, als die Schleusen des Himmels sich auftaten. Ich hatte Schilder gesehen, auf denen vor sintflutartigen Regenfällen gewarnt wurde, und die waren offenbar nicht zum Scherz aufgestellt worden. Innerhalb von Minuten nahmen monsunartige Regenfälle mir jegliche Sicht, und da der Boden felsig war, versickerte das Wasser nicht, sondern bildete im Nu zehn Zentimeter tiefe Schlammtümpel. Ein paar Minuten später reichte das Wasser bis an meine Stoßdämpfer, während es weiterhin unbarmherzig in Strömen goß. Als die Scheibenwischer schließlich ihren Geist aufgaben, fuhr ich auf den Seitenstreifen und hielt an. Die Wassermassen um mich herum begannen Treibgut mitzuführen. Die Situation war beängstigend, es war, als wäre ein Damm gebrochen. Langsam drang das Wasser ins Wageninnere ein, da die meisten Gummidichtungen völlig porös waren. Ich konnte kaum noch etwas sehen, denn von meinem Atem waren alle Scheiben beschlagen. Ich konnte nur dasitzen und dem Regen lauschen, der auf mein Dach trommelte wie die Bässe aus einem Ghettoblaster.

Nach einer guten Viertelstunde ließ der Regen langsam nach, obwohl am Horizont immer noch grelle Blitze zuckten. Als ich mich sicher genug fühlte, startete ich den Motor, und nachdem die Räder ein paar Schrecksekunden lang im Schlamm durchdrehten, setzte mein Oldsmobile sich doch in Bewegung. Vorsichtig fuhr ich im ersten Gang zurück auf die Straße, lenkte den Wagen langsam durch die riesigen Pfützen und betete, daß ich nicht plötzlich in einem Schlammloch versinken würde. Etwa eine halbe Stunde lang fuhr ich ziellos weiter, denn ich hatte keine Ahnung, wo ich Seymours Haus zu suchen hatte. Einige Straßen führten ins Nichts, und ich mußte zweimal wenden, wobei meine Räder jedesmal in dem roten Schlamm durchzudrehen drohten. Ein paar durchnäßte Jogger liefen an mir vorbei, aber ansonsten bemerkte ich keinerlei Lebenszeichen. In dieser Gegend standen die meisten Häuser auf großen Grundstücken, viele von ihnen waren in die Hänge gebaut – was mir ziemlich gefährlich erschien, denn über ihnen türmten sich massive Felsen. Ich fragte mich, wie die ersten Pioniere diese unwirtliche Gegend mit ihren Planwagen bewältigt hatten.

Ich war drauf und dran, meine Suche aufzugeben, als der Regen plötzlich mit einer Heftigkeit wieder einsetzte, als ob eine zusätzliche Schleuse geöffnet worden wäre. Diesmal fuhr ich sofort von der Fahrbahn auf die Standspur. Dampf stieg auf und umhüllte die phallischen Riesenkakteen, so daß sie aussahen wie einsame Gestalten, die in der Wüste Wache hielten. Diesmal war der Schauer schnell vorbei, und als ich meinen Scheibenwischer wieder einschaltete, entdeckte ich einen einzelnen Reiter, der unter einem großen Eukalyptusbaum nahe der Standspur Schutz gesucht hatte. Als der Reiter auf mich zukam, drehte ich mein Fenster herunter, um besser sehen zu können. In diesem Augenblick, als die letzten Regentropfen gegen meinen Wagen schlugen, holte die Vergangenheit mich ein: das Pferd blieb vor meinem Fenster stehen, ich blickte in das verdutzte Gesicht von Sophie.

Ich weiß nicht mehr, wer von uns beiden zuerst sprach. Sie trug Cowboyjeans, die durch die Nässe an ihren Beinen klebten, und starrte mich an. Beinahe wäre sie gestürzt, als das Pferd auf den nassen Felsen ausglitt. Sie zog die Zügel an und fand ihr Gleichgewicht wieder. Dann riß sie das Tier herum, und einen Moment lang dachte ich, sie würde ohne ein Wort davonreiten.

»Martin?« sagte sie, während ich gleichzeitig ihren Namen aussprach. »Wie kommst du hierher?« Sie schob sich ein paar nasse Strähnen aus dem Gesicht.

Als ich mich schließlich gefaßt hatte, sagte ich: »Ich nehme an, wenn ich dir erzähle, daß ich hergekommen bin, um dich zu suchen, würde das ziemlich abwegig klingen, nicht wahr? Aber es ist die Wahrheit, so wahr mir Gott helfe.«

»Warum?«

»Warum ich gekommen bin? Das ist ziemlich kompliziert. Komm, setz dich in meinen Wagen, so können wir uns doch nicht unterhalten.«

Sie zögerte, blickte sich nach allen Seiten um, stieg vom Pferd und band es an einem Baum an. Ich öffnete die Beifahrertür, und sie glitt auf den durchnäßten Sitz. Aus der Nähe roch sie nach Pferd und schwerem Parfüm.

Einige Minuten lang schwiegen wir beide. Ich berührte sie nicht; wir saßen einfach nebeneinander und sahen uns an. Der

Regen setzte wieder ein, diesmal jedoch war es ein sanfter Regen, der die Landschaft wie ein feines Moskitonetz überzog. Die Szene erinnerte mich an einen französischen Film: der tiefgründige Jean Gabin, dessen schmale Lippen sich beim Sprechen nie zu bewegen schienen, und Simone Signoret, glaube ich, die in einem jener wunderbaren Schwarzweißklassiker der Nachkriegszeit zwei zum Scheitern verurteilte Liebende darstellten. Diese Filme hatten alle ein trauriges Ende, aber die banalen Worte, mit denen die Protagonisten sich in der unvermeidlichen Abschiedsszene ihre Liebe schworen oder ihre Verzweiflung und Trauer zum Ausdruck brachten, diese Worte, nach denen wir alle greifen, wenn wir unsere Gefühle auszudrücken versuchen, klangen auf französisch so viel eleganter. Ich wünschte mir in jenem Augenblick die gleiche traurige Vertrautheit, wünschte mir in dieser sanft vom Regen umhüllten Atmosphäre Worte zu finden, die Sophie nicht erschrecken würden, aber es gelang mir nicht. Ich fürchtete, zu wenig zu sagen, ich fürchtete, zu schnell zu viel zu sagen. Es schien mir, als ob mein ganzes Leben eine Vorbereitung für diesen Augenblick gewesen sei, und nun war ich der Situation nicht gewachsen.

Es war Sophie, die schließlich das Schweigen brach.

»Ich dürfte nicht hier sein. Es ist zu riskant.«

»Für dich oder für mich?«

»Für uns beide.« Sie wollte die Autotür öffnen, aber ich hielt ihren Arm fest, um sie daran zu hindern. »Ich weiß, daß Henry nicht tot ist«, sagte ich. Ich hielt noch immer ihren Arm und fühlte ihr Herz schlagen. »Wo ist Henry jetzt? Ist er mit dir zusammen hier?«

Sie gab keine Antwort.

»Ist er hier?« wiederholte ich.

»Sie sind alle hier, darum ist es so gefährlich.«

»Wer sind ›sie‹?«

»Seymour und die anderen. Du hättest nie versuchen dürfen, mich zu finden.«

»Aber ich habe es getan, dafür ist es also zu spät.«

»Es gibt nichts, was du tun kannst. Nichts. Niemand kann mir helfen. Es ist alles zu weit gegangen.«

»Was?«

»Alles.«

»Seit ich Henry zum erstenmal in Venedig entdeckt habe, sind mehrere Menschen gestorben. Wußtest du das?«

»Erzähl's mir nicht«, sagte sie. Aber ich ließ nicht nach, ich war hin- und hergerissen zwischen der alten Sehnsucht nach ihr und dem Bedürfnis, so viel wie möglich herauszufinden. »Weißt du, warum sie sterben mußten?«

»Alles, was ich weiß, ist, daß sie uns wahrscheinlich beide töten würden, wenn sie herausfänden, daß wir uns getroffen haben.«

»Aber weißt du, warum?« beharrte ich. »Weißt du, in was du verwickelt bist?«

»Teilweise«, sagte sie. »Genug.«

Sie versuchte erneut, aus dem Wagen zu steigen, aber ich hielt sie immer noch zurück.

»Tu das nicht«, sagte sie. »Wahrscheinlich beobachten sie uns jetzt. Ich darf nicht länger hierbleiben, sie werden mich suchen.«

»Hast du jemals versucht zu fliehen?«

»Wo sollte ich denn hingehen?«

»Ich würde dich an einen sicheren Ort bringen.«

»Dazu ist es zu spät. Es ist für uns beide zu spät. Siehst du denn nicht, daß wir nicht von vorne anfangen können? Es tut mir leid, was ich dir angetan habe.«

Die Panik in ihrem Gesicht war echt.

»Scheiß drauf«, sagte ich, »ich kann die Vergangenheit jedenfalls nicht vergessen. Ich werde einen Weg finden, um dich da rauszuholen, wenn du mich nur läßt.«

Sie schüttelte immer wieder den Kopf.

»Gut, dann versprich mir eins. Ich möchte dich wiedersehen.«

»Wie stellst du dir das vor? Und überhaupt, was hat das für einen Zweck?«

»Es muß doch Zeiten geben, zu denen sie dich in Ruhe lassen, oder?«

»Nein, die gibt es nicht. Ich habe mich heute davongeschlichen, weil dieses Haus, diese Leute mich verrückt machen.«

»Sind sie immer da?«

»Ich glaube, sie fliegen nächste Woche nach Chicago. Das hab ich zumindest aufgeschnappt.«

»Also?«

»Aber wir können uns nicht hier treffen. Sie haben ihre Aufpasser.«

»Sag irgendwas, ich komme überallhin, egal wo.«

Sie dachte einen Moment nach. »Seymour hat ein Chalet in Flagstaff, da fährt er immer zum Skilaufen hin. Ich könnte fragen, ob ich dorthin fahren darf, solange sie weg sind.«

»Gut. Dann fahre ich nach Flagstaff und warte auf dich. Nenne mir ein Restaurant oder irgendeinen Ort, wo wir uns verabreden können.«

»Und wenn ich es nicht schaffe?«

»Dann laß ich mir was anderes einfallen. Und bis nächste Woche werde ich Hilfe besorgen.«

»Wie meinst du das?«

»Das spielt jetzt keine Rolle. Nenne mir einen Treffpunkt. Gibt es dort ein McDonald's? Wir müssen uns an einem unauffälligen Ort treffen.«

»An der Autobahn ist ein Howard Johnson's.«

»Ich werd's schon finden. Ich werde jeden Tag dort frühstücken und auf dich warten. Nächste Woche, sagst du. An welchem Tag reisen sie ab?«

»Dienstag, haben sie gesagt.«

»Okay. Ab Dienstag bin ich da. Und nun geh.«

Sie stieg aus dem Wagen und ritt davon. Während ich ihr nachblickte, wie sie in dem feinen Regen verschwand, fragte ich mich erneut, warum ich sie trotz der Angst, die sie ausstrahlte und die sich auf mich übertragen hatte, immer noch liebte.

XXV

Die Gegenwart

Ich schätze, ich war etwa zehn Meilen in Richtung Flagstaff gefahren, als ich in meinem Rückspiegel einen Polizeiwagen entdeckte. Er fuhr mit eingeschaltetem Blaulicht dicht auf, und ich beeilte mich, auf dem Seitenstreifen anzuhalten.

Der Streifenwagen hielt hinter mir. Soweit ich das in meinem Rückspiegel erkennen konnte, saß nur ein Mann in dem Wagen. Er gab mir seine Anweisungen über Megaphon.

»Steigen Sie bitte aus.«

Höflichkeit, dachte ich, während ich seiner Aufforderung nachkam, Höflichkeit ist alles, mach's auf die britische Tour. Ich sah ihn aussteigen und langsam auf mich zukommen. Er war ein großer, gutaussehender Mann von Mitte zwanzig in einer Uniform der Autobahnpolizei. Lässig blieb er am Heck des Oldsmobile stehen und betrachtete das Nummernschild, bevor er auf mich zutrat.

»Ist das Ihr Fahrzeug, Sir?« fragte er ohne drohenden Unterton.

»Nein. Ich habe es von einem Freund gemietet. Ich mache hier nur ein paar Wochen Urlaub und wollte mir die Gegend ein bißchen ansehen. Bin ich zu schnell gefahren? Ich hatte nicht den Eindruck.«

Er ignorierte meine Frage. »Darf ich Ihren Führerschein sehen?«

Mir entging nicht, daß er das höfliche »Sir« schnell weggelassen hatte.

»Tja, das ist ein Problem. Ich habe ihn nicht bei mir. Ich bin Engländer.«

»Dann zeigen Sie mir Ihren britischen Führerschein.«

»Ich habe ihn nicht dabei.«

Er starrte mich an.

»Ich bin von einem Taschendieb beraubt worden. Alle meine Kreditkarten und mein Führerschein wurden mir gestohlen.«

»Können Sie sich irgendwie ausweisen?«

»Ich habe meinen Reisepaß.«

»Zeigen Sie ihn mir.«

Ich reichte ihm den Paß. Er betrachtete ihn eingehend, ohne eine Miene zu verziehen.

»Hier steht, Sie sind Schriftsteller.«

»Stimmt.«

»Was schreiben Sie?«

»Hauptsächlich Romane.«

Er nickte. Ich hatte nicht den Eindruck, daß er sonderlich beeindruckt war. »Sie haben diesen Wagen also von einem Freund gemietet, Mr. Weaver?«

»Ja.«

»Wo war das?«

»In Mesa. Spricht man das so aus?«

Immer noch keine Reaktion. Übertreib's nicht, sagte ich mir.

»Haben Sie irgendwelche Wagenpapiere?«

»Papiere?«

»Einen Fahrzeugbrief.«

»Nein, so etwas hat er mir nicht gegeben.«

»Nun, er hat Ihnen etwas anderes gegeben, nämlich ein gestohlenes Auto.«

»Gestohlen?«

»Der Wagen wurde vor etwa vier Wochen in Tulsa als gestohlen gemeldet. Dieser Freund von Ihnen, kennen Sie ihn schon lange?«

»Nein. Vielleicht hätte ich nicht von einem Freund sprechen sollen. Er ist eher ein Bekannter, ein Taxifahrer, der mich gefahren hat, als ich in Phoenix angekommen bin. Er bot mir an, mir seinen Zweitwagen zu vermieten.«

»Wissen Sie seinen Namen?«

»Ja. Er hat mir eine Visitenkarte gegeben.« Ich zeigte sie ihm.

»Ich werde sie für Sie aufbewahren, wenn Sie nichts dagegen haben. Ich glaube Ihnen, Mr. Weaver, aber ich fürchte, Sie müssen Ihren Urlaub unterbrechen, bis diese Sache geklärt ist. Ich muß Sie bitten, mit mir aufs Revier zu kommen und noch ein paar Fragen zu beantworten. Sie haben natürlich das Recht, die Aussage zu verweigern, aber alles, was Sie sagen, kann gegen Sie verwendet werden. Haben Sie das verstanden?«

Ich nickte und fühlte Panik in mir hochsteigen.

»Wenn Sie bitte Ihre persönlichen Sachen aus dem Wagen nehmen und mir die Schlüssel aushändigen würden?«

Ich tat, wie mir geheißen, und schloß den Wagen ab.

»Ich muß Sie jetzt durchsuchen.«

»Okay«, sagte ich. »Ist in Ordnung.« Ich hob meine Arme. Das Ganze hatte etwas Unwirkliches. Ich konnte nicht fassen, was mir da widerfuhr.

Nachdem er mich gefilzt hatte, bat er mich, auf dem Rücksitz des Streifenwagens Platz zu nehmen. Der runden Plakette auf der Seitentür entnahm ich, daß der Wagen zum Büro des Sheriffs von Maricopa County gehörte. Kurz nachdem wir losgefahren waren, gab er per Funk eine Beschreibung von Fast Eddie durch und bat um eine Computerüberprüfung. Ich gab mir Mühe, gelassen zu wirken. Ich machte mehrere Versuche, noch ein paar Einzelheiten über Fast Eddie beizusteuern, aber er schien nicht an einer Unterhaltung interessiert zu sein. Während ich auf die Schweißringe seines makellos sauberen Hemdes starrte, fühlte ich meinen eigenen Schweiß an meinem Rücken herunterrinnen.

Auf dem Revier wurde ich noch einmal durchsucht und gebeten, meine Taschen auszuleeren. Man nahm mir mein Gepäck ab, führte mich in ein leeres Zimmer und ließ mich warten. Es dauerte fast eine Stunde, bis jemand nach mir sehen kam. Ein Zivilbeamter trat ein, ein vierschrötiger Kerl mit kantigem Kinn, der mich nichts Gutes ahnen ließ. Er stellte sich als Sergeant Wexler vor und setzte sich mir gegenüber.

»Können wir das noch mal durchgehen, Mr. Weaver? Sie sind Brite, nicht wahr?«

»Ja.«

»Sie verbringen Ihren Urlaub hier?«

»Ja.«

»Wann sind Sie in Phoenix angekommen?«

»Gestern vormittag.«

»Von wo kamen Sie?«

»Aus New York. Ich bin über Dallas geflogen, wo mir vermutlich alle meine Kreditkarten und mein Führerschein gestohlen wurden.«

»Aber Ihr Bargeld wurde Ihnen nicht gestohlen?«

»Nein, das hatte ich in einer anderen Tasche.«

»Warum hatten Sie soviel Bargeld bei sich? Es waren über fünftausend Dollar.«

»Ist das nicht in Ordnung?«

»Sagen wir, es ist ungewöhnlich. Die meisten Leute benutzen Plastik.«

»Nun, in meinem Fall war es doch ein Glücksfall.«

»So könnte man es sagen. Nachdem Sie also in Phoenix angekommen waren, haben Sie bei diesem Typen einen Wagen gemietet.«

»Ja.«

»Und vor Ihrer Ankunft in Phoenix hatten Sie ihn noch nie gesehen?«

»Nein, ich bin noch nie in Phoenix gewesen.«

»Warum haben Sie sich nicht einen normalen Mietwagen genommen?«

»Das habe ich versucht. Aber die nehmen kein Bargeld.«

»Aber der Typ hat's genommen, was?«

»O ja.«

»Wieviel hat er Ihnen abgenommen?«

»Zweihundert Dollar die Woche für zwei Wochen.«

»Himmel, dafür hätten Sie den Schrotthaufen kaufen können. Ich hätte die Briten für schlauer gehalten.«

»Das trifft offenbar auf mich nicht zu«, sagte ich, bemüht, locker zu klingen.

»Sind Sie sicher, daß Sie zum erstenmal hier sind?«

»In Arizona, ja. Aber ich bin schon mal in den Staaten gewesen.«

»Dann müßten Sie unsere Gesetze kennen. Ich schätze, in diesem Fall sind sie den Ihrigen sehr ähnlich. Ich könnte mir vorstellen, daß es auch bei Ihnen eine Straftat ist, ein gestohlenes Auto zu fahren. Hab ich recht?«

»Selbstverständlich.«

»Damit machen Sie sich mitschuldig. Außerdem können Sie weder einen Führerschein noch eine Versicherungskarte vorweisen, was erschwerend hinzukommt.«

Ich schwieg.

»Wußten Sie, daß dieser Kuhl bereits ein Strafregister hat? Er hat zweimal wegen bewaffneten Raubüberfalls gesessen, einmal wegen Körperverletzung, und zur Zeit ist er auf Bewährung.«

»Nein, woher sollte ich das auch wissen?«

»Nun, jetzt wissen Sie es. Sind Sie sicher, daß Sie ihm vorher nie begegnet sind?«

»Nein, nie. Er war mir völlig fremd. Es war dumm von mir, ihm zu vertrauen.«

»Yeah«, sagte Wexler lakonisch. »Sie sagen es. Gibt es sonst noch irgend etwas, das Sie mir sagen möchten?«

Ich zögerte den Bruchteil einer Sekunde zu lange, überlegte verzweifelt, ob ich ihm meine wahre Geschichte erzählen sollte. In Büchern und in Filmen irritiert es mich immer, wenn unschuldig Verhaftete nicht die erste Gelegenheit beim Schopf ergreifen, um die Wahrheit an den Tag zu bringen. Es kam darauf an, die Dinge in der richtigen Reihenfolge darzustellen.

»Ich bin mir dessen bewußt, daß ich mich in eine unangenehme Situation gebracht habe, aber es gibt jemanden in London, der für mich bürgen kann, ein Kollege von Ihnen. Er ist bei der Antiterrortruppe von Scotland Yard, Superintendent Clempson. Rufen Sie ihn an.«

Wexler starrte mich an. »Und warum sollte ich das tun?«

»Ich denke, er könnte Ihnen einiges erklären.«

»Was muß denn erklärt werden?«

Ich war drauf und dran umzukippen. Wexler merkte es, er war nicht blöd.

»Nun, meine Aussage darüber, wie ich dazu kam, dieses Auto zu fahren, ist die reine Wahrheit«, sagte ich langsam, »und ich weiß absolut nichts über diesen Kuhl, außer dem, was Sie mir eben erzählt haben. Aber es gibt noch andere Aspekte.«

Er sprang sofort auf das Wort an. »Aspekte?«

»Ja.«

»Was soll das heißen?«

»Nun, ich denke, Clempson könnte Ihnen das besser erklären als ich.«

»Und wieso?«

Ich fing an, mich zu verhaspeln, und verlor mehr und mehr den Boden unter den Füßen. »Weil er sehr einflußreich ist.«

»Bei Ihnen vielleicht. Hier ist er keinen Furz wert. Ich habe langsam das Gefühl, daß Sie mich hinhalten. Sie sollten nicht versuchen, mich zu verarschen, Weaver.«

»Das würde mir nicht im Traum einfallen«, sagte ich und gab mich so britisch wie möglich. »Aber wenn Sie sich die Mühe machen würden, Clempson anzurufen, bin ich mir sicher, daß er gewisse Dinge klären könnte, die im Moment noch der Lösung bedürfen.«

»Gewisse Dinge. Aspekte. Was zum Teufel soll das bedeuten? Erklären Sie mir das, dann rufe ich diesen Typ vielleicht an.«

»Was ich sagen möchte, ist, daß ich hier weder einen Anwalt noch irgendwelche anderen Leute kenne, und er ist meine einzige Hoffnung, Sie davon zu überzeugen, daß ich mit der Sache nichts zu tun habe. Das Wort eines hochrangigen britischen Polizeibeamten müßte Ihnen doch etwas bedeuten, oder?«

Er sah mich lange schweigend an, und ich hielt seinem Blick stand. »Ich hoffe für Sie, daß das kein Witz ist«, sagte er schließlich. Dann stand er auf und verließ den Raum. Es dauerte eine halbe Stunde, bis er zurückkehrte. Sein Gesichtsausdruck gab mir keinen Anlaß, mich beruhigt zu fühlen.

»Haben Sie ihn erreicht?«

»Nein, hab ich nicht.«

»War er nicht da?«

»Nein. Sie haben mir den Namen eines Toten genannt, Mr. Weaver.«

»Tot?« fragte ich.

»Ihr Freund, falls er Ihr Freund war, wurde vor zwei Wochen von einer IRA-Bombe getötet. Und niemand anders da drüben hat jemals von Ihnen gehört.«

Ich brauchte einen Moment, um diese Nachricht zu verarbeiten.

»Haben Sie sonst noch irgendwelche schlauen Ideen, Mr. Weaver? Ich rate Ihnen, mich nicht zu verarschen. Ich schlage vor, Sie denken noch einmal über alles nach, und zwar gründlich, und lassen sich ein paar gute Anworten einfallen. Ich bin gleich wieder da.«

Diesmal blieb er fast eine Stunde weg. Als er zurückkam, brachte er einen Mann mit, den ich noch nie gesehen hatte. Ohne sich vorzustellen, legte er gleich los. Aus seinem Verhalten schloß ich, daß er Wexlers Vorgesetzter war.

»Wie ich höre, halten Sie sich für ganz besonders schlau, Mr. Weaver. Sie versuchen, uns an der Nase herumzuführen.«

»Nein.«

»Sie glauben wohl, wir hätten nichts Besseres zu tun, als Ferngespräche zu führen? Daß wir hier ein paar Provinzbullen sind, mit denen Sie sich Ihren Spaß erlauben können?«

»Nein, Sir.«

»Wissen Sie, was ich glaube? Ich glaube, Sie sind ein Windei. Bei Ihnen paßt nichts zusammen. Und wir haben langsam die Schnauze voll von Ihnen. Fangen wir doch noch mal von vorne an. Ich möchte klare Antworten auf klare Fragen hören. Sehen Sie, was ich bisher in der Hand habe, sieht nicht besonders gut für Sie aus. Wenn Sie mich fragen, kann Ihr britischer Paß genausogut eine Fälschung sein. Was wir haben, ist ein Typ in einem gestohlenen Auto, das er angeblich von einem Betrüger gekauft hat. Ein Typ, der jede Menge Bargeld, aber keine Kreditkarten bei sich hat. Also, ich würde sagen, daß Sie damit ganz schön in der Scheiße stecken.«

Während er redete, versuchte ich verzweifelt, einen Ausweg zu finden. Aber alles, was mir einfiel, schien eher geeignet, mich noch tiefer hineinzureiten. Ich hatte immer noch nicht die Nachricht vom Tod des armen Clempson verkraftet.

»Ich habe Ihnen die Wahrheit gesagt«, beteuerte ich.

»Von wegen.« Er wandte sich an Wexler. »Buchten Sie den Scheißkerl ein, geben Sie ihm eine Nacht lang Zeit zum Nachdenken, ich habe wirklich anderes zu tun.«

Damit verließ er das Zimmer.

»Sie haben einen großen Fehler gemacht«, meinte Wexler. »Captain Travis kann es nicht ausstehen, wenn man ihn reizt, und Sie haben ihn gereizt.«

Nachdem man mir meine Anklage vorgelesen hatte, wurde ich in eine Zelle gesteckt. Ich setzte mich auf die harte Matratze und verfluchte mich dafür, daß ich Fast Eddie gegenüber so vertrauensselig gewesen war. Der gesunde Menschenverstand hätte mir sagen müssen, daß kein Mensch, der seine fünf Sinne beisammen hat, einen Fremden mit seinem Auto wegfahren läßt, ohne eine Garantie dafür zu haben, daß er es jemals wiedersieht. Aber in jenem Augenblick war es mir nicht in den Sinn gekommen, daß ich aufs Kreuz gelegt werden könnte. Jetzt mußte ich für meine Gutgläubigkeit bezahlen. Mir wurde bewußt, daß ich früher nie wirkliche Angst gekannt hatte, doch jetzt schien sie zu einem festen Bestandteil meines Lebens geworden zu sein.

Plötzlich öffnete sich die Zellentür, und ein Mann wurde hereingestoßen, ein großer Mann, der so aussah, als ob er einen Verkehrsunfall erlitten hätte. Sein Hemd war an mehreren Stellen zerrissen, seine Jeans mit Schlamm bedeckt. Über einem Auge hatte er eine üble Schnittwunde, und er blutete am Schädel, der fast dieselbe Farbe hatte wie sein kurzes rotes Haar. Er fiel auf die Knie, rülpste, öffnete dann seinen Hosenstall und erleichterte sich. Es dauerte noch eine Weile, bis er von mir Notiz nahm.

»Mich ham se in' Arsch getreten«, sagte er. »Ich bin voll wie 'ne Haubitze. Bissu schomal so voll wie 'ne Haubitze gewesen und vonner Frau in' Arsch getreten worn?«

Ich zog es vor, ihm keine Antwort zu geben, und schwang meine Beine auf das Bett, als die Urinlache sich in meine Richtung ausbreitete. Anscheinend hatte ich eine lange Nacht vor mir.

»Weiber! Sind alles Nutten, wa? Ich sag dir, die machen dich fertig, trampeln nur auf dir rum, habbich recht? Habbich recht? Sag mir, dassich recht hab.«

Vielleicht war es mein mangelndes Interesse, vielleicht war er auch einfach so besoffen, jedenfalls änderte seine Stimmung sich abrupt.

»Was glotzense mich so an, Mister? Ich hab Sie schomal gesehn, Sie sind 'n Freund von ihr. Wenn du 'n Freund von dieser kleinen Fotze bis, dreh ich dir 'n Hals um.«

Er machte einen Versuch, sich auf seine Füße zu stellen, aber sie hatten ihm seinen Gürtel abgenommen. Er stolperte über seine Hose, die ihm bis zu den Kniekehlen gerutscht war, und fiel wie in Zeitlupe auf die Seite. Vor sich hin murmelnd, blieb er liegen, dann übergab er sich. Ich stand von meinem Bett auf, stieg vorsichtig über ihn hinweg, wobei ich mir die größte Mühe gab, nicht in die Schweinerei zu treten, die er angerichtet hatte, und hämmerte mit den Fäusten gegen die Tür. Nachdem ich einen Höllenlärm veranstaltet hatte, wurde sie schließlich von einem älteren Polizeibeamten geöffnet. Er warf einen kurzen Blick in die Zelle und fluchte.

»Dieser verdammte Penner, das macht er jedesmal.«

Dann schlug er die Tür zu. Der Betrunkene lag noch immer am Boden, aber ich hatte das Gefühl, daß er seine Vorführung wiederholen würde, sobald er wieder zu sich kam. Ich ließ ihn keine Sekunde lang aus den Augen, während ich meine Habseligkeiten einsammelte, aber ich mußte noch eine Viertelstunde warten, bevor der alte Polizist zurückkehrte. Diesmal brachte er einen Eimer Wasser mit, den er über dem Betrunkenen ausleerte, was jedoch keine Wirkung zeigte. »Lassen Sie ihn in seiner eigenen Scheiße liegen«, sagte der Beamte. »Morgen früh kann er das selber saubermachen.«

Die Zelle blieb die ganze Nacht über von Gestank erfüllt, mein Zellengenosse schlief seelenruhig seinen Rausch aus und belästigte mich glücklicherweise nicht noch einmal. Als er am anderen Morgen mit einem schrecklichen Kater aufwachte, war er wie gewandelt. Jetzt war er ein reumütiges, zitterndes Wrack. Bevor er entlassen wurde, zwang man ihn, seinen Schmutz zu beseitigen. Ich hatte den größten Teil der Nacht damit zugebracht, über alles nachzudenken und mir einen möglichst vernünftigen Plan zurechtzulegen. Wenn ich irgendwie aus meiner derzeitigen Situation herauswollte, mußte ich Travis reinen Wein einschenken. Auf keinen Fall wollte ich eine Haftstrafe in einem amerikanischen Gefängnis verbüßen, was mir im Augenblick durchaus im Bereich des Möglichen zu liegen schien.

Nach dem Frühstück wurde mir gestattet, mich im Waschraum zu waschen und zu rasieren, und ich begann mich wieder wie ein Mensch zu fühlen. Ich hatte einen Entschluß gefaßt und bat um ein erneutes Gespräch mit Travis. Ich gab an, daß ich nun bereit sei, eine Aussage zu machen. Am späten Vormittag erschien Wexler, um mich in Travis' Büro zu bringen.

Ich hatte meine Aussage gut einstudiert. Als erstes gab ich ihnen zu verstehen, wie sehr mich die Nachricht von Clempsons Tod erschüttert hatte. »Das hat mich kurzfristig aus der Bahn geworfen«, sagte ich, »und erklärt mein Verhalten vom gestrigen Abend.«

Travis wollte nichts davon wissen. »Yeah, okay, kommen Sie einfach zum Thema.«

»Mein Name ist Martin Weaver. Ich bin wirklich Schriftsteller, das können Sie überprüfen. Ich bin mir fast sicher, daß der Buchladen im Ort eins meiner letzten Taschenbücher vorrätig hat. Auf der Rückseite des Umschlags ist ein Foto von mir, das Ihnen bestätigen wird, wer ich bin.«

Er sah mich eindringlich an. »Nennen Sie mir einen Titel.«

»*Die sechste Säule*.«

»Wenn das wieder eine Ente ist, werden Sie mich kennenlernen.« Er wandte sich an Wexler. »Sehen Sie zu, ob Sie ein Exemplar auftreiben können.«

Nachdem Wexler das Zimmer verlassen hatte, sagte ich: »Ich bin bereit, eine umfassende Aussage zu machen.«

»Kommen Sie mir nicht wieder mit irgendwelchen Märchen. Ich habe keine Lust, mir noch mehr Blödsinn anzuhören.«

Ich war während der Nacht zu dem Schluß gekommen, daß Ghia wahrscheinlich der einzige war, der mich hier herausholen konnte. Ich wünschte nur, er wäre mir eher in den Sinn gekommen. Er wußte noch besser als der arme Clempson, wie der ganze Schlamassel angefangen hatte. Trotzdem machte ich mir keine Illusionen darüber, daß es in Anbetracht meiner derzeitigen Situation nicht einfach sein würde, Travis zu überzeugen. Ich hatte bereits zu viele Fehler gemacht, und das war meine letzte Chance.

»Können wir meine Aussage auf Band aufnehmen?« fragte ich. »Ich möchte, daß sie aufgezeichnet wird.«

»Yeah, ganz meine Meinung.«

Er schaltete seinen Recorder ein und sprach zunächst die üblichen Formsachen wie Uhrzeit und Datum auf das Band.

»Legen Sie los. Nennen Sie Ihren Namen und fangen Sie an.«

Ich erzählte meine Geschichte von Anfang an, beschrieb mein Verhältnis zu Henry und Sophie, ohne mich selbst zu schonen, berichtete von Henrys angeblichem Selbstmord und wie ich ihn dann am Flughafen in Venedig entdeckt hatte. An dieser Stelle wurde Travis plötzlich aufmerksam.

»Moment mal«, sagte er. »Wenn Sie sich so sicher waren, ihn gesehen zu haben, warum sind Sie dann nicht gleich zur Polizei gegangen? Sie sagen, er war Parlamentsabgeordneter, er war also eine wichtige Persönlichkeit, richtig?«

»Nun, er hatte einen gewissen öffentlichen Status.«

»Sind Ihre Politiker so korrupt wie unsere?«

»Ich weiß es nicht.«

»Unsere sind der reinste Abschaum.«

»Tatsache ist, daß ich mir nicht völlig sicher war. Erst später, nachdem der erste Mord passiert war, hatte ich die Gewißheit, daß ich recht hatte.«

»Sie sprechen von dem Mord an dem Jungen in Venedig, stimmt's?«

»Ja.«

»Sie sagen, der ›erste‹ Mord. Hat es noch mehr gegeben?«

»Ja.« Ich berichtete ihm von meiner Reise nach Moskau und der Episode mit den Golitsins, wie man mich anschließend deutlich gewarnt und mich mit sanfter Gewalt in ein Flugzeug nach Kopenhagen gesetzt hatte.

»Und selbst dann sind Sie nicht zur Polizei gegangen?«

»Doch, das tat ich. Das heißt, nicht offiziell. Ich nahm Kontakt zu meinem Freund Clempson auf, der, von dem Sie sagen, er sei auf tragische Weise ums Leben gekommen. Ihm habe ich erzählt, was ich nun Ihnen berichtet habe.«

»Wenn er wirklich ein so hochgestellter Polizeibeamter war, warum hat er dann keine Maßnahmen ergriffen?«

»Nun, ich weiß nicht, wie Ihre Polizei arbeitet, aber es lag nicht in seinem Zuständigkeitsbereich. Er gehörte der Antiterrortruppe an, aber das wäre ein Fall für die Kripo gewesen. Ich bin sicher, daß er der Sache nachgegangen ist, er war ein zuverlässiger Mann.«

»Und wie erklären Sie sich, daß nichts geschehen ist?«

»Ich habe keine Erklärung dafür, und nun, da er tot ist, werden wir es nie erfahren.«

»Das kommt Ihnen ja sehr gelegen. Sie müssen mir schon etwas Besseres bieten, Mr. Weaver«, sagte er. »Sehen Sie, Sie machen auf mich einen intelligenten Eindruck, aber was Sie mir bisher erzählt haben, ergibt noch keinen rechten Sinn. Wenn ich in Ihrer Situation gewesen wäre, hätte ich verdammt dafür gesorgt, daß ich an die richtigen Leute gerate. Warum haben Sie das nicht getan?«

»Ich habe es versucht, aber ich sagte Ihnen doch schon, die sogenannten ›richtigen Leute‹ waren nicht bereit, mir zu helfen – wo ich auch hinging, stand ich vor verschlossenen Türen –, und zu Beginn schien mir das, worum ich mich bemühte, noch recht harmlos. Wenn einer Ihrer besten Freunde Selbstmord verübte, würden Sie sich sicher ähnlich verhalten. Ich begriff nicht, warum ich überall auf eine Mauer des Schweigens stieß – und damals war ich immer noch davon überzeugt, daß er tatsächlich tot war. Erst die Ereignisse in Venedig und dann in Moskau belehrten mich eines Besseren.«

Travis zuckte die Achseln. »Okay, im Zweifel für den Angeklagten. Was passierte also dann?«

Ich beschrieb ihm, wie ich Seymour ausfindig gemacht und durch Zufall den Computercode in Henrys Papieren entdeckt hatte. »Sehen Sie, ich bin kein Computerexperte, ich benutze nur ein Textverarbeitungsprogramm, um meine Romane zu schreiben. Aber ich rief einen Mann an, der mir immer aus der Patsche hilft, wenn der verdammte Rechner durchdreht, und er hat mir erklärt, was der Code bedeutete. Damals glaubten wir beide, daß es sich lediglich um einen Versand von in England verbotenen Pornoheften und Videos handelte. Einfach eine schmutzige Leiche im Keller meines Freundes Henry, mehr nicht. Erst viel später wurde mir klar, daß ich den Schlüssel zu einem Netzwerk für Kinderprostitution entdeckt hatte.«

Travis lehnte sich gespannt vor. Nun war es an mir, ihm eine Frage zu stellen. »Ist Ihnen bekannt, ob es solche Netzwerke hier in Amerika gibt?«

»Diese Computersache ist mir noch nicht untergekommen, aber natürlich gibt es geheime Organisationen von Pädophilen. Diese perversen Bastarde gibt es überall. Auch bei uns, das können Sie mir glauben. Okay, fahren Sie fort.«

Ich erklärte ihm, daß ich, kurz nachdem ich diesen Teil des Puzzles entdeckt hatte, nach Venedig zurückbeordert worden war, um den alten Dandy zu identifizieren. Ich beschrieb ihm im einzelnen, was sich bei meinem zweiten Aufenthalt in Venedig ereignet hatte und wie Ghias Computerspezialist uns noch tiefer in das Labyrinth geführt hatte.

An dieser Stelle unterbrach mich Travis. »Warum haben Sie

mir nicht seinen Namen genannt, anstatt den Ihres Freundes bei Scotland Yard? Sie hätten sich eine Menge Ärger ersparen können.«

»Ja, das ist mir inzwischen klargeworden, aber lassen Sie mich zu Ende erzählen. Wir hatten nun einen roten Faden, der sich durch die ganze Sache zog. Henry, der alte Dandy und der Junge in Venedig, Seymour, der Code, eine scheußliche Verbindung zeichnete sich ab.«

»Und warum sind Sie dann hierher gekommen? Warum sind Sie nicht dortgeblieben und haben die Sache zu Ende gebracht?«

»Ich hatte einen triftigen Grund, in die Staaten, genauer, nach New York zu kommen. Ich hatte einen Preis gewonnen, einen Edgar, der von den Mystery Writers of America vergeben wird. Kennen Sie die?«

»Nein, aber ich glaube Ihnen. Trotzdem, warum sind Sie nach Phoenix gekommen?«

»Einerseits bekam ich es mit der Angst zu tun ... ich glaube, ich wurde nach New York verfolgt ... und gleichzeitig ... nun, Sie haben meine Brieftasche durchsucht. Sie müssen eine Seite aus einer Zeitschrift gefunden haben, die mir zufällig in die Hände fiel, während ich mich an der Ostküste aufhielt. Es ist ein Foto von meiner Exfreundin, Sophie, und es wurde in Carefree aufgenommen. Ich bin hierher gekommen, um sie zu suchen. Sie lebt zur Zeit mit diesem Seymour zusammen. Ich bin ihr zufällig begegnet, als sie beim Ausreiten in diesen fürchterlichen Regen geraten war. Wir haben miteinander gesprochen, aber in der kurzen Zeit konnte ich nicht viel in Erfahrung bringen, und im übrigen schien sie viel zu große Angst zu haben, um zu reden. Wir haben ausgemacht, uns nächste Woche in Flagstaff zu treffen. Sie hat mir erzählt, daß Seymour, und wenn Sie mich fragen, wahrscheinlich auch Henry, nächsten Dienstag nach Chicago fliegen. Ich war auf meinem Weg nach Flagstaff, als Ihr Autobahnpolizist mich hierher gebracht hat. Ich hatte vor, jeden Morgen bei Howard Johnson's zu frühstücken und zu warten, bis sie auftauchte – *falls* sie auftauchte.«

»Was hat Sie dazu gebracht, ihr zu vertrauen?« wollte Travis wissen. »Sie hat Sie doch schon mal reingelegt, warum nicht ein zweites Mal?«

»Ich weiß gar nicht, ob ich ihr vertraut habe, aber ich war bereit, das Risiko einzugehen.«

»Sie wollten dorthin fahren, egal, was passiert?«

»Ja.«

»Allein?«

»Ja.«

»Trotz allem, was passiert ist?«

»Ja. Noch eine Dummheit von mir.«

»Dummheit ist die richtige Bezeichnung.« Travis starrte durch mich hindurch. Dann schaltete er den Apparat ab und nahm einen Kugelschreiber zur Hand. »Ich sage Ihnen, was ich tun werde. Geben Sie mir den Namen von diesem italienischen Polizisten. Wenn es ihn gibt und er Ihre Geschichte bestätigt, laß ich mich drauf ein. Aber wenn er auch eine Leiche sein sollte, machen Sie sich auf was gefaßt.«

Hinter Travis' Schreibtisch hing ein schwarzes Brett, auf dem drei Plakate mit kleinen Bildern befestigt waren. Alle drei waren mit VERMISST überschrieben. Es handelte sich um schlechte Kopien von Fotos kleiner Kinder beiderlei Geschlechts – traurige kleine Gesichter, wie man sie auf Bildern aus den Fotoautomaten sieht, die zum Beispiel an Flughäfen herumstehen. Ich deutete auf die Plakate: »Das ist ein Teil desselben Problems, nicht wahr?«

Travis erhob sich und holte uns beiden einen Becher Kaffee vom Automaten. »Die landen aus den gesamten Vereinigten Staaten mit der Regelmäßigkeit von Wurfsendungen auf meinem Schreibtisch. Haben Sie 'ne Ahnung, wie viele Kinder jedes Jahr als vermißt gemeldet werden? Würden Sie mir glauben, wenn ich Ihnen sagte, es sind Tausende? Allein aus der Gegend um Phoenix sind in der letzten Woche drei Meldungen eingegangen. Und die, die wir tatsächlich finden, sind meistens tot. Es gab Zeiten, da machte ein vermißtes Kind noch Schlagzeilen in aller Welt, wie das Lindbergh-Baby, aber heutzutage kann man das soziale

Gewissen nicht mehr aufrütteln. Es gibt überhaupt nichts mehr, das das Gewissen aufrüttelt. Die Leute interessieren sich viel mehr dafür, ob ein Mitglied Ihrer königlichen Familie sich scheiden läßt oder einer Ihrer Parlamentsmitglieder vor zehn Jahren seine Sekretärin flachgelegt hat.« Er hielt inne und betrachtete eins der Fotos genauer. »Vier Jahre alt. Vier Jahre alt«, sagte er, »und der perverse Scheißer, der sie sich geschnappt hat, kriegt irgendeinen Staranwalt und macht eine unglückliche Kindheit geltend, falls wir ihn überhaupt jemals erwischen.« Er hatte das alles ohne jegliches Pathos gesagt, aber sein Gesicht hatte rote Flecken bekommen, und seine Stimme war vor Erregung heiser. Als er meinem Blick begegnete, hatte ich den Eindruck, daß ihm plötzlich bewußt wurde, etwas Persönliches preisgegeben zu haben. »In diesem Land gibt es viel zu viele Perverse und Verrückte. Letzte Woche haben sie in Phoenix einen Typen aufgestöbert, der sich in Alufolie eingewickelt und Air-Force-Embleme auf sein Haus gemalt hatte, um außerirdische Eindringlinge abzuschrecken. Als sie ihn schließlich geschnappt haben, stellte sich heraus, daß er seine Eltern mit einer Magnum erschossen hatte. Wie finden Sie das?«

In diesem Augenblick kam Wexler zu meiner großen Erleichterung mit einem meiner Taschenbücher zurück. Travis sah sich das Buch genau an und verglich dann das Foto auf der Rückseite mit meinem Gesicht.

»Das ist schon ein paar Jahre alt«, sagte ich, während ich sein Urteil abwartete.

»Okay, Sie sind also der, der Sie zu sein behaupten, das ist immerhin ein Anfang. Wenn es sich herausstellt, daß der Rest ebenfalls stimmt, könnte es hier noch einige Aufregung geben.«

Er wandte sich an Wexler. »Unter welcher Anklage ist er gestern festgenommen worden, Al?«

»Beihilfe zum Diebstahl.«

»Schreiben Sie in den Bericht, daß die Anklage aus Mangel an Beweisen fallengelassen wurde. Sollte es irgendwelche Nachfragen geben, werde ich mich darum kümmern.«

»Vielen Dank«, sagte ich.

»Bedanken Sie sich nicht zu früh, noch bin ich nicht mit Ihnen fertig. Ich kann jederzeit eine neue Anklage schreiben, Papier ist billig. Bisher haben Sie mich von meiner guten Seite kennengelernt, aber ich kann sehr ungemütlich werden, wenn jemand versucht, mit mir Schlitten zu fahren.«

Er sah sich noch einmal das Taschenbuch an und las den Klappentext.

»Könnte natürlich auch sein, daß Sie einfach eine blühende Phantasie haben. Lohnt es sich, das zu lesen?«

»Ich denke, ja.«

»Schreiben Sie mir doch eine Widmung rein. Nein, lieber eine Widmung für meine Frau. Sie heißt Audrey.«

Ich lieh mir seinen Kugelschreiber und schrieb eine Widmung in das Buch.

»Das wird eines Tages mal was wert sein! Ha, ha!« Es war ein seltsames, trauriges Lachen. »Wenn das alles stimmt, was Sie mir erzählt haben, müssen wir das FBI einschalten.«

»Das FBI?« fragte Wexler.

»Yeah, ich erklär's Ihnen später. Als erstes möchte ich, daß Sie einen Typen namens Seymour überprüfen. Er ist hier im Ort ansässig. Aber ich bin mir fast sicher, daß er nicht gemeldet ist. Unternehmen Sie nichts, Sie sollen ihn nur finden.«

»Seymour?«

»Buchstabieren Sie es für ihn«, wies er mich an. Ich schrieb den Namen auf.

Als Wexler gerade gehen wollte, hielt Travis ihn auf. »Oh, und noch was, stellen Sie doch Mr. Weaver in Ihrem Haus ein Bett zur Verfügung. Er legt garantiert keinen Wert darauf, noch eine Nacht hier bei uns zu verbringen, und ich möchte, daß er in Sicherheit ist.«

Wexler schien von dem Vorschlag nicht gerade begeistert zu sein. »Ich muß das mit meiner Frau absprechen.«

»Wird das ein Problem sein?«

»Nein.«

»Also, dann machen Sie keinen Staatsakt daraus. Sagen Sie's ihr einfach.«

Als wir wieder unter uns waren, sagte Travis: »Mir scheint, Sie haben auf die falschen Leute gesetzt.«

»Es hat alles angefangen, weil ich einen Mann gesehen habe, den ich für tot hielt. Wären Sie nicht darauf angesprungen?«

»Kann sein. Aber wie ich die Sache sehe, war es nicht das, was Sie da hineingezogen hat, sondern diese Braut, mit der Sie mal liiert waren. Hinter Weibern herzulaufen hat schon viele Männer Kopf und Kragen gekostet. Mich hätt's beinahe schon zweimal erwischt. Ich bin jetzt zum drittenmal verheiratet, und die Zukunft sieht nicht gerade rosig aus. Hoffen wir, Ihr Buch heitert sie auf.«

Ich war inzwischen völlig verwirrt. Mal schien er mir wohlgesonnen, und im nächsten Moment war sein Charme wie weggeblasen. Er war offenbar ein Mann, dem leicht die Sicherungen durchbrennen konnten, selbstzufrieden und stets bestrebt, Oberwasser zu behalten. Ich wurde in ein anderes Büro gebracht und mir selbst überlassen, bis Wexler mich abholte.

»Ich kann nicht behaupten, daß Ihr Besuch willkommen ist«, sagte er. »Weiß der Teufel, warum Travis Sie nicht in seinem eigenen Haus unterbringen konnte, wenn er so sehr um Ihr Wohlergehen besorgt ist. Und ich kann Ihnen nur raten, sich vorzusehen, Mister. Wenn Sie irgendwelche Schwierigkeiten machen, leg ich Ihnen Handschellen an.«

Er wohnte in einem kleinen Backsteinhaus, das auf einem sandigen, hier und da mit Kakteen bewachsenen Grundstück stand. An einer Seite der Garage hing ein Basketballkorb.

»Spielen Sie?« fragte ich, um eine Unterhaltung bemüht.

»Mein Sohn spielt. Er ist im College-Team.«

Er stellte mich seiner Frau vor, einer kessen kleinen Blondine in einem schulterfreien Top und verwaschenen Jeans. Sie sagte kein Wort, als ich ihr meinen Namen nannte und mich bedankte. Sie preßte nur ihre schmalen Lippen zusammen und musterte mich von oben bis unten. Wie ihr Mann schien auch sie von Travis' Vorschlag nichts zu halten. Sie führten mich in das Zimmer ihres Sohnes, das im hinteren Teil des Hauses lag. Die Wände waren mit Baseballwimpeln und Postern von Madonna und Cher geschmückt, und es roch leicht nach abgestandenem Schweiß.

»Das wird Sie wohl kaum an zu Hause erinnern«, sagte Wexler mit einem Anflug von Humor. »Die Kids haben heutzutage ihren eigenen Geschmack. Mögen Sie Madonna?«

»Ich werde mich an sie gewöhnen«, sagte ich. »Ihre Gesellschaft ist mir jedenfalls wesentlich angenehmer als der Besoffene, mit dem ich letzte Nacht die Zelle teilen mußte.«

Wexler warf einen Blick in das kleine, angrenzende Badezimmer. »Ich werd' Ihnen frische Handtücher bringen. Haben Sie sonst alles, was Sie brauchen?«

»Ja.«

Er zögerte noch einen Moment. »Sind Sie verheiratet?«

»Nein.«

»Also, verstehen Sie das nicht falsch, aber meine Frau möchte nicht, daß Sie mit uns gemeinsam essen, ich werde Ihnen also etwas aufs Zimmer bringen. Nichts Persönliches, Sie verstehen?«

»Klar.«

»Sie mag keine Fremden.«

»Schon gut, Sie müssen das nicht erklären.«

Es schien, als wolle er noch etwas hinzufügen, überlegte es sich jedoch anders und ließ mich allein. Ich sah mir meine neue Umgebung an. Das Bett machte einen bequemen Eindruck, und wie in den meisten amerikanischen Häusern gab es einen großzügigen Wandschrank. Unter einem Regal, das hauptsächlich abgegriffene Taschenbuchausgaben von Stephen King enthielt, war ein halbes Dutzend ausgetretener Sportschuhe aufgereiht. Auf der Fensterbank stand ein Ghettoblaster und daneben ein Stapel Kassetten.

Nachdem Wexler mir die Handtücher gebracht hatte, nahm ich eine Dusche, legte mich aufs Bett und dachte darüber nach, wie es den armen Clempson erwischt hatte. Ich hatte bisher Glück gehabt – aber ich fühlte mich wie jemand, der in einen kafkaesken Alptraum geraten und darin zu weit gegangen war.

XVI

Die Gegenwart

Die nächsten zwei Tage stand ich unter »Hausarrest«. Ich hatte keinen blassen Schimmer, was in der Welt draußen vor sich ging, bis ich am Morgen des dritten Tages in Travis' Büro gebracht wurde. Wexler fuhr mich mit eingeschalteter Sirene aufs Revier, eine Erfahrung, die ich zugegebenermaßen genoß.

»Dürfen Sie das einschalten, sooft Sie wollen?«

»Warum nicht? Da kann man mal all den alten Ladys, die die Caddies von ihren verstorbenen Ehemännern spazierenfahren, einen Mordsschrecken einjagen«, sagte er und überfuhr eine rote Ampel. Ausnahmsweise schien er einmal gute Laune zu haben.

Als wir ankamen, stellte Travis mich einem neuen Mann vor. »Das ist der Sonderbeauftragte, Robb Kemelman von der Einheit für Sexualverbrechen beim FBI.«

Kemelman paßte nicht ins Klischee, er wirkte eher wie ein Akademiker, der irgendwie in die falsche Umgebung geraten war. Er trug die Art Kleidung, die man auf jedem Campus sieht: ein Jackett aus Knitterleinen, elegantes Hemd, unauffällige Krawatte, eine graue Flanellhose und derbe, ausgetretene Straßenschuhe. Der Kontrast zwischen ihm und Travis war augenfällig. Ich schätzte ihn auf Mitte vierzig, obwohl er irgendwie älter wirkte. Er sah so aus, als ob er Leberprobleme hätte, denn er hatte dunkle Ringe unter den Augen. Vielleicht war er ein starker Trinker, vielleicht war das bei seinem aufreibenden Job die einzige Möglichkeit, Abstand zu gewinnen. Wenn er sprach, schien er jedes Wort mit großer Sorgfalt zu wählen. Ich hatte außerdem den Eindruck, daß er sich das Haar färbte, denn es war unnatürlich tiefschwarz. Ich hatte im Fernsehen einen Werbespot gesehen, in dem ein neues Produkt vorgestellt wurde, ein Spray, mit dem man kahle Stellen kaschieren konnte. Vielleicht benutzte er das.

»Ich möchte, daß Sie auf dem laufenden sind, Mr. Weaver«, sagte Kemelman. »Travis hat das Haus von diesem Seymour ausfindig gemacht, und seine Männer sind in das Privatgelände eingedrungen.«

Travis unterbrach ihn, um mir zu erklären, daß die meisten Gelegenheitsarbeiter in Arizona – Gärtner, Poolwärter, Putzfrauen – ausländischer Herkunft seien. »Wir weißen Amerikaner haben wohl das Interesse an niederen Arbeiten verloren.« (Er sagte das mit einem schwachen Lächeln, so als ob selbst umgekehrter Rassismus einer Entschuldigung bedürfte.) »Die meisten sind Mexikaner oder Japaner. Die bringen es fertig, einen Garten völlig zu verwüsten, wenn man nicht aufpaßt. Einen grünen Daumen haben sie jedenfalls nicht.« Wie Wexler schien auch er ausnehmend gutgelaunt zu sein.

»Also«, sagte Kemelman leicht irritiert, »wenn ich nun fortfahren darf – zwei mexikanische Beamte sind von Tulsa herbestellt worden und haben sich als ›Gärtnerteam‹ anheuern lassen. Sie haben sich gründlich umgesehen und festgestellt, wie viele Leute sich im Haus aufhalten. Sie haben außerdem die Sicherheitsanlagen ausgekundschaftet und Wanzen installiert, und es ist ihnen gelungen, einige der Bewohner zu fotografieren. Ich möchte, daß Sie einen Blick auf die Fotos werfen, um zu sehen, ob Sie jemanden identifizieren können.«

Er schob mir über Travis' Schreibtisch hinweg ein paar Fotos zu.

»Das ist Seymour«, sagte ich, »und die Frau neben ihm ist Sophie.«

»Und was ist mit diesem Typen hier?« Kemelman deutete mit dem Finger auf einen Mann mit dunkler Brille, der auf der Veranda des Hauses etwas von Sophie und Seymour entfernt stand. Ich bemühte mich, das Gesicht auf dem Foto zu erkennen. Travis reichte mir eine Lupe.

»Nehmen Sie die.«

Ich betrachtete noch einmal das Foto. »Keine Ahnung«, sagte ich schließlich. »Den hab ich noch nie gesehen.«

»Eigentlich hatte ich das auch nicht erwartet. Er ist ein bekannter Gangster aus Chicago. Sehen Sie sich die anderen an. Vielleicht ist Ihr ominöser toter Freund dabei.«

Es gab noch eine Nahaufnahme von Sophie, dann einige Schnappschüsse von Seymour, der sich mit drei weiteren Männern unterhielt, aber Henry war nicht dabei. Sophie und Seymour zusammen in dieser fremden Umgebung zu sehen versetzte mir einen Stich.

»Ich kann Henry nirgendwo entdecken«, sagte ich.

»Schade, das wäre wirklich ein Durchbruch gewesen«, seufzte Kemelman. »Aber macht nichts, wir machen trotzdem Fortschritte. Jetzt wissen wir immerhin, wie Seymour aussieht.« Mit einem Filzstift malte er Kreise um Sophie und Seymour. »Ich möchte von ihm und der Frau Vergrößerungen haben, die lassen Sie dann verteilen.«

»Haben Sie irgend etwas von der Polizei in Venedig gehört?«

»Ja«, sagte Travis. »Sie werden sich freuen zu hören, daß Ihre Geschichte bestätigt wurde. Immerhin, besser spät als gar nicht.«

»Da bin ich aber erleichtert«, sagte ich.

»Ihr Mann scheint ziemlich auf Draht zu sein. Anhand der Informationen, die er uns übermittelt hat, hat unsere Einwanderungsbehörde eine Spur von diesem Alten gefunden, von dem Sie erzählt haben, der, der an einer Überdosis hops gegangen ist. Sie haben festgestellt, daß er im letzten Jahr zweimal hiergewesen ist. Außerdem konnten sie nachweisen, daß er über Chicago einreiste, was wiederum zu dem paßt, was Kemelman Ihnen jetzt erzählen wird. Schießen Sie los, Robb.«

Travis legte offenbar Wert darauf, mir deutlich zu machen, daß er aktiv an dieser Sache mitwirkte, egal, ob FBI-Beamte beteiligt waren oder nicht.

»Die Reise nach Chicago, die Ihre Exfreundin erwähnt hat, könnte im Zusammenhang mit einer dort ansässigen Gruppe stehen, die wir seit einiger Zeit beobachten. Sie nennt sich *The Looking Glass Club* und gibt eine Zeitschrift heraus, die haarscharf an der Pornographie vorbeigeht – sehr suggestive Nudistenwerbung, die sich, unter Berufung auf künstlerische Freiheit, gerade noch in den Grenzen der Legalität bewegt. Wir wissen natürlich, daß die Hefte in Wirklichkeit dazu dienen, eine Art Flohmarkt für den Vertrieb von Kinderpornos zu unterhalten. Bisher haben wir insoweit eingegriffen, als wir immer wieder auf gewisse Kleinanzeigen antworten, in der Hoffnung, so die schlimmsten Pädophilen auszuräuchern. Wir müssen mit äußerster Vorsicht vorgehen, denn der Oberste Gerichtshof hat vor kurzem ein von uns erwirktes Urteil aufgehoben, mit der Begründung, wir hätten uns die Beweise mit illegalen Methoden beschafft. Die sind so verdammt bemüht, die Schuldigen zu beschützen, daß sie die Opfer völlig vergessen. Uns werden ständig die Hände gebunden.«

Erneut wurde er von Travis unterbrochen. »Yeah, erst letzte Woche hat die Polizei in L. A. einen Typen hochgenommen. Sie haben ein Spezialteam auf ihn angesetzt und in einem Kriechkeller eine ganze Wagenladung Kinderpornographie sichergestellt. Dann stellte sich heraus, daß er in der örtlichen Schulbehörde sitzt. Er hatte sich selbst mit einigen von den Kids fotografiert. Aus irgendwelchen unerfindlichen Gründen machen das die meisten von diesen perversen Typen. Wahrscheinlich brauchen die das für ihre Phantasien. Wenn sie Fotos von allen Kindern archivieren, mit denen sie es getrieben haben, dann können sie sich die jeweiligen Situationen immer wieder in Erinnerung rufen und von neuem auskosten. Und was ist passiert? Sie haben ihn auf Bewährung entlassen. Hier. Lesen Sie das.« Er schob mir eine Ausgabe von *USA Today* herüber.

Die Meldung besagte, daß im Jahre 1991 im Staat New York einhunderteinunddreißigtausend Fälle von Kindesmißhandlung bekanntgeworden waren.

»Das gibt Ihnen mal eine Vorstellung davon, was da draußen vor sich geht. Verdammt, das sind mehr Kinder als ganz Scottsdale Einwohner hat.«

Kemelman bemühte sich, einen Rülpser zu unterdrücken, und langte in seine Brusttasche, um unauffällig ein paar Pillen herauszuholen und zu schlucken. »Das Wichtigste für uns ist«, sagte er, »daß wir die Einzelheiten zu einem Ganzen zusammenfügen, daß wir einen Zusammenhang herstellen zwischen dem, was an den verschiedenen Orten geschieht. Deshalb ist Ihre Mitwirkung so wertvoll für uns. Sie könnten als wichtiger Zeuge auftreten, falls es uns gelingt zuzuschlagen. Und ich sage ›falls‹, weil man sich heutzutage keiner Sache mehr sicher sein kann. Wir haben es mit Leuten zu tun, die sich mit den Gesetzen auskennen und das nötige Kleingeld haben, um sich freizukaufen. In unserem juristischen System ist der Wurm drin, schon seit Jahren. Als Hoover die Möglichkeit hatte, gegen das organisierte Verbrechen vorzugehen, hat er einen Rückzieher gemacht, und der Kampf war verloren. Dieses Land ist drauf und dran, in Trümmer zu gehen.«

»Einen Rückzieher gemacht?« sagte Travis. »Der verdammte Heuchler war schwul. Ich lese gerade ein Buch, da steht drin, wie er wirklich war.«

»Nun, wie dem auch sei«, sagte Kemelman mit einem Rülpser, »wir müssen die Chancen nutzen, die wir haben. Und wir müssen schnell handeln, bevor die Vögel wieder ausfliegen. Wir haben da etwas vorbereitet, das ich Ihnen gerne zeigen würde, Mr. Weaver. Dafür müssen wir allerdings nach Phoenix fahren.«

In einem Zivilfahrzeug fuhr Kemelman mich zu einem kleinen Landeplatz, der mit diesen winzigen Flugzeugen übersät war, die mich immer an die Balsaholzmodelle aus meiner Jugendzeit erinnern. Ein Polizeihubschrauber wartete schon auf uns. Das Fliegen ist nicht meine Sache. Mir bleibt es zum Beispiel immer ein Rätsel, wie so eine 747 jemals hochkommt, und erst recht, wie sie in der Luft bleibt. Und die Aerodynamik eines Hubschraubers geht völlig über meine Begriffe; das einzige, was ein solches Flugobjekt in mir auslöst, ist blanke Angst. Diesmal jedoch hatte ich keine Wahl. Ich folgte Kemelman widerspruchslos und nahm meinen Platz hinter dem Piloten ein. Der Hubschrauber stieg in die Luft, kippte mit der Nase in einem Übelkeit erregenden Winkel nach vorn, um dann mit rasender Geschwindigkeit über das Gelände hinwegzusurren.

Als wir in Phoenix landeten, zitterten mir immer noch die Knie. Im Polizeihauptquartier führte man uns in einen Kellerraum, wo ein sechzehn-Millimeter Filmprojektor aufgebaut war. Kemelman stellte mich zwei weiteren FBI-Beamten vor. Sie waren wesentlich jünger als er – flott gekleidet und selbstbewußt. Sie nannten mir ihre Namen, die ich jedoch sogleich wieder vergaß. Nachdem wir alle Platz genommen hatten, löschte einer der beiden jungen Beamten das Licht und schaltete den Projektor ein.

Noch bevor die Bilder über die Leinwand zu flimmern begannen, fühlte ich mich bereits unwohl. Es war, wie wenn man sich in der Gewißheit zu Tisch setzt, daß das Essen ungenießbar sein wird. Der Film war zunächst unscharf. Derjenige, der die Aufnahmen gemacht hatte, hatte den Zoom offenbar mit zittrigen Händen bedient. Es war in einem geschlossenen Raum gefilmt worden, da jedoch als einzige Lichtquelle eine einzelne Lampe diente, waren kaum Details zu erkennen. Später hatte man die Kamera anscheinend auf einem Stativ befestigt, denn die Bildqualität besserte sich. Die eindringliche Hintergrundmusik erinnerte mich an Villa Lobos. Mich fröstelte. Plötzlich eine Nahaufnahme von einem Gesicht, das hinter einer Maske verborgen war. Es war eine Pierrotmaske mit schwarzen, rautenförmigen Sehschlitzen, die die Augen senkrecht zu teilen schienen. Der offene Mund war schwarz umrandet, die Mundwinkel zu einem höhnischen Grinsen nach oben gezogen. Die Kamera ging von der Maske zurück, und nun war die ganze Person, ein nackter Mann, zu sehen. Der Spitzbauch und die dürren Beine ließen darauf schließen, daß es sich um einen älteren Mann handelte, was sich bestätigte, als er der Kamera seinen Rücken und seinen weißen Haarschopf zuwandte.

»Sagen Sie halt, falls Sie irgend jemanden zu erkennen glauben«, sagte Kemelman. »Wir können auch zurückspulen, wenn Sie sich nicht sicher sind.«

Plötzlich riß der Film, und der junge Beamte schaltete das Gerät aus. »Das krieg ich wieder hin, ich klebe den Streifen wieder zusammen«, sagte er.

Während wir warteten, fragte ich Kemelman, woher der Film stammte.

»Er gehört zu einem Fang, den wir in einer säkularisierten Kirche gemacht haben. Wir hatten ihn zunächst übersehen, weil die Filmrolle in einem Paar alter Gummistiefel versteckt war. Wie wir anhand der Codenummern am Filmrand feststellen konnten – es handelt sich übrigens um Agfamaterial –, gehört er zu einer Serie, die in Mailand verkauft wurde. Haben Sie bisher jemanden erkannt?«

»Ich bin mir nicht sicher. Möglicherweise handelt es sich bei dem nackten Mann um den Alten, den ich in Venedig gesehen habe. Jedenfalls erinnert die Maske mich an Venedig, was allerdings kaum von großer Bedeutung ist. Ich schätze, solche Masken gibt es überall zu kaufen.«

Das Licht wurde gelöscht und der Projektor wieder eingeschaltet. »Es sind etwa sieben Einzelbilder verlorengegangen«, sagte der Beamte. »Der Film ist sehr porös, es könnte sein, daß er wieder reißt.«

»Ist es möglich, den Film in Zeitlupe laufen zu lassen?«

»Wir können's probieren.«

»Tun Sie das.«

Als der Film mit verminderter Geschwindigkeit weiterlief, sah man den Pierrot an einem Spiegel vorbei auf eine Couch zutänzeln. Auf der Couch lag ein ebenfalls nackter kleiner Junge, dessen zarten Körper man wie einen traurigen Bacchus mit Weinreben geschmückt hatte. Als die Kamera dicht an sein Gesicht heranfuhr, war zu erkennen, daß seine Pupillen geweitet waren. Offenbar stand er unter Drogen. Der Pierrot beugte sich über das Kind, streichelte zunächst seinen Oberkörper und begann dann, seine kindlichen Genitalien zu befummeln. Dann war die Leinwand plötzlich ein paar Sekunden lang schwarz, und als der Film weiterging, sah man den Alten auf der Couch sitzen, zwischen seinen dürren Beinen kniete der Junge und fellationierte ihn. Tiefer Abscheu stieg in mir auf, am liebsten hätte ich die Augen geschlossen. Auch wenn keiner von uns sich diese Szenen aus voyeuristischen Motiven ansah, gab es meiner Meinung nach keinen Grund, uns diese Horrorbilder noch länger zuzumuten. Während ich mich zwang, mir diese Szene bis zum Ende anzusehen, wurde ich durch einen kurzen Kameraschwenk plötzlich auf eine dritte Person aufmerksam. Es war ein zweiter Mann, der, ebenfalls nackt, auf einem sogenannten Hamletstuhl saß. Dieser Zuschauer trug eine aufwendige Schmetterlingsmaske.

»Bitte halten Sie den Film hier an«, sagte ich.

»Wir können ein einzelnes Bild nicht lange festhalten«, sagte der Beamte, der den Projektor bediente. »Es würde unter der extremen Hitze der Lampe schmelzen. Aber wir können im Labor von jedem Bild einen Abzug machen lassen. Der kann dann per Computer noch vergrößert werden.«

»Riskieren Sie es«, sagte Kemelman scharf. Er wandte sich mir zu. »Weswegen wollten Sie den Film stoppen lassen?«

»Es war die Maske, die Schmetterlingsmaske.«

»Was ist damit?«

»Ich glaube, ich habe bereits erwähnt, daß Seymour ein leidenschaftlicher Schmetterlingssammler ist. Das könnte ein Hinweis sein oder auch ein Zufall.«

»Glauben Sie, daß Seymour hinter der Maske steckt?«

»Nein, Seymour hat eine andere Figur. Dieser Mann ist viel kräftiger gebaut.«

»Wer könnte es dann sein?«

Der Gedanke, der mich beschlich, war so monströs, daß ich unfähig war, ihn zu artikulieren.

»Kann ich es bitte noch einmal sehen?«

»Spulen Sie den Film ein Stück zurück, und lassen Sie ihn dann durchlaufen«, wies Kemelman seinen Kollegen an.

Der Film begann erneut. Es gab noch weitere abscheuliche Szenen, in denen das Kind mißhandelt wurde, aber erst gegen Ende des Films kam der Mann mit der Schmetterlingsmaske noch einmal ins Bild. Er urinierte auf das Kind, das während der ganzen Prozedur schlaff und leblos wie eine Stoffpuppe dalag. Ich betete, daß der Junge unter Drogen stand.

Als das Licht wieder eingeschaltet wurde, saß Kemelman vornüber gebeugt auf seinem Stuhl, die Hände vor den Mund geschlagen, und blickte mich erwartungsvoll an.

»Möchten Sie den Film noch einmal sehen?«

»Nein.«

»Nun, sind Sie zu irgendwelchen Schlüssen gekommen?«

Ich überlegte mir meine Antwort sehr genau. »Auf jeden Fall hat die Szenerie mich an das Haus erinnert, das man mir in Venedig gezeigt hat. Der Bezugsstoff der Couch zum Beispiel hatte eine große Ähnlichkeit mit den Polsterungen, die ich dort gesehen habe. Ich bin mir nicht ganz sicher, aber ich glaube, der erste Mann könnte derjenige gewesen sein, der tot in dem Bordell gefunden wurde.«

»Und der zweite Mann?«

Mein Mund war so trocken, als hätte ich Watte geschluckt, und ich konnte die Tränen nicht mehr zurückhalten, auch wenn ich nicht hätte sagen können, ob aus Mitgefühl für den kleinen Jungen oder wegen der Erkenntnis, daß nichts in meinem Leben mehr so sein würde wie bisher. »Wenn ich unter Eid stünde«, sagte ich stockend, »weiß ich nicht, ob ich es beschwören könnte, aber ich glaube ... ich denke, der zweite Mann ... könnte mein Freund Henry sein.«

Kemelman zeigte keine Begeisterung. Es war nicht der rechte Augenblick, um Begeisterung zu empfinden. Er starrte mich einfach lange an, dann nickte er und bedankte sich bei mir. »Wenn Sie recht haben, würde es dazu passen, daß Sie ihn in Venedig am Flughafen gesehen haben. Der alte Mann im weißen Anzug, die Villa mit ihren Geheimkammern ... im Moment nichts als Indizien, aber schon wesentlich mehr, als wir bisher in der Hand hatten.«

Er wandte sich wieder an die beiden jungen Beamten. »Ich möchte so viele Abzüge von Einzelaufnahmen haben, wie Sie anfertigen können, und ich möchte sie computervergrößert. Konzentrieren Sie sich auf die beiden Männer, Rückenansicht, Profil, alles, wovon Sie glauben, daß es uns irgendwelche Hinweise geben könnte. Und Nahaufnahmen von dem Kind. Die schicken wir nach Venedig, damit sie sie mit den Fotos von den vermißten Kindern vergleichen können.« Dann wandte er sich mir zu: »Sie sagen, er war Parlamentsabgeordneter?«

»Ja.«

»Dann sollte es keine Schwierigkeiten bereiten, aus London ein paar Fotos von ihm zu bekommen.«

»Nein, bestimmt nicht.«

»Kümmern Sie sich darum«, befahl er seinen Kollegen. »Wenden Sie sich an unsere Botschaft in London, ich möchte nicht, daß irgend etwas durchsickert.« Zum erstenmal gewahrte ich eine Spur von Emotion in seiner Stimme. Er goß sich ein Glas Wasser ein und schluckte noch eine von seinen Pillen. »Ich möchte, daß Sie noch etwas versuchen, wo Sie einmal hier sind. Wie Sie wissen, haben wir das Telefon in dem Haus angezapft, aber die Burschen sind gewieft. Sie benutzen das Telefon so wenig wie möglich, wir nehmen an, daß sie sich hauptsächlich über ein Computernetz miteinander verständigen. Bisher ist es uns aber noch nicht gelungen, uns da einzuklinken. Allerdings haben sie vor kurzem einen Anruf erhalten. Spielen Sie ihm das Band vor.«

Wie die meisten Aufnahmen von angezapften Telefonleitungen war das Gespräch mit langsamer Geschwindigkeit aufgenommen worden, um eine bessere Qualität zu gewährleisten. Es mußte dann nur noch in der richtigen Geschwindigkeit abgespielt werden. Der erste Teil brachte kaum etwas von Interesse – eine Frauenstimme, die ich für Sophies hielt, erkundigte sich bei der örtlichen Reinigung nach einem Rock, der ihr verlorengegangen war, dann eine Männerstimme, die in einem Getränkeladen diverse Alkoholika bestellte. Erst als ein Piepston einen Anruf von außerhalb ankündigte, stieß Kemelman mich an.

»Das ist er«, sagte er und reichte mir einen Kopfhörer. Ich lauschte angestrengt. Ein Mann mit einem Akzent, den ich nicht einordnen konnte, nahm den Anruf entgegen. »Geben Sie mir Seymour«, sagte der Anrufer mit eindeutig britischem Akzent. Es entstand eine Pause, dann kam Seymour an den Apparat. Die Unterhaltung lief folgendermaßen ab:

»Irgend etwas Neues?«

»Nein, alles ruhig. Und wie steht's bei dir?«

»Dieser neue Kunde ist bereit, die gesamte Chicago-Serie zu kaufen.«

»Das heißt also, wir fahren?«

»Es sei denn, er bekommt im letzten Moment doch noch kalte Füße.«

»Ist die Bezahlung gesichert? Denk dran, es läuft nur in bar.«

»Klar, er weiß Bescheid.«

»Wie geht's Sophie?«

»Mach dir um sie keine Sorgen.«

»Mach ich aber, und du solltest das auch. Was gibt's sonst noch? Hast du irgendwas aus London gehört?«

»Nein, sie haben im Moment die Spur verloren. Schade, daß das in New York nicht geklappt hat.«

»Also, kümmert euch darum. Habt ihr die Codes ausgewechselt?«

»Für wen hältst du mich eigentlich? Das haben wir sofort gemacht.«

»Ich wollt's ja nur wissen. Wenn du nichts von mir hörst, treffen wir uns wie verabredet in der Leichenhalle. Und ruf mich nicht an.«

Dann war die Leitung tot. Ich nahm den Kopfhörer ab.

»Was sagen Sie dazu?« fragte Kemelman.

»Der Akzent war mit Sicherheit britisch, auch wenn ein leichter amerikanischer Tonfall herauszuhören war, aber das geschieht häufig, wenn Engländer sich für längere Zeit hier aufhalten.«

»War es Ihr Freund Henry?«

Ich ließ mir mit meiner Antwort Zeit. »Das ist gut möglich.«

»Geht's nicht ein bißchen eindeutiger?«

»Schwierig. Kann ich das Band noch mal hören?«

Dicht über den Lautsprecher gebeugt, hörte ich mir das Gespräch noch einmal an. »Ja«, sagte ich, als das Band abgelaufen war. »Ich bin mir ziemlich sicher, daß es Henry ist.«

Ich bekam Herzklopfen. »Und das Gespräch paßt zu dem, was Sophie mir erzählt hat, als sie sagte, daß sie nach Chicago fliegen würden. Er schien ihretwegen beunruhigt zu sein. Halten Sie es für möglich, daß sie Wind von der Sache bekommen haben?«

»Wer weiß?« Er ging im Zimmer auf und ab, während er laut nachdachte. »Leichenhalle«, sagte er. »Wieso Leichenhalle?« Dann ging er plötzlich hinaus. Ich zögerte, wußte nicht recht, ob ich ihm folgen sollte. Als ich zu den beiden jungen Beamten hinüberblickte, sagte einer von ihnen: »Solche Fälle gehen ihm immer an die Nieren. Wird wohl was mit seiner Tochter zu tun haben.«

Bevor ich dazu kam, irgendwelche Fragen zu stellen, kam Kemelman zurück.

»Gehen wir«, sagte er.

Ich folgte ihm auf den Hubschrauberlandeplatz. Diesmal redete er ununterbrochen. »Wir haben ein paar von unseren Leuten in einem halbfertigen Neubau etwa eine halbe Meile von Seymours Haus untergebracht, die das Anwesen rund um die Uhr überwachen. Glücklicherweise liegt das Haus am Ende einer Sackgasse, und es gibt nur eine einzige Straße, die dorthinaus führt. Ich weiß, das da drinnen hat Ihnen zugesetzt, aber ich will Ihnen mal erzählen, womit wir es zu tun haben. Ich habe heute morgen ein Fax aus Florida erhalten. In einem Vergnügungspark ist ein Kind verschwunden. Wenn so etwas passiert, wird höchste Alarmstufe ausgerufen. Sie sperren alle Ein- und Ausgänge, niemand wird rein- oder rausgelassen. Glücklicherweise haben sie das Kind diesmal nach zwanzig Minuten gefunden – ein siebenjähriger Junge –, aber selbst in dieser kurzen Zeit hatten die Kidnapper ihm schon das Haar geschnitten und gefärbt und ihm farbige Kontaktlinsen verpaßt. Als sie erwischt wurden, waren sie gerade dabei, ihm Mädchenkleider anzuziehen.«

»Mein Gott!«

»Es war ein Ehepaar, die beiden sahen wie völlig harmlose Spießer aus. Es stellte sich heraus, daß sie in drei Staaten wegen ähnlicher Delikte gesucht werden. Solcher Abschaum hat keine Gnade verdient. Solche Typen würde ich liebend gerne eigenhändig auf den elektrischen Stuhl setzen und den Schalter betätigen.«

Mir ging so vieles durch den Kopf, daß ich gar nicht dazu kam, mich während des Rückflugs im Hubschrauber zu ängstigen. Der

Film hatte mir Einblick in eine Welt voller Perversionen gewährt, an deren Existenz ich bisher nicht einmal zu denken gewagt hatte. Ich hatte den Eindruck, daß Kemelman ein Experte darin war, anderer Leute Gedanken zu lesen, denn auf dem Weg zurück zu meinem Motel riß er mich plötzlich aus meinen Grübeleien mit der Bemerkung: »Sie wollen die Sache nicht mehr durchziehen, stimmt's?«

»Wie kommen Sie darauf?«

»Soweit ich weiß, waren Sie früher einmal mit dieser Frau liiert, also kann ich mir vorstellen, was Ihnen im Moment durch den Kopf geht. Sie wollen nicht derjenige sein, der sie an den Staatsanwalt ausliefert, nicht wahr?«

»Nein, das ist es nicht.«

Er sah mich zweifelnd an.

»Glauben Sie mir, das ist es nicht«, beteuerte ich. »Ich weiß, diesen Leuten muß das Handwerk gelegt werden. Ich habe genug gesehen, habe in den letzten Wochen genug erfahren, um zu wissen, daß ich diese Sache bis zum Ende durchstehen muß. Ich fürchte nur, ich könnte es vermasseln, wenn es hart auf hart geht.«

»Denken Sie an den Jungen in dem Film und an all die anderen Kinder, denen es ebenso ergeht.«

Als wir den Vorplatz des Motels erreicht hatten, würgte Kemelman den Motor ab. Die intellektuelle Maske war plötzlich von seinem Gesicht verschwunden, und ich sah einen anderen Mann vor mir, einen Besessenen. »Ich will Ihnen mal etwas sagen«, sagte er. »Ich werde jeden und alles benutzen, ich bin bereit, wenn es sein muß, jeden schmutzigen Trick anzuwenden, um auch nur einem einzigen Kind das zu ersparen, was wir eben in dem Film gesehen haben.«

Ich war über seine Leidenschaft bestürzt. In jenem Augenblick war mir nicht klar, warum er gerade jetzt das Bedürfnis verspürte, mir seine verborgene Wut zu offenbaren. Erst viel später begriff ich, was dahintersteckte. Aber da war es natürlich viel zu spät.

XVII

Die Gegenwart

Der Durchbruch kam, als der Hacker des FBI sich schließlich in das Computersystem eingeklinkt hatte. Er präsentierte uns eine Liste mit Namen und Adressen, von denen einige mit jenen auf der Liste aus Venedig übereinstimmten. Die etwa hundert Namen waren ein Querschnitt durch die gehobene Schicht der amerikanischen Gesellschaft: ein Richter aus Oklahoma, der Rektor einer Schule in Maine, der Vizepräsident einer Bank in West Covina, Kalifornien, ein Broker aus New York, ein bekannter Fernseh-Sportreporter, ein Erweckungsprediger, der von Texas aus missionierte, und, kaum zu glauben, ein beliebter Kinderarzt aus Memphis, außerdem Gleichgesinnte aus Panama, Kolumbien, Mexiko und sogar Alaska.

Ich weiß nicht, ob ich der einzige war, der die drastische Veränderung an Kemelman bemerkte. Sein Verhalten wurde immer fahriger, was zum Teil daran lag, daß er fast Tag und Nacht arbeitete, mir jedoch das ungute Gefühl gab, daß er auf beängstigende Weise überreagierte. Er ging mehr und mehr auf Distanz zu seinen Kollegen von der örtlichen Polizei und stellte alles in Frage, was Travis vorschlug. Der Ausdruck der Computerliste zum Beispiel war ein typischer Fall. In dem Augenblick, als er sie in die Hände bekam, wollte er zuschlagen und alle auf einen Schlag verhaften. Als seine Vorgesetzten ihm diese Vorgehensweise untersagten, ließ er seinen Frust an allen aus, die mit ihm zu tun hatten.

Einem Außenseiter müssen die Wege des amerikanischen Rechtssystems noch verschlungener erscheinen als die Wege Gottes. Sie werden häufig durch sich widersprechende Staats- und Bundesgesetze und durch Rivalitäten zwischen den verschiedenen Vollstreckungsorganen kompliziert und sind stets den

Anforderungen der Tagespolitik unterworfen. Da an diesem Fall nicht nur das FBI und die Polizei von Arizona beteiligt waren, sondern auch noch Interpol, übten alle Seiten Zurückhaltung, was die Entwicklung einer gemeinsamen Strategie anging. Die noch nicht lange zurückliegende Entscheidung des Obersten Gerichtshofes, ein Urteil wegen illegalen Vorgehens bei der Beweisbeschaffung aufzuheben, hatte einen höchst demoralisierenden Effekt gehabt. Kemelman war als einziger bereit, seinen Kopf zu riskieren, und die Tatsache, daß er von allen Seiten gebremst wurde, vergrößerte nur seinen Frust.

Von den Leuten, die Seymours Haus überwachten, wurde Henry nicht ein einziges Mal gesichtet, noch wurden weitere Anrufe registriert. Travis veranlaßte eine Überprüfung sämtlicher Hotelregister in der weiteren Umgebung von Phoenix, und die Kreditkartengesellschaften wurden angewiesen, alle Transaktionen unter dem Namen Blagden zu melden, was meiner Meinung nach eine sinnlose Maßnahme war. Henry würde kaum so dumm sein, seinen richtigen Namen zu benutzen. Es war ein weiteres Beispiel dafür, daß alle im Kreise liefen und nach jedem Strohhalm griffen. Ich nehme an, Travis wollte Kompetenz beweisen, nachdem ein paar Außenseiter, die in sein Revier eingedrungen waren, die meisten Erfolge einheimsten. Der pure Zufall hatte einen seiner Beamten mich auf der Autobahn anhalten lassen, dadurch war er für kurze Zeit ins Rampenlicht katapultiert worden, und ich hatte das Gefühl, daß ihm das zu Kopf gestiegen war.

An dem Samstagmorgen, an dem ich nach Flagstaff fahren sollte, berichtete das Überwachungsteam, Seymour und zwei weitere, bisher nicht identifizierte Männer hätten das Haus verlassen. Sophie war nicht bei ihnen. Sie wurden unauffällig bis zum Flughafen in Scottsdale verfolgt, wo sie einen privaten Lear Jet bestiegen, der von einer honorigen Firma betrieben wurde und ordnungsgemäß registriert war. Vom Tower kam die Information, daß der Flug direkt nach Chicago ging. Die dortige Polizei wurde beauftragt, die Beschattung am O'Hare-Flughafen zu übernehmen und jeden ihrer Schritte zu überwachen. Kemelman und sein

Team flogen eine Stunde später los, um im entscheidenden Moment gemeinsam mit der Chicagoer Kripo zuzuschlagen. Vor seiner Abreise stimmte er unwillig einem Plan zu, den Travis für mein Treffen mit Sophie in Flagstaff ausgearbeitet hatte.

Am Sonntag abend brachte mich Henrick, einer von Travis' Männern, nach Flagstaff. Er fuhr ein Zivilfahrzeug mit frisiertem Motor und trug Zivilkleidung. Der Wagen war mit einem versteckten Funkgerät ausgestattet, und unter dem Armaturenbrett klemmte ein gefährlich aussehendes halbautomatisches Gewehr. Henrick, ein kräftiger, untersetzter Mann, erwies sich als ein schweigsamer Zeitgenosse, der während des größten Teils der Fahrt das Radio eingeschaltet ließ und sich ein Baseballspiel anhörte, dessen verworrene Regeln er mir zu erklären suchte. Er hätte mir das Spiel genausogut auf chinesisch erklären können – allerdings dürfte die Aufzählung der Cricketregeln für den Unwissenden nicht viel anders klingen. Ich möchte behaupten, daß sie mich noch immer als einen durchreisenden englischen Spinner betrachteten, dem ihre Wellenlänge immer fremd bleiben und der bald wieder aus ihrer Welt verschwinden würde.

Flagstaff, ein ehemaliges Holzfällernest, befindet sich etwa einhundertfünfzig Meilen nördlich von Phoenix auf dem Coconino Plateau. Jenseits davon liegen der Grand Canyon und die Painted Desert. Da Flagstaff fast zweieinhalbtausend Meter über dem Meeresspiegel liegt, ist es ein beliebter Wintersportort. Im Juli und August, wenn die Temperaturen im Paradise Valley auf über 40 Grad klettern und der alte Witz über Spiegeleier, die man auf dem Gehweg braten kann, der Wirklichkeit nahe kommt, dann bietet Flagstaff den von der Sonne gerösteten Einwohnern von Phoenix und Scottsdale ein kühleres Plätzchen. Umgeben von grünen Wäldern und kargen Hochplateaus, liegt die Stadt am Fuß von Humphrey's Peak, dem höchsten Berg des Staates Arizona. Die einzige Information über die Lokalgeschichte, die ich meinem Fahrer auf dem Weg nach Flagstaff entlocken konnte, war die, daß es manchmal als die Stadt der sieben Wunder bezeichnet wird.

»Wie kommt das? Was sind denn die sieben Wunder?«

»Nun«, brummte er, »die Stadt liegt genau zwischen sieben Nationalparks. Sind Sie schon mal im Grand Canyon gewesen?«

»Nein. Ich bin allerdings auf dem Weg nach L.A. einmal darüber hinweggeflogen.«

»Sie müssen sich mal den Sonnenaufgang dort ansehen. Stehen Sie ganz früh auf, und stellen Sie sich an den Rand des Canyons. Das dreht Ihnen den Magen um, wenn Sie da runtergucken. Natürlich kann man auch mit 'nem Hubschrauber drüber wegfliegen oder mit 'nem Muli bis unten in die Schlucht reiten, wenn man Lust hat. Die meisten Leute machen das.«

Er fuhr mich bei Howard Johnson's vorbei, bevor er mich in mein Hotel brachte, um mir den Weg zu zeigen. Man hatte in einem kleinen Motel ein Zimmer für mich gebucht.

»Ist es das?«

»Das ist es.«

»Ist es überhaupt in Betrieb?« Ein räudiger Hund lag auf der Veranda. Während ich das schäbige Motel näher betrachtete, öffnete sich ein Fenster, und jemand warf eine leere Bierdose hinaus. Irgendwo hörte ich ein Radio plärren. Carly Simon sang »Nobody does it better«.

»Yeah, es ist in Betrieb.«

»Und was mache ich jetzt?« fragte ich.

»Soweit ich weiß, sollen die Jungs hier oben sich um Sie kümmern.«

»Und Sie bleiben nicht?«

»Nee, das gehört nicht zu meinem Revier. Passen Sie auf sich auf«, war sein nicht gerade ermutigender Abschiedsgruß.

Ich trat über den Hund hinweg durch die Tür. Nachdem ich eingecheckt hatte, erkundigte ich mich, ob irgend jemand eine Nachricht für mich hinterlassen hatte. Nein, es gab keine Nachricht. Außerdem stellte ich fest, daß das Motel weder ein Restaurant noch eine Bar besaß, es war ledigliche eine Absteige für Reisende, die ein Bett für die Nacht brauchten. Da ich keine Lust verspürte, allein in meinem ungemütlichen Zimmer zu hocken, ging ich zurück an die Rezeption und erkundigte mich bei dem mittelalterlichen Empfangschef, ob er mir ein Lokal empfehlen könne, wo ich ein anständiges Essen und einen Drink bekommen könnte. Er nannte mir ein mexikanisches Restaurant, etwa eine halbe Meile entfernt. Da ich kein Auto hatte, ging ich zu Fuß. Bis jetzt war mein Empfang in Flagstaff wenig vertrauenerweckend gewesen.

Ich habe schon viele Frauen sagen hören, sie würden lieber hungern als allein in ein Restaurant zu gehen, und an jenem Abend begann ich zu verstehen, was ich bis dahin immer für eine weibliche Marotte gehalten hatte. Ich hockte allein in einer Ecke, umgeben von ganzen Rudeln schnatternder Touristen. Sie waren für mich der deutlichste Ausdruck dafür, daß mein Leben sich geändert hatte, sie repräsentierten das Gestern, das für mich unwiederbringlich verloren war. Ich fühlte mich isoliert wie jemand mit einer ansteckenden Krankheit und starrte neidvoll in ihre lachenden Gesichter. Die Kellnerin, die mich bediente, war eine attraktive junge Frau. Auf ihrer Oberlippe hatten sich kleine Schweißperlen gebildet. Als sie an den Tresen ging, um meine Bestellung aufzugeben, sah ich ihre ausgetretenen Schuhe und die geröteten Fußgelenke, was sie in meinen Augen noch begehrenswerter machte. Mein Bedürfnis nach ein wenig Gesellschaft war so groß, daß ich kurz in Erwägung zog, sie nach ihrem Feierabend auf einen Drink einzuladen. Natürlich ließ ich es bleiben.

Während meines einsamen Essens überlegte ich, ob ich Sophie retten oder ihren Verrat mit gleicher Münze heimzahlen sollte. In gewisser Weise fürchtete ich mich vor einer Begegnung mit ihr: zwar wollte ich meiner Ungewißheit ein Ende setzen, aber nicht um jeden Preis.

Zurück im Hotel, fand ich die Nachricht vor, ein Mann namens Hochstein habe bereits dreimal für mich angerufen. Der Nachtportier gab mir die Nummer, die er hinterlassen hatte, und ich ging auf mein Zimmer, um ihn zurückzurufen. Nach dem ersten Klingeln wurde der Hörer abgenommen.

»Hochstein«, sagte eine markige, etwas nasale Stimme.

»Hier ist Martin Weaver, Mr. Hochstein.«

»Wo zum Teufel sind Sie gewesen?«

»Ich war essen.«

»Sie verdammter Idiot, Sie hatten die Anweisung, das Hotel nicht zu verlassen.«

»Hatte ich auch Anweisung zu hungern?« fragte ich, über seinen aggressiven Ton verärgert.

»Ich habe den Auftrag, Sie im Auge zu behalten. Ich bin schon zweimal vergeblich in Ihrem Hotel gewesen.«

»Nun, das hätte mir ja mal jemand sagen können. Niemand hat mir irgendwelche Anweisungen gegeben.«

Er antwortete nicht gleich. Ich hörte ihn mehrmals niesen.

»Verdammter Heuschnupfen«, sagte er. »Der Pollenflug ist mal wieder in vollem Gange. In Zukunft unternehmen Sie nichts, ohne sich vorher mit mir in Verbindung zu setzen.«

»Okay«, sagte ich. »Da ich nun Bescheid weiß, werde ich mich daran halten.«

»Für wann haben Sie sich mit dieser Alten verabredet?«

»Wir haben uns nicht direkt verabredet. Ich habe gesagt, ich würde jeden Morgen bei Howard Johnson's frühstücken und warten, ob sie aufkreuzt.«

»Sie sollten nicht zu spät frühstücken. Die Leute stehen früh auf hier in der Gegend.«

»Was nennen Sie denn früh?«

»Sieben.«

»Okay, ich werde mich rechtzeitig wecken lassen. Das heißt, falls sie diesen Service hier anbieten. Das Motel bietet ja ansonsten nichts. Wie werde ich Sie erkennen?«

»Überhaupt nicht. Aber ich werde da sein.« Er nieste erneut.

»Und wie komme ich dorthin?«

»Ich habe einen Wagen für Sie auf den Parkplatz gestellt. Ein roter Chrysler Le Baron, ein Cabrio. Die Schlüssel und eine Pistole liegen unter dem Sitz.«

»Eine Pistole? Ich will keine Pistole.«

»Sie werden vielleicht eine brauchen. Es ist eine kleine Automatik, damit können Sie zehn Salven abfeuern. Tragen Sie sie immer bei sich. Gehen Sie jetzt hinaus und holen Sie sie. Ich werde morgen früh an Ihrem Treffpunkt sein. Lassen Sie sich bis dahin so wenig wie möglich blicken.«

Wegen eines erneuten Niesanfalls schaffte er es kaum, den Satz zu Ende zu bringen.

»Sie sollten etwas dagegen unternehmen«, sagte ich, aber er hatte bereits aufgelegt.

Ich ging hinaus auf den Parkplatz und fand tatsächlich ein rotes Cabrio vor. Ich setzte mich hinein, sah mich nach allen Seiten um und langte mit der Hand unter den Fahrersitz. Zuerst fand ich den Schlüsselbund, und dann ertastete ich ein kleines Päckchen, das ich vorsichtig hervorholte und in meine Tasche steckte. Erst als ich sicher zurück in meinem Zimmer war, öffnete ich es. Ich hatte erst einmal in meinem Leben mit einer Waffe hantiert. Ich hatte als Teenager ein Luftgewehr besessen, das allerdings wesentlich schwerer gewesen war als das Exemplar, das ich nun in Händen hielt. Dieses Ding, diese echte Waffe schien viel zu klein, um jemanden zu töten. Nachdem ich mich vergewissert hatte, daß die Waffe gesichert war, entnahm ich das Magazin und untersuchte die Kugeln. Ich merkte, daß meine Hände zitterten.

Der Weckruf am nächsten Morgen war überflüssig – irgendein Reflex riß mich aus einem Traum, in dem ich die Pistole auf jemanden gerichtet hatte, den ich nicht erkennen konnte. Im ersten Moment wußte ich nicht, wo ich mich befand. Die Fensterläden in meinem Zimmer waren geschlossen, und die Luft roch abgestanden. Meine Glieder waren völlig steif, und ich fühlte mich, als hätte ich auf dem Fußboden geschlafen. Als ich mir die Wangen rieb, mußte ich feststellen, daß sie von mehreren Moskitostichen arg zerbeult waren. Ich stolperte ins Bad und blieb so lange unter der Dusche, bis meine Muskeln sich entspannten.

Nachdem ich mich angezogen hatte, nahm ich mir noch einmal die Pistole vor. Schließlich nahm ich das Magazin heraus, steckte es in eine Hosentasche und die Pistole in die andere.

Draußen war die Sonne schon aufgegangen und brannte mir auf die Schultern, als ich aus dem Hotel trat. Der alte, räudige Hund vom vorigen Abend humpelte auf drei Beinen über den Parkplatz. Als ich ihn anrief, blieb er stehen und drehte sich langsam nach meiner Stimme um. Zum erstenmal sah ich seine Augen; es waren zwei milchige Punkte, und ich erkannte, daß er blind war. Er ließ sich kurz von mir über seinen struppigen Kopf streicheln, dann legte er sich in den Schatten eines Baumes.

Das einzige neu hinzugekommene Fahrzeug auf dem Parkplatz war einer von diesen riesigen Winnebagos, mit denen die Leute durch Amerika reisen. Ich konnte mir nicht erklären, warum jemand, der ein solches Wohnmobil besaß, in einem Motel übernachtete, denn ich wußte, daß sie mit allem modernen Luxus ausgestattet waren. Als ich in mein rotes Cabrio stieg, stellte ich fest, daß es vollgetankt war und erst zwei- oder dreihundert Meilen auf dem Tacho hatte. Ich brauchte eine gute Viertelstunde, um das Howard Johnson's zu finden, und prägte mir den Weg für künftige Fahrten ein.

Der Coffee Shop war bereits halb voll mit Gästen. Kaum hatte ich Platz genommen, erschien auch schon eine jugendliche Kellnerin mit makellosen braunen Beinen und weißen Sportschuhen an meinem Tisch, goß mir einen brühendheißen Kaffee ein, stellte sich als Sharon vor und versicherte mir, sie sei gleich wieder da, um meine Bestellung entgegenzunehmen. Ich sah mich nach allen Seiten um, konnte jedoch nirgendwo ein Anzeichen von Hochstein entdecken. Dann hörte ich jemanden niesen. Ich entdeckte ihn am Tresen, wo er sich so auf einen Barhocker gesetzt hatte, daß er den Eingang stets im Auge behalten konnte.

Als meine junge Kellnerin zurückkam, war ich von ihrem Charme völlig überwältigt und ließ mich dazu hinreißen, das Spezialfrühstück zu bestellen – was sich als Fehler erwies, denn ich sah mich kurz darauf mit einem monströsen Stapel in Ahornsirup schwimmenden Waffeln konfrontiert, dazu ein Omelette von Ausmaßen, die meinen Cholesterinspiegel mit einemmal lebensbedrohlich in die Höhe schnellen lassen würden. »Guten Appetit«, sagte Sharon. Als sie von mir wegging, starrte ich ihren vollkommenen Beinen nach wie ein vom Schicksal Verfolgter.

Eine Stunde später goß Sharon mir den vierten Kaffee ein, aber Sophie war immer noch nicht aufgetaucht. Ich sah immer wieder zu Hochstein hinüber, in der Hoffnung, er würde mir ein Zeichen geben. Aber jedesmal, wenn er meinem Blick begegnete, starrte er an mir vorbei, ohne sich anmerken zu lassen, daß er mich überhaupt kannte. Um halb neun stand ich von meinem Platz auf, bezahlte die Rechnung und schlenderte hinaus. Ich trödelte noch eine Weile im Vorraum herum und blätterte in Touristenbroschüren, bis ich sah, wie Hochstein den Coffee Shop verließ. Er ging wortlos an mir vorbei. Als ich auf dem Motelparkplatz eintraf, war er schon dort. Er hatte demonstrativ die Kühlerhaube geöffnet und tat so, als überprüfe er den Ölstand. Die ganze Situation kam mir plötzlich lächerlich vor: Es hatte alles etwas Unwirkliches – daß ich in einem Ort namens Flagstaff gelandet und in einem kleinen, schäbigen Motel abgestiegen war und unter der Aufsicht eines Beschützers darauf wartete, eine Frau wiederzusehen, die mich vor Jahren verlassen hatte. Noch nie zuvor hatte ich mich so einsam gefühlt.

»Ich schätze, morgen machen wir dasselbe nochmal«, sagte er, seinen Kopf immer noch unter der Kühlerhaube. Selbst sein Täuschungsmanöver mit der offenen Kühlerhaube hatte etwas Unwirkliches. Offenbar hatte er nicht vor, den ganzen Tag hierzubleiben, auch wenn das nicht dem entsprach, was Travis mir versprochen hatte.

Er schlug die Haube zu und fuhr davon. Die Aussicht, den Rest des Tages in meinem Hotelzimmer verbringen zu müssen, deprimierte mich maßlos. Ich wünschte mir nichts mehr, als in mein ruhiges Leben als Schriftsteller zurückkehren zu können, in dem die durch Liebe und Haß verursachten Qualen sich alle auf dem Bildschirm kontrollieren und beenden lassen.

In dieser Stimmung und Hochsteins Warnungen zum Trotz kam ich zu dem Schluß, daß ich mich keiner direkten Gefahr aussetzen würde, wenn ich einen Spaziergang machte und mir den Ort ein wenig ansah. Ich parkte mein Cabrio in der Nähe der Hauptstraße und machte mich auf die Suche nach einem Buchladen. Unterwegs sah ich mich in einigen der zahlreichen Boutiquen um, die Indianerschmuck und indianische Kunst feilboten. Es handelte sich hauptsächlich um den üblichen Touristenkitsch, doch hier und da entdeckte ich einige wirklich originelle Stücke.

Dann, als ich die Straße überquerte, um auf die Schattenseite zu gelangen, bemerkte ich plötzlich, daß ein schwarzer Ford Bronco mit getönten Scheiben mir langsam folgte. Als ich vor einem Schaufenster stehenblieb, sah ich den Wagen, der sich in der Fensterscheibe spiegelte, nicht weit von mir entfernt ebenfalls halten. Auf den ersten Blick machte er keinen ausgesprochen bedrohlichen Eindruck; die meisten Autos in der Gegend hatten getönte Scheiben, um die Insassen vor der glühenden Hitze zu schützen. Ich ging weiter, und als ich auf der Höhe des Wagens ankam, öffnete der Fahrer die Beifahrertür. Mein Name wurde gerufen.

Ich blieb stehen, spähte ins Wageninnere und erblickte zu meiner unbeschreiblichen Überraschung Pearson, den Mann, mit dem Roger mich zusammengebracht hatte.

»Wie zum Teufel …?« stotterte ich, aber Pearson bedeutete mir, ich solle vorsichtig sein. »Sagen Sie nichts. Steigen Sie schnell ein.«

Ohne zu überlegen tat ich, wie er mir geheißen hatte. Dank der sehr effizienten Klimaanlage war es eiskalt in dem Wagen, doch war ich über das unerwartete Wiedersehen so verblüfft, daß mir augenblicklich der Schweiß ausbrach.

»Schnallen Sie sich an.«

Während ich mich mit dem Gurt abmühte, legte er einen Gang ein und fuhr abrupt los, so daß mein Kopf gegen die Nackenstütze geworfen wurde.

»Ich fasse es einfach nicht, daß Sie einfach so hier auftauchen«, sagte ich.

»Oh, ich fürchte, es gibt noch einiges, was Sie nicht fassen werden. Das wird nicht Ihre letzte Überraschung sein. Wir haben noch einige für Sie auf Lager, allerdings keine besonders erfreulichen, wie ich bedauerlicherweise gestehen muß.«

Erst in diesem Moment merkte ich, daß auf dem Rücksitz noch ein zweiter Mann saß. Als ich mich umdrehte, blickte ich in den Lauf einer Pistole.

»Entspannen Sie sich«, sagte Pearson, »und machen Sie keine Dummheiten. Sie sind nicht bei sich zu Hause. Diese Jungs hier sind nicht zimperlich. Eine falsche Bewegung, und er pustet Ihnen mit dem Ding da die Birne weg.«

Ich war wie gelähmt vor Schreck. Nach einer etwa halbstündigen Fahrt bog Pearson in ein ausgetrocknetes Flußbett ein, das von der Straße aus nicht einzusehen war, und hielt an. Das erste, was ich beim Aussteigen sah, war derselbe Winnebago, den ich am Morgen auf dem Motelparkplatz bemerkt hatte. Er stand in kurzer Entfernung hinter ein paar verkrüppelten Bäumen. Der Mann mit der Knarre stieg als erster nach mir aus und blieb abwartend stehen.

»Keine schnellen Bewegungen«, befahl Pearson. »Machen Sie keinen Ärger, es lohnt sich nicht.«

Während Pearson vorausging, bugsierte der andere Mann mich auf den Winnebago zu. Pearson öffnete die Aluminiumtür und trat beiseite, um mich einsteigen zu lassen. Der Innenraum des Wohnmobils war in zwei Abteilungen aufgeteilt – eine Eßnische mit einer voll ausgestatteten Küche, eine Dusche und eine Schlafkabine. Pearson stieg hinter mir ein und schloß die Tür hinter sich. Ich bemerkte, daß er nun auch eine Waffe in der Hand hielt.

»Setzen Sie sich dorthin.«

Er wies auf einen von zwei Drehsesseln, setzte sich selbst in den anderen und drehte ihn so, daß wir uns gegenüber saßen.

»Einen Drink?«

Ich schüttelte den Kopf. Er hielt die Waffe nicht mehr auf mich gerichtet, sondern ließ sie lose auf seinem Schoß baumeln. »Trinken Sie einen Schluck, dann werden Sie sich besser fühlen. Die Flasche steht neben Ihnen. Gießen Sie mir auch einen ein, ich denke, wir haben's beide nötig.«

Ich verschüttete etwas von dem Whisky, als ich zwei Gläser füllte. Pearson langte herüber und nahm sein Glas mit der linken Hand. Ich hörte, wie der Bronco abfuhr.

»Sie haben wohl nicht damit gerechnet, mir hier zu begegnen«, sagte Pearson. »Sie sind wirklich nicht besonders schlau gewesen, wissen Sie. Trotz aller Warnungen, die Sie erhalten haben, haben Sie immer wieder Ihr Glück herausgefordert. Ich fürchte, diesmal hat Ihr Glück Sie verlassen.«

Ich starrte ihn an, während ich versuchte, meine Gedanken zu ordnen. Der einzige klare Gedanke, den ich fassen konnte, war, daß sie mich glücklicherweise nicht gefilzt hatten. Ich war darauf bedacht, meine Hände nicht zu nah an meinen Hosentaschen zu halten. Meinen Drink rührte ich nicht an, während Pearson seinen kippte.

»Da hat der alte Roger Ihnen wohl keinen großen Gefallen getan, als er Sie mit mir zusammenbrachte. Diese alberne alte Schwuchtel. In seinem Fach soll er ja brillant sein, aber Menschenkenntnis hat er gar keine. Trotzdem, nehmen Sie's dem armen Kerl nicht übel. Er glaubte, Ihnen einen Gefallen zu tun. Sie haben anscheinend bei ihm einen Stein im Brett, Sie müssen wohl sein Typ gewesen sein, als Sie noch jung waren.«

Ich ließ ihn reden.

»Für den Fall, daß Sie hier irgendwas in den falschen Hals bekommen, ich gehöre nicht zu dieser Sorte. Ich hab noch nie was übriggehabt für Kaviar, Sie verstehen, was ich meine. Wenn ich mir überlege, was dabei herausgekommen ist, war das wohl auch besser so. Ich hab schon vor Jahren mit dem Quatsch aufgehört, war die Mühe nicht wert. Da lese ich lieber ein einschlägiges Buch. Komisch, daß Gott die ganze Sache erst so spannend gemacht hat und sich dann überlegt hat, die Wurst so hoch zu hängen. Regelrecht gehässig von ihm.«

»Ich wußte gar nicht, daß Sie ein Philosoph sind«, sagte ich.

»Oh, ich bin alles mögliche, wie Sie vielleicht bemerkt haben.«

Plötzlich fiel ein Lichtstrahl auf sein Gesicht, und ich bemerkte, daß sein Auge wieder tränte. Ohne den Blick von mir zu wenden, stand er auf, um die Jalousien zurechtzurücken.

»Wollen Sie meine Philosophie hören? Mir geht es bei dieser Sache nur um den Profit. Schließlich dreht sich doch alles ums Geld, nicht wahr? Sie verdienen Ihr Geld mit Schreiben, ich nehme es, wo ich es kriegen kann. Sie glauben doch wohl nicht, daß die Polizei mich mit einer fetten Rente versorgt? Nicht einen Penny bezahlen die mir, aber wenn das hier vorbei ist, hab ich ausgesorgt. Wahrscheinlich verpiß ich mich irgendwohin, wo es wärmer ist als im guten alten England. Auf den Cayman-Inseln soll's ganz nett sein, da nehmen sie's auch mit den Steuern nicht so genau.«

»Und was passiert jetzt?«

»Fragen Sie mich nicht. Ich hatte den Auftrag, Sie hierherzubringen. Im Gegensatz zu Ihnen stelle ich nicht viele Fragen.«

Ich weiß nicht, wie lange wir dort saßen und uns anschwiegen. Es war, wie im Wartezimmer eines Krankenhauses auf die Ergebnisse einer Krebsuntersuchung zu warten.

Plötzlich hörte ich, wie draußen ein Auto hielt. Pearsons Züge spannten sich an. Er stand auf und richtete seine Pistole auf mich. Eine Autotür wurde zugeschlagen, dann eine zweite, dann hörte ich Schritte näher kommen. Die Tür wurde geöffnet, und dann stand Sophie vor mir. Als sie eintrat, bemerkte ich Henry hinter ihr. Seit wir uns das letzte Mal gesehen hatten, hatte sein Gesicht sich verändert. Er hatte sein Haar heller gefärbt, und obwohl ich mir wegen des schummrigen Lichts in dem Wohnmobil nicht ganz sicher war, hatte ich den Eindruck, daß er getönte Kontaktlinsen trug, was ihm einen leicht manischen Ausdruck verlieh. Er hatte immer eine sehr helle Haut gehabt, aber jetzt waren seine Wangen mit einem Netz winziger roter Äderchen überzogen – die typische Haut eines starken Trinkers. Sein Gesicht wirkte aufgedunsen, und er hatte reichlich zugenommen, denn sein schicker Anzug, der in der Hitze von Arizona völlig unpassend wirkte, spannte über seinem Bauch.

Er trat ein und setzte sich grinsend auf den Platz, den Pearson freigemacht hatte. »Tja, Alter, wer hätte das gedacht – daß wir beide uns an einem solchen Ort wiederbegegnen? Du hast meine Witwe noch gar nicht begrüßt«, fügte er sarkastisch hinzu. »Wie du weißt, hat sie sich überhaupt nicht so verhalten, wie es sich für eine Witwe geziemt. Sack und Asche oder gar ein Kloster sind nichts für unsere Sophie. Nein, du hast dich mit dem berühmten Schmetterlingssammler zusammengetan, stimmt's, Schätzchen? Aber unter den gegebenen Umständen können wir ihr das nicht verübeln, nicht wahr? Es ist schließlich nicht einfach, mit einer Leiche zusammenzuleben. Sieh mich an, wenn ich mit dir rede!«

Sophie hob ihren Kopf und sah ihn mit leeren Augen an.

»So ist es besser.« Er wandte sich wieder mir zu. »Nein, sie hat mich mit unziemlicher Eile vergessen, und ich kann nicht behaupten, daß ich ihr das verziehen habe. Aber abgesehen davon sind wir drei nun endlich wieder beisammen.« Er hatte mit dieser für Politiker typischen sonoren Stimme gesprochen.

Ich sah Sophie an. Sie spielte mit einem Ring an ihrem linken kleinen Finger.

»Weißt du, Alter, du hast mich in unglaubliche Schwierigkeiten gebracht. Riesenschwierigkeiten. Warum mußtest du auch deine Nase in meine Geschäfte stecken? Welchen Nutzen haben wir davon gehabt? Alles, was es uns gebracht hat, ist dieser Schlamassel.«

»So nennst du das also, ›Geschäfte‹?«

»Alles ist Geschäft, irgendwie muß schließlich jeder sein Geld verdienen. Die ganze Welt dreht sich doch um Geld, nicht wahr?«

»Es wird dich vielleicht interessieren zu erfahren, daß die Polizei dir auf der Spur ist.«

Er grinste mich breit an. »Meinst du diesen armseligen Clown mit Heuschnupfen? Also wirklich, Martin, das hier ist keine Episode aus einem deiner Bücher. Ich muß gestehen, daß sie sich gut lesen lassen, aber sie gehen doch ziemlich an der Wirklichkeit vorbei. Dein Problem ist, daß du immer noch davon überzeugt bist, die Guten trügen am Ende stets den Sieg davon.« Er schüttelte den Kopf. »Falsch. Die Welt ist eine Jauchegrube. Es kommt darauf an, niemals hineinzufallen, sondern immer schön vorsichtig um sie herum zu gehen. Meine Schuhe sind sauber, ich bin persönlich überhaupt nicht in die Sache verwickelt. Ich bin nur der Zwischenhändler, ich bin derjenige, der die Bedürfnisse anderer befriedigt. Du würdest dich wundern, wenn du wüßtest, wer alles zu meinen Kunden gehört. Sie kommen aus den höchsten gesellschaftlichen Kreisen, Martin, und sie haben das Geld, um für meine Ware zu bezahlen. Meine Kunden haben viel zu verlieren, falls irgend etwas schiefgeht. Ich rede von Leuten mit Macht, die es sich nicht leisten können, daß irgend etwas schiefgeht.«

Er goß sich einen Whisky ein. »Willst du auch noch einen Schluck? Nein? Oh, Martin, Martin, das hier macht mir wirklich keinen Spaß. Wir kennen uns schon verdammt lange, du und ich, aber du glaubst doch hoffentlich nicht, daß ich einen solchen Aufwand betreibe, um von der Bildfläche zu verschwinden, und dann seelenruhig zusehe, wie du mir alles verdirbst? Das glaubst du doch bestimmt nicht? Dafür kennst du mich doch zu gut.«

»Ich habe dich nie gekannt«, sagte ich.

»Dafür kannst du mich nicht verantwortlich machen. Wir waren einmal gut befreundet, und das habe ich nicht vergessen – du mußt zugeben, daß ich dir mehr als eine Chance gegeben habe, dich aus der Sache herauszuhalten, angefangen mit unserer Begegnung in Venedig. Deinetwegen sind Leute dort in Schwierigkeiten geraten, Martin. Wegen dir und deiner verdammten Adleraugen. In dem Augenblick, als du mich entdeckt hattest, war eigentlich alles vorbei, aber trotzdem bin ich in deinem Fall lange vor einer sauberen, endgültigen Lösung zurückgeschreckt, obwohl meine Partner mich ständig drängten, die Sache zu beenden. Das Problem war, daß du selbst nach deiner Erfahrung in Moskau den Wink noch nicht verstanden hast. Ich wollte es nie soweit kommen lassen. Wir haben zusammen schöne Zeiten verlebt, und ob du es glaubst oder nicht, ich bin im Grunde meines Herzens sentimental. Als Pearson plötzlich ins Spiel kam – was übrigens ein Zufall ist, denn dein schwuler Freund in Cornwall steht nicht auf unserer Kundenliste –, hab ich ihn also gebeten, dich von deinem Vorhaben abzubringen, die Sache herunterzuspielen und dich davon zu überzeugen, daß es nichts mehr herauszufinden gibt. Ich hatte gehofft, du würdest es endlich kapieren, aber leider hat es nicht geklappt. Du bist schon immer ein hartnäckiger Typ gewesen. Du Idiot mußt einfach immer alles in Frage stellen.«

»Da hast du zur Abwechslung mal recht«, sagte ich.

»In der Tat, und zu deinem Pech. Die, die reinen Herzens sind, werden nicht am Ende siegen. Das müßtest du inzwischen wissen.«

»Ich hatte immer gedacht, Reinheit und Keuschheit wären deine Spezialität gewesen, nicht meine. Ich darf dich nur daran erinnern, wie du reagiert hast, als wir Sophie kennenlernten.«

»Nun, die Menschen ändern sich, nicht wahr? Manchmal zum Guten, manchmal zum Schlechten. Nehmen wir Sophie. Sie hat sich auch verändert. Im Gegensatz zu dir habe ich gleich erkannt, was sie für eine war. Sieh sie dir an. Wenn sie ihre Dröhnung bekommen hat, ist sie wunderbar vor der Kamera. Ihre Filme gehören zu unseren Bestsellern. Du hättest sie vergessen sollen, Alter, sie hat dich schon lange vergessen.«

»Das hast du gut hingekriegt«, sagte ich, »was du und der Schmetterlingssammler aus ihr gemacht habt.«

»Ach ja, der gute alte Seymour, ein seltsamer Bettgenosse, aber er finanziert meine Unternehmungen, ich sollte mich also mit Kritik an seinem kleinen Hobby zurückhalten.«

Er schwieg einen Moment und sah mich nachdenklich an.

»Eine Schande, daß du so ein Moralapostel bist. Kräht vielleicht irgendein Hahn danach, wenn diese verdammten Börsenspekulanten den Welthandel für Weizen bestimmen, während zwei Drittel der Menschheit den Hungertod sterben? Natürlich nicht. Nun, ich handle mit Sex – die einzige Ware, die nie aus der

Mode kommt. Es gibt nie einen Mangel an Nachfrage. Alles, was ich tue, ist, diese Nachfrage mit einem Angebot zu bedienen. Es funktioniert so einfach wie eine Leihbücherei: Wenn einer meiner Kunden sein Buch ausgelesen hat, tauscht er es gegen ein neues aus. Da kann es schon mal passieren, daß Seiten beschädigt werden, manchmal werden die Bücher auch so zerfleddert, daß sie nicht mehr zu reparieren sind.«

»Selbst du bringst es nicht fertig, es auszusprechen, nicht wahr?«

»Was auszusprechen?«

»Du bringst es nicht über die Lippen, daß du mit Kindern handelst, daß deine distinguierte Kundschaft mit all ihrer Macht zum Schlimmsten gehört, was die Menschheit an Abschaum zu bieten hat.«

»Egal, in welche Richtung die Welt sich dreht, irgendeiner ist immer angeschissen. Das hab ich in der besten Schule gelernt, die es dafür gibt – im Palast von Westminster. Ich hab das Spiel nicht erfunden, mein Lieber, ich bin nur ein Spieler, der die Technik verfeinert hat. Manche Leute verdienen sich eine goldene Nase damit, daß sie Langstreckenraketen oder Plutonium verkaufen. Glaubst du im Ernst, daß du irgend etwas ändern könntest, indem du mir das Handwerk legst? Während wir uns hier gegenseitig das Herz ausschütten, sterben Tausende von Kindern in Äthiopien, in Kalkutta, in Somalia, wo du willst, und ich bin sicher, dir blutet jedesmal das Herz, wenn du dir im Gavroche oder wo immer du heutzutage verkehrst, deine *Foie gras* zu Gemüte führst.«

Er hatte sich langsam in Rage geredet, seine Stimme wurde immer lauter, als ob allein die Lautstärke seine Argumente untermauern könnte. Plötzlich bemerkten wir beide, daß Sophie zu weinen angefangen hatte. »Komm mir bloß nicht mit dieser Masche!« fuhr Henry sie an.

Wie auf Knopfdruck erstickte sie augenblicklich ihr Schluchzen.

Henrys Art änderte sich erneut. Er herrschte Pearson abrupt an: »Okay, machen wir, daß wir es hinter uns bringen.«

Er stieg aus dem Winnebago und schloß hinter sich die Tür ab. Ich hörte, wie er eine Abschleppstange an dem Wohnmobil befestigte. Kurze Zeit später rumpelten wir zurück auf die Straße. Aus dem spärlichen Licht, das die Nachmittagssonne durch die Jalousien warf, schloß ich, daß wir Richtung Norden fuhren. Pearson beobachtete uns von seinem Platz aus, die Pistole immer noch griffbereit auf dem Schoß.

Ich sah Sophie an und flüsterte ihren Namen. Langsam hob sie den Kopf. Ich wollte Mitleid für sie empfinden, aber irgendwie schien nichts von dem mehr übrig zu sein, was ich in der Vergangenheit für sie empfunden hatte.

»Ich habe bei Howard Johnson's auf dich gewartet«, sagte ich. »Das Frühstück war gut. Schade, daß du es verpaßt hast.«

Sie verzog keine Miene.

»Es ist wohl zu spät, um Ihnen ein Geschäft vorzuschlagen?« sagte ich zu Pearson.

»Ein gutes Geschäft für Sie wäre ein schlechtes für mich.«

»Ich dachte nur, es wäre eine Frage wert.«

»Wollen Sie noch einen Schluck Whisky?«

»Ja, ich werd wohl einen brauchen.«

Ich hielt ihm mein Glas hin. Als er aufstand, um den Whisky zu holen, nutzte ich die Gelegenheit und steckte das Magazin in dieselbe Tasche wie die Pistole. Ich hatte keine Ahnung, ob ich im entscheidenden Moment die Nerven haben würde, die Waffe zu benutzen, aber das schwere Metall in meiner Tasche hatte etwas Tröstliches. Ich trank mein Glas in einem Zug aus, aber mein Körper verbrannte den Alkohol augenblicklich, und ich behielt einen klaren Kopf.

Wir müssen mindestens zwei Stunden gefahren sein, und vielleicht bin ich auch zwischendurch ein wenig eingenickt, jedenfalls bemerkte ich irgendwann, daß Sophie mich anstarrte. Ihre Augen flackerten.

»Es tut mir leid«, sagte sie. »Ich habe dich in diese Situation gebracht.«

»Nein.«

»Doch. Wenn ich nicht gewesen wäre, wärst du nie so weit gegangen.«

»Also, wenn es irgend jemandes Schuld ist, dann meine eigene.«

Sie zitterte. »Ich friere«, sagte sie.

Pearson stand auf und regulierte die Klimaanlage. Diesmal gelang es mir, das Magazin in die Pistole zu schieben, während er mir den Rücken zuwandte.

»Besser?« fragte er. »Nimm dir eine Decke von einem der Betten.«

Sie stand unsicher auf und wankte auf eins der Betten zu, wobei sie sich bei jedem Schritt mit den Händen abstützte. Sie kauerte sich zusammen wie ein Embryo.

»Das ist der Entzug«, sagte Pearson leise. »Ich habe schon manche schlimm auf Turkey gesehen. Aber lieber sie als ich.«

Als ich sie so zusammengekrümmt auf dem Bett liegen sah, fühlte ich mich wieder in die Vergangenheit zurückversetzt, denn im Schlaf sah sie so jung aus wie damals, als wir zusammengelebt hatten. Nur die Unschuld, die sie einst ausgestrahlt hatte, war verflogen. Was ich sah, war der Schatten einer Frau, die ich einst geliebt hatte. Während ich sie so anstarrte und mich an alles erinnerte, was wir zusammen erlebt hatten, fragte ich mich, wie das Ende wohl aussehen würde. Es kostete mich meine ganze Willenskraft, nicht nach meiner Pistole zu greifen und uns mit einer Verzweiflungstat aus dieser elenden Situation zu befreien.

Als der Winnebago schließlich rumpelnd zum Stehen kam, war es dunkel. Einen Augenblick später wurde die Tür aufgeschlossen, und Henry trat ein. Er ging an die Kühlbox, nahm ein kaltes Bier heraus und trank es nach amerikanischer Art direkt aus der Dose.

»Warst du schon mal am Grand Canyon?« fragte er und strahlte mich an.

»Nein.«

»Das ist aber ein Muß für jeden Touristen«, sagte er, wandte sich dann von mir ab und ging zu Sophie hinüber.

»Wach auf!«

»Bitte«, sagte sie.

»Bitte was?«

»Hilf mir.«

»Klar helf ich dir. Darum bin ja schließlich hier.«

Er ging wieder an die Kühlbox und entnahm ihr diesmal eine Spritze. »Zieh dich aus«, befahl er.

Als sie nicht reagierte, wedelte er mit der Spritze vor ihrer Nase herum und sagte: »Los, tu, was ich dir sage, dann bekommst du deinen Stoff.«

Sie setzte sich auf dem Bett auf und begann, sich wie ein Roboter auszuziehen, ohne einen von uns dabei anzusehen. Es kam mir vor wie ein bezahlter Auftritt auf einer Herrenparty. Als sie schließlich völlig nackt war, entdeckte ich an ihren Armen und Beinen die verräterischen Narben zahlreicher Einstiche. Ich vermutete, daß er ihr Heroin gab oder auch irgendeinen neuartigen Cocktail. Sie schrie kurz auf, als der Inhalt der Spritze in ihre Venen eindrang, ob vor Schmerz oder Erleichterung war jedoch nicht zu erkennen.

Henry warf die Kanüle in einen Mülleimer unter dem Waschbecken. Wie wenn eine fremde Macht von ihr Besitz ergriffen hätte, ging mehrmals hintereinander ein krampfartiges Schütteln durch Sophies Körper, dann streckte sie sich zufrieden auf dem Bett aus. Nicht nur ihretwegen war mir die Situation peinlich, ich war auch von mir selbst angewidert, denn ihre Nacktheit wirkte auf irritierende Weise erotisch auf mich, wie ich zu meiner Schande gestehen muß.

»Und nun müssen wir uns für dich etwas einfallen lassen, nicht wahr?« sagte Henry zu mir. »Du bist nicht der einzige, der sich eine Geschichte ausdenken kann, und mir ist diesmal eine besonders gute eingefallen. Sie hat nur einen kleinen Haken: sie hat leider kein Happy-End, nur eine Art poetische Schönheit, die deinem Sinn fürs Dramatische entgegenkommen wird.«

Er ging wieder an die Kühlbox und holte eine zweite Spritze heraus. »Das Wunderbare an diesem Zeug, besonders für jemanden wie dich, der es noch nicht ausprobiert hat, ist ... Das hast du doch nicht, oder? Aber nein, natürlich hast du das nicht, dafür bist du doch viel zu solide ... Das Wunderbare ist, daß es beim erstenmal am schönsten ist. Man könnte fast sagen, es ist das einzige Mal, wo es wirklich schön ist, und außerdem läufst du schließlich nicht Gefahr, süchtig zu werden.«

Er testete die Spritze, indem er ein wenig von der Flüssigkeit, die die Kanüle enthielt, aus der Nadel spritzen ließ.

»Eigentlich schade, daß du den Canyon nicht in seiner ganzen Herrlichkeit zu sehen bekommst, denn ich muß dir sagen, daß alles, was du je über ihn gehört hast, der Wahrheit entspricht. Er ist wirklich beeindruckend, besonders wenn man ihn bei Sonnenaufgang erlebt, was leider diesmal nicht geplant ist, Sportsfreund.«

Sein Gebrauch des Ausdrucks »Sportsfreund« machte die ganze Absurdität unserer Situation deutlich. Ich empfand eine tödliche Leere, die mich um so mehr frösteln ließ, als Sophie nun eine bereitwillige Zeugin war. Als er einen Schritt auf mich zu trat, legte ich meine Hand an die Tasche mit der Pistole.

»Diese Stelle ist so etwas wie Beachy Head in England. Es ist ein Ort, den Verliebte bevorzugt aufsuchen, wenn sie eine Lösung für eine ausweglose Situation suchen. Hast du das gewußt?«

Ich schüttelte den Kopf, wobei ich die Spritze in seiner Hand keine Sekunde lang aus den Augen ließ.

»Also, meine Geschichte spielt sich folgendermaßen ab. Du wolltest einen Versuch machen, eine alte Leidenschaft wieder aufflammen zu lassen, und hast sie zu einem letzten Stelldichein hierhergelockt. Das ist gar nicht so weit hergeholt, immerhin war sie deine erste große Liebe. Unglücklicherweise warst du nicht im vollen Besitz deiner geistigen Kräfte, als du versucht hast, diesen Wagen hier zu parken. Das wird sich an dem, was man in deinem und ihrem Blut finden wird, mühelos feststellen lassen. Es war dunkel, und du hast viel zu nah an der Felskante gehalten – ein Fehler, der jedem unterlaufen kann, der sich ein bißchen zuviel von diesem Stoff hier in die Venen jagt – und der Wagen ist in den Abgrund gestürzt.« Er wedelte mir mit der Spritze vor der Nase herum. »Das ist vielleicht nicht so elegant wie deine Geschichten, aber ich bin ja auch noch Anfänger. Damit das Ganze also echt wirkt, müssen wir dich ein bißchen in Stimmung bringen. Zieh dich aus und leg dich neben sie.«

Ich rührte mich nicht.

»Los, mach schon, es wird kein schlimmes Ende sein. Es ist völlig schmerzlos.«

Ich ging an ihm vorbei und setzte mich neben Sophie auf die Bettkante. Langsam fing ich an, mir die Schuhe auszuziehen. Ich wußte, daß ich jetzt oder nie handeln mußte. Henry stand mir gegenüber und verdeckte Pearson teilweise die Sicht. Ich schob meine Schuhe beiseite und stand auf, wobei ich so tat, als wolle ich meinen Gürtel lösen und die Hosen herunterlassen. Während ich mit der Linken die Gürtelschnalle öffnete, schob ich die Rechte in die Hosentasche und gab, ohne die Pistole aus der Tasche zu ziehen, zwei Schüsse auf Henry ab. Die Wucht der Geschosse ließ ihn rückwärts auf Pearson zu stolpern. Trotzdem gelang es Pearson, mehrere Schüsse abzugeben, die jedoch ungezielt losgingen und in die Klimaanlage einschlugen. Inzwischen hatte ich meine Pistole aus der Tasche gezogen und auf ihn gerichtet. Ich brüllte ihn an, er solle seine Waffe fallenlassen. Ich werde nie herausfinden, ob er meinem Befehl gefolgt wäre, denn in meiner Panik löste ich den sensiblen Abzug der automatischen Waffe aus und feuerte zwei weitere Salven. Die erste erwischte Pearson an der Schulter und wirbelte ihn herum, die zweite traf ihn am Hals, knapp unter dem Unterkiefer, während die leeren Patronenhülsen gegen die Metallwände trommelten. Blut spritzte in einem großen Bogen gegen die Windschutzscheibe, als Pearson gegen einen der drehbaren Sitze stürzte, auf dem Armaturenbrett aufschlug und über dem Steuerrad zusammenbrach, wobei er mit seinem Gewicht die Hupe in Gang setzte. Ein paar Minuten lang röchelte er noch vor sich hin, dann war er still. Ich mußte mich übergeben und sank neben Henry, der zuckend am Boden lag, in die Knie. Meine Lungen füllten sich mit dem beißenden Rauch, der durch die Schüsse entstanden war und aus diesem beengten Raum nicht entweichen konnte. Eine endlose Zeit schien vergangen zu sein, als ich endlich meine Kräfte wiederfand und mich aufrichtete. Pearson gab keinen Ton mehr von sich, und ich stand zu sehr unter Schock, um ihn zu untersuchen. Ich trat über Henry hinweg und öffnete die Tür. In tiefen Zügen atmete ich die frische Luft ein, bis mein Puls sich beruhigte. Erst dann fiel mir Sophie wieder ein.

Ich zwang mich, zurück ins Innere des Wagens zu gehen. Sophie hockte mit bis unters Kinn angezogenen Beinen in einer Ecke des Bettes und starrte mit trüben Augen vor sich hin. Ich langte nach der Decke, um sie darin einzuhüllen, mußte jedoch feststellen, daß sie blutdurchtränkt war. Ich ging in die zweite Schlafkammer und erfrischte mir das Gesicht mit kaltem Wasser. Als ich meinen Kopf hob, erblickte ich einen Irren im Spiegel. Ich nahm eine frische Decke von einem der Betten und legte sie um Sophies Schultern. »Los«, sagte ich. »Los, komm mit.«

Sie begann, hysterisch zu lachen, genauso wie damals in der Nacht auf der Jacht der Zwillinge. Ich schlug ihr zwei-, dreimal ins Gesicht, bis sie sich wieder beruhigte, dann hob ich sie auf und trug sie nach draußen. Ich setzte sie auf den Beifahrersitz des Bronco und legte ihr den Sicherheitsgurt an. Plötzlich merkte ich, daß ich barfuß war. Ich mußte mich überwinden, noch einmal in das Wohnmobil zu gehen. Henry und Pearson lagen noch genauso da, wie ich sie verlassen hatte. Als ich mich bückte, um mir die Schuhe anzuziehen, spürte ich plötzlich einen stechenden Schmerz, und als ich mich umdrehte, sah ich, daß die Spritze in meiner rechten Wade steckte. Entgegen aller Wahrscheinlichkeit war Henry noch am Leben. Ich trat gegen seinen Arm, der die Spritze hielt, aber er hatte diabolische Kräfte. Selbst als ich mehrere Male mit der Handkante auf seinen Adamsapfel einschlug, ließ er nicht los, sondern versuchte verzweifelt, die Nadel noch tiefer in mein Bein zu treiben. Der makabre Zweikampf endete erst, als es mir schließlich gelang, die Spritze aus seinem Griff zu befreien, während ich eine Hand auf sein Gesicht preßte. Er schaukelte hin und her wie ein aufziehbares Spielzeug, dessen Spielwerk fast abgelaufen ist, bis ein Blutschwall aus seinem Mund quoll. Er riß die Augen auf, und es schien, als wolle er etwas sagen. Bevor er jedoch seine Worte formulieren konnte, kippte er zur Seite und rührte sich nicht mehr.

Es dauerte eine Weile, bis ich wieder normal atmen konnte. Ich setzte mich erschöpft auf eine Bettkante und beobachtete ihn, bis ich sicher sein konnte, daß er wirklich tot war. Erst dann wagte ich es, mich zu bewegen, und ging rückwärts auf den Ausgang zu. Ich schloß die Tür von draußen ab und setzte mich auf die metallenen Stufen, bis mein Herzschlag langsamer wurde. Schließlich fand ich genug Kraft, um die Abschleppstange zu lösen. Nachdem ich das bewerkstelligt hatte, setzte ich den Bronco mit der allergrößten Vorsicht zurück, denn im Licht der Scheinwerfer erkannte ich die Felskante in etwa sieben Meter Entfernung vor mir. Henry hatte den Winnebago mit dem Heck direkt an die Kante gesetzt; ein leichter Schubs mit dem Bronco hätte ihn in den Abgrund gestürzt.

Ich fuhr los und machte mich auf die Suche nach irgendeiner Straße, und als ich schließlich eine gefunden hatte, fuhr ich auf ein fernes Glühen am nächtlichen Horizont über der Wüste zu, in der Hoffnung, dort eine menschliche Ansiedlung zu finden. Es stellte sich heraus, daß es sich um einen kleinen Supermarkt mit Tankstelle handelte. Da Sophie im Koma lag, parkte ich ein, schloß den Wagen ab und ging als erstes in die öffentliche Telefonzelle, um die Polizei in Carefree anzurufen

Zum erstenmal in diesem Alptraum war mir das Glück hold, ich wurde direkt mit Travis verbunden. Während ich ihm die Geschichte erzählte, verlor ich die Beherrschung und brach in Tränen aus.

»Bleiben Sie, wo Sie sind«, sagte er, als ob ich irgendwohin hätte gehen können. »Wir sind schon unterwegs.«

Ich ging in den Supermarkt und kaufte mir eine kleine Flasche Scotch. Dann stieg ich in den Bronco und kroch zu Sophie unter die Decke.

»Es ist vorbei«, sagte ich und log sie zum letztenmal an. »Du bist jetzt in Sicherheit.« Ich legte meinen Arm um sie, aber ihr nackter Körper fühlte sich kalt an. Es war, als ob ich eine Statue umarmte.

Nachwort

Noch lange nach den Ereignissen jener Nacht fühlte ich mich wie jemand, dem ein Körperteil amputiert wurde: das befallene Körperglied ist nicht mehr da, aber die Schmerzen kehren immer wieder und erinnerten an den Verlust.

Travis sorgte dafür, daß wegen des Todes von Henry und Pearson keine Anklage gegen mich erhoben wurde. Die gerichtliche Untersuchung ergab, daß ich in Notwehr gehandelt hatte – die Tatsache, daß Pearson seine Waffe abgefeuert hatte, sprach zu meinen Gunsten –, und nachdem Henrys Geschichte in vollem Umfang ans Tageslicht gekommen war, kam die Jury zu dem Schluß, daß ich der Menschheit einen großen Dienst erwiesen hatte. In diesem Punkt habe ich meine Zweifel; den Tod eines Menschen kann man nicht rechtfertigen.

Ich schätze, das traurigste Ergebnis der ganzen Sache betraf Kemelman. Er wurde am Ende zum letzten Opfer dieses Falls, jedoch erst, nachdem er auf seine eigene Weise für Gerechtigkeit gesorgt hatte. Es war Travis, von dem ich erfuhr, wie sich alles abgespielt hatte, angefangen mit der Episode in Chicago, dem Rendezvous, zu dem Henry nicht gekommen war.

Bevor Kemelman eintraf, hatte die Chicagoer Kripo die Vorarbeit bereits geleistet. Seymour und seine beiden Begleiter hielten sich noch immer im Flughafen auf. Man hatte sie seit ihrer Ankunft nicht aus den Augen gelassen, und nun saßen sie in der Ankunftshalle für internationale Flüge an der Bar. Seymour selbst rührte sich offenbar nicht von der Stelle, jedoch einer seiner Begleiter ging immer wieder hinüber zum Informationsschalter. Einer der FBI-Beamten brachte in Erfahrung, daß er sich nach einem verspäteten Flug aus Hongkong erkundigte. Man überprüfte die Passagierliste, fand jedoch unter den Namen keinen, der mit der Computerliste übereinstimmte. Das einzige, das einen Zusammenhang mit Henrys Anruf vermuten ließ, war die Tatsache, daß sich ein Sarg an Bord des Flugzeugs befand. Die Nachforschungen ergaben, daß es sich bei dem Toten um einen zweiundvierzigjährigen Polen namens Peter Rojak handelte. Er war Handelsvertreter einer Hemdenfirma gewesen, die ihre Produkte hauptsächlich in Taiwan und Hongkong herstellen ließ. Auf dem Totenschein wurde als Todesursache Hirnblutung angegeben und bestätigt, daß eine Obduktion durchgeführt worden war. Anscheinend war das Ganze von den Behörden in Hongkong als rechtmäßig befunden, abgestempelt und abgesegnet worden. Nachdem sie einmal den Namen des Toten festgestellt hatten, reagierten die Jungs in Chicago schnell und routiniert. Sie nahmen Kontakt zu der Hemdenfirma auf, die bestätigte, ja, sie hatten einen Peter Rojak als Handelsvertreter beschäftigt, und sie hatten für die Rückführung seiner sterblichen Überreste bezahlt. Die Beamten stellten seine Adresse fest, fanden heraus, daß er verheiratet und Vater von drei Kindern und nicht vorbestraft war.

Nach dem, was Travis berichtete, wollte Kemelman sofort zuschlagen, aber der Chicagoer Kommissar verweigerte seine Einwilligung. Die Wählerstimmen der Polen in Chicago haben ein großes Gewicht, und angesichts bevorstehender Kommunalwahlen war der Kommissar nicht bereit, eine mit rechtmäßigen Papieren ausgestattete Leiche zu fleddern.

Als das Flugzeug aus Hongkong zum Landeflug ansetzte, verließen Seymour und die beiden anderen die Bar und begaben sich auf die Zuschauerterrasse. Dort gelang es einem Polizeifotografen, alle drei unbemerkt abzulichten. Es stellte sich heraus, daß einer von Seymours Leibwächtern ein kleiner, der Polizei bekannter Gangster war, der für eine der Mafiafamilien arbeitete. Das Trio wartete, bis der Sarg ausgeladen wurde. Dann verließen sie gemeinsam den Flughafen und bezogen eine Suite im Ritz Carlton. Ein Undercoverteam wurde in die benachbarte Suite geschleust, wo sofort ein ausgeklügeltes Abhörsystem installiert wurde.

Nachdem der Sarg den Zoll passiert hatte, wurde er in eine Leichenhalle geschafft, für alle Fälle auf dem ganzen Weg von der Polizei beschattet. Der Tote wurde von seinen Familienangehörigen und einem Priester erwartet. Bis dahin wirkte alles noch harmlos, sagte Travis. Nach einer weiteren Machtprobe mit dem Kommissar beschloß Kemelman, auf eigene Faust zu handeln und in jener Nacht eine FBI-Aktion durchzuführen, von der die Chicagoer Kripo nicht in Kenntnis gesetzt wurde. Er trommelte ein Dutzend FBI-Beamte zusammen, unter ihnen ein Pathologe mit einem Röntgengerät. Das einzige Zugeständnis, zu dem Kemelman bereit war, war die Zusicherung, die Ruhe des Toten nicht zu stören, falls auf dem Röntgenbild nichts Verdächtiges zu entdecken war.

In der Nacht gelang es Kemelman und seinen Leuten problemlos, in die Leichenhalle einzudringen, wo sie den Leichnam sogleich durchleuchteten. Sie benutzten das modernste Material, das sofort in einem vor der Tür wartenden Kleintransporter entwickelt wurde.

»Es steckte etwas in der Leiche«, sagte Travis. »Na ja, um genau zu sein, als sie sich die Bilder ansahen, wußten sie nicht gleich, um was es sich handelte, aber es war etwas Viereckiges, und es war auf keinen Fall ein Teil seiner Innereien. In diesem Augenblick erhielten sie die Information, daß Seymours Gangster das Hotel verlassen hatten. Seymour blieb, wo er war, der ist zu schlau, um sich die Hände dreckig zu machen. Das FBI-Team stand die ganze Zeit in Funkkontakt mit den Beschattern, also wußten sie genau, wann sie mit ihnen zu rechnen hatten. Alle, die um die Leichenhalle herum postiert waren, hatten Anweisung, die beiden ungehindert passieren zu lassen. Kemelman wollte sie in der Halle mitsamt ihrer Ware hochnehmen.«

Ich erinnere mich, wie Travis, als er den Höhepunkt der Aktion schilderte, aufstand und mir die Situation vorspielte.

»Also, Sie müssen sich das so vorstellen. Kemelman und zwei seiner Leute postierten sich hinter dem kleinen Altar in der Halle, die Leute, die ihnen Deckung geben sollten, versteckten sich im angrenzenden Wartezimmer. Sagen wir, ich bin Kemelman, der Bock mit dem Sarg stand ungefähr da, wo Sie stehen. Die beiden Gangster kamen von dort drüben herein. Sie wußten genau, was sie suchten, und sie machten sich gleich an die Arbeit. Sie hebelten den Sargdeckel auf, kippten die Leiche aus dem Sarg und schlitzten sie auf. In dem Augenblick, als sie gefunden hatten, was sie suchten, gab Kemelman das Signal, und sie wurden auf frischer Tat verhaftet.«

»Und, *war* es eine Filmrolle?«

»Eine Kassette. Eine Videokassette, eine von diesen kleinen mit extrem langer Laufzeit. Wir haben sie uns später angesehen. Das Schlimmste – chinesische Kinder beiderlei Geschlechts von drei, vier Jahren«, sagte er mit belegter Stimme, ohne mich anzusehen. »Die armen kleinen Teufel wurden gefickt und auf jede erdenkliche Weise gefoltert. Es heißt, ein Menschenleben ist dort drüben nicht viel wert. Mein Gott, das Leben von diesen Kleinen war wirklich keinen Pfifferling wert.«

Was er erzählte, erfüllte mich mit Entsetzen, denn kaum hatte ich geglaubt, der Horror hätte in Arizona ein Ende gefunden, hatte er mich schon wieder eingeholt.

»Was war mit Seymour?«

»Ach, den haben sie sich gleich geschnappt. Jetzt ist er auf Bewährung draußen und versucht, einer Ausweisung zu entgehen. Wer mir am meisten leidgetan hat, war der arme Kemelman. Sie haben ihn noch in derselben Nacht verhaftet.«

»Verhaftet?« fragte ich.

»Noch am Tatort. Sein Team hat ohne amtliche Handlungsvollmacht auf fremdem Territorium operiert, und er muß die Sache ausbaden. Wie ich schon sagte, die polnischen Wählerstimmen sind in Chicago ein wichtiger Machtfaktor, und sie hatten immerhin die Leiche aufgeschlitzt. Sie mußten die Familie beschwichtigen, den Kommissar, den Bischof, weiß der Teufel, wen sonst noch.«

Travis erzählte mir, daß Kemelman nach seiner Suspendierung versucht hatte, eine Lizenz als Privatdetektiv zu erhalten, was jedoch von höherer Stelle verhindert wurde. Schließlich hatte er eine Stelle als Nachtwächter in einem Steinbruch angenommen – ein Schritt, den er mit einer bestimmten Absicht getan hatte, wie sich später herausstellte.

Ein halbes Jahr später, als ich schon längst wieder in England war, schickte Travis mir einen Zeitungsausschnitt. Es handelte sich um einen Bericht über einen Mordfall, und Kemelman war der Angeklagte. Offenbar hatte es eine Serie zunächst scheinbar unzusammenhängender Todesfälle unter prominenten Bürgern in verschiedenen Landesteilen gegeben. Jedes der Opfer hatte eine Briefbombe erhalten, und es waren bereits sechs Männer getötet worden, bevor jemand die Verbindung entdeckte. Dann fiel irgend jemandem auf, daß die Namen der Opfer mit den Namen auf der Computerliste übereinstimmten, die Travis mir damals gezeigt hatte, und die Spur führte zu Kemelman. Nachdem das FBI ihn entlassen hatte, muß er beschlossen haben, selbst für Gerechtigkeit zu sorgen. Bei der Verhandlung kam heraus, daß seine Tochter vor zehn Jahren vergewaltigt und ermordet worden war, was von seinem Anwalt als schuldmindernd angeführt wurde. Es gelang ihm jedoch nicht, die Geschworenen zu beeindrucken, und Kemelman wurde zu einer lebenslänglichen Haftstrafe verurteilt. Ich muß immer wieder an die Ironie denken, die in dieser Geschichte liegt, denn sie ist ein Widerspruch in sich.

Nachdem ich den Zeitungsartikel gelesen hatte, machte ich mich daran herauszufinden, in welchem Gefängnis er saß, und schrieb ihm einen Brief. Er hat mir nie geantwortet.

Was Sophie betrifft, so habe ich ihr eine Behandlung in einer Entziehungsklinik finanziert. Soviel ich weiß, war die Therapie erfolgreich, und sie hat später ihren Bewährungshelfer geheiratet. Heute lebt sie zurückgezogen in einem Vorort von San Francisco.

Vor einigen Tagen habe ich gelesen, daß man aus Erdnußbutter Diamanten herstellen kann. Man nimmt einfach irgendeine Art von Kohlenstoff, fügt Wasserstoff hinzu und erhitzt das Ganze auf 1.100 Grad Celsius. Die Hitze und der Wasserstoff lösen die Kohlenstoffatome aus der Erdnußbutter und setzen sie so wieder zusammen, daß sie zu Diamanten werden. Die Geheimnisse der Physik sind mir stets verschlossen geblieben, mir ist das alles ein Buch mit sieben Siegeln. Aus irgendeinem Grund jedoch ließ mich dieser Artikel an Henry denken. Warum er getan hat, was er getan hat, wird mir ebenso unergründlich bleiben wie das selbstgebaute Polyeder – es ist ein schwarzes Loch, das sich jeder Erklärung entzieht. Welche schrecklichen Kräfte machten aus dem Freund, den ich einst zu kennen glaubte, den Mann, den ich töten mußte? Ich wünschte, ich wüßte eine Antwort darauf. Aber ich finde keine Antworten außer der Gewißheit, daß wir alle unerkannt sterben.

In einer Sache hat Henry recht behalten. Irgendwo auf der Welt wird es immer willige Käufer und Verkäufer geben, nicht solche, die sich auf Spielplätzen und in Einkaufszentren herumtreiben – diese schäbigen Kreaturen in Gummistiefeln mit ihren perversen Begierden, wie man sie sich allgemein vorstellt –, sondern jene, die mit wesentlich gewiefteren Methoden jagen und viel mehr Macht besitzen, wie Henry sich ausdrückte. Diejenigen, die verborgen bleiben und immer wieder Möglichkeiten finden werden, ihre perversen Gelüste zu befriedigen, bis unsere Gesellschaft eines Tages an dem ganzen sexuellen Materialismus erstickt. Und irgend jemand, ein anderer Henry, wird immer zur Stelle sein, um die gewünschten Produkte feilzubieten. Wahrscheinlich müssen sie ihre Wahnsinnstaten auf diese Weise verbrämen. Wenn sie ihre hilflosen Opfer nicht als Kinder betrachten, sondern als Ware, als Wegwerfprodukte, die genauso verfügbar sind wie Junk-food, das unsere Körper ernährt, aber unsere Seelen verhungern läßt.

Mein Leben hat sich sehr verändert. Ich lebe auf dem Land, ohne Computer, ohne Faxgerät, ohne jeglichen Drang, jemals noch einen Thriller zu schreiben. Ich habe nach Rogers Tod dessen Haus am Strand von Cornwall gekauft. Seit zwei Jahren arbeite ich an einer authorisierten Biographie von Turgenjew, ein Thema, das so wenig wie möglich mit meiner früheren Arbeit zu tun hat. Ich führe ein beschauliches, aber keineswegs langweiliges Leben, und ich reise wenig. Heutzutage kann man sich nirgendwo sicher fühlen.

Graham Greene im dtv

»Bei Graham Greene ist Schuld die menschliche Unzulänglichkeit vor dem Schicksal, und Sühne ist nicht die absolute Verdammnis.«
Eberhard Thieme

Ein Mann mit vielen Namen
Roman
dtv 11429

Orient-Expreß
Roman
dtv 11530

Ein Sohn Englands
Roman
dtv 11576

Zwiespalt der Seele
Roman
dtv 11595

Das Schlachtfeld des Lebens
Roman
dtv 11629

Das Attentat
Roman · dtv 11717

Die Kraft und die Herrlichkeit
Roman · dtv 11760

Der dritte Mann
Roman
dtv 11894

Das Herz aller Dinge
Roman
dtv 11917

Jagd im Nebel
Roman
dtv 11977

Unser Mann in Havanna
Roman
dtv 12034

Der stille Amerikaner
Roman
dtv 12063

Der Mann, der den Eiffelturm stahl und andere Erzählungen
dtv 12129

Der Honorarkonsul
Roman
dtv 12187

Die Stunde der Komödianten
Roman
dtv 12199

Margriet de Moor im dtv

»Ich möchte meinen Leser genau in diesen zweideutigen Zustand versetzen, in dem die Gesetze der Wirklichkeit aufgehoben sind.«
Margriet de Moor

Erst grau dann weiß dann blau
Roman · dtv 12073

Eines Tages ist sie verschwunden, einfach fort. Ohne Ankündigung verläßt Magda ihr angenehmes Leben, die Villa am Meer, den kultivierten Ehemann. Und ebenso plötzlich ist sie wieder da. Über die Zeit ihrer Abwesenheit verliert sie kein Wort. Die stummen Fragen ihres Mannes beantwortet sie nicht.

Der Virtuose
Roman · dtv 12330

Neapel zu Beginn des 18. Jahrhunderts – die Stadt des Belcanto zieht die junge Contessa Carlotta magisch an. In der Opernloge gibt sie sich, aller Erdenschwere entrückt, einer zauberischen Stimme hin: Es ist die Stimme Gasparo Contis, eines faszinierend schönen Kastraten. Carlotta verführt den in der Liebe Unerfahrenen nach allen Regeln der Kunst.

Rückenansicht
Erzählungen · dtv 11743

Doppelporträt
Drei Novellen · dtv 11922

»De Moor erzählt auf unerhört gekonnte Weise. Ihr gelingen die zwei, drei leicht hingesetzten Striche, die eine Figur unverkennbar machen. Und sie hat das Gespür für das Offene, das Rätsel, das jede Erzählung behalten muß, von dem man aber nie sagen kann, wie groß es eigentlich sein soll und darf.«
Christoph Siemes in der ›Zeit‹

John Steinbeck im dtv

»John Steinbeck ist der glänzendste Vertreter der leuchtenden Epoche amerikanischer Literatur zwischen zwei Weltkriegen.«
Ilja Ehrenburg

Früchte des Zorns
Roman
dtv 10474
Verarmte Landarbeiter finden in Oklahoma kein Auskommen mehr. Da hören sie vom gelobten Land Kalifornien... Mit diesem Buch hat Steinbeck seinen Ruhm begründet.

Der rote Pony und andere Erzählungen
dtv 10613

Die Straße der Ölsardinen
Roman · dtv 10625
Gelegenheitsarbeiter, Taugenichtse, Dirnen und Sonderlinge bevölkern die Cannery Row im kalifornischen Fischerstädtchen Monterey.

Die Perle
Roman
dtv 10690

Tortilla Flat
Roman · dtv 10764

Wonniger Donnerstag
Roman · dtv 10776

Eine Handvoll Gold
Roman · dtv 10786

Von Mäusen und Menschen
Roman
dtv 10797

Jenseits von Eden
Roman
dtv 10810
Eine große amerikanische Familiensaga – verfilmt mit James Dean.

Meine Reise mit Charley
Auf der Suche nach Amerika
dtv 10879

König Artus und die Heldentaten der Ritter seiner Tafelrunde
dtv 11490

An den Pforten der Hölle
Kriegstagebuch 1943
dtv 11712

Umberto Eco im dtv

»Daß Umberto Eco ein Phänomen ersten Ranges ist, braucht man nicht mehr eigens zu betonen.«
Willi Winkler

Der Name der Rose
Roman
dtv 10551
Daß er in den Mauern der prächtigen Benediktinerabtei das Echo eines verschollenen Lachens hören würde, damit hat der Franziskanermönch William von Baskerville nicht gerechnet. Zusammen mit Adson von Melk, seinem jugendlichen Adlatus, ist er in einer höchst delikaten Mission unterwegs...

Nachschrift zum ›Namen der Rose‹
dtv 10552

Über Gott und die Welt
Essays und Glossen
dtv 10825

Über Spiegel und andere Phänomene
dtv 11319

Das Foucaultsche Pendel
Roman · dtv 11581
Drei Verlagslektoren stoßen auf ein geheimnisvolles Tempelritter-Dokument aus dem 14. Jahrhundert. Die Spötter stürzen sich in das gigantische Labyrinth der Geheimlehren und entwerfen selbst einen Weltverschwörungsplan. Doch da ist jemand, der sie ernst nimmt...

Platon im Striptease-Lokal
Parodien und Travestien
dtv 11759

Wie man mit einem Lachs verreist und andere nützliche Ratschläge
dtv 12039

Im Wald der Fiktionen
Sechs Streifzüge durch die Literatur
dtv 12287

Die Insel des vorigen Tages
Roman
dtv 12335
Ein spannender historischer Roman, der das Zeitalter der großen Entdeckungsreisen in seiner ganzen Fülle erfaßt.

Frances Fyfield im dtv

»Sie hat den Rang von P. D. James und Ruth Rendell.«
Daily Mail

Schatten im Spiegel
Kriminalroman
dtv 11371
Die Anwältin Sarah Fortune ist jung, schön, erfolgreich – und rothaarig. Was sie für einen ihrer Klienten ganz besonders interessant zu machen scheint …

Feuerfüchse
Kriminalroman
dtv 11451
Eine Leiche im Wald, und der Täter scheint schnell gefunden. Aber Helen West gibt sich nicht mit einfachen Lösungen zufrieden.

Im Kinderzimmer
Roman · dtv 11516
Katherines Leben in ihrem luxuriösen Zuhause hat seinen Preis: Sie versucht sich die Liebe ihres Mannes durch Anpassung und Unterwerfung zu erhalten, seine grausamen Spielchen stumm zu ertragen. Doch damit ist ihre kleine Tochter Jeanetta dem Sadismus des Vaters hilflos ausgeliefert …

Dieses kleine, tödliche Messer
Kriminalroman
dtv 11536
Der Täter ist geständig. Und er belastet die bis dato unbescholtene Antiquitätenhändlerin schwer. Die Staatsanwältin Helen West setzt alles daran, die wahre Schuldige vor Gericht zu bringen – aber deren krankhafte Rachsucht sucht bereits das nächste Opfer …
Der psychologisch raffinierte, spannungsgeladene Roman einer mörderischen Obsession.

Tiefer Schlaf
Kriminalroman · dtv 11786
Niemand interessiert sich besonders dafür, was der ehrbare Apotheker in seinem Hinterzimmer treibt. Als seine Frau tot aufgefunden wird, will die Staatsanwältin Helen West als einzige die Version des »natürlichen Todes« nicht akzeptieren. Ein kriminalistisch-psychologisches Kabinettstück von tödlicher Intelligenz.

Julien Green im dtv

»Julien Green zählt zu den großen klassischen Erzählern unseres Jahrhunderts.«
Hamburger Abendblatt

Junge Jahre
Autobiographie
dtv 10940

Paris
dtv 10997
Mit den Augen des Dichters: kein Reiseführer.

Jugend
Autobiographie
1919–1930
dtv 11068

Leviathan
Roman · dtv 11131
Guéret, Hauslehrer in der Provinz, entflammt in Leidenschaft zu der hübschen Angèle.

Meine Städte
Ein Reisetagebuch
1920–1984
dtv 11209

Der andere Schlaf
Roman · dtv 11217

Träume und Schwindelgefühle
Erzählungen
dtv 11563

Die Sterne des Südens
Roman
dtv 11723
Liebesroman und Kriegsepos im Sezessionskrieg der amerikanischen Südstaaten.

Treibgut
Roman · dtv 11799

Moira
Roman · dtv 11884
Eine Studentenwette: Die unwiderstehliche Moira soll den frommen Provinzler Joseph Day verführen. Ein frivoles und zugleich ein gefährliches Spiel...

Jeder Mensch in seiner Nacht
Roman
dtv 12045

Der Geisterseher
Roman
dtv 12137

Englische Suite
Literarische Porträts
dtv 19016

